看不见的爱人

李晓燕 著

群众出版社

图书在版编目（CIP）数据

看不见的爱人/李晓燕著 . —北京：群众出版社，2023.4
ISBN 978-7-5014-6176-9

Ⅰ.①看… Ⅱ.①李… Ⅲ.①长篇小说—中国—当代 Ⅳ.①I247.5

中国版本图书馆 CIP 数据核字（2021）第 206647 号

看不见的爱人

李晓燕 著

出版发行	：	群众出版社
地　　址	：	北京市丰台区方庄芳星园三区 15 号楼
邮政编码	：	100078
经　　销	：	新华书店
印　　刷	：	天津盛辉印刷有限公司
版　　次	：	2023 年 4 月第 1 版
印　　次	：	2023 年 4 月第 1 次
印　　张	：	12.125
开　　本	：	880 毫米×1230 毫米　1/32
字　　数	：	290 千字
书　　号	：	ISBN 978-7-5014-6176-9
定　　价	：	40.00 元
网　　址	：	www.qzcbs.com
电子邮箱	：	qzcbs@ sohu.com

营销中心电话：010-83903991
读者服务部电话（门市）：010-83903257
警官读者俱乐部电话（网购、邮购）：010-83901775

1

当年轻男士将精力投注到探索异性上时，他们便开始了青春的第一次浪漫之旅，他们将大量时间花费在女性身上，在女性和名利之间来回摇摆，怎样得到美人又得到名利？这或许是他们每天都在研究的事情。

年轻姑娘不会如此多虑。条件优越的年轻女子，多是情场高手和爱情主人，享受男人的青睐、献媚；那些靠感情维系生活的女子，多是没有主见的爱情牺牲品；另一些掌握生活要领的女子，会成为男人的最好伴侣。

男人和女人，让世界既精彩纷呈又乌烟瘴气，既浪漫温馨又硝烟四起，在爱与被爱、成功与失败的交替中，男男女女四处奔忙。

生命的轮回与交替，记忆的清晰与模糊，物质的享乐与得失，功名利禄这些虚无的东西，只有在咽下最后一口气时，方显得毫无价值和意义。在此之前，男人和女人，演绎着不同版本的爱情故事，故事在写作者笔下诞生，传递给热爱生活的青年男女。

本故事来源于某刑警队的犯罪档案，故事女主角田伶儿，十四岁成为县里的焦点人物，进了县城热搜榜，故事从田伶儿十八岁开始，这正是妙龄姑娘最靓丽的年龄，但凡见过田伶儿的男人，很长一段时间都要对她想入非非，没结婚的男子，会打探她是否有意中人，琢磨如何抱得美人归。已婚男子，幻想跟她来上一段妙不可言的接触，以满足男人的虚荣心。

女人的美包含许多方面，首先来自于外貌，而男人长期接触女人产生的爱慕好感，则来自女人的气息味道，这构成了女人的气质本性。每个女人都有不同的气质本性，透过女人的言谈举止，你会大体明白这个女人的内在本质是温柔贤良、知书达理、优雅高贵，还是俗不可耐。女人的气质构成女人的灵魂，明眼而细心的男人，透过女人的言谈举止，就能洞悉女人的内在气质。

田伶儿的美是那种超凡脱俗的自然之美，劫后重生的淡定之美，超然于物外的旷然之美，没见过世面的单纯之美，站在人群中耀眼夺目。男人像无头苍蝇围着她转，用尽心术和计谋，思忖怎样赢得美人芳心。

奇怪的是，田伶儿并不像许多漂亮美眉，陶醉于男人的追逐进攻。当男人向她献媚、向她大胆示爱时，她会精神紧张、惊恐害怕、疾首蹙额、意识混乱，早年那件事儿影像一般，很快清晰地呈现在眼前，她即刻生出不良情绪：这些愚蠢的男人，个个看上去老实忠厚，不过是追求年轻女子惯用的障眼法，实则不怀好意，他们都是猎人。

她如同小鹿，迅疾逃离男人的视线，将自己关进屋里，或是躲进舅妈房后那片树林，她的思绪是那样混乱，她紧紧抱着大树喘气，仿佛那棵大树是她感情的依托，是她人生的庇护，她并不需要现实世界里男人殷勤的爱慕。

等她在树林里静下心来，视野里再无男人的影子，她会顺着树身滑落到树根底下，将身子靠在树上缩成一团，痛苦从心田爆发，她开始啜泣，她的啜泣源自压抑在心底的、绝不发出声音的、自怜自艾式的悲伤，一种心灵深处的绝望哭泣，哪怕是树木，也难以窥到她内心的秘密，她独自守着不堪回忆的往事。那件事儿，那个男人，让她苦苦挣扎，身体痉挛疼痛……

那时候，她听见奶奶与父母的对话。

奶奶说，伶儿肚皮像菜棚子，撒把菜籽都能活，男人一碰就怀孕，真是丧门星呀，小小年龄就流产，叫你们哪有脸面在县里做人，干脆把户口转到她舅舅名下，那里山高路远，消息闭塞，没人知道这件事。再者，她表弟体质差，让伶儿过去，对外就说为表弟压灾，山里人迷信，相信压灾这说法，熟人问了也是个站得住脚的理由，明年让伶儿妈再生一个去去晦气，说不准生个男娃儿。

奶奶边说边骂，骂她丧门星，死了多好，活着丢人现眼。

她听后泪流双颊。

奶奶恨她是有理由的，县城人现在谁不知道她的事，父亲在那个位置，不知受到多少人算计，父亲的大好前程，弄不好就会毁在她手里。

那一刻她想到死，十四岁小小年纪，不知道如何杀死自己，她想过几种自杀方法。

首先是掐死自己。掐脖子，掐胳膊，身上能掐的地方掐了一个遍，掐得一身红，却没有掐死自己。

她又想到第二种死法——吊死。

她把绳子系在脖子上打结，可惜人小力气又太轻，不会打死结，整个人悬在半空中，憋得脸红脖子粗，嗓子咕噜咕噜冒粗气，就像患上气管炎，吊了半天没咽气，只好两条腿踢腾着。麻绳突然自行解开，她掉在地上，不疼不痒摔了一跤。

她尝试去河边制造一起溺水死亡事件，几次去河边，不是有人在河边钓鱼，就是有人在河边洗衣服，那些谈情说爱的年轻人，在河边亲嘴亲到天黑，叫她没有机会下水。

她听说吃药能吃死人，就去药店打听，哪些药吃了叫人睡得像死人一样，她没敢说哪种药能吃死人。卖药大妈很警觉地打量她，跟她说没有那种药，就算是有，吃那种药的，不是神经病，就是做了亏心事，正儿八经的女孩子，才不会吃那种药。

她赶紧离开了药店。

她又想，用水果刀划胳膊，割断血管。

她背着家人拿水果刀试了几次，就是下不了狠手，只在皮肉上划了几道，渗了点儿血，留下几个横平竖直的十字杠，不疼不痒受了点儿伤。

也许是上天捉弄，她就这样来来去去，用许多方法尝试自杀，死神终归没有收留这位妙龄少女，直到舅舅来家里，她知道寻死机会没有了，只能接受命运的掌管和安排，由舅舅带她离开这个家，曾经集万般宠爱于一身的小公主，就这样沦落凡尘变成了灰姑娘。

她不是自愿离开的，一个十四岁的女孩儿，离开自小生活的土壤，犹如没有根的幼苗，被大风随意刮跑。

起初她不喜欢舅妈，天天想着县城里的母亲，幻想母亲来镇上接她，久而久之得了幻想症，只要想起那件事儿，想起县城里的父母，幻想就随之而来，她靠幻想忍受着没父母的日子，像吸毒般上瘾。

离开县城的第二年，她从舅妈嘴中得知，母亲又生了个女孩儿，母亲身体不好办了病退，父亲调任县教育局局长，奶奶为新生的妹妹取名田甜，奶奶说生活会越过越甜。

突遭变故，让一朵温室之花失去浇灌，随着年龄的增长，那件事儿带给她的创伤愈加明显，她远离人群，生怕被人指指点点，有时候像私人侦探，窥探人心，寻求真相；有时候像文学大师，探寻人性，浮想联翩。

她常从女人嘴巴里寻找秘密，那群长舌妇的嘴巴，不知泄露了多少秘密，她们知道自己的秘密吗？

这个问题始终困扰着她，犹如顽疾，犹如癌症，任何药物都无济于事。

她的担心是多余的，镇子处在大山深处，交通不便，消息闭塞，没人知道那件事儿，是她自己无端猜忌，镇上女人对她指指点点，其实是夸她性格温顺，长得好看。

舅妈是镇卫生院护士，舅妈与母亲关系不睦，当年母亲不同意舅舅和舅妈结合，母亲说舅妈爷爷的爷爷是地主，母亲爷爷的爷爷是私塾先生，一个书香门第，一个土豪劣绅，门不当户不对。当年舅舅冲破家庭的阻力，义无反顾地跟舅妈走到一起。

舅妈说，从她爷爷起，苦心钻研中医药文化，成了医生，悬壶济世，终于摘掉了土豪劣绅的帽子。哪想到，时代在变，现在她因为没钱，依旧被人瞧不起。一个轮回又一个轮回，舅妈总是感叹老天不给她翻身的机会。舅妈下班后总围着院子里外转，房前屋后，又开垦了几片地，种上麦冬和党参。舅妈还在院里养了几十只鸡鸭，舅妈常扳着指头算今儿收获了几个鸡蛋、几个鸭蛋，到集市能卖几个钱。田伶儿心想，就凭这几个蛋，舅妈能致富翻身吗？进而她又想，人能靠自己改写命运吗？

舅妈说，要学爷爷的爷爷赚大钱，将来表弟大学毕业留在城市，买得起房，娶得起媳妇。

舅妈说，人要是心里打起小算盘儿，脸上就能显露内心的秘密。

在她来镇子前，舅妈见过奶奶，奶奶巴不得活埋她，要是吃人不犯法，奶奶会把她做成人肉包子。

舅妈说，过去穷的时候，山窝里真有人吃人。

舅妈说起山窝里人吃人，活人将死人剁成一块一块的，丢进锅里熬成汤，活人抱着碗，吃着喝着，一碗汤喝完，活人从死人身上获取能量，从死亡线上活过来。

舅妈说到最后总要加一句，幸亏伶儿没生在那个年代，要不你奶奶真敢吃了你。

舅妈没上几天学，舅妈奶奶的奶奶，是个老地主婆，老地主婆有点儿文化，将文化教给舅妈的奶奶，舅妈从奶奶那里知道许多故事。说起前朝古代，说起今朝当下，舅妈说得津津有味，有时候连小鸡小鸭都伸长脖子，听舅妈讲那些扣人心弦的故事，母鸡听完，蛋下得格外勤，鸭子听完，下出来的鸭蛋比碗口还大。舅妈那些故事只说给她和表弟，还有鸡和鸭，知识产权绝不外露，她跟舅妈的感情，也在舅妈那些故事里渐渐加深，渐渐亲近。

她在镇上长到十八岁，皓齿明眸，仙娥弄影，一颦一笑，楚楚动人。那件事儿后，她整个人朝另一个田伶儿走去，不再是官宦人家的大小姐，而是像打入冷宫的皇家格格，在孤苦寂寞中度日如年。

镇上女孩儿多是读完初中，或者勉强读完高中，不是寻找婆家、张罗嫁人，就是出门打工、补贴家用。她受镇上环境熏陶，自然是入乡随俗，容身其中。

高考落榜后，镇上一拨一拨男人，明里暗里追求她，她却自有打算，不为所动。班里四位读完高中的女同学都开始自谋出路，小红去县城找事做，小惠去南方宾馆做服务员，小芳约她去北京打工，小芳说，在北京打工，一年净赚两三万，不出五年，肯定成为有钱人。

她在心里盘算着，一年两万，五年就是十万，刨除生活费，落到手里至少也有五六万，可不就是有钱人了。

她想要混出点儿名堂来，为县城里的父母争面子，让奶奶不再怨恨她，让县城人重新喜欢她。

她和小芳坐火车，行程一千多公里，来到首都北京，先在北京西站附近落脚，在一家小饭馆做服务员，饭店老板算计她和小芳年轻貌美，不会长期守在小饭馆，故意克扣俩人工钱，她俩在小饭馆干了三个月，便另寻出路。

俩人虽说在镇上大小也算知识分子，跻身北京才知道，首都人才济济，以她和小芳的文化水平、个人背景，进写字楼不可能，只能跻身底层做服务员。于是，俩人辗转饭店、酒楼、宾馆、KTV包厢、足疗馆，每到一处都是蜻蜓点水，干个把月、四十天，只因她和小芳身材高挑，模样俊俏，总被不少有钱男人纠缠，他们说，妹子出去玩玩吧，陪哥哥玩三天，给你们五千元哟。

她和小芳涉世不深，六根清净，加之离开镇子前，镇上女人一再叮嘱，城市男人个个花心，千万不能上当受骗。俩人既想摆脱男人纠缠，又怕得罪有钱的主儿，往后工作不好干，只好不停地跳槽，在偌大的北京来回闯荡，一会儿东城，一会儿西城，一会儿海淀，一会儿朝阳，真像两只寻找栖息地的鸟儿，哪里温暖，就去哪里寻找太阳。

就这样在北京城晃荡一年多，俩人最终有了好去处。

北京房价一涨再涨，买房人像赶集跑场，俩人先前只瞄服务业，没想过做地产销售，现在俩人开始瞄北京房产业的机会。青春就是一张王牌，俩人很快在售楼部找到了落脚点。

还别说，这次选对了，销售员技术含量不高，却挺挣钱，不用担心客人酒后无德……她和小芳终于安下心，在京郊与几个同事合租一套房，每天坐地铁转公交，虽说挤得你碰我肚子，我掀你衣裳，但一想每月到手两千多，苦里终归有许多甜在里面，更多的是希望。

俩人又开始在北京晃荡，东城、西城、海淀、朝阳，这次战线逐渐拉长，拉到顺义、大兴、通州，六环以外甚至河北廊坊，哪里有楼盘，哪里就有俩人的笑脸。

那段日子对田伶儿来说是快乐时光，她彻底忘掉早年那件事儿，彻底融入到北京拥挤繁忙的生活中，彻底喜欢上了北京这座城市。虽说北京物价贵得只能吃煎饼果子、吃盒饭，偶尔吃上一碗北京炸酱面；虽说跟别人合租一套三室一厅单元房，跟别人共用一个厨房卫生间，她和小芳只能屈居不足十平方米的小房间；虽说每天穿行在公交站、地铁站、售楼部租房处；虽说天天累得上气不接下气……可她记着售楼部姑娘们口口相传的那首歌：向钱进，向钱进，终有一天会成为有钱人……

手头终于宽裕些，她和小芳商量是不是该攒点儿钱，可真攒钱时才发现，钱刚拿到手还没热，就被各种消费夺走了。

每月除去房租、水电费、交通费、生活费，只剩一点儿零头，起初那个美好设想，转换到现实中是那样遥远。小芳每每说起攒钱，不再是初来时信誓旦旦要攒两三万，而是皱起眉头叹息说，钱如流水般攥不住呀，上哪儿去攒两三万呀？

怎样才能多攒钱？对她来说真困难呀。

在售楼部时，她常碰上纨绔子弟，他们跟她调侃，说她美得叫人魂不附体，要是她愿意，买套房子娶她为妻。

也真有一两个对她动情用心的男人，说她长得这般美，何须为钱操心？要是愿意做他们的情人，给她送房送车，让她天天吃喝玩乐，游山玩水。

她最忌讳有人夸她长得美，听见男人这样夸自己，她立马想到红颜薄命、红颜祸水，这张脸给她带来多少灾祸和是非呀，她宁愿长得一般，混在人群中不起眼，也不愿叫男人们打歪主意。

她身边的年轻女子，多是娱乐场所的服务员改行来的，卖房子的销售员，姑娘们很注意打扮，她们说，这张脸就是饭碗，要是运气好，碰上有钱人，哪用天天辛苦挣钱？

她听到这番话，从心里来句"不值得"，她宁可吃苦干活，也不会为钱把自己出卖了。她一直严防死守，谁也休想攻破她的防线，每天上班头件事儿，就是给自己来句警示语，不能跟男人走得太近。要是哪个男人主动搭讪她，跟她说买房以外的话题，她就赶紧找个理由躲开他，生怕被打坏主意。

在镇上，舅舅、舅妈护着她，她不用惊慌惊恐的，这会儿远离镇子，看见男人贴近她，真有点儿怕怕的。那些买婚房的年轻情侣，手挽着手跟她谈价格，跟她签合约，嘴里说着婚后怎样生活，她听得好生羡慕呀，羡慕一阵儿，又为姑娘担忧着，心里跟姑娘说，还没结婚呢，别叫男人糟蹋了，万一失身，后半生就完蛋了。即使知道人家就要结婚了，婚房已经签约了，她还是为姑娘担忧着，冲姑娘背影心里一遍一遍说着，千万提防呀，这位温文尔雅的小青年，不是想买婚房，是想占你便宜啊。

她的心理活动太复杂了，想法离奇又荒唐，只要面对年轻情侣，她总要为那位女子忧心忡忡捏把汗，好像自己不是售楼员，而是审判官，要当庭审判姑娘身边那位"强奸犯"。

不少年轻男子在她那里吃了闭门羹，反而更加喜欢她的"一本正经"，他们说漂亮女人都傲慢，想追上她可真难呀。

他们想尽法子，费不少劲儿，到最后还是一场空。

有男子独个儿窃窃私语，这丫是不是有问题？

他们猜来猜去，打听来打听去，就想摸清她的底细。

她最怕哪个男子追求她，更怕谁去打听她的经历，生怕一打听，那件事儿就露馅儿了，要是那件事儿暴露了，她哪有脸继续工作。

好在北京距离老家一千多公里，只要不跟男子谈恋爱，谁会不远千里，去打听她的身世背景呢？

她身边不少年轻姑娘，为一件漂亮衣服，一套化妆品，或者高档酒店的一场饭局，都会跟男子搂搂抱抱，亲密接吻。她最看不惯那些姑娘贪财丢色的样子，见姑娘显摆身上的首饰，显摆男友多富裕，她真想往姑娘身上呸一口，骂她是个贪财鬼，名声多珍贵，哪能为一丁点儿东西，就叫男人亲你呢？

她的心气儿那样高，品行那样好，穷了就过苦日子，什么年轻阔少、花花公子、有钱大佬，她看得可清楚了。那类人，顶多花钱玩玩你，哪会选你做娇妻？人穷尊严不能丢，不能为钱跟男人睡觉，就是再穷，做人的底线也不能丢掉。

她要坚守做人的底线，绝不跟男人胡搞。

不少有钱的花花公子，见她长得那般美，总拿金钱试探她，看她会不会动心。换做别的小姑娘，兴许一口就应允了。做富人姘头多好，不用劳动就有收获，何况那些物质，劳累一生才能换取。她也想过许多次，最终没走那一步，不是说她很清高、很高贵，弃儿的词典里，哪有高贵这俩字呀？实在因为幼年的那场灾难，给她留下的阴影太大，那件事儿每天都在折磨她，她哪能轻易忘掉。

那件事儿发生后，不少长辈埋怨她，说她警惕性不高，防范意识太差，才叫那个浑蛋钻了空子。

因为这句话，她每时每刻提防着男人，决不叫男人挨近她，时刻防备身边的男同事，防备所有跟她说话、跟她搭讪，甚至喜欢她、爱慕她的小青年，哪个男人从她身边过去，不经意间看她一眼，她都吓得两腿发软，提高警惕，瞪大眼，生怕此人打她算盘。

时间没有修复往日的创伤，她的心事那样重，心理阴影笼罩着她，当她在物质面前稍有动摇，虚荣心成精作怪，那件事儿带来的后续影响就会立刻显现，她赶忙跟自己说，自己的身子已经破损了，不能叫名声再坏了。

她的自尊心强于旁人，她极其看重荣辱羞耻，要是让她为物质奉献肉体，她宁可吃糠腌菜，也绝不给男人可乘之机，她心里只记着舅妈那句"勤俭吃苦才能富裕"。要是按照当下这股勤俭吃苦的劲头儿，再过几年，兴许能攒下钱，心急吃不了热豆腐，别看现在自己一穷二白，只要每天勤劳苦干，还怕手里攒不上钱？从现在开始攒钱吧。

为攒钱她节衣缩食，一块、一毛，甚至一分钱，在她眼里都大有用途，没过几天，她就攒到一百元了。

没见过世面的年轻女子，是不知道天高地厚的。

她天真地想，这样一块一块地攒，攒两三万不算难事儿。

她又想，两三万到手如何保管？是交给舅妈还是自己掌管？有钱也麻烦。可眼下自己身无分文，不用担心这些，还是先一门心思攒钱吧。

就这样，今天攒一点儿，明天攒一点儿，好不容易攒到两千元，数着这笔辛苦钱，她又是高兴又是担忧，不知道藏哪儿才保险。她将这笔钱一会儿塞到枕头芯里，一会儿塞进柜子里，一会儿塞到鞋盒里，一会儿塞进棉衣口袋里，真不知该如何处置这笔辛苦钱了。一会儿担心丢失了，一会儿担心贼偷了，辛苦攒的钱，太不容易了，哪能掉以轻心啊。

正当她为这笔积蓄担忧时，厄运悄悄向她靠近……时间到了2008年，她所在的地产公司突然破产，老板跑路，售楼部变得冷冷清清，身边的几个姑娘有人回老家准备结婚，有人去南方找出路。她在北京三年有余，由于身上积蓄少，一时没找到新工作，生活很快捉襟见肘，这样下去，怕是北京没有她立足之地了。正在她发愁时，小芳说要结婚了，对象是个北京男人。她听后吃惊不小，小芳找了个鳏夫，今年五十一岁，是某工厂里的工程师，比小芳年长三十岁。

小芳说，眼下工作难找，为了糊口有份安稳生活，把自己嫁出去也算万全之计。

这名工程师北京户口，北三环有套两室一厅的老房子，唯一一个女儿刚出嫁，工程师没有牵挂。

男人老了不花哨，老夫少妻可靠。

小芳占便宜般，说着这桩好姻缘。

她得知小芳要嫁人，难免有点儿失落感，小芳终究在北京落脚，不管为了落脚嫁人，还是为了嫁人落脚，总算有了归宿。她呢，三年里遇见不少追求者，都一一拒绝了。她想靠自己改变现状，对生活、对人生、对未来，一直抱有念想，那念想虽说有点儿虚无缥缈，毕竟给她带来盼头和希望，她的心还没有死，还在憧憬好生活。她多少有那么一点儿冒险精神，想为自己拼出一个世界来。那世界也许不真实，也许困难重重，也许根本不可能，她还是一心往前冲。青春就是要渡过千难万险，经历千回百转。如今，她才二十一岁，这具伤痕累累的身体，还没有领略生活的芬芳，哪能只为一张嘴一张床，匆匆走进婚姻殿堂？

　　她想起初到镇上时，舅舅牵着她的小手，她整个人吓得瑟瑟发抖，怕镇上人窥探她藏匿起来的秘密，她时常钻进舅妈房后的树林里，蜷缩身子，背靠大树，将大树视为生身父母，跟大树诉说苦难人生。每片树叶就是一只眼睛，它们对她一往情深，风儿刮起来时，无数只眼睛关注着她，它们比人类仁慈得多。那时候，她会想起父母的无奈、奶奶的怨恨，想起县城里一双双鄙视的眼神，那眼神幸灾乐祸地追逐着她，直到她避世离俗、销声匿迹。

　　她曾拜倒在死神帐下，等待死神的垂怜和赏赐，死神可怜她太过年轻，怜惜她心善貌美，不忍让她一命归西。而今她接受死神的恩赐，又接受命运的眷顾，拜不幸所赐，她的内心无比强大，再也没有任何灾难能将她摧毁、击垮，她不会迷失自己。不屈不挠的性格，无所畏惧的抗争精神，坚定不移的必胜信念，促使她去跟命运赌气，跟生活较劲儿。命运将她带到这步田地，她心有不甘，要挣扎一番，兴许会有一个美丽人生，她乐观地想着看不见的未来。

　　她从命运那里接受正面善意的引导，世界是美好的，不能用消极态度误解人生，她用超现实的眼光，为自己描画美好的远景，让自己跌倒了爬起来，再跌倒，再爬起来。她走出阴霾了吗？也许是暂时的，人有时候战胜自己比登天还难，经历肉体和精神的双重打击，她比旁人更冷静、更理性、更现实，看人看事有自己的想法。虽说学识浅薄，没有深邃思想和高深见解，但苦难本身就是一本催人成长的励志书，让她过早成熟，过早看透生活，过快把握生活要领。

　　苦难有时候是磨难是灾祸，更多的时候是使人成才的奠基石。

2

田伶儿两手空空回到镇上，镇上跟她年龄相当的姑娘，结婚的结婚，订婚的订婚，谁也不敢辜负短暂的青春。镇上女人见她孤身一人，纷纷围住她，叽叽喳喳说个不停。

她们说，伶儿长得这般美，哪能孑然一身没对象？

美配丑，老配小，美女配阔佬，伶儿太挑剔，这可不好。俏女子把青春当摇铃，叮当叮当地吸引男人，伶儿要向小惠学习，翻阅小惠那本"发家史"，可是一部脍炙人口的"女性励志书"啊！

小惠不只外表长得仙姿玉貌般美丽，心中那盘棋，也是摆布得紧锣密鼓，那张脸只为金钱施展笑颜，那双眼只盯着南方大老板。真是胸有谋略，心有计策，有什么样的追求，就会迎来什么样的人生，短短几年，小惠的心愿就实现了。小惠找的大老板，老婆是当地富家女，不能生育，大老板借小惠年轻貌美身体好，为他生孩子，大老板老婆有言在先，小惠只管生孩子，不能追要夫妻名分，真金白银想要多少尽管领。大老板先给小惠父母送彩礼，接着在镇上连摆三天宴席，掏钱搭建舞台，请县里演出队演节目，那群穿着超短裙的小姑娘，扭着屁股唱"我的未来不是梦"，唱得夕阳余晖钻进云里，唱得天红了、地绿了、庄稼地长出鲜艳艳的果子。

三年来，小惠生下一儿一女，大老板奖励小惠百万人民币，又在县城给小惠买了一栋小楼房，指明楼房将来用作开宾馆。大老板比小惠年长二十多岁，老夫少妻过得很幸福，虽说二人没登记，但小惠手握真金白银，结不结婚无所谓。

镇上女人夸完小惠骂小红，骂她是缺心眼的大笨蛋，只知道跟男人搞，不知道把男人哄好抓牢，跟县城一个生意人云里雾里搞半年。小红怀孕后，生意人又在外面混女人，等小红把孩子生下来，生意人撵小红回镇上，说俩人没领结婚证，法律不保护两人的关系，给小红两万块钱安置费，让小红把孩子交给奶奶带，小红无牵无挂可以再嫁。

起初小红不同意，生意人便对小红拳打脚踢，什么少林功夫、太极八卦掌，全用上了，打得小红全身淤血、鼻青脸肿，差点儿丧失直立行走的能力，小红抵不过生意人的猛攻，拿了两万块钱回了镇上。

以前在镇上，小红是有名的瘦西施，再回到镇上，小红一脸黑斑，全身臃肿，镇上人都说，生意人把小红打成了罗圈儿腿、罗锅腰。

镇上女人说，女人一贱天昏地暗，小红贱人贱命不值钱。男人都是一个熊样儿，碰见软的，一哄上床，碰见硬茬儿，黄金万两。男人那颗心靠女人那根绳来拴，小红把男人那颗心当爱情，结果爱情没了，男人飞了。

镇上女人说，女人的职责是管汉吃饭，小红只知道吃饭，不知道管汉，吃成个水桶，汉子却找了个妖精。女人心眼要装脑子里，不是装裤裆里，小红把心眼装进裤裆里，结果裤裆烂了，心眼掉了。

镇上女人说，男人挣钱女人花，女人花钱男人看，男人越看越想挣，女人越花越好看，长得美丽又花哨，男人最吃这一套。小惠把男人使唤得好，金银财宝全有了，小红只知道跟男人睡觉，睡到最后，穷困潦倒没人要。男怕入错行，女怕嫁错郎，婚姻大事不能草草了事，不能太匆忙，伶儿一定要擦亮双眼，别学小红睁眼瞎，摸个驴蛋当钱花，把镇上姑娘的脸面丢尽了。以前登门说媒的真不少，现在一个没有了，咱镇上的有钱男人，都到县里鬼混了，哪会看上小红啊。女人一步把握不好，往下越走越难熬，伶儿比小惠还要美，起码要嫁给生意人。

镇上女人直言快语聊着婚姻，在她们眼里，婚姻是笔交易，小芳、小惠交易成功了，小红交易失败了。

镇上女人带她去小惠家，听小惠炫耀东莞工厂有多大，听小惠讲如何跟大老板老婆做成一对姐妹花，成了工厂二当家。

小惠说，这次回来是给工厂招工人，要是伶儿愿意，下月带她去上班，管吃管住，每天包装电动玩具，手疾眼快就能赚钱。

小惠说得天花乱坠，她半信半疑，镇上女人趁机说，大城市里机会多，伶儿长得这般好看，万一遇上大老板，不用生娃就能得到一大笔钱，赶紧去吧，跟着小惠挣大钱吧！

伶儿又开始琢磨了，去东莞工厂试试看吧，兴许真能攒下一笔钱，与其待在镇上坐吃山空，不如跟着小惠投奔钱。镇上青年大都背井离乡，投奔钱了，再说大城市里机会多，待在镇上谁给钱？

她当机立断，答应下来，跟着小惠直奔东莞，一门心思投奔钱了。

在东莞，每天守在车间，机器不停运转，她一个动作重复不变，手忙脚乱，头昏目眩。工厂监工看得严，渴了忍着不喝水，生怕上厕所耽误时间，工厂计件儿给工钱，一个玩具几毛钱，虽说抽成不算多，但按劳取酬，积少成多。只要进到工厂里，抖擞精神，集中精力，吃饭铃声响几遍，两耳就当没听见，拍拍肚子晃晃肩膀，跟自己说再干一点儿，多干一点儿，一顿两顿不吃饭，又减肥又省钱。

没家底的年轻姑娘，每天都在算计进账，一个玩具抽成是多少，今天能挣几个钱。

其间小惠看过她三次，小惠又要生孩子了。小惠说，生完孩子回县城，准备装修小洋楼，楼房装好开宾馆，每年能挣几十万。小惠说，伶儿要是不想在工厂干，就回县城宾馆跟她干，伶儿干活麻利又勤快，不出一年，银行肯定有不少存款。

这话说到她心坎上了，每个人的活法不一样，虽说自己挣钱很辛苦，却不想学小惠生娃挣钱。每天扑在工厂里，拼死拼活挣工资，节衣缩省吃俭用，就为银行有存款，除了工厂和宿舍，自己从来没有逛过闹市，东莞城市有多大，都有几个景点几处名胜，对她来说全然不知。

在北京打工时，她跟小芳逛过故宫，长安街上看过风景，天安门前合过影。来到东莞后，她就像个包身工，身心全被工厂掏空。别的工友下班后，三五成群逛逛街，小地摊上撮顿饭，人家叫她一块儿去，她总是摇头摆手说，有那工夫，再装几个电动玩具。工友们都笑话她，钱是她的男朋友。可不是吗，伶儿每天只想电动玩具，做梦都在想抽成，每天起床头件事，就想着哪天银行能存六位数。

存六位数并不难，好好干活儿努力挣钱，没日没夜加班加点，宁叫肚子受委屈，也要多挣几块钱，工厂那些小姐妹，说她要钱不要命，她才不管谁说啥。她心想，出门打工就为挣钱，不挣钱出门干啥呀？虽说这钱挣得辛苦，却是简单手工操作，不用点头哈腰伺候人，不用假仁假义骗客户，不用违背良心说鬼话，更不用担心酒鬼们动手动脚调戏她。

在北京售楼部做销售，从早到晚口吐白沫，时间全由客户掌握，每天忙到半夜三更，生怕业主不高兴，这单生意泡汤了，白白

17

丢掉一笔提成。东莞工厂多劳多得，工友全是农村来的，条件相当，身份对等，谁也不会高人一等。工厂实行签到制，不去上班便扣工资。假如今儿想去游山玩水，必须向车间主任请假。

事情有好的那一面，就有坏的一面摆在眼前。北京打工那会儿，可比东莞强很多，东莞工厂伙食差，职工宿舍脏乱差，每天下班，伶儿一身臭汗，披头散发，灰头土脸，不用化妆，不用洗脸，脱掉衣服就睡觉。远走他乡只为挣钱，谁在乎你穿戴体面？六个女工挤在一起，霉味加上汗臭味，在空气里弥漫。每天晚上躺床上，十个手指头当算盘，扳着指头算呀算，今天包装几个玩具，分到手里几块钱……逢到月底发工资，女工们相互打探，谁又多挣了几块钱，挣得多的那一个，脸蛋儿笑得最灿烂。

这样干了两年多，统共攒下两万元，她哪见过这么大一笔钱呀，赶紧静下心来算一算，一年一万，十年十万，这样攒，哪天才能攒到小惠那笔一百万呀。

她拿小惠做参考。

小惠生孩子，大老板奖励一百万，外加一座小楼房，楼房折合成人民币，起码也有二百万。哎哟，这要干到猴年马月，才能撑上那笔巨款？

不行，要加班，天天加班，一天干二十个小时，年轻身体好，老了想干也干不了，趁着年轻多挣钱，一天只睡四个小时。可这样坚持一个月，全身零件跟她造反了。

只要进到工厂里，听见机器轰隆声，大脑就罢工，不是头痛，就是眼花，站都无法站立了。身体不再灵活了，耳朵听见机器轰鸣，就像听到爆炸声，轰隆！轰隆！震耳欲聋，震得她都要神经了。两手也不灵活了，包装玩具总出错，气得车间主任总骂她，问她是不是跟男人偷情过了火，没有精力干活了？她强忍着怒气继续干，生怕一耽搁，又要损失不少钱。就这样坚持了一个星期，她终于躺在床上不动了，足足躺了十多天，跟工友说，机器声把耳朵震聋了，眼睛震蒙了，脑子震乱了，再歇两三天，去别的工厂看看吧。

工友们见她要钱不要命，纷纷给她出主意：年纪轻轻长得美，哪能守在工厂里呀？累死累活一个月才三千多，不如去东莞大酒店，听说一个月净挣好几万，要不去那儿试试看？

一个月净挣好几万？这等好事儿难遇见呀，要不过去试试看？

在北京干过服务员，对酒店有几分把握，相信自己能干好，起先只想工厂工资高，劳动致富最靠谱，而今看来是自己一厢情愿，劳动致富非常难，她暗自盘算离开玩具厂，寻找更好的发展空间。趁带病休息，她背着工友来到东莞大酒店，跟酒店大堂经理见了面，大堂经理当场拍板，让她明天来上班。她没想到这样简单，急忙联系小惠，跟小惠说不在工厂干了。当晚，她掏光身上的人民币，请工友吃路边小地摊，这群没见过世面的年轻女工，将东莞大酒店想像成皇宫金殿。

她们说那是富人光顾的圣地，是有钱人光临的仙境，那里有世上最昂贵的酒品、世上最美味的佳肴、世上最舒服的床榻、世上最美丽的姑娘，那里有富可敌国的商人、才华横溢的才子、高不可攀的富豪、清高孤傲的圣贤。

女工们说田伶儿胆大心细，说干就干；女工们说，东莞大酒店要求高，田伶儿长得美，才有资格去应聘；女工们说，田伶儿明天一上班，后天就能挣好几千。

她听得热血沸腾、飘飘欲仙，真是通权达变、独具慧眼，选上这家高档酒店，这次看来真要挣大钱了，要是一天能挣好几千，用不了多久，成为富商巨贾这个梦想就能实现，要是舅妈知道她一天能挣好几千，还不连着笑三天呀。

她做足了准备，再次投奔金钱。

一个叫冰儿的姑娘教她如何走猫步，如何化妆，如何打扮……这样练习了两个星期。她从头到脚得到了彻底改变，不再是只知劳作、没有品位的傻丫头。眼前这位妙龄女子，身段灵巧，袅袅绕绕，举手投足之间尽显温柔乖巧。等到冰儿为她穿上白色连衣裙，配上白色高跟鞋，再看她，美得叫人眼光不忍离去。

冰儿说，晚上要在展台走猫步，记住要吸腹收腰，耸立乳房。

在北京做服务员，只是点菜倒茶送水，穿着干净整齐就可以，这家酒店在她看来很诡异，衣服穿得很露骨，走路还要扭屁股，那打扮那姿势，就像 KTV 里朝歌暮弦、倚门卖俏的小女子。她心里有点儿不情愿，再想想一天能挣好几千，从今往后，钱不再是水拿捏不住；一天能挣好几千呢，十天就是好几万，一年挣上……富商巨贾就要实现了。

她开始为收入忧心了，一年能挣百十万，这可如何用得完呀！她展开丰富想象力，想着如何支配一百万：

表弟学费、生活费全包了，舅舅、舅妈每日三餐要吃肉、喝肉汤，小姨姨夫每日三餐也要吃肉、喝肉汤，算下来顶多十来万，哎哟哟，那样一笔巨款，该要如何去使用呀？

像小惠那样在县城买座小楼房，将来学小惠，开家宾馆收利润；或是在山里为舅妈承包一千亩地，舅妈常念叨要在山里承包土地，种果树，种中草药。山里承包土地顶多几万块，再算上购买果树、中草药，顶多用去两三万。哎哟，还有大笔余款，该要如何花掉这笔钱呀。

穷人得到一大笔金钱，先想穿衣和吃饭，再想住房和田产，剩下的余款，存在银行最保险。田伶儿就这样想，真要有那一百万，存进银行赚利息，闲来没事看存款。哎哟，一百万，镇上最富的商人，存折上顶多五十万吧。

想着即将到手的一百万，她心满意得，心花怒放，画个浓妆又咋样？各地风俗不一样，入乡随俗，才能得到大众欣赏，我这小脸庞，画上浓妆跟先前一点儿不一样，单从外表看，多像名门贵族的俏姑娘呀。工厂里的打工妹，原来也能这样漂亮，比城市女人还漂亮，比电影明星还闪亮，今晚我要靓丽登场，富人们，快把金钱拿在手上，我的举止很得体，我的服务无可挑剔，一流服务换取最高奖励，这也是服务行业不成文的规矩。

3

冰儿带她上舞台，几位姑娘站在台上，跟她年龄相仿，浓妆艳服跟她一样，搔首弄姿，作势拿腔，翩若惊鸿，左摆右晃，台下男人派头十足，看着姑娘指指点点，这盛况，对她来说，可谓是开天辟地从未遇上，把她搞得晕头脑涨，弄不明白这出戏，为啥这样表演呢？台下这群很有派头的男人，究竟是模特公司经纪人，还是电影厂里的制片商？

冰儿说，姑娘们，动动臀部，晃晃乳房，看谁性感，谁最漂亮。

音乐响起，姑娘们跟着音乐起步走。她因头次见这场面，又紧张又害怕，人在台上扭来扭去，心里有点儿飘忽不定。一曲音乐没放完，冰儿招手叫她下去，带她走到第一排，一位男士站起来，男士穿着白衬衫，露出一脸笑容，文质彬彬的样子。

冰儿说，段老板是东莞名人，东莞酒店这些妹子，都想跟他沾光。看上你，是你三生修来的福气，赶紧伺候段老板去。

她弄不明白冰儿这些话有多少含义在里头，迷迷瞪瞪地看着段老板，那人拉她走出去。她并不知晓段老板是嫖客，心想这段老板要带她到哪里去？

她想问一声，又怕坏了酒店规矩，段老板一脸斯文，不像坏男人，先前在酒店的打工经历，叫她对男宾客略知一二，不喝酒就不会乱分寸，眼前这位段老板，估计点她陪喝酒，不少酒店有这项业务。

心智单纯的小女子，误把嫖客当好人，虽说左右顾盼很犹豫，却是亦步亦趋，不敢怠慢。段老板打开 206 房让她进去，她站在门口进退两难，早年那件事儿，很快给她心理暗示，段老板想要强奸她。等听到房门咚的一声关上了，她不由自主两手交叉，护着前胸向后退，嘴里问着，您这是要干啥？

关上门的段老板，用了不到一分钟，便将自己脱得一丝不挂，段老板叫她脱裙子，说你太美了，老子一分钟都不想等。

段老板一下子朝她扑过去，她没见过赤身裸体的男人，突如其来的攻击，吓得她魂不附体，双手推着段老板，避开扑过来的胖身体。段老板扑了个空，扶着墙直喘气，叫着我的小美人，我没看错，你是初次，看把你吓哩，放心吧，老子不会亏待你，要是愿意，老子包养你，一年给你一百万，不行的话二百万。老子睡过不少女人，还没见过谁像你，生怕老子睡了你。这家酒店干啥的，就是给老子送女人的，快脱掉这条破裙子，再不脱，老子撕了它，回头给你买新的。

她原想脱身离开那间屋，听见段老板口口声声说着钱，说得是那样霸气，好像钱是他印出来的，她忍不住停下脚步，犹犹豫豫，半推半就。

钱是主心骨，钱能壮胆，钱能帮她走出黑暗，没钱万事艰难，有钱的人谁见谁喜欢。她想在城市做出一点儿成绩，为县城父母长脸，让县城人待见她。她多想回到县城呀，多想跟父母亲近呀，要是有钱了，奶奶不会对她爱搭不理，要是发达了，她多年的夙愿就能实现了。

段老板说的一年一百万、二百万……那得是多少钱呀。

在北京日夜劳作三年，她没有攒到一分钱，东莞工厂打工快三年，省吃俭用才攒下两万元，跟段老板睡一年，就能到手一百万、二百万，这钱来得太容易，比小惠挣钱还容易，她真想得到这笔钱，变成田百万，这正应了镇上女人那句话，伶儿长得美，哪个老板不稀罕？跟段老板睡一年，不生孩子就挣大钱，身子交给段老板，权当在工厂做苦力。工厂计件发工钱，一年累死累活几万元，段老板一年送来一二百万，换谁愿意留在工厂劳作，拒绝有钱的段老板？

段老板发誓，声称绝不亏待她。突如其来的发财机会，叫她有点儿蒙圈，是接受，还是拒绝？真是很难抉择呀。

不就一个躯体嘛，送给段老板又如何？漂亮女人财运好，智慧女人前程广阔，这是小惠对她说的。要不跟他签约吧，只签一年，拿到金钱就解除合约，外人谁会知道呢。

没见过世面的漂亮姑娘，很难在利益面前保持清醒，她是个头脑冷静的姑娘，幼年生活条件优越，出门挣钱也是为了证明自己有能力，好给县城父母长脸。这会儿面对段老板的金钱诱惑，一边动心一边思索：万一叫人知道了，传到县里，传到镇上，往后可咋回去呀？舅舅、舅妈是镇上有文化的明理人，父母也是县城有身份的人，要叫长辈知道她在东莞干这事，怕是要和她断绝关系了。这些年，为保全自己的清白身体，吃苦受罪，颠沛流离，就等县城爷爷奶奶、叔叔阿姨、哥哥姐姐、弟弟妹妹接纳自己，县城里的亲人们，等自己荣归故里呢，千万不能徘徊迟疑，赶紧拒绝老色鬼，有时候钱对人来说是陷阱，一旦掉进去，想爬上来可不容易。

她刚想拒绝段老板，又有个声音对她说，富人包养你，往后你要发达了，你的运气也真好，富佬叫你遇见了，不少姑娘为挣钱，卖卵子做代孕，可比睡觉辛苦多了，年轻女子多妖娆，借着青春乐逍遥，没有金钱举步维艰，没有良知活得更欢，赶紧快点儿考虑好，是跟老板上床睡觉？还是趁机赶紧溜掉？

金钱世界光辉灿烂，弃之而去难上加难。可幼年那件糟心事，此时此刻闪现眼前，哪能为钱丧失尊严？要给县里亲人长脸，就要活得清清爽爽，瞎搞鬼混虽挣钱，却要承担名誉风险，想来想去不划算。

她虽说万般不舍，左右为难，最终还是战胜诱惑，她左躲右闪，她的力气那样小，早先对男人生出恐惧感，让她面对段老板，又惊又怒又害怕。段老板不停地撕扯，她不停地挣扎，男人力量毕竟大，几个来回，她就被段老板按倒了。

那块玉米地，那个强壮男人，她奋力挣扎……

门突然被撞开了，她看见有人冲进来，又听见段老板气急败坏大叫，我操，还没操上，真他妈倒霉。

那个胖身体，从她身上滚下来，被人拖了出去，她惊慌失措朝外看，全是警察的身影。一位女警朝她走过来，叫她赶快穿好衣服。

这时候她才发现，自己衣不蔽体了。她急忙整理好裙子，跟着女警走出屋子。酒店宽敞大厅里，蹲着一群服务员，里里外外全是警察，这场景深深刺痛了她，让她回到了过去，婶婶和邻居带她走进派出所……

两名女警反反复复询问她，然后将她带到医院里，后来又送她回家……

女警推她上了警车，她心慌意乱、六神无主，不知道怎么一回事。不懂法律的她，还在琢磨警察为何抓了她？

透过窗子看天空，做着富商巨贾梦，自己骗自己，咋就如此幼稚呢？而今钱还没挣到，被警察抓到警车上，那群一起登台的小姑娘，跟她坐在一辆车上，个个表情麻木，沮丧绝望，她们跟她的身份一样，都从农村来到东莞，凭借自己长得美，想在酒店挣大钱，经过严格培训今天上岗，还没挣到一分钱，就被押到警车上。她们跟她一样，吓得瑟瑟发抖，精神紧张，有个十六岁的姑娘，拉她衣角低声喊，姐姐、姐姐，要把咱们送哪儿呀？她哪知道送哪里，反正不会送回家，就是真的送回家，顶多在家待上一星期。农村漂亮女孩子，就是家里的挣钱工具，为父母挣养老钱，为家里挣生活费，为哥哥弟弟挣彩礼，承担养家糊口的重任。

她跟她们不一样，她们出来是为家里搞创收，挣不到钱不能回去；而她是为争那口气，为证实自己有能力，她比她们出身高贵，只是命运将她带到山窝里，让她跻身她们中间，做她们的同路人。

两名女警带她下车，走进一间小屋里。其中一名女警问她姓啥名啥，她说今天刚上班，跟段老板初次见面，跟他啥事儿也没干。

女警盯了她一小会儿，对她说坦白从宽，抗拒从严。

她沉默了两分钟，那就坦白从宽吧，干脆从头说到尾，在北京打工、去东莞打工忽略不说，只说哪天来到东莞玩具厂，再到东莞大酒店，这两周的事儿。

今儿是第一天上班。

两位女警低头耳语，像是商量如何处置她。

4

女警告诉她，那个东莞大酒店是卖淫嫖娼组织。她差点儿成了那个团伙的成员，但她因不知情，又因尚未实施卖淫行为，因此这次不予追究。

她心灰意冷，举步维艰，决计离开东莞回去镇上，让担惊受恐的身心，暂时得到休养。这当口儿她又接到段老板电话，段老板说她太美了，愿意出钱包养她。她并不知道包养是不是违法，如今已经走到山穷水尽，包养也算一条绝处逢生的好出路。

当初她一心想着来东莞挣大钱，将自己整得像一台笨重的、老掉牙的印钞机，拼命印钱，印出来的人民币却寥寥无几。

她对东莞是没感觉的，若是有的话，就只有机器的轰鸣声。她对北京也是没感觉的，唯一感觉到的是奔跑。她一直在奔跑，为生存，为生活，为在城市站稳脚跟。

段老板对她不死心，看来对她是一片真心。

要不是因为那件事儿，她肯定不假思索就应允段老板。从十四岁那年起，纯洁、清白、名声、名誉，始终回荡在她的脑海里，她很看重"耻辱"这二字，要是被段老板包养，田家大门怕是今生进不去了。

她最终放弃了这个选项，尽管有点儿不舍得，却因有不可抗拒的理由支撑着，让她毫不动摇拒绝了，接下来该何去何从？回镇上听天由命不是好的选项，而留在东莞，自己差点儿成了扫黄对象，年轻女子没有社会经验，最容易成为不法分子的目标，考虑来，考虑去，有条道路很合适，就是像小芳那样嫁出去，嫁给一个条件一流的男子，摆脱当下的困境。

她在镇上度过二十四周岁的生日，在艰难险阻中寻找成功的钥匙，见过世面的她已然明白，现实与理想是格格不入的孪生兄弟，她将六年来的苦苦劳作，当做冥顽愚蠢带来的苦果，成功人士没有简单的经历，只有复杂的社会背景，嫁人对年轻姑娘来说，正是改变命运的最佳途径。她不再是见人羞羞答答、扭扭捏捏的田伶儿，她心中有目标，主意已拿定，要用婚姻改变命运。她为自己定下择偶标准，年龄外表忽略不计，身家条件放在第一。

不善言谈的人，善于用头脑经营生活。

她积极寻找条件优越的未婚男子，羡慕那些嫁入豪门的幸运之星，祈祷命运为她赐福降福，让她攀附权势，嫁入豪门。

在镇上见过几位青年男子，可惜离她期待的条件相差甚远，过去她想靠自己挣大钱，而今想嫁给富裕人家，帮自己打开财路，怎奈身边既无高参又无向导，只能瞎子摸象自己勾画，凭空寻找心中的富贵人家。她秘而不宣、沉稳冷静，寻找门路四处打听，接连约见不同的男人，等她拒绝七个男人后，命运向她打开了幸福之门，先是让她经历猝不及防的厄运，而今迎来喜从天降的福星。

那会儿，她正在半山坡采野菊花，一位男子向她走来，问她见没见过紫罗兰？

她看着眼前的陌生男子，不由得两颊发红，精神紧张，紫罗兰开在城市花园，镇上没有人见过紫罗兰。

他见她羞涩胆怯，双颊绯红，急忙扯开话题，向她报出自己的姓名。

他说，他叫念恩泽。

说完名字他突然问，你是否愿意嫁给我？

她一下子愣住了。以前，在北京售楼部，不少年轻购房者，常拿这话调侃她，他们说她长得美，真想把她娶回家。

她和他萍水相逢，他如此唐突说这话，肯定是故意调侃她。

她装作没听见，继续摆弄那束花。

他说他是认真的，她太美了，叫他一见倾心，想娶她。

她刚要回绝他，不经意间朝不远处看了一眼，见那里停着一辆黑色越野车。她见过这种越野车，多是有钱公子的座驾。

她见他脸上写着认真二字，不像跟她开玩笑，脑海中很快闪出一个画面：她坐在车的副驾上，接受镇上女人的点赞，镇上女人说，伶儿终于找了个大老板。

他说出自己从事的职业、家庭情况等，重要的一点是，至今未婚。

他的个人条件相当不错——省城某大学音乐老师，三十二岁，独生子，父母在省城开酒店，经营粤菜和川菜，哪个年轻姑娘听了都会怦然心动。

唾手可得的机会，要是错过准会后悔。她想拿命运做次冒险的旅行，缘分将这位男子带到她面前，半山坡全是石子路，只有越野车才能开过来，这位男子在这里和她偶遇，不是缘分又是什么呢？她想抓住这缘分，靠婚姻完成华丽转身，机会就摆在面前，不能故作清高，错失良机。

她观察眼前年轻男子的一举一动，有一种天生的贵气在他身上，既有豪门公子的孤高傲视，也有经历风雨的含蓄稳重；既有脱离世俗的清俊高雅，也有饱经人世沧桑的老成谨慎；不说话只通过形体语言，就能感知他彬彬有礼的儒雅风度。她认定他是位有修养、有文化的有钱男子，不张扬，不张狂，不像许多有钱公子，浮夸强势，飞扬跋扈。

也许是对他感觉太过美好，在她看来，眼前男子是她二十四年来头次遇见的真命天子，她心中的白马王子，她的钻石王老五，她相信嫁给这样一位男子，生活肯定会富裕安稳。

一个女子，能过上富裕安稳的日子，也算是上天的怜悯了。

她远离故土吃苦受难，幸福指数不断降低，早先想靠个人奋斗拼得生活主动权，这会儿只想通过嫁人改变命运。拜命运赏赐，将这位男子送给她，不少人将这种缘分视为天意，视为无法解释的机缘巧合。此刻她正是这样想的，是老天将此男子带给她，有什么理由拒绝天意呢？

她拿定主意，定夺终身，寻寻觅觅的终身大事，就这样随心所欲、一锤定音。

是不是过于草率、过于鲁莽？哪有一面之缘就私订终身的？对这男子自己了解多少，他是不是花花公子？是不是好吃懒做的败家子？拈花惹草的浪荡阔少？

这问题容不得她多想，心里的一个念头将她牢牢捆绑，好机会可遇不可等，眼前男子一看就是谦谦君子，不像放荡不羁的纨绔子弟，不管是一见钟情也好，一时糊涂也罢，反正对方的结婚念头异常坚定，那就顺水推舟订下这门婚事。这对她来说，也算是死里求生、另辟蹊径，更是一个跳板、一次良机，婚姻兴许能帮她脱离苦海，走向新生。

她就要结婚了，且是嫁给省城里的有钱人，这需要多少代的修行积善，才能感化神灵降福于她。

她带念恩泽见过舅舅、舅妈，俩人在镇上拍了合影，舅妈带念恩泽招摇过市，意在让镇上人知道，伶儿找到了如意郎君，是省城有钱人。

俩人在镇上举行了简单的订婚仪式，让镇上人见证俩人关系，念恩泽回省城准备婚事，舅舅联系县城父母，将婚事全盘托出，征求他们同意，其实这不过是礼节上的寒暄，她已过继给舅舅，虽说姓氏未变，但跟父母的关系只剩下称呼而已。

舅舅挂掉电话告诉她，父亲说她没坐过飞机，特意买了明天的机票，让她坐飞机去省城，叔叔联系戴思，到时候让堂姐戴思去机场接她。

舅舅还说，父母为她准备了一份结婚礼金。

她有些悲喜交加，几年一路走来，一直想给父母长脸，看来这门亲事也算为父母长脸了，父亲安排她坐飞机去省城，这对她来说是多么高的待遇呀，活了二十四年，她还没坐过飞机，坐火车她都心疼车票太贵，哪想过坐飞机去省城呢？

镇上女人听说她要结婚，七嘴八舌、议论纷纷。

她们说，新姑爷长得有点儿磕碜，不过郎才女貌，新姑爷有才，这样的婚姻稳定可靠。

她们说，新姑爷瘦得一斤骨头、半两肉，一看像个病鸭子，往后重活、累活怕要伶儿亲自上阵。

她们说，新姑爷皮肤白皙，不是白净是煞白，阴阳八卦有解释，面相红而白，好事喜事来。新姑爷那张脸不红只白，怕是伶儿跟着他有难有灾。

舅妈听得着急上火，连连摆手说，乡亲们呀，咱可不能只看外表，人家念恩泽要是长得好，凭啥娶咱镇上姑娘？恐怕他早叫城市姑娘抢跑了。人家看上咱伶儿，是看咱伶儿长得美，大家可能不知道，人家父母在省城开大酒店，听说大酒店满屋满墙全是贴金的，人家家里房子好几套，轿车一家三口一人一辆，都不重样，还听说人家建设银行几百万，工商银行几百万，农业银行几百万，中国银行几百万，光这算下来，能有上千万了，不说这辈子，就是下辈子，下下辈子，咱也挣不到这些钱。

镇上女人听得龇牙瞪眼，掰着指头来回算，那小白脸究竟能有多少钱？

舅妈说，你们说人家那张脸不是白净是煞白，省城人哪个不是粉白粉白的，人家喝牛奶、豆浆，个个喝得粉白粉白的，人家念恩泽是弄乐谱的艺术家，你们见过艺术家吗？艺术家都有念恩泽那副没有血色的粉白的脸。人家一个大学老师，能够看上咱伶儿，你说屈才不屈才？人家不挑肥拣瘦，咱有话也要揣肚里，针没有两头尖，筷子两头不一般宽，人家不嫌弃咱，咱就别挑三拣四找毛病。嫁人嫁人，嫁得好成仙成神，嫁不好变成牛鬼蛇神，伶儿这门婚事，也是鸳鸯戏水碰上了，不远千里赶上了，缘分！

镇上女人随声附和：缘分！

镇上女人叮嘱她，去省城务必先领证再圆房，城市男人诡诈，万一有差错，吃亏的是她。男人都这样，不叫他靠近，他会天天想，一叫他碰了身子，他就吃饱肚子不慌张。对念恩泽，要叫他想着饿着够不着，饿了急了，他才会办证。领完证，要看好念恩泽的小钱包，钱包只能你来掏，别的女人谁敢掏，就要跟她来横的。男人是弹簧，你强他就弱，你弱他就强。伶儿一个人深入虎穴，焉得虎子得看本事。

不会生育的花斑狗，在她身旁拉堆屎，瞪着眼睛看着她；趴在树杈上的老花猫，喵呜喵呜冲她叫……一猫一狗看着她，眼巴巴看着她；镇上女人看着她，满含羡慕看着她；镇上孩子看着她，吸溜鼻涕看着她；镇上男人看着她，擦着口水看着她。女人们一再叮嘱她，赶紧生娃，娃儿才能拴住他，省城多好呀，别像小红把阵地给弄丢了。

她心里反复念叨着，省城多好呀，她定要在省城生根开花，定要为念恩泽生男娃，定要用婚姻那根绳，牢牢拴住念恩泽，这可比工厂劳作省劲儿多了，比盘算挣钱省心多了，比吃凉米饭、睡硬板床舒服多了，比出卖肉体安心多了。真是千算万算，也没能算出突如其来的巨变。

她和舅舅在男女老幼注目下走到镇子东头，望一眼远处怒放的山花，花斑狗摆着尾巴跟了很远，老花猫躬着脊背，站在树杈上看着，镇子留给她的最后映象，很快在视线中模糊不清了。

5

十年没回过家，犹如初去镇上那般陌生。父亲问，是伶儿吗？快进屋。她那颗心紧张得不行，那双黑眸转来转去，木偶般跟着舅舅，诚惶诚恐进入客厅。

这个家变化真大呀，比十年前阔气多了，地板亮得能照见人影，一面墙上挂着两幅字画，喜鹊登枝头，牡丹花盛开；另一面墙上挂着椭圆形玉佩，跟玉佩并排挂着相框，框里是没有她的全家福。

父亲一脸惊喜说，伶儿长成大姑娘了。

她不敢正眼看父亲，时不时地偷瞄一眼，这是父亲吗？比十年前老多了，那时候，父亲长得可帅了，说话总是文绉绉的，从没对她发过脾气。

听说女儿是父亲前世的小情人，看来前世这对情人相爱相杀，否则这世父亲怎会将她送给舅舅呢？

想着前世的小情人，好像玷污了父亲，赶紧正襟危坐，听父亲和舅舅说话。

父亲问及念恩泽。

舅舅说，戴思在省城打听过，念恩泽是独生子，他父母经营酒店，家境富裕，伶儿嫁过去不会受罪。

父亲似乎很满意，跟她交代遇事找戴思，戴思在省城当刑警，她的对象是检察官，有事跟戴思商量不吃亏。

那件事儿后，母亲对婶婶有怨气，奶奶天天骂婶婶，以前和睦的大家庭，因为那件事儿各人心存芥蒂，亲戚关系就此疏远，不到万不得已，谁也不登谁家门，因为那件事儿，叔叔逼戴思考警校，说将来当警察保护伶儿，要不是婶婶家的那块玉米地，伶儿不会出那事，婶婶有一定责任。

其实她心里明白，那事与婶婶无关，说到底是自己不小心，让那个浑蛋钻了空子，奶奶骂她是应该的，父母虽说嘴上没有埋怨她，心里想必对她也有怨气吧。

她不知道父母怎样想，十年过去了，父母怎样想已不重要，重要的是自己终于要嫁给好人家了，别再纠结那件事儿了，往后只想怎样理家过日子。

父亲问她想要啥？这一问把她问蒙了。这些年，她习惯把心事说给舅妈房后的树林听，那片树林是她的避难所，是她的慈父和慈母，是她的朋友和知己。她的所有见解和主张，所有的欢笑和眼泪，所有的心事和纠结，都会说给树林听，她已习惯独自承担痛苦和灾难，从没期望别人对她好，更没想过索取别人的奖励。今天面对久违的父亲，只有敬重和敬畏，只有听话和服从，父亲这样问她，已经让她很感激，她哪敢对父亲提要求呢。

父亲走进里屋，她轻声低语问舅舅，咋他一个人在家里？

她问这话有目的，十年来，父母没去镇上看过她，她想看一眼十年未曾谋面的母亲，以及从未见面的妹妹。

舅舅明白她的心思，对她说，人多说话不方便。

门外有说话的声音，父亲从里屋出来朝外看，她跟着父亲目光走，一眼便认出十年未曾谋面的母亲。

母亲比十年前消瘦不少，也许是身体有病的缘故，脸色太苍白，早年梳着长发的母亲，而今烫成短发，母亲穿戴很整齐，外表就能显露出好家庭的优越感。母亲看到她时，露出惊讶的表情，也许是十年未见，母亲记忆中的小丫头，而今已是亭亭玉立的大姑娘，母亲脸上的惊讶，好像有这层意思。

她又看母亲身后的奶奶，奶奶头发全白了，身体发福了，看上去很硬朗，奶奶拉着个吃蛋糕的小女孩儿，她知道那是她九岁的妹妹，扎着小马尾，穿着格子裙、白长筒袜、红皮鞋，脸蛋抹了胭脂，红嘟嘟的甚是好看，那不就是小时候的自己吗？多漂亮的小姑娘呀！

那会儿，舅舅想带她离开已来不及，想躲闪，也没个躲闪处，她只好站在客厅，做出准备走的姿势。她倚在舅舅的身边，等父亲开口叫她和舅舅离开这个家。

父亲问，今儿咋这么早放学了？

奶奶答，第三节体育课没上。

她看着妹妹，妹妹也看着她，并问旁边的母亲她是谁？

母亲犹豫了一下，瞥父亲一眼，平静地说，你乡下表姐。

奶奶拉着妹妹，懵懂地看着她，似乎是不认识她了。

她想，奶奶真是老糊涂，这样一个活脱脱的田伶儿站在面前，愣是没认出她来，瞧妹妹那身打扮和装束，跟她小时候一模一样，奶奶的记忆兴许停留在十年前，错把妹妹当成她了。那时候奶奶非常娇惯她，天天一句一个宝贝地叫她，即便十年、二十年、三十年过去，人的记忆也不会消失，有些东西会深印在脑海里，哪能说忘就忘？奶奶用十年时间，将她埋在记忆深处了。

奶奶说，小宝贝，快上楼弹琴，老师晚上教新曲喽！

奶奶不再看她，拽着妹妹上楼梯。

她心里一阵酸楚，妹妹不就是她小时候的翻版吗？眼见妹妹朝楼上走去，她仿佛整个人跟着妹妹踏上楼梯。

母亲迟缓一步，从父亲手里拿过信封递给她，叫她购置结婚用品。

母亲说，这些年身体不好，田甜又小，没时间去看她，但按月送生活费，钱可是没少了她，想必舅妈不敢亏待她。

母亲边说边看舅舅，舅舅低下头。她不想让舅舅伤心，那一刻她的嗓子像塞了一坨棉花，始终没能发出音。

母亲说要上楼吃药，临走瞟了她一眼。她用陌生的眼光看着母亲，十年了，母女之间很生疏，没有任何感情起伏。母亲眼神在她身上扫过去，开始朝楼梯走去，她看着，直到母亲身影消失。

那会儿她多想跟母亲说句话，随便说句什么话，真想叫声妈，可她什么也没做，一动不动地站着，一句话不说，不知道说什么。母亲就这样从她眼前消失了，她突然感觉有点儿难过，甚而有点儿后悔、有点儿自责，你是母亲的女儿，不管怎样，母亲生你养了你十四年，虽说近十年在镇上生活，母亲按月送生活费，一点儿没有亏欠你，刚才母亲那番话，就是跟你解释，其实母亲心里一直牵挂你，母亲用钱的方式，向你表达着关心，跟你解释这些年为何没看你，作为母亲和长辈，哪用跟你解释呢？母亲这样解释，还不是因为心里有你这个女儿，你怎能不理解母亲的良苦用心，怎能见到母亲沉默不语，连"妈妈"的称呼都不叫呢？

也许是十年没叫过，现在让她脱口而出太难了。

父亲跟舅舅说，要回单位开会，你替我去机场送伶儿，已经跟司机交代了，送完伶儿让司机送你回镇子。

父亲说完，看她时露出笑容。

那件事儿后，父亲从未对她笑过，这一笑，把他埋藏在心里十年的感情，一下子给流露出来了，那颗心像盛开的花朵，父女间的感情很快复苏了，她有些可怜父母了。

父母因为她，承受了太多流言蜚语，生活对父母来说多不易呀，他们内心肯定有不为人知的痛苦。

想到这些，她更加同情父母，更加觉得自己罪不可赦了。

去机场的路上，舅舅告诉她，红信封里有一万块钱，是父母送的结婚礼金，要装在舅妈缝好的内衣里。

听到此话，她心里咯噔一下，好像自己一下子变成富翁了。

她急忙攥紧花布袋，布袋里装着小姨买的新衣服，红信封压在新衣服下，她并不知道红信封里装着巨款，还以为母亲给了她一千元，虽说一千元对她来说也是一笔巨款。

在北京打工，在东莞打工，身上的现金从没超过二百元，钱在手里还没暖热，就进了银行，进了房东钱包，进了餐厅，进了公交站、地铁站，她就像钱的周转站，钱很少在身上躺到第二天，如今哪想到，红信封竟然躺着巨额财富，她身上居然有笔巨款。

一到机场，她就跟舅舅说要去厕所。等关上厕所门，按上插销，屁股坐在马桶上，这才松口气，她从布袋里掏出红信封，将外套扣子解开，掀开内衣，露出碎花大口袋，口袋里装着舅妈给的两千块钱，她小心翼翼将口袋拆个口，拿出红信封里的一万元，那颗心跳得很急促，两只手不停地颤抖，有生以来，她哪见过这么多现金呀。

她拿着钱，正面反面来回看，想着一万块钱有多重？大概一斤三两吧，这可是今生以来摸过的最大一笔巨款啊！她抚摸着，忐忑着恨不得将这笔巨款吞下去，吞进肚里才安全。

她恋恋不舍地将钱分为五份，叠起来装进碎花口袋，将内衣捋平展，扣上外套纽扣，那笔钱在左胸脯偏下点儿的位置，能听见心脏的咚咚声。

她走出卫生间，跟舅舅道别，眼睛湿润了，这一刻她才发现，自己非常留恋镇子，留恋舅舅、舅妈，她甚至觉得，镇子就是她的根，一个人哪能忘记自己的根呢？那一刻她暗暗发誓，将来有钱了，一定要回报舅舅、舅妈的养育之恩。

飞机起飞，她紧闭双眼。

需要饮料或甜点？

空姐的声音打断了她的思绪，她睁开眼，飞机从升腾归于平稳，机上的人或慵懒地看报，或喝着茶水、饮料。空姐推着食品车走过来问她，她看到空姐露出米粒般的小牙（她这样想空姐的牙），空姐戴蓝色帽子，穿蓝色套裙，粉妆玉琢，亭亭玉立，看得她心脏扑通扑通猛跳，她没人家好看，小惠也没人家好看，小红跟人家比，就是猪八戒比王母娘娘。

她红着脸说，咖啡。

空姐倒了杯咖啡递给她。

先前走南闯北辛苦挣钱，她的身影多停在工厂、饭店、售楼部，哪接触过飞机？人要往高处走，只有走到高处，才能坐观远处风景。婚姻帮她坐上飞机，带着她往高处飞去，下面的风景一览无遗，这风景换做先前，她肯定看不见，婚姻将她带到了制高点。这会儿，她的眼界不再是机器、纽扣、玩具、衣冠不整的女工、拥挤不堪的宿舍、肮脏恶劣的环境，这里的男士衣冠楚楚、彬彬有礼，姑娘们穿戴好看、楚楚动人，可能感觉太好了，让她瞬间拔高这门婚事。虽不知道念家产业有多大，家底有多厚，却想着念恩泽绝对是富贵傍身，富得流油。从今往后，她将过上高品质、高质量的富人生活。

从贫穷到富贵，有些人奋斗一生一无所获，有些人从生到死富贵相伴，她用婚姻这样一种特殊方式，实现由此及彼的飞速跨越。她为这美好景观欢愉起来，那双眼算是开了眼界。生活在镇上的她，接受镇上女人的言传身教——女人长得美嫁得好就是能耐，生活的好坏靠婚姻来决定，这是她非常满意的人生归途。

飞机在云彩中袅绕上升，空中薄雾组成美丽壮观的七彩图案，她想着十年未曾谋面的堂姐戴思。

戴思成了省城人。

她聚精会神地想着长大后的戴思，想着未来的自己。

十年未见，戴思不会冷落我吧?

她想，自己将嫁给省城大学教师，自己往后也是省城人，戴思不会冷落你。

她拿念恩泽当王牌，为自己印制一张新名片，名片上不再写镇上姑娘、工厂女工、销售员、服务员，新名片上赫然写着县城官宦子弟、有钱人家儿媳妇，这背景让她倍感骄傲、欢喜，这名片是她炫耀的资本。她越想抬高自己的身价，就越证实内心无法铲除的自卑以及不堪一击的虚荣心，还没嫁给富人，就率先体会婚姻带来的实惠，率先感受金钱带来的满足。

临走时，舅妈叮嘱她，那件事儿要烂肚里，不能说给念恩泽，婚后赶紧要孩子。

她明白舅妈的心思，她和念恩泽条件相差太远了，俩人的劣势、优势一看便知，与念家人素不相识，念家长辈是否喜欢她呢？她怕在念家遭受冷落，怕念家人嫌弃她的身份，要是早点怀孕生孩子，念家看在孩子面上也会对她很客气。

长期劳动使她练就了一副好身体，不说生一个，就是十个八个，对她来说也是轻而易举，要是生出一群胖小子，她就是念家的大功臣，念家不会将她赶出家门。

她的底牌是长得美，她要借婚姻做彩头，借夫家身份做地基，开垦一块属于自己的居住地，静下心来生活，不用辛苦挣钱过日子了。

6

东奔西跑了几年，让田伶儿更看重现实，绝不会感情用事。

田伶儿经过两种生活的浸染，既有官宦子女的清高傲视，又有镇上女子的肤浅短见，嫁给富人是她最重要的择偶条件，至于俩人兴趣是否相投？今后如何相处？这些她从未考虑过，对她来说，往后不用东奔西跑，不用为钱操心，这才是最重要的。从现在开始，从下飞机开始，她的身份由镇上人自动转为城市人，婚姻的好处显而易见，什么情投意合、两情相悦，对她来说不现实，她只想婚后立刻为念家生儿子，跟念恩泽过好日子，这好日子从认识念恩泽就定了，从下飞机就开始。机会需要天时地利来成全，而今机会已来临，她自会紧紧把握，减少失误、过失。

刚走出机场，一位年轻姑娘走过来，她一眼认出是戴思。戴思穿着白色风衣，风衣敞开着，露出黑色蕾丝裙。尽管十年未见过，她们还是一眼认出对方，戴思接过她的行李放进后备厢。

儿时的戴思活泼顽皮，奶奶说她是一只泼猴，而今戴思像是换了个人，无论穿衣还是打扮，一看就是城市白领。戴思的脸红润细白，眼睛涂着淡淡眼影，虽说脸型偏宽些，嘴巴稍微有点儿大，但中分齐肩直发将那点不足遮盖了。她想起十三岁那年，戴思说长大后做时装设计师，她说长大后做医生。那件事儿发生后，两人的命运逐渐发生变化，戴思成了警察，她变成了打工妹，从此相隔天涯，两人不再联系了。

岁月如流，光阴似箭，不测命运毁了她，曾经朝夕相伴的小姐妹，而今差距多大呀！没见面时她存着不少心里话，谁知见面太紧张，又因落差太大了，两人之间的鸿沟清晰可见，心灵距离太遥远，让她生出自卑感，欲说还休隐忍不言，倒是戴思左一句伶儿，右一句伶儿，叫得她仿佛回到从前。

小时候，她俩相处得那般好：一块糖，用牙咬开各一半；一碗肉，一人一块不多占；一根香肠轮换吃，一个面包掰开分享……

那会儿，两人个头儿差不多，要是母亲为她买件新衣服，她必要哭着闹着，叫母亲为戴思买同样款式、同样颜色的衣服，两人要穿得一模一样她才高兴。无论两人走哪里，人家都说，看这小姐俩，好得像对双胞胎……

最后一缕光线随雾霾隐退了，车辆驶出机场后上立交桥，绕过三角转盘驶向高速，戴思打开音响。她听到音乐，高兴地说，这是念恩泽喜欢的歌剧《生命之力》。

戴思问她，喜欢吗？

她说以前不知道歌剧，认识念恩泽后才知道。

戴思问她，是否听得懂？

她说，听不懂。

这仨字吐得很轻、没底气，像是她的短处和把柄，像是证明她的身份和经历，像是表明她是山里人。

镇上哪有人知道歌剧是啥乐曲？要不是认识念恩泽，她怎会知道歌剧、话剧、音乐剧？这些年，她只听过镇上搭台演出的地方戏，只见过 KTV 包厢里的宾客拿着话筒唱情歌。

在 KTV 工作时，她每天坐在点歌台前，为宾客们点情歌，宾客拿着话筒唱歌。她心里默默哼着歌词，偶尔也有男宾客邀请她，她总是斩钉截铁拒绝掉，生怕宾客欺负她，她最喜欢那首《我不想说》，好像就是写给她自己的。KTV 里唱歌的人，瞎吼瞎唱找快乐，KTV 里没歌剧，所以她从来没听过，听不懂是大实话。如今，她嘴巴一秃噜，实话说出来了，往后不要再说了，说给戴思不笑话，说给外人，人家肯定会小瞧她。

她心想，就要嫁给音乐老师了，音乐老师喜欢歌剧《命运之力》，就是听不懂也要不懂装懂、装精通，为婚姻，为自己，要跟念恩泽接轨，跟城市人接轨，不能逢人就说听不懂，人家会笑你孤陋寡闻，笑你没见过世面。这些年，她一直担心被人瞧不起，一直活在对别人的揣摩猜忌里。心情好时，揣摩谁都是好人；心情不好时，揣摩谁在背地风言风语。此刻她心情大好，揣摩戴思这句话，也是为她担心。听不懂，不是什么好事情，想要弄懂音乐人，就要听懂歌剧，久经沙场见多了，还有太多没见过，新生事物层出不穷，听不懂、看不懂，对她来说很正常。前三年在北京游荡，后三年一直守在玩具厂，六年青春全耗费在打工挣钱上，富人世界怎么样？对她来说是个问题。从今儿起，她决定留心留意，慢慢解决疑问。

车下了高速进入市区，车流人流如漫长的海岸线，夕阳那抹余晖慢慢失去暖意，天渐渐地暗下来，轿车朝东北方向驶去。

戴思带她去女人街，说是时尚女人的娱乐场。

既然嫁给有钱人，就要懂得时尚，女人街是女人的理想王国，见识了就会明白，女人怎样活，才算活得漂亮、出彩。

路上，她问起戴思男朋友。走前父亲告诉过她，戴思男朋友是一名检察官。

戴思说他叫韩剑，俩人在一场酒会上相识，他的父母是普通的公务员，没有任何灰色收入，用一生积蓄给他掏了婚房首付款，父母仍住在市中心老房里，等着拆迁补偿，他本人暂时没有结婚打算。

戴思说，城市姑娘很少二十四岁就结婚，多是红眼病，羡慕这个嫉妒那个，巴不得将天下好男人包揽怀中。

如今物质掌控一切，年轻男女谁敢轻易走进婚姻殿堂？她们对爱情半信半疑，无奈现实逼迫，谁不想过好生活？为寻求更好的生存空间，有时候只能放下爱情，游荡在《简·爱》那份真挚无私的爱情里，向往《飘》里精明潇洒的白瑞德，更喜欢张爱玲笔下的都市生活，爱情活脱脱成了男女间反复无常、喜新厌旧的日用品，婚姻就是无聊的柴米油盐酱醋茶。

现今那些莘莘学子，进大学校门就开始盘算，大学毕业该进谁家门？是早早选择婚姻，找个依靠，还是结交几个权贵朋友，为以后前途打点出路。要是不尽早打算，走出大学校门，意味着在城市没有落脚点，买房没有经济实力。租房的话，那点儿工资三分之二都得投进去。合租的话，一个房里，男女容易出问题。往好处说，女人是招商银行，不像男人是建设银行，长得貌美又年轻的姑娘，会把建设银行与招商银行并轨，再用于民生银行，这民生银行，就是建设银行的丈母娘。

　　姑娘们想要大学毕业找到好工作，就要为自己打下扎实基础，怕丑、怕胖是姑娘们的通病。一进大学校门，姑娘们就准备整容项目，鼻子、眼睛、眉毛、脸型，能整的全整，大学校园里，到处都是美女，像是一个娘胎生出来的。这时，姑娘们又看到危机朝自己走来，在美人堆里如何技高一筹、出人头地，做到这边风景独好，着实要费一番脑筋，靠容貌胜算的几率有多大？姑娘们心里没底，久而久之，心理危机显现出来，一个个开始寻找自信，个个像受虐的童养媳般愁眉苦脸，哪像是生活在丰衣足食的国度里，倒像生活在万恶的旧社会里。

　　那边整容成风，这边怕胖的姑娘也没闲着，各类减肥药、减肥器材、减肥指南层出不穷，姑娘们宁可饿着，也要控制体重。这样一来，大街上远远看去，像成群缺衣少食的非洲移民，近看像一根根檩条儿柱子在大街上晃着。骨感女人才是美女，姑娘们宁可忍饥挨饿，也要做骨感美女，若是身上多出一点儿肉来，姑娘们恨不得用刀子割掉，割成锥子脸、麻秆腰，走起路来弱不禁风，姑娘们无时无刻不擦亮眼睛，为幸福储备必要条件。

　　城市里的年轻女子，恋爱时花样百出，把浪漫玩到了极致，什么情人节、七夕牛郎织女相会，都是表达浪漫的好日子。有钱阔少把握上好时机，为姑娘送房送车、疯狂购物；没钱的至少买束玫瑰花，陪女友看场电影，吃一顿奢侈晚餐。这时候的姑娘就是女神，等结婚后，姑娘变成太太，太太变成丈夫孩子的侍奉者，再也找不到女神的感觉了，未婚姑娘明白这一点儿，婚前要让那个挨千刀的受点儿罪，免得婚后翻腾出幺蛾子，婚前要将他捋顺，让他明白想跟老娘结婚，没那么容易。姑娘们很会掌握恋爱分寸，更懂得如何才能让婚后的自己免受欺负。

　　真到了谈婚论嫁的时候，阔少们开始张罗如何结婚才会气派，才会惹人注目，没钱的那对儿小可怜，开始勤俭节约，算着房子首付多少，月供多少，装修花去多少，甚至算到一个螺丝钉批发价多少。这时候，姑娘不再是男子眼中的女神：在阔少眼里，姑娘不过是婚礼上的一个点缀；在没钱男生眼里，姑娘由女神，变为了一个花钱累赘，挣钱是那般不易，花钱也要谨慎呀！

城市姑娘看清楚了恋爱和婚姻的前后差异，选择只恋爱不结婚，选择享受生活乐趣，选择享受快乐的青春时光。

等姑娘过了二十八岁，该享受的快乐也已体验过，姑娘们开始暗自盘算，是不是该结婚了，要是再耽搁下去，女人的青春会像一瓶香奈儿，虽然昂贵，却很容易挥发消失。到那时候，万一男友变了心，后果有可能无法弥补。女人终究要结婚生孩子，多数姑娘不愿过丁克生活，也没有独身终老的打算，这时姑娘们开始变得贤淑起来，开始扮演妻子角色，叫男人收心、离开花花世界，等真正结了婚，男人会很服帖地为家庭鞠躬尽瘁。

进入婚姻的女子，依旧不甘就此收心归巢，每时每刻都要叫自己成为生活主角，要知道，思想上落伍比行动上落伍更可怕，女人们争先恐后，想要跟上时代脚步，她们的人生逻辑一向那么清晰明朗，嫁个好男人，只能算成功一半。女人要一半靠男人，一半靠自己，天下，男女各一半，谁也不能多占强占，即使男人愿意为她们鞠躬尽瘁，她们也要掂量再三，男人是靠不住的多情动物，不能将身家性命赌在男人身上，像弃妇般活得惨不忍睹。女子们常拿悲惨教训告诫自己，靠男人一时行，一生一世不行，万一半路上杀出个程咬金，弄个措手不及，那时候哭都来不及。

她们顾着眼前，也顾着长远，用她们的话说，瞻前顾后，才不会前功尽弃。

城市姑娘就是这般现实，没办法呀，谁让你生活在物质时代，谁能逃脱出去呢！外面诱惑实在太多，稍有疏忽，人生悲剧就此开始，哪能草率对待呢。

城市姑娘选择婚姻，需要足够勇气，平素里两只眼睛，这时要变成四只眼睛。那些被爱情迷惑，只剩下一只眼睛的，婚姻自然而然走向悲剧。

男人和女人都是可变动物，生活在一起的男女，耗尽生活热情后，一些男女会后悔当初怎么如此草率，婚姻哪能在昏头昏脑情况下决定呢？婚姻应考虑两人性格、条件、环境、教育，乃至今后发展，甚至要挖出三代祖宗，看一看是否有遗传疾病，那可是关乎后代的事情。恋爱容易，可婚姻要过上一辈子，一定要理智、要清醒。当然，勇气和胆量，也是衡量男女双方能否进入婚姻的关键。毕竟，婚姻在某种程度上像赌博，万一赌输了，那可是一辈子的痛苦，不能一时冲动酿成苦果。

念恩泽条件不错，在省城找个如花似玉的大姑娘易如反掌，能选择你做一生伴侣，自然是你的外表吸引他。你要在容貌上做足文章，把自己变成摩登女、狐狸精，花容月貌，闭月羞花，叫念恩泽家人挑剔不出毛病，叫念恩泽迷恋你，喜欢你，不想离开你。眼下先用外表吸引念恩泽，婚后再用心智将他收了，靠养眼攻心术，牢牢握住婚姻主动权。

戴思说，我妈常说，女人要多留心眼儿，才能多留钱财，丑女人靠智慧获得幸福，俏女人靠模样拴牢男人，双管齐下，才能幸福一生。她老人家这些话虽然露骨，却也是实话，仔细想想也真管用。我妈也算那个年代女权主义的典范，奶奶嫌弃我是女孩儿，我妈干脆叫我跟她姓戴，奶奶气不过，跟我爸说小名就叫丫头吧。从我出生起，这对婆媳就水火不容，死抠半辈子，谁也不让步，都很强势。

城市里的人大都是势利眼。穷，它叫你累死也穷；富，它叫你轻松致富。等结婚嫁过去，一切全靠你自己。眼下高物价，高房价，中产阶级捉襟见肘，白领也过得紧巴巴的，不少姑娘活得很实际，原本不爱男人，为钱装腔卖乖，变得花言巧语，做个小狐狸、小妖精、小魔女，将男人钱袋子牢牢抓住，不停地换男人，赚足本钱，再用金钱武装自己。

深谙人情世故的女孩儿找丈夫有很高的标准，找个互相喜爱的，还要有钱，还要听话，还要老实，总之丈夫是个赚钱机器，供享乐就行。她们显然明白，青春就是一个不断吞噬桑叶的蚕，吐出丝变成茧，再无用处可言。

要不是奶奶把你送镇上，说不准咱俩一同大学毕业，一同来省城工作，我做时装设计师，你做医生，这是我俩小时候的梦想。

梦想有时候要向现实让步，有时候被现实逼得走投无路。这时候，梦想充其量就是一个妄想。

《命运之力》进入第三幕，戴思不再说话。

伶儿一直在城市打工，唯一接触的"高人"就是小惠，话题多围绕"挣钱"俩字，跟城市姑娘只有擦肩而过的缘分，偶尔模仿城市姑娘的说话做派，衣着打扮不过是班门弄斧、偷梁换柱。戴思这些话她也是初次听到，城市姑娘的想法和她相差太大，她只想为念家生孩子，只想保全念家媳妇这一身份。自己又不是金枝玉叶，哪敢跟城市姑娘相提并论呢？要比，只能拿小芳和小惠来比较，只要过得不次于小芳和小惠，只要别像小红那样一败涂地，这样的人生就知足了。

轿车离开双向四车道，驶进一条小路，道路两旁的树枝轻轻晃动，挂在树上的灯笼随风摇曳。天彻底黑了下来，轿车停在小湖边，湖两岸雕楼玉砌，姹紫嫣红，月亮映在水中，碧波荡漾，男女穿着靓装，相拥相依，真像一处人间天堂。

戴思说这就是女人街，白天实在没看头儿，一到晚上，各色人物纷纷上场，只要有钱，就能享受不同风情。走，带你去"俏佳人"做美容，要见未来婆婆，不能叫她挑毛病。

跟着戴思走进美容厅，戴思说做面部护理，大约过去一小时，美容师将她拉到镜子前，镜子里的那位小美人，连她自己都被惊住了，这不是东莞大酒店的那个田伶儿吗？那会儿不是为嫁人，是等着男人来睡她，人活一世，险情不断，险象环生，一步没有把握好，或许全盘皆输。

早先在北京打工时，她在售楼部里见过不少有钱女生，听身边的姐妹说，有钱女生特讲究，泡玫瑰澡，点香薰灯，练瑜伽，晒日光浴，连睡觉都穿丝绸睡衣。今儿她算是见识了，大厅有几位姑娘正在吧台结账，她听见一位姑娘说，做全身精油按摩、面部护理，美容师说打八折六百元……她听得心里直叫疼，钱对她来说就是命，能不花就不花，能攒下就攒下。在北京、在东莞，工友说她是守财奴、吝啬鬼，她听后心里很淡定，不觉得这是贬义词。攒钱是她最大的爱好，她喜欢把钱存银行，银行二十四小时有人值班，放在银行偷不走，抢不走，只有自己能取走。看着城市姑娘挥霍金钱，真想埋怨姑娘几声，更想给姑娘们提个醒，钱多能壮胆，哪能这样乱花钱呀。

镇上女人交代，婚姻就是提款机。这话说得很在理，婚后要是有钱了，才不学这群败家了，要把丈夫给的钱、婆婆给的钱，全部存在银行里，每天赚利息。

想到钱存银行里，她开始算计银行利息，存十万利息是多少？存二十万利息是多少？要是定期存款一百万……我的天呀，利息撺上了她工厂一年的工资。难怪小惠说，富人懂得钱生钱，穷人只盯着饭碗，大老板给小惠投资开宾馆，宾馆可不就是钱生钱？要是往后她有钱了，便要学小惠钱生钱，争取银行存款一百万，利滚利、钱滚钱，慢慢滚动，慢慢发展，也许过不了五年，就能像小惠那样，不用出力就能赚钱。

她先是心里美一阵，又笑自己真贪婪，还没得到婆家的赏金，就先想着钱生钱。女人钻进钱眼里，美不美无所谓，都会变成吝啬鬼，不会再饿着肚子画饼充饥。

戴思去吧台结账，她站在大厅等戴思，几位做完美容的姑娘，站在大厅聊天。她们看她的眼神，带着欣赏和赞誉，她们对她很友好，叫她有点儿不适应。

先前碰见城市姑娘，她总是躲一边去，生怕人家瞧不起。如今接触走进她们才发现，她们对她没恶意，没有高人一等的傲慢，她真想凑上前去，想跟她们聊几句，只是心中早已设下隔离墙，让她带着个人偏见，不敢走近这群人。她们对她态度好，就是对她的施恩，她从心底感谢她们，她们多么高贵呀！

你们不是一个群体，千万不能走过去，免得惊扰了她们。

收银台的小姑娘问戴思，她是谁？

戴思说，是表妹。

姑娘说，长得真像电影明星。

她心里顿生自豪感，她是戴思的小表妹，是念恩泽的未婚妻，以前那个农家女，而今像电影明星，别再自卑、没信心，要直起腰杆、挺起胸，挑高眉毛、目光平视，嘴巴上翘、头儿抬高，带着不卑不亢的微笑，富人家的准儿媳，身份可是很金贵，可别自己小瞧自己。

她虽从镇上走出来，悟性却是非同常人，接受过生活改造，懂得如何拿捏生活。这么多天的寻寻觅觅，终于有了好结果，年轻姑娘长得好，身材窈窕，胖瘦正好，靠脸吃饭很牢靠，不用拼命打工了，苦苦挣扎这些年，她终于发现了生存门道。

小惠曾跟她说过，没有方向的探寻，没有目标的等待，没有希望的追逐，就是瞎子摸鱼——虚度光阴。

见过世面的小惠，话里含着大道理。以前自己太固执，磕头碰脑后她才发现，自己能力非常有限，只有全靠婚姻成全。运气好的话，到死都是念家人；不好的话，被念家人赶出去。要想一生都是念家人，就要为念家生儿子，生个浓眉大眼的小男孩儿，念家谁不喜欢呢。

离开美容院，她们进了一家"猫夫人"餐厅，服务员带着她们走到靠窗的座位。戴思脱掉外套，露出黑色蕾丝裙，她刚想脱掉那件外套，又想着里面穿的是秋衣，在这样的场合，露在外面不雅观，那就别脱外套了。外套样式新潮，穿在身上不算糟糕，不用担心品味不好让人笑话。

女人天性喜欢攀比和嫉妒，这给女人带来不少的烦恼，口袋没钱人就敏感，口袋钱少面子也不能丢掉，不能叫人轻视、小瞧。秋衣的事儿放一边，她开始留心姑娘打扮，哪位姑娘长得好，哪位姑娘打扮时髦，哪位姑娘有气场，哪位姑娘气质好……那气场，那光芒，自己身上咋就找不到？

自卑念头溜出来了，自信火焰被掐灭了，人一自卑就紧张，一紧张就慌里慌张，一慌张，手都不知道往哪儿放，一会儿放在桌子上，一会儿放在大腿上，两只眼睛滴溜溜地来回转，左边看，右边看，看是否有人笑话她。

戴思点了两份牛排，两杯咖啡，跟服务员说牛排七成熟就行。

牛排端上来，她正要动手切牛排，一位男人走进来，穿风衣，戴礼帽，那人朝她看一眼，在她跟前停顿数秒，很快从她身边走过。男人来到窗前的位置，服务员跟在他身后，好像和他很熟悉，两人说了几句话，服务员离去，她觉得此人打扮很奇怪，眼睛不由自主看过去，他没脱风衣，戴着礼帽，礼帽遮住半张脸。

此人正在点香烟，火光在脸边一闪，正好照着那张脸，她只看到个侧面，那侧面，好像跟她打过照面，在哪儿见过那张脸？也许在街上见过面，在北京做销售员、服务员，又在东莞大酒店登台表演，兴许跟此人打过照面。

那人朝她看过来，和她目光对视，进而死死盯住她。那双眼睛很熟悉，勾起她不少的回忆；那双眼睛，阴冷、深邃、锐利，像要将她一口吃下去。她急忙避开那双眼，低头拿起小叉子，戴思教她使用刀叉切牛排，咖啡最后端上来，戴思把调料包撕开，倒进杯里来回搅。她跟着戴思搅咖啡，那双眼不由自主，朝着窗口望过去，那人还在盯着她，就像猛兽寻找猎物。她赶紧转移视线，低下头来喝咖啡。

华丽登场的人群，无法逾越的思维局限，难以跨越的城乡界线，往后要在城市生活，只能跟着戴思边看边学。

舅舅说，有戴思在省城为她撑腰，没人敢来欺负她。

看来往后只能仰仗戴思了。

晚上春风夹着凉意，戴思启动了轿车，车灯前面有个人，穿风衣戴礼帽，好像朝她摆手微笑，她赶忙揉了揉眼睛，定睛寻找那个人。大路两旁全是树，树上灯笼随风摆动，宽敞的马路往前延伸，除了树木和路灯，路上没有一个人影。

是幻想症，那件事儿后，她就患上了这怪病，这病时常折磨她，让她产生幻觉。

她想，也许结婚会换个环境，这病就会慢慢自愈。

想到婚姻，她又长嘘一口气，先前看见的身影，很快被她忽略过去。

7

戴思晚上值夜班，她暂住在戴思那套两室一厅的房子里。

这套房，是三年前叔叔婶婶买下的。戴思说，别小看这套小户型，按现在的市场价，已经超过七位数了。

舅舅跟她提及过。婶婶那块玉米地，被叔叔重新利用后，婶婶开始种菜种瓜，不到一年的时间，政府修建河堤路，那块地被国家收走了。婶婶重新找生计，在人民医院门口卖殡葬品，婶婶常说劳动最光荣，婶婶用自己的劳动，为戴思在省城买了套小户型。

上飞机前，她跟念恩泽联系过，他说明天先见他父母，婚房早已准备好，就等新娘住进去。

她祈愿明天一切顺利，十年来，头一次感觉很踏实，好像找到了自己的家，她一直都在迁徙中，故乡对别人是落叶归根、祖居地，对她却是一个陌生词，往后要在这座城市定居了，在一个地方住下来，久而久之就成了故乡，往后这座城市就是故乡了。她还没住进来，就对这座城市生出好感和感情。

多安静的城市呀，这座城市，跟她去过的城市不一样，不是城市不一样，是生活模式发生了改变，心情感受不一样。以前城市对她来说只是暂居地，她只是个忙于挣钱的过路人，跟城市人不交往不亲近，甚至相互憎恶讨厌和诋毁。嫁给念恩泽，户口落到念家去，往后就是念家人，就是城市一分子，跟城市人做邻居、做朋友，跟城市人平起平坐，问好说话，人家叫她念夫人、念太太，不再叫她打工妹，称呼改变意味身份的转换，这改变，是靠漂亮脸蛋才实现的。

这门婚事让她看清美丽女人的优势，以前最讨厌别人说她漂亮，这张漂亮脸蛋，带给她的是灾难。而今，这张脸让她福星高照，让她成了富人家的儿媳妇。以前听说哪个姑娘靠脸吃饭，她从心里瞧不起，而今，漂亮脸蛋为她带来好运气，让她重新审视脸蛋的价值，让她发现脸蛋带来的脸蛋经济。她开始珍惜这张脸，呵护这张脸，每天对着镜子看了一遍又一遍，想着脸蛋带来的好处，想着怎样保养这张脸，怎样不长皱纹，不长眼袋，怎样保持娇美容貌不衰老。上天赐你这张脸，就要开发利用好，各人有各人的生存门道，靠脸吃饭也是生存的诀窍，当然应该保护好。

镇上三位女同学，借青春、美貌两大优势，满足自己的需要，小芳嫁给老男人，小惠靠生娃改变命运，小红在镇上晃来晃去，还没找到心上人。女人想要活得好，运气条件少不了，在山里遇上念恩泽，靠的是运气和美貌，这两样为她带来好运道。这位公子爱她吗？她还真的不知道，男女之爱对她来说是空白，她从来没有谈过恋爱，根本不知道什么叫爱情，什么是男女之爱，朋友之爱，亲人之爱？爱对她来说很欠缺，她不知道爱究竟是什么感觉，或者说，对爱的领略、感受、体验太少了，对爱的认识很模糊，让她弄不明白爱的含义是什么。

一个男子用喜欢的、爱慕的、痴迷的眼神看着她，总归是件好事吧，何况还是她的未婚夫，这位性格忧郁、心事重重的男子，眼神对她多深情呀。只要看到那眼神，她总是带着愧疚和焦虑，怕他知道那件事儿，怕他解除这门婚事。她和他，不是为爱结婚的，她被他的条件吸引了，这门婚事顺理成章就成了；他被她的美貌迷住了，一见钟情要娶她，俩人各取所需、心照不宣结婚了。爱情是个复杂问题，婚姻就是一男一女，她就想用婚姻帮自己，用心盘算生活的她，终于如愿以偿了。人生走到这一步，已是老天的恩赐，今生今世别无所求，只想传宗接代生孩子。

躺在柔软的床上，感觉像躺在云彩上，飘飘然然，心情激荡，好像人在梦里一样，她想起东莞大酒店，段老板将她按倒在床，差点把她变成卖淫姑娘。今晚这床属于她，想咋躺就咋躺，横着躺，竖着躺，这头儿躺，那头儿躺。十年来，她第一次感到床不只为了睡觉用，也是为了享受呢。以前躺床上，只为解除疲乏和劳累，而今躺在床上只想明天要嫁人。以前躺床上总是想起那件事儿，想得心烦意乱难入睡，而今轻松愉快、心情舒畅，只想怎样做新娘。

这一生，有张合适的床榻，躺在上面不失眠、不心焦，安安稳稳睡大觉，躺在上面跟丈夫相拥抱，搂着孩子，哄着孩子，抱着孩子睡大觉，一觉醒来，新的一天开始了，这生活，在她看来就是最美好了。

躺在床上睡不着，干脆起身转转吧，先是走进卫生间，墙上贴着黄色瓷砖，黄色花朵活灵活现，这哪像是在卫生间呀，好像走进小花园，数着花儿有几朵，看着花儿，闻着花儿，真有清香在里面。仔细寻找才发现，脸盆架上放着一个装饰瓶，香味从瓶里冒出来，她不知道瓶里装什么，想着不是干花就是香水，反正不是空气清新剂。地上放着防滑垫，墙上挂着暖气片，白色陶瓷洗脸盆，水流进去，就像泼上一层水银。

她多想自己名下也有套房呀，在北京卖房那会儿，看见年轻单身姑娘出资买房，叫她羡慕流口水，甭管房子有多大，产权属于你自己，没有寄人篱下滋味儿。念恩泽说婚后住在洋房里，她的婚房，要比戴思这套大一倍，房子再大，也是念家出资、念恩泽名下的财富，跟她又有何关系？没有财力，没有外援，白日做梦不现实，那些买得起房子的女子，哪个不是城市精英和白领？一个山里小村姑，这辈子休想买房子，只能住在念家房产里，等着念家恩赐你。人和人不能比，比到最后自己生气，能成为念家儿媳妇，这洪福是可遇不可求，若不是遇上好夫君，哪能得到洪福呢？

想到夫君念恩泽，心里不由感恩戴德，他虽长得并不帅，眼睛不大，脸色苍白，瘦得好像一根干柴，可他面相和善、脾气好，不像许多有钱子弟，没有一点儿正经样，不是命运来帮忙，这等夫君哪能叫她给碰上？往后好好待他吧，全心全意伺候他，把娇美身体献给他，任他随意处置吧，是他把你从苦海里救出来，你欠他的太多了，今生好好回报吧，用你身心回报，用你生命回报，多生孩儿回报。

以前害怕谈婚论嫁，害怕男人接近她，就想着男人接近她，都有不可告人的目的，不是想要强奸你，就是想跟你鬼混，她时时刻刻防男人，像手握钢枪的哨兵，时刻观察前方敌情。

念恩泽外表温和、弱不禁风，一看就是老好人，让她放松了警惕，让她愿意和他比翼双飞，让他带自己远走高飞。生儿育女本是妻子的本分，也是她人生规划中相当重要的一部分，除了尽到妻子本分，还要承包全部家务，念恩泽是独生子，肯定不会做家务，家务活，婚后由她承包了。

这还用说，肯定这样分工的。男人养家，女人做家务，镇上女人都是这样过日子。

自下飞机那刻起，她的大脑就没有休息，单身时只想找个好人家，如今思虑婚后的一日三餐，念恩泽吃惯细粮白面，她只会做粗茶淡饭，怕是夫君吃不惯，多亏念家开酒店，念恩泽想吃啥，去自家酒店点就行了，婚后只管铺床叠被生娃娃，其他的，走一步看一步吧。

就要嫁给念恩泽，彼此不甚了解，他的个性怎样？优点缺点分别是啥？舅妈说，这娃一看就老实，将来不会欺负她。长辈看人眼睛准，不会走眼看错人，现在唯一担心的，就是靠脸吃饭危险系数多高呢？戴思说先用外表拴住他，那就先从外表下功夫，言谈举止是否得体？举手投足是否标准？衣着打扮是否合适？脸上五官是否好看？身上还有哪些缺点，哪些习性和习惯，叫念恩泽看不惯、不喜欢？她想做得更完美，完美无缺才能一路高歌，这话是她说给自己的。

她将那具肉身展开摆平，每个部位自做点评，不算完美但还可以，皮肤光滑，乳房饱满，腰肢纤细，胖瘦均匀，摆在念恩泽面前，定会叫他陶醉痴迷。

这是不是龌龊行为？先前自己多纯粹呀，哪想过用身体吸引人？先前觉着身体是罪恶之源，美貌是引人犯罪的根源，这会儿才发现，年轻美貌虽说带来前所未有的灾祸，却也带来无法预料的好生活。三分打扮七分长相，另有青春做伴娘，以前忌讳这两样，没想到，越忌讳越躲不开，越回避越是迎面而来，那就顺应接受吧，用美貌用身体，换取丰厚人民币。

她看着这具线条不错的肉身，先前讨厌的、令自己憎恶的肉身，这会儿觉得很娇美，用妙不可言来形容，也算恰当合适呢，就用这妙不可言的肉身，换取一个好姻缘，得到一个好丈夫吧。

每个人都有生存的独门秘籍，如何让美貌产生最大的价值，是她此刻思考的重大课题。

念恩泽一早接她去商场，这是她头次进商场，北京打工那会儿，她和小芳几次商量去商场，无奈口袋没钱不敢瞎转，最想去的燕莎商场，最终只是想一想。念恩泽带她上四楼，四楼年轻姑娘真不少，她的兴趣和眼光，不在琳琅满目商品上，而是放在年轻姑娘的身上，看姑娘们身上衣服如何穿？脸上眉眼如何化妆？遇上哪个姑娘正看她，她就赶紧低头细思量，是看我不顺眼？还是发现我是镇上的姑娘？

她的顾虑太多了，想法总是跟着自卑转，生怕被人瞧不起，更怕谁来议论她，一会儿冒出一个好想法，一会儿变成坏的了，往坏的方面想了一阵，再从好的方面安慰自己：她们搔首弄姿我也会，她们卖弄风骚我也会，她们脉脉含情我也会，她们花枝招展我也会，她们见过大世面，我在北京生活三年，也见过不少大场面，天安门城楼转了三遍，还有故宫、颐和园，不比她们见识浅，她们不是贬低你，是带着善意喜欢你。

她这样跟自己说一番，所有顾虑消失了，也就不再担心了，那颗心舒畅了。

俩人从一楼到四楼，上去时，穿着县城买的新衣服，下楼后，那身衣服连同那双运动鞋，全部被她丢进商场垃圾桶。眼前这位小美人，穿着粉色印花两件套，高跟皮鞋将她衬得个头儿很高，肩上多个名牌皮包，包里装着手机小钱包，左手拎着国际名牌化妆品，右手提着购物袋，袋里装着套裙、套装、风衣、丝巾，这季节穿的、用的齐活了。念恩泽在她胳肢窝洒上几滴香水，说妈妈喜欢这款香水的味道。

她对着镜子照呀照，越照心里越自豪，有钱就是好，先前那个土老帽，早已消失不见了。照完镜子再细想，购买这么多物品，花掉多少人民币呀？她粗略一算，倒吸凉气，真没想到，足足花去好几万，这笔钱，要她多少劳动日，才能得到这工资呀，哪能这样花钱呢？

想着花掉的巨款，她诚惶诚恐，好像做了亏心事，好像是个大骗子。可不就是骗子吗？这位男子多好呀，叫你外表迷惑了，被你假象蒙蔽了，要是知道那件事儿，他会和你结婚吗？这是明显骗婚呀，骗婚还不算，骗他花这么多钱，你的良心能安吗？这些年，不管怎么说，是靠自己挣工资生活，虽说很辛苦，却也没有一丝愧疚。这会儿，她紧张慌乱，良心难安，做人咋就这样难，得到这个，失去那个，事事难求全，舅妈一再嘱咐她，那件事儿烂在肚里不能说。镇上女人交代过，男人挣钱女人花，她们都是过来人，照此去做不会错，他买啥我要啥，他说啥我听啥，我的未来全靠他，我要乖乖听他话，不是他，我哪能嫁给好人家？这步跨得可真大，镇上谁不服气呀，小芳得知这消息，跟我电话道贺喜，夸我稳中有眼力，嫁给年龄相当的有钱人。小惠给我发信息，说镇上年轻的姑娘，数我脑瓜最灵性，找了个有钱老实人。舅妈在电话里说，小红逢人就夸她，说是老天照顾她，山窝里碰上有钱人，这不是命好是啥哩？

好运来了不客气，跟着好运走到底，念恩泽带她做发型，一做就是俩小时，美发师让她对着镜子自己看，哎哟！镜里这位小美人，连自己都不认识，这位女士您是谁呀？您名字可叫田伶儿？当然，当然，不是田伶儿又是谁呀。

以前总是低人一等，自从认识念恩泽，不再四面楚歌了，全是赞美夸奖了，叫她迷失、膨胀了，叫她妄自尊大了，叫她妄自菲薄了。镜子里的小美人，超过小芳和小惠，比小红还要美百倍，真是美得无人能比，连自己都爱得喜不自禁，难怪念恩泽选她为妻，美丽动人的女子，能不打动男人心？

金钱把她包装成了贵妇人，念恩泽赠予她恩重如山的感情，年轻女子享受夫君的爱慕，享受物质的富足，享受生活的滋润，享受众人的赞美，如沐春风，千娇百媚，愈加美艳动人，她从镜里走出来，看着身边的念恩泽，喜悦之情溢于外表，脸上带着知足和微笑，厄运总算过去了，美好生活终于来到。

念恩泽挽着她，说去酒店拜见父母。

想着拜见念家二老，心中不由起疑心，念家既然要娶她，就不打听她身世？再一想，那事儿过去好多年，县里的人早忘记，没人提及那件事儿，她的优势摆在这里，年轻漂亮有活力，念恩泽比她大八岁，虽说不算老夫少妻，却也大得不少，"物有所值"这句话，用在哪里都合适。

她给自己鼓鼓劲儿，跟他走到酒店里。

几名年轻貌美姑娘，站在大厅迎来送往，她一边看一边想，酒店处在三环位置，富丽堂皇很高档，不低不高共有八层，光这资产粗略一算，至少也有几千万，之前没见实体店，大脑只有轮廓概念，没想到，念家不是一般有钱，念家资产上千万啊。

她心里有点儿小激动，继而生出一点儿悬念，区区一个小村姑，哪能配上念家资产？这门婚事悬殊大，让她担心害怕了，"适可而止"这句话，此刻输入大脑了，还是趁早退出结束吧。

她正想如何退出来，念恩泽拽她进电梯，想退已经来不及了。只能跟着念恩泽，出了电梯朝左走，进到666号房里，念恩泽推着她，将她推到父母面前，她偷偷打量未来婆婆，那穿戴，向她展示出富贵人家的气势，左手腕上白玉手镯很纯正，一眼就看出来，那是一等贵重品。念恩泽曾告诉她，未来婆婆的祖籍，跟她隔着一个县，这手镯，肯定是出自家乡的玉器。镇上常年在外的游客，喜欢佩戴家乡玉器，女人佩戴玉手镯，男人佩戴玉坠子，玉是必不可少的装饰品。

未来婆婆那双眼睛很挑剔，将她看得很仔细，连耳朵后面那颗不起眼的小黑痣，也未能逃过那双眼睛。未来婆婆将她左拉一圈，右拉一圈，前后左右来回拉，像在挑选精美物品，最后捏了捏臀部，嘴里不停夸赞她，是个美人坯子，腰细臀部宽，头胎准能生男孩儿。

她心里石头落下去，这门亲事，板上钉钉十拿九稳。这期间，未来公公一言不发，只等未来婆婆发号施令。

未来婆婆拉她坐身边，跟她说有粤菜、川菜、本地菜，问她喜欢吃哪样菜？

在北京做服务员，为宾客们点过北京烤鸭、四川麻婆豆腐、西湖醋鱼、东坡肉、清蒸武昌鱼、白斩鸡、红烧猪蹄、油爆虾、糖醋小排、小炒羊肉，全是二流的饭店，哪有正经的菜品？未来婆婆这样问，问得她一脸通红。念恩泽急忙打圆场：第一次来，别为难她，还是让我来点菜吧。

他一口气说出几道菜。她知道"佛跳墙""大闸蟹"，在东莞大酒店，白天跟着冰儿学猫步，晚上在餐厅做服务员，菜单上标有这些菜。那时冰儿告诉她，东莞老板很有钱，燕窝鱼翅不稀罕，喜欢带着美人四处玩。当时她还不知道，那些有钱大老板，就是卖淫嫖娼团伙的成员。

今天有幸品尝到这些菜，证明身份从低到高大变样，这对她来说很重要，她并不在乎吃穿，很在乎身份和名誉，她想混出名堂来，让父母脸上有面子，让奶奶不再记恨她，让县城人重新接纳她，如今这愿望就要实现了。

未来婆婆问她为何住在镇子上？

她说表弟自小多病，镇上有种说法，压一下就好了。她十四岁去镇上为表弟压灾，表弟去年考上重庆邮电大学，她在镇上住惯了，不想再回县城住。

这些话，是舅妈一再嘱咐她的话，也是小姨交代她必须这样说。

未来婆婆从手提袋掏出一小盒子，打开盒子递给她，说是送给她的结婚钻戒。

未来婆婆说，找大师算过，她和念恩泽八字合。

未来婆婆又掏出一个方方正正的盒子递给她，叫她打开看，她打开盒子，里面装着一只白玉手镯，星星点点的绿映在上面，牌子上写着春桃花锦，天然莹润，芙蓉种，26000元。

她看着价格牌，心脏突突跳得七上八落，像是有千斤重量压过来，依她浅薄的福分，哪能佩戴如此昂贵的手镯，这要折寿的。

镇上大街小巷全是玉器店，路边玉手镯比比皆是，玉是吉祥物，能辟邪、压灾、治病，无所不能。镇上光屁股孩子，都会看玉的成色，懂玉的价格，能掂量玉器的轻重。玉是家乡特产，就像河南烩面、山西刀削面、兰州牛肉拉面，只是到了未来婆婆这手里，玉所表达的方式、涵盖的内容、表现的意义，与地方特产相去甚远，在这里白玉手镯代表身份和名望。

这样一只名贵手镯，哪是她所能佩戴的？镇上姑娘个个佩戴玉手镯，都是次品、便宜货，只有高门子弟、富家小姐，才有资格佩戴名贵手镯，她哪敢佩戴如此名贵的手镯呀。

未来婆婆说白玉冰清玉洁，跟她很般配。

白玉手镯在灯光下晶莹剔透，未来婆婆用"冰清玉洁"比喻她，叫她心里发毛了，她觉得未来婆婆故意拿话讽刺她，她纯洁吗？要是抛开被强奸，她的确是冰清玉洁的好姑娘，只是婆婆这句话，似乎有两种含义在里面：一种是反话正说，你的身体是残缺的，咋能用"冰清玉洁"形容呢？一种是恰如其分夸赞她，她的确是冰清玉洁的。

是不是那个秘密暴露了？她转动脑筋思忖着。

那件事儿，早已尘封在历史档案里，谁会记得你？谁会记挂那件事儿？英雄配美人，才子配佳人，财富和佳丽成双对，如花似玉的美人，配这手镯很合适，未来婆婆喜欢你，念恩泽喜欢你，别再去想那件事儿。

未来婆婆说，明儿把证领了，明晚搬进新房住。

喜讯来得太突然了，明天就领结婚证，是不是听错了？她赶紧用手掐胳膊，看自己是不是正在梦游？是不是幻想症突发，幻想自己结婚了？

这一掐方明白，不是幻觉不是梦，眼下看到的、听到的，的的确确是真的，钻戒就是证明，白玉手镯拿在手上，念家二老跟自己面对面坐。未来婆婆下指令，明日起，她就是念家儿媳妇，念恩泽的合法妻子。

这节奏太快了，一时间难以适应。萍水相逢陌生人，明儿就要同床共枕，还真有点儿神乎其神。还没容她看一看、想一想，容她探索婚姻意义和本质，明天俩人就上床，是不是有点儿太鲁莽了？

女人总爱胡思乱想，有了婚姻想爱情，有了物质想精神，攀比来攀比去，生怕顾此又失彼，她就这样患得患失，之前盼着快结婚，生怕搞砸了婚事。真到结婚这一天，大脑猛地蹦出多个音符，哪个音符适合你？真要好好考虑呢。

她是一个聪明人，很快理清大调小调有几个，哪个音调适合她，音符之间频率越小越和谐，赶紧调节频率吧，让频率跟上念恩泽，结婚本质是什么？对她来说，就是操持家务、生儿育女、做念家合格儿媳妇，有个男人保护你，不怕别人欺负你。舅妈电话跟她说，小红名声坏死了，镇上没人抬举她，女人看见就骂她，图谋不轨的男人死皮赖脸纠缠她，镇上孩子看见她，追着骂她烂破鞋。没有男人的小红，多么无助和寂寞。而她终于找到丈夫了，从明儿起，就是念家儿媳妇，今天人们称她姑娘田伶儿，明儿人们叫她念夫人。此刻正是十三点，顶多再有二十小时，田姑娘就要变成念夫人，她真想此刻掏出那部新手机，给舅舅、舅妈打电话，给戴思通个气，告诉他们这喜讯，这好运来得太快了，她怕抓不住，怕念恩泽反悔变卦，怕有人抢她婚姻这碗饭。要是公布出去了，这事儿就成事实了，念家想改都难了，她也心安理得了。

服务员把菜端上来，她哪有心思吃菜呀，只想这顿饭赶快结束，她要对外宣布结婚喜讯。

婆婆（她不再称呼未来婆婆）问她，是否吃过大闸蟹？

她说，吃过河里小螃蟹。

婆婆说，早先人们把吃蟹、饮酒、赏菊、赋诗作为金秋时节四大风流韵事。

婆婆把螃蟹两只钳子掰下来，又掰下螃蟹的盖子，剥开盖子把肠子分离开，再把蟹壳掰下来，打开蟹壳。婆婆说白色是蟹白，颜色淡点是蟹油，红黄色是蟹黄。婆婆将蟹黄挖出来，放进念恩泽小盘里，公公也将蟹黄放进去。

她即刻生出羡慕来，瞧他父母多爱他呀，为他挣钱，为他挖蟹黄，身心全投他身上，他就是电视剧里的阔少爷。

再往深层想，嫁到念家，就是念家阔太太，每日拎着小坤包，晃着小蛮腰，穿华丽衣服，佩戴贵重首饰，被人前呼后拥一路跟着，先前总是一个人，往后身后一大群，想出去玩车接车送，想逛商场即刻去，才不担心没银子……

此等生活多惬意呀，只想一想就心驰神往，这可不是想一想，这般生活好景象，不是明天就是后天，就要出现在她身旁。

服务员摆上小罐子，婆婆说，"佛跳墙"是道大富大贵菜，这道菜也叫福寿全，里面有十八种菜，海参、鲍鱼、鱼翅都是上等品，每份268元，268这个数字好，又顺又发。

喜欢攒钱存钱的她，算账是她的强项，还没嫁进念家门，她就把自己当念家人，算这顿饭花掉多少钱？粗略算了算，算得她心慌意乱，我的天，这顿饭，顶上舅妈一年卖鸡蛋、鸭蛋赚的钱了。

她心里可怜起舅妈，起早贪黑，一年劳作，就顶念家一顿饭，这哪是吃饭，这是在吃自家钱呀，不行，要将这罐子吃个底朝天，连一滴汤都不剩下，多么叫人心疼呀。

她低下头猛吃一阵子，这才抬头看念恩泽。念恩泽慢条斯理，不慌不忙，用勺子搅来搅去，不像在吃像品尝。她不是品尝，她狼吞虎咽没吃相，就想着这是在吃钱，要把这笔钱吃完，要是不吃完，就等于丢了这笔钱，多可惜呀。

婆婆跟她说家里条件如何好，两车两房，两套房是学区房，一辆大奔，一辆宝马。

这半生坐过四次轿车，一次坐东莞的警车，一次在镇上坐念恩泽的越野车，一次戴思去机场接她，今天第四次，终于以念家儿媳的身份，坐上念家豪华轿车。

镇上姑娘除了小惠，没人坐过豪华轿车，她嫁到念家，轿车可以天天坐，坐飞机也是常有的，先前不曾见过、不曾用过的高档货，往后都会一一用上。昨天到今天，用过香水，跟着戴思品尝现磨咖啡、意大利面、比萨饼，嫁到念家，眼界见识会上一个新台阶，往后定要留心看、好好学，跟上念家思维和见解，还有一点儿是当下要学习的，那就是与人交流沟通。以前只知道闷头干活，只想挣钱和攒钱，哪想过什么应酬呀、待人接物呀，工厂女工学那些东西没用处。而今成了念家人，念家应酬聚会可不少，交流沟通很重要，不能让念家亲友说她是个闷葫芦，婆婆待人接物很周到，跟着婆婆鹦鹉学舌，不出一年准能掌握应酬诀窍，嫁到念家，哪能愧对念家媳妇的称号？

婆婆说，二十五岁到三十岁，是女人最佳生育期，最好明年生个胖小子。

操持家务生孩子，是她婚后唯一能做的事儿，没有技能的家庭主妇，只能做好这些事儿。

她紧张地看婆婆，婆婆一脸平静，婆婆发话，为她确定新身份，新身份对她至关重要，她做好心理准备了，做好迎战准备了，就等念家亲朋好友检阅了，前方有无数双眼睛，等着看她笑话，等着看她栽跟头，无数双眼睛瞪着她，向她射出愤怒的子弹，子弹要将她吞噬，她必须绕着子弹走，绕着黑坑和陷阱，在艰难中独步行走，练就冷静的个性。涅槃重生的故事，就是讲给她，她要安安稳稳迈进婚姻那扇门，那扇门后，住着念家少夫人。

8

她从酒店出来，头件事儿，就是先给舅舅打电话。舅舅说等她和念恩泽回镇上，酒席摆上六六三十六桌，叫伶儿一生都顺溜。她又告诉戴思明天就领结婚证，戴思让她带上念恩泽，晚上一块儿去女人街，她不认识韩剑，戴思没见过念恩泽，见个面一块儿贺喜。

再有四天就是中秋节，女人街挂满灯笼，"猫夫人"餐厅布置了一个舞台，舞台上一对男女穿牛仔套装，唱着许巍的《蓝莲花》。歌曲唱完，开始播放肖邦的《小夜曲》。念恩泽点了四套牛排套餐，每人一杯现磨咖啡，韩剑打来电话，说路上堵车晚点儿到，念恩泽和戴思聊起歌剧来，先聊威尔第的《命运之力》，又聊起《茶花女》《奥赛罗》。

念恩泽异常兴奋地说着音乐，身上散发着一束光芒，那光芒非常吸引人，让人的思维跟他走。她喜欢这时的念恩泽，目光清纯，一尘不染。

一个文静男子走过来，戴思介绍道，他是韩剑。韩剑一脸歉意，解释晚到了。

她悄悄打量着韩剑，跟戴思有几分夫妻相，说话时韩剑的眼睛一直停在戴思的脸上。她虽不懂得爱情，凭女人直觉看得出，韩剑非常爱戴思，看着戴思十分专注深情，俩人眼神相碰撞，传达彼此之间的爱慕和关心，这就是传说中的爱情吧。

她看得有点儿羡慕了，一个问题从大脑里跑出来，她爱这位明天就要睡觉的夫君吗？或者说，这位夫君爱她吗？

怎能如此好高骛远呢？戴思寻找的是两情相悦的爱情，你寻求嫁给好家庭，你和这位将要同床共眠的夫君，眼神传递出以礼相待的信号、彬彬有礼的接待、你来我往的注视、平淡无奇的注目礼，偶尔也有那么一点儿深情的凝视，那凝视，跟爱扯不上半点儿关系，只是为各自条件所吸引，他迷上你的长相，你爱慕他大学教师的头衔、省城富有人家的身份，崇拜他的光环和名气。

这点儿她早就知道，只是面对这样一对相亲相爱的恋人，叫她多少有点儿羡慕和遗憾。这种对比和比较，为她带来一丝困扰，男女相爱竟然这般美好，这对儿青年男女，为她带来前所未有的震撼，让她第一次发现，爱情如此美妙。这对儿相爱的情侣，幸福充盈在脸上，眼睛冒出情感的火花，身体发出无限激情，这就是爱情的力量吧。

你总是羡慕别人拥有的果实，从而忽略自己掌握的强项。

虽说她羡慕这爱情，却很会调节个人的情绪，从另一个角度进行自我安慰，这世上有多少夫妻，是冲着爱情结婚呢？即便有百分之九十九，那百分之一属于你，爱情对你来说没有意义，婚姻带给你的实惠就摆在这里。戴思不是你的参照物，小芳和小惠才是。小惠只想要财富，不想要婚姻那张纸，小芳只想嫁给北京人，不在乎感情和年龄，命运这个宿主看人很精准，给每人发放的人生请柬不一样，戴思领到"一枝独秀"个人请柬，她和小芳、小惠收到的是双人券，只能跟着男人参加盛宴。以前她总想脱离小芳和小惠，那是过高估计了自己。你仨住在一个群体里，命运、生活和运气，都是那样相似，如此结局很不错，服从命运的安排吧，跟随命运的脚步，直到死神敲响丧钟。

若不是命运调节生活的闹钟，哪会偏巧在那个时刻碰上念恩泽？更不说这位先生直接向你求婚了。她想过一个人终老一生，也想过在寺庙里诵经敲钟度过一生，命运总是给人一个惊喜，一个旋涡，一个喜讯，一个陷阱，让人一惊一乍、始料不及。在绝路上走的时间长了，生活赐给她一点儿福分，她就心怀感激，赞美人生的美好，赞美身边这位优秀的夫君，虽说俩人之间不存在爱情，但在她心里，念恩泽是这世上不可多得的好人，拥有如此优秀的夫君，大可不必为爱情上头。

他说，婚后要她做全职太太。

这正合她心意，自从答应嫁给他，总有一个场景在她脑海中挥之不去：她坐在念恩泽的身边，怀里抱着婴儿，听他哼唱优美的旋律。她未来的计划很清晰，为念家生三五个孩子，做人人称赞的贤妻良母。

生孩子对新婚夫妇来说并非难事，俩人身体健康、精力充沛，精子卵子相结合，新生命很快就会诞生，这件事顺其自然就可以。眼下最担心的是，念恩泽的亲朋好友是否喜欢她？那件事儿被人知晓该怎么办？她心中的担忧、顾虑太多了，还没踏进婚姻那扇福祸相依的大门，就想着婚后注意事项，想着婚后还有哪些棘手问题？哪些可以预见、必须回避的麻烦？她一直过着动荡不安的生活，从来没有安全感，只有恐惧心，这位夫君叫她找到安全感，帮她成功脱离东奔西跑的苦日子，她要紧紧抓住他，为自己构筑稳定生活，这才是当下该要操心的事儿。

身边没有成功人士可以借鉴，只能拿小惠做参考，她算着小惠这些年得到的实惠——

小惠在县城买了一座小洋楼，小洋楼用来开宾馆，一年收入不少钱。

她掐指算着小惠今后的生活光景。

小惠四十岁时，那个大老板六十多岁，小惠六十岁，那个大老板八十多岁，大老板死了，小惠成了寡妇。小惠没结婚，算不上寡妇，再说了，女人活到六十多岁，再往下走就是活命。小惠生孩子，不是小惠愿意生孩子，是为钱生孩子，这样一来，孩子由大老板抚养，小惠不用养孩子，开宾馆的利润全归她一个人。小惠活到六十多岁，半生收获的利润，足够陪她进坟墓。

这样来算小惠的人生，算得心里很踏实，自己往后想必也是这般走，想必走得更顺畅，她和念恩泽是正式夫妻，有结婚证管着丈夫，想散伙也要通过法律，过了明年，她兴许生下念家的接班人，再过几年，她兴许生下一群小男孩儿，她为念家传宗接代，婆婆不会亏待她，会用大把金钱犒劳她，什么名牌衣服、进口轿车，只要她开口要，洋房、别墅也会送给她。念恩泽为了孩子不会抛弃她，真要抛弃她，念家赠送的产业，也能让她过上体面的生活。

如此看来，这门婚姻不管结局是如何，好处总比坏处多。

时间过去了两个小时，桌上食物全部被撤掉，服务员端上了水果拼盘。

餐厅灯光瞬间熄灭了，先是一阵儿骚动，很快安静了下来，《命运之力》响起来……

音乐时而低沉，时而高昂，她一下子失去了安全感，整个身子开始不停颤抖，整个人进入黑暗中。

遥远的记忆，无言的哭泣，她和戴思彼此分离，俩人手拉手在河堤边奔跑。

丫头……伶儿……叔叔在河堤边大声呼唤。

母亲的哭泣，父亲的叹息，奶奶嘱咐戴思，伶儿是丧门星，谁接近了她就会倒霉。

玉米垂下沉甸甸的穗子，她和戴思在玉米地玩耍，她和婶婶掰下熟透的玉米，婶婶说，劳动最光荣……

她哭着跑出玉米地，碰见婶婶的邻居，邻居将她交给警察，她向警察哭诉自己的遭遇，她并不知道，那只是灾难的开始，然后是接二连三的不幸遭遇、接二连三的打击，她不该去见警察，父母不会让她那样做，父母会隐忍下来，为她的今天和未来……

是她害了家族和自己，害得父母在县城里被热议，害得自己远离家人逃到镇子上，她分明是个害人精，哪是一位受害者？舅舅拽着她，从戴思视线里消失，从此她和戴思天各一方，戴思进了省城高等学府，她流落到了镇子上……

灯光逐渐开启，一个身影朝她走过来，是真是假让她分辨不清，记忆里那个身影从她身上一跃而过，从此以后杳无音讯……

那身影朝她走过来，戴着礼帽，帽檐遮住眉头，那双眼睛盯着她，这位戴礼帽的男人，好像在哪儿见过面，究竟是谁？

她从幻想症里走出来，使劲儿地想。

田伶儿，您好！

他用了您而不是你，很敬重的口气，声音里夹杂着她家乡的浓重的口音，那张脸有点儿面熟，声音也有几分熟悉，就是想不出来他是谁……

音乐教师，不认识我了？这是韩心蕊喜欢的歌剧，专门放给你听，应该勾起你的美好回忆吧，可爱的姑娘，生命稍纵即逝。

他的说话声音很慢很低沉，带着厚厚的鼻音，那打扮配上那个男低音，让人有种毛骨悚然的感觉。在幻想症里游荡的她，即刻生出恐惧和胆怯，她立即伸手抓住戴思的衣服，生怕自己倒下去。

念恩泽震惊地注视着他，他将帽檐推到额头上，露出整张脸，那张脸阴险却俊美，眼神带着霸气和豪放，带着激情，带着挑衅看着念恩泽，然后将目光转向她，肆无忌惮地盯着她。

她和戴思初来餐厅，就遇上了这个男人，他一直坐在窗口位置窥探她，直到她和戴思上了车。

你是谁？戴思问。

他得意地大笑着，您的老同学凌翔，不记得了？

"凌翔"这两个字刺激了她，让她大脑轰然炸开了，隐藏十年的痛苦，沉睡多年的记忆，很清晰地浮现了出来。

十三岁单纯快乐的田伶儿，十四岁遭受侮辱的田伶儿，二十四岁就要结婚的田伶儿。

早已尘封的往事，栩栩如生像过电影：他对她说着爱她的情话，向她疯狂扑过去，她惊恐地反抗挣扎，拼命想要摆脱他，他用少男超强的体力，将她死死地按住，她像笼子里将要死去的小鸟，只能发出几声哀叫，下半身剧烈疼痛，她惊恐绝望挣扎着，眼泪像个遮羞布，让她看不清天空，玉米秆子将她紧紧裹住。以前那个美好世界坍塌了，可恨的玉米地，为她重塑暗无天日的世界，那块玉米地，是黑暗世界的帮凶，她陷在那个世界里，再也没能走出去。

她对他又恨又怕又想逃离，他带着强大的力量，那力量对她有很大的威慑力，那力量压迫着她，让她无法挣脱控制，那是一种惯性，一种习惯，是对邪恶力量的惧怕。

他说，在监狱里认识了一位摄影师，这个摄影师不过是个不务正业的刁民，杀了嫌贫爱富的未婚妻，被判了无期徒刑。男人天生是孬种，禁不住美人诱惑，为美人死都愿意，我也是个蹩脚货色，许多男人干得不露一丝马脚。

这餐厅是一哥们儿开的，我负责调灯光，这是我的拿手活儿，光线柔和吧，最适合情人来约会。那天在这儿偶遇，一眼认出田伶儿，跟县里人打听后才知道，戴思在省城当警察，田伶儿还是那么美。放心吧，还有见面机会。

那声音带着可怕的音调，说完转身走出餐厅。

音乐戛然而止，气氛格外凝重，再没有先前的欢声笑语，念恩泽问，他是谁？

戴思说，高中同学，追过伶儿。

她敏感地看念恩泽，想从那张脸上发现一些异常，但那张脸一如既往，没有一点儿的波动，甚至一点儿疑问也没有。

干吗关心那个男人是谁呢？那张脸给她这样的答案，她非常满意这答案。

男人一旦迷上貌美女子，会投身女子石榴裙下，爱得一塌糊涂，进而被爱情迷失眼睛。此时的男子，绝对称得上感情傻瓜，用美貌做诱饵的阴险女子，最能俘获这类感情傻瓜，他们是专一的可爱情郎，不容许任何人对美人说三道四，男人的致命弱点，让他们掉进美人圈套，他们根本不知道悲剧就要降临。

念恩泽早已迷上她，只想明天同她成婚，没人能够阻挠这一决定，外界阻力对他只能产生反作用，这也是逆反心理带来的反作用，他被情网困住了，别人好心好意的提醒，对他来说是故意挑拨是非，他不会相信一面之词，他现在仅凭感觉，一意孤行。

她从念恩泽脸上，看到对她的态度，他被她的美貌迷住了，他定要娶她做妻子，谁也休想阻挡。这让她吃了定心丸，只是那多愁多虑的性格，又为她平添了不少顾虑，给她提出新问题：那男人说的韩心蕊是谁？生命稍纵即逝说的又是谁？那个男人临走抛下的那句话，像是诅咒，两人注定还有见面的机会，城市这么大，偏偏碰见他，更巧的是他竟然认识念恩泽，这难道又是一次命运劫难？

她将这次相遇视为幻想症作怪，是过去未愈合的创伤，她原以为时间会抹去记忆，那事早已尘封历史中，不会存留在大脑里，那个男人又出现，那个男人提醒她，两人曾是强奸案的当事人，曾在警察那里留下案底，两个活着的当事人，怎么可能抹去曾经发生的事情？更何况那件事儿当时轰动县城。

月亮挂在天上，大地一片银光，那张美丽的脸庞，带着苦难和风霜。戴思说外面起风了，拽着她上车，犹如当年舅舅拽着她无奈地离开县城。

9

终于拿到结婚证，她喜极而泣，过往所有的遭遇，所有的歧视和凌辱，全部被她一扫而空，不再提及。这个小红本，对她来说弥足珍贵，是法律送给她的保障，是重新打造的身份证，她终于抽到人生上上签，往后再也不用每天算计生活费，不用四处奔波看他人脸色，不用省吃俭用攒钱存钱，所有的灾难和磨难，全被这到手的婚姻取而代之，幸福真的从天而降，活过今天才能看到明天，不少人撑不过今天，也就看不到明天的太阳，她撑过来了，活过来了，战胜苦难赶走死神，终于等来了好命运。

这个男人是真的，此时就站在面前，婚姻是有效的，是受法律保护的，顶多再过一星期，户籍迁移手续就办成了，那时候，念家户口本上，赫然写着田伶儿；顶多再过一星期，她就成了省城人，除非有一天念恩泽提出离婚，她相信不会有那一天，连潜在危险都被她排除了，她要怀上念家的孩子，明年就生下孩子，她要用美貌和孩子，巩固念家儿媳的身份。

每个人以不同的方式活在世上，她用结婚的方式、怀孕的方式，让自己有个好归宿，生活的苦尝多了，安逸的生活对她有太大的吸引力，她并不羡慕戴思的爱情，比起生存，比起快乐，爱情多么微不足道呀！自己眼下很快乐，拥有这点儿就够了，往后可以挺起腰板儿，像幼年那样想唱歌就唱歌，想说话就说话，甚至可以无拘无束地大喊大叫。颠沛流离许多年，终于有了固定的家，有位男人呵护她，这为她增添了胆量——小时候与生俱来的胆量，压抑多年、不敢释放的胆量，重新复活、重新注入的胆量，那胆量在那事儿发生后，在自卑心的驱使下，被她深深埋葬了，今天被她重新找回了，就这样神不知鬼不觉、毫无征兆、没有准备地结婚了，仿佛一下子有了精神的依靠，有了坚实的靠山，有了安身立命的处所，灾难就此止步，幸福翩翩降临。

她真想站在山头，冲县城的老少爷们喊一声：我叫田伶儿，您们还记得我吗？爷爷奶奶们，叔叔阿姨们，我终于打败死神，打败苦难，打败痛苦，终于苦尽甘来，终于过上好日子。

在苦难中探索久了，更能悟出哪种活法，才是最适合自己的，痛苦变成了习惯，就不觉得痛苦了，就觉得痛苦是条必经之路，甭管多大的人物，都有难以言说的苦衷，经历太多的痛苦，一点儿小福利，就会感动得手舞足蹈。

与其在痛苦中绝望，在麻木中快乐，还不如在孤独中认真思索，寻找良方。

带着心机和算计，带着小心和谨慎，跟着念恩泽，踏进念家大门里。婆婆带着她，在每个房间看一遍，一边看一边说，家具全是红木做的，还有烤箱、洗碗机，还有扫地机器人，这些现代化东西，对她来说很新奇。墙上的投影，就像电影院里的大屏幕；地上摆放着的瓷花瓶，婆婆说是青花瓷。

她听得昏头昏脑，想要睡觉，又生怕婆婆将她当作一个白痴，她将售楼部学来的推销本领稍加修改，装作识货，对付婆婆，跟婆婆说得有板有眼，谎话虽然说起来有点儿吃力，却也尽力表现，不敢懈怠，她想得到婆婆的认可，哪怕一个善意的眼神，哪怕一句贴心话，都够她感动好一阵子，叫她对未来婚姻充满信心。

婆婆家里有保姆，她只管端坐桌前，一本正经地吃午饭。午饭后，念恩泽通知戴思晚上酒店见，婆婆带她去汗蒸馆，她赤裸身子叫婆婆参观，叫婆婆挑剔优点和缺点，婆婆夸她胖瘦适中，身材苗条，皮肤嫩白发质好，母亲的遗传基因很重要。

婆婆将她拉来拉去，继续挑剔她的毛病，把她当成展示品，让她多少生出羞耻和害羞，好在被人指指点点习惯了。念恩泽看上你，婆婆接受你做儿媳，这对你是多大的恩宠，婆婆这样挑剔你，是对念家负责任，你是家庭新成员，婆婆作为一家之主，对家庭成员很在乎，你身上的一个小痘痘，一个小胎记，都能引起婆婆重视，这些年，除了舅舅和舅妈，谁关心、关注你？婆婆这是在意你，不是故意羞辱你，是考虑优生和优育。

金钱换来一流服务，服务员跟前跟后伺候。自打认识念恩泽，她一直享受好待遇，以前被人呼来喝去，而今被人好生伺候，叫她有点儿不适应。每次看见新场面，心里总是七上八下，生怕自己出洋相，今儿当着婆婆面，可不能有一点儿闪失。婆婆很讲究面子，要有一点儿弄不好，会伤及婆婆的面子，让婆婆心里不高兴，想跟婆婆处好关系，就要弄清婆婆的脾气秉性，做到察其言观其色，面面俱到，嫁给念恩泽，就像头顶蓝天，脚踩地雷，稍不留意便会酿出悲剧。

从汗蒸馆出来，她跟着婆婆去酒店，进了"锦绣前程"房间，戴思和韩剑早已到了，正陪念恩泽父子说话。婆婆安排服务员上菜，公公将两瓶马爹利摆桌上，她从来没有喝过洋酒，先是小口抿一下，接着大口喝完了，酒带给她小欢喜，平素不敢张扬自己，此时酒给她开具了一张表现自我的通行证，让她高调释放，高调张扬。她想喝个一醉方休，喝得烂醉如泥，想让飞鸽给县里人送信息，让全县人民都知道，我田伶儿结婚了，嫁给了省城有钱人，往后我是钱的主人，谁看不起我我就用钱砸晕谁。

先前将自己包装得严丝合缝，不想叫人发现、注意，在镇上独来独往怕见人。镇上人说伶儿哪都好，就是性格内向不爱说话。她真想跟人家说，你们全都看错了，以前的我可活泼了，家里上上下下宠爱我，奶奶一句一个宝贝，那时的我爱唱歌，学校组织文艺会演，哪次都少不了我，直到十四岁那年，我的生活完全改变了。慢慢地，我的本性被压抑，我的心灵被扭曲，我宁愿一个人躲起来，不想看见任何人。在镇上，我想找人说句话，想来想去，生怕人们问我为何来镇上？为躲开镇上人的好奇心，我只好躲避人群。人是需要朋友的，需要向朋友倾诉，需要向朋友发泄，我选大树做朋友，想让大树保护我，每天躲在大树下，就等于没人看见我，这想法是不是太蠢了？一个大活人，不会隐身术，咋能躲过活人眼睛呢？

今儿是我大喜日子，我不想再装蒜了，不想伪装自己了，每天装得冰清玉洁，柔枝嫩叶，多辛苦呀！往后肉体隶属念恩泽，只剩思想归自己，这话说得也不对，肉体连同思想和灵魂，要跟念恩泽完全融为一体，他代表你的思想和灵魂，他是你的大恩人，你要感谢他，常怀感恩之心，报答滴水之恩，要对他奉若神明，做他生活中的奴婢，为他传宗接代。他的高贵衬托你的卑微，他的富有为你带来了利益，在他跟你睡觉前，你的自由只有这么一小会儿，赶紧发挥你的个性，释放将要消失的天性，等过了这时辰，你的个性和天性，全要交给他管理，身体、思想、个性、特性，如数交给他监管。趁暂时拥有一颗自由心，趁没有踏进念家门，趁还不是他的人，赶紧发挥你的天性，借着喜宴喝个烂醉，在大街上奔跑，疯狂舞蹈，狂吼乱叫，解放了，解脱了，解救了，得胜了。

为两个肉体交配、交欢、交换，干杯！

婚姻是肉体的吸引，是男人和女人不停地交配，没有爱情的婚姻叫家庭，没有孩子的家庭容易解体。

有情人终成眷属！多么高调的爱情表白，多么浪漫的爱情遐想，多么忧伤的爱情寄语，多么讽刺的爱情宣言。

多少人领略过"有情人终成眷属"？多少人享受过"有情人终成眷属"？多少人陶醉于"有情人终成眷属"？多少人抱着遗憾，从书本里寻找"有情人终成眷属"的神话？

你怎么如此高调呢？赶紧收敛一点儿吧，收回你的真实，释放你的虚假，摆出乖巧样儿，去讨念家喜欢，去讨夫君爱惜，婆婆给你倒酒哩，赶紧接过酒杯喝下去。洋酒真难喝，难喝也得喝，不然婆婆会"退货"。以前没喝过洋酒，嫁给念恩泽，当然要喝洋酒了，再来一口吧，高歌猛进，畅饮快意，肝胆俱裂，身心俱疲，喝得头儿晕晕的，喝得脸儿红红的，只想登高望远，只想振臂高呼，只想高唱入云，只想指天画地。

我结婚啦，跟有钱人结婚啦，谁敢瞧不起田伶儿，我就用钱收买你，谁敢说我被强奸、怀孕，我就拿钱封你嘴。

那颗心狂呼乱叫，叫嚣声、呐喊声、哭泣声伴着跳动声，震撼云霄。

我好像醉了，又好像借酒发泄一下，骄傲情绪掺和着酒意，开始释放天性了。田伶儿，你这哪是结婚呀，不动声色，悄无声息，跟山里人换亲一样。

浑蛋，这怎么跟换亲一样呢？念恩泽相中你的容貌，你看上念恩泽家的金钱，两相情愿，婚姻自主，跟换亲截然不同。

往后只管跟念恩泽睡觉，为念恩泽生儿子，生儿子才有好前景，婆婆要你生几个，你必须听命遵从，这关乎到念家血脉延续，关乎到你生活前景。

想到生孩子，她主动跟念恩泽碰酒杯，为精子卵子相遇碰杯，为孕育新生命碰杯，为新生儿降生碰杯。

是谁在跟婆婆说话？没戴礼帽，没穿风衣，那张脸既熟悉又陌生，是酒精作用，还是自己反应迟钝？这个影子无孔不入，他是谁？念恩泽的朋友？情敌？同事？邻里？他谁也不是，他是强奸她的坏男人。婆婆对他真客气，念恩泽像对待老熟人，俩人说了一阵子，只听到"咣当"一声，两只酒杯碰在一起，酒从杯里溅起，落到二人嘴里。

他来这里干什么？是想破坏她和念恩泽的婚姻？

她突然想到结婚证，正乖乖躺在挎包里。

这浑蛋，不知道我是念夫人？

这男人，兴许是来祝福我，这么多年过去了，经过十年的改造，他弃恶从善，成了吃斋的佛人，不是来破坏她的婚事。

她用善良之心猜测他，脸上很快露出笑容和踏实从容的表情。

他走到韩剑的面前，没说话光碰酒。韩剑放下酒杯后，说了一句"适可而止"。

他走到戴思的面前，把酒添满。戴思抿了一口，放下杯子，扭过头，目光停在她的脸上，目光中带着一脸的担忧。

他站在她的面前，笑容温和，像小时候那位哥哥，带她在家里玩耍，凡事总是让着她。两个家庭，两个孩子，从小一块儿长大；两个家庭，两个干部子弟，拥有共同生活圈；两个家庭，常来常往关系好，他是纯真小哥哥，对她不带一点儿邪恶。在玉米地，她看着他越走越近，他没有丝毫的敌意，冲她笑着走过去，她没有防备，迎着他，迎着他……

酒精没让她失去理智，她竭力控制住情绪，压抑将要发作的怒气。她要隐瞒那秘密，需要付出全部脑力和精力，需要说谎话，假模假式装好人，这对她来说太难了。再难也要坚持住，不能在婆婆面前失去自控力。一直以来，她有很强的意志力，自控能力堪称一流，意志力和自控力，得益于她一直置身苦难中，身心不断受攻击，最终练就了钢铁般的意志，每当险情来临时，虽然内心很惶恐，但是表面装得却很镇静。她冲着他微笑，违心说着同学情深之类的话，带了点儿煽情，带了一点儿故弄玄虚，甚至带着大言不惭的语气，声称这位同学追过我。

她竭力压抑住恐惧，因为她心里清楚，一丁点儿的过失，都能给她带来无法估算的损失。连自己也想不到，她能如此的机智，随机应变的能力，今生以来头一次得到施展，为已经到手的婚姻，要努力压倒恐惧，摆脱心理上的羁绊，面对困难主动出击，把命运牢牢握在自己的手上。

她虚张声势的态度，弄得他迷惑不解、大失所望，甚至有点儿害怕了。她的那张脸太冷艳，眼神带着杀气，那双眼睛在警告他，向他传达指令，向他发出威胁提示。他痴痴地看着她，不敢再说一句话。韩剑将他拉出餐厅，她纹丝不动地站在原地，眼神跟着那身影，直到身影消失为止。

戴思说，伶儿醉了，她不会喝酒。

戴思拉她坐下，跟婆婆聊家常话，戴思夸她人美心更美。戴思多会说话呀，小时候她说话直白，婶婶骂她无遮无拦，将来肯定吃亏。十年造就一个人，戴思早已换了个人，话语不多暖人心，还替她掩饰那件事儿，生怕念家人发现了，怕这桩婚姻黄了。

她并没有喝醉，只是用劲儿过猛了，不是肉体上用力，是精神上太用力，她真想醉得不省人事，那样就能逃避现实，就能忘掉那件事儿，忘掉那个臭男人。可现实多么冷酷可怕呀，她快要崩溃瓦解了，快要散架解体了，危机时刻考验胆量，她终于硬撑了过来，用她自身的威严，把那男人吓跑了，要是当年她能如此勇敢，用精神力量打败他，让他惧怕退缩，不敢侵犯她，她的人生绝对不是今天的局面。

她将这一切推到命运上，相信是命运为她安排好了，让她吃苦，劳动，奔波……有些人天生受苦难，有些人天生有福气，这是命中注定的。

她从戴思身上看到爱情的美妙，她身边的年轻姑娘，多是为生计找男人，她受姑娘们影响，从没想过爱情这俩字。对她来说，爱情是虚无缥缈的浪漫情调，婚姻才是脚踏实地过日子。她只想结婚生孩子，让自己有个好归宿，像小芳那样，为留在城市而结婚。戴思的爱情，让她看到情侣之间的平等，你中有我，我中有你，你为我，我为你，相互依赖，各自独立，谁也不用迁就谁，戴思如何做到的呢？她苦思冥想一阵子，终于明白一个道理，财富自由，经济独立，这也是电视剧里常说的。原来女人有这个优势，择偶条件会更高，选择情侣才会更自由，爱情、物质二选一时，才会让人毫不犹豫选择爱情，不让自己受委屈……哪像她，像一个敲着破碗的乞丐，低三下四等着有人送钱来。

要是能和念恩泽产生爱情该多好，要是能像戴思那样，做独立个体该多好，可惜对她来说只能想一想，她只能依附念恩泽。那就试着去爱这个男人吧！爱男人，对她而言可是个陌生课题。这些年，她看见男人就害怕，如何学会爱男人呢？先解除心理障碍吧，驱散恐惧的心理，慢慢学着去爱他，跟着戴思学习吧，学着如何去爱人。毕竟，有情有爱的婚姻，才能称得上完美。

她总为自己寻找最佳的方案，并且能够很快找到危险点，及时制止危险，这是多年练就的本领。从十四岁那一年开始，她就学会了如何防备来自外部的危险，别看她学问不高见识少，却能透过外表看本质，哪里有危险，哪里有潜在的风险，很快就能摸清楚，并为自己制定方案。她不羡慕戴思个性独立有爱情，而是想没有爱的婚姻，会不会给自己带来潜在的不稳定？她要尽快弥补这不足，就像貌美女子总是不甘平庸，总想成为女明星，她像屋梁上爬行的蜘蛛，艰难地盘织生活网，一双魔爪伸过来，想要撕毁那张网。她又看见玉米地，饱满的玉米，肥大的枝干，遮住她正在发育的身体，她痛楚挣扎着，撕心裂肺地呼喊着……

幻想症折磨她，那个男人的身影一会儿来，一会儿走，她挣扎着，想摆脱出来、挣脱出来，一遍遍地提醒自己，要脱离病态的折磨，保持清醒的头脑，做念恩泽的最佳伴侣和妻子。

今晚就要和他同居，她想象着今晚的美景，多美好的晚上呀，沉寂多年的感情，这一刻要复苏了，年轻姑娘的爱情，那样单纯美好，令人向往，她多想拥有爱情呀，不仅是身体上的奉献，肉体的买卖和交易，不仅用外表迷住念恩泽，还用那颗滚烫火热的心，去为念恩泽跳动，去为爱情而跳动，去为真情而跳动，那颗心因他而复苏，死而复生的情感，在那一刻迸发了，将一对男女带进爱情的世界。

她不断用脱离现实的想象，去回击现实带来的绝望，将她和他的邂逅，想象成年轻女子所期待的爱情。

这是爱情吧，就当是吧。

她想象着今晚与这位并不熟悉、并不了解的男人相拥而眠。男人和女人，躺在温床上，完成婚姻规定的义务……

一想到和念恩泽睡一起，她多少有点儿害怕，摸着无名指上的钻戒，手腕上那只白玉手镯，想着忘掉那件往事吧，报答恩人念恩泽，叫他高兴和满足。失业的你，重新应聘回到工作岗位上，陪丈夫睡觉是你工作的一部分，做好本职工作吧，劳动创造价值，用美貌、用身体，创造劳动价值吧，这是实现价值的第一步。等得到念家的认可，等有了念家的子孙，你才能成为有价值的人；等变成念家老奶奶，你的价值体系就形成了。

一瓶"马爹利"喝完，念恩泽说回新房继续喝，婆婆安排司机带上饭菜，外面黑咕隆咚，她在惴惴不安中，大约过去二十分钟，坐电梯上六楼，很快就到家门口，她磨磨蹭蹭没进去，戴思推了她一把，将她推进客厅里。她站在原地不敢动，这房子真大呀，比戴思的房子大多了，家具也阔气，所有摆设井井有序，满屋飘着花儿芬香，一尘不染。

这就是她的新家吗？这么高档，这么精致，跟她好像不般配，镇子才是她的家，舅妈那座农家小院，最适合她居住了，成群的小鸡和小鸭，成排的树林陪伴她，那才是她喜欢的家。念恩泽家太阔了，跟她太不般配了，这屋子的女主人，应该是位城市白领。

她正想要退出去，有个声音告诉她，别紧张、莫害怕，婆婆点头许可了，结婚证已领取了，就等你来入住了，这里当然是你的家，家里所有的物品，今后都归你管了，都将由你支配了。房子装修真艺术呀，念恩泽是位有眼光的艺术家，懂艺术的人，真有生活情调呀！墙上贴着鎏金壁纸，一幅油画挂墙上，画里有山有水有草地，牛羊在河边吃青草，树下有一对母子，那位母亲靠在树上给孩子喂奶，那个小婴儿，明年就是她孩儿，画中年轻的妈妈，不就是她田伶儿吗？念恩泽挂这幅画，就是等她生娃娃吧。

念恩泽打开电视机，电视正播放着跨年音乐会。

一排红木镂空隔断，将宽大的房间一分为二，隔断分四层，上层摆着茶具茶壶，茶壶上分别写着绿茶专用、红茶专用、白茶专用、黄茶专用、清茶专用、黑茶专用、花草茶专用。

念恩泽说，绿茶有龙井茶、碧螺春、信阳毛尖，红茶有荔枝红茶，白茶有白牡丹、南山寿眉，黄茶有黄山毛尖，清茶有铁观音、大红袍，黑茶有普洱茶，花草茶有茉莉花茶、菊花茶。绿茶抗衰老、抗病菌，花茶祛斑、排毒、养颜，这两种茶是女士的最爱，喝红茶骨骼强壮，白茶防辐射，常用电脑的人喝白茶最好。

念恩泽说，茶道分人品、茶品、水品、火品、茶器品和茶室品，每品又细分四品，合计二十四品。唐宋时茶道讲究优雅气氛和美妙韵味，现代人又将茶道融入禅意，借此缓解精神压力。

念恩泽说完茶道，又指着第二层那排玉器，说有金玉满堂、五谷丰登、百鸟朝凤、喜鹊闹梅、凤凰牡丹、喜从天降、玉白菜。他说，玉是老妈的收藏品。他又指着第三层，说这是老爸收藏的名酒，红酒有桑图诺、虹瑟黑红、天使红，红葡萄酒有华纳、弗朗飞龙、洋酒有卡慕布特尼、马爹利、苏格兰威士忌、轩尼诗 XO、干邑白兰地、芝华士威士忌。这瓶干邑白兰地一万多，老爸舍得花钱收藏酒。他又指着底层说，这些是我大学毕业时陪老爸走南闯北收集的根雕，有檀香木、荔枝木、樟木、黄杨木、花梨木、紫檀木，檀香木防蚂蚁，清血抗炎，樟木有淡淡香樟气味，能驱虫杀菌、净化空气。

货币贬值，收藏品可用来抵御通货膨胀，老爸不少朋友收藏名人字画，他喜欢收藏中外名酒，老爸的最大心愿是买个葡萄酒庄，在酒庄为我举办音乐会。六十年代出生的商人都节俭，不会胡乱花钱，总想为子女创造最好的环境。这张红木餐桌，是找工匠定制的，桌子中间雕刻成太极八卦图，谁见了都说别出心裁，一阴一阳，阳能生阴，阴能生阳，阴阳相生相克，从美食上看，吃能吃出个阴，吃出个阳，吃出个阴阳相均衡。中国传统文化讲究一个吃字，世界三大菜系之一就是中国菜。念恩泽又指着餐桌上方的吊灯说，设计师很细心，用橘黄色灯罩，让光线呈淡黄色洒在桌面上，阴阳八卦图黑白分明不刺眼。这瓶紫罗兰，摆在桌子右角，光线斜射过来，桌面上留下花的投影，影影绰绰特别美。别人喜欢玫瑰，我爱紫罗兰，紫罗兰对我来说意义重大。

她想起在镇上初见念恩泽，他问她见没见过紫罗兰？紫罗兰对于她、对于念恩泽，都有某种意义在里面。

紧挨餐桌那面墙是一大大的书柜，上面摆满了书。念恩泽说，那些书全是十九世纪的经典名著。

她看着一排排书籍，《巴黎圣母院》《悲惨世界》《红与黑》《战争与和平》《双城记》……书太多，数不过来，这些书她都没看过，更不知道作者姓啥名谁，这里每件物品对她来说都特别精美，都是从未见过的稀缺品。家里设计很温馨，只是有点儿安静，这里应该有孩子哭声、夫妻笑声，才算显得有人气。这个家，虽说布置很阔气，却让她感受不到家的氛围，所有家具沉睡着，没有生机和活力，好像沉睡了许多年，也好像经历大劫难，被主人完全遗忘抛弃。

或许是进入陌生的环境，让她生出这感觉，进而产生担忧情绪，可能是心情太紧张，带给她不良的情绪。人的情绪很重要，情绪好了，小草小鸟冲你点头微笑，万事万物和你握手拥抱，她告诉自己要调整好情绪，别去想以前那些糟糕事儿，嫁给好人家，灾难全都过去了，这里一切如此完美，这完美需要你维持，好好维护经营这个小家庭，去营造最完美的家庭氛围，尽管做起来很费劲、很吃力，可能会有偏差和错误，只要恪尽职守、尽了力，定能构建最好的家庭，家里有位好女人，丈夫才能安心做事儿。

念恩泽追求生活品位，她不懂啥是生活品位，肯定不像渴了喝水那么简单。念恩泽不是喝水是品茶，一个品字，将两种生活状态、不同生活层次，一目了然展现出来，往后要学的东西真不少。念恩泽天天品茶，先从品茶开始吧，要想跟上念恩泽，就要弄懂他所爱，就要知道音乐大师都是谁，要了解威尔第、瓦格纳，还要知道墙上挂的油画。念恩泽说，这是十九世纪画家乔凡尼·塞冈提尼的自然三部曲。她的记性真好呀，外国画家名字多长呀，她竟然一下子就记住了。只要念恩泽在意的、重视的、喜欢的、看上的，她全都要一一记住，她不想跟着念恩泽做跑堂，想和他一唱一和做鸳鸯。

在困境中迎难而上，才能得到命运的眷顾。

这句话是谁说的她不知道，只是每当想起这句话，浑身就有劲头了。婚姻对于她来说只是个跳板，怎样经营好婚姻，要做完整的规划。

没有技能的小美人，在探索中找到办法，脸蛋经济和孩子经济，是她婚后最在意的两大经济体系。

10

　　念恩泽推开一扇门，戴思拉她走进去，迎面墙上挂着一幅山水画，画面里有半山坡和野菊花，山间小径通向影影绰绰的寺庙，小河绕着山峦盘旋而过，溪水在画面里变成弯弯曲曲的白线。这不就是镇上那座半山坡吗？那是她和念恩泽初次相遇的地方。

　　她多情地想，这幅画专门为她而作吧，多细腻的男子呀，想得真周到。

　　想着多情的夫君，她感动得要掉眼泪。

　　右面那扇墙同样挂着一幅画，看着这幅画，莫名的哀愁向她袭来了。

　　蓝天白云在空中行走，泛黄的树林无限延伸，向上蜿蜒的枝蔓，很像绝望挣扎的人，整个树林呈凋败景象，暗示某种不祥和不幸。

　　念恩泽说，这是梵·高的名画《飘黄的树林》。

　　她不知道梵·高是谁，这两幅画反差太大了，那幅画给她带来温暖的感觉，这幅画刺激了她异常敏感的神经。这幅画，不就是舅妈房后的树林吗？秋天来临时，泛黄的叶子纷纷落下，躲在林里的女孩儿，用惊恐的眼神观察着，生怕有人闯进来，生怕有人侵犯她。这片凋谢的树林，藏着女孩儿的心事、秘密、痛苦、愤怒、抗争、眼泪、绝望。这幅画，是她生活的写生，她投入画风中，一种奇怪的感觉油然而生，那是她的第六感觉，树林里藏着一个人，一位年轻的女子，女子躲在树林深处，正在窥探她的秘密。

落地窗上挂着浅灰色窗帘，房子中间摆着红木床，床上铺着红色丝绸被子，红床单、红枕头，左边床头柜上放着台灯，右边是红木写字桌，桌上放着电脑和雕塑。

念恩泽说，这是罗丹和情人共同制作的《永恒的偶像》，这个雕塑告诉世人，男女情爱是干净本真的东西，不需要遮遮掩掩，由肉体之爱转化为灵魂之爱，才是爱的最高境界，肉体之爱会消失，灵魂之爱永生不灭。

念恩泽说完看了她一眼，眼睛转向那幅《飘黄的树林》，像是从画里寻找着什么，不是寻找树林本身，是寻找树林里藏匿的身影。念恩泽看得很是专注用心，完全投入了精神，无视他人的存在，那神态影响了她，并迅速送给她一个暗示，画里藏着一个未知答案，藏着一位年轻女子，女子在画里面行走，在这间房子里行走，女子在红木床上躺下，女子又来到客厅，从书柜里抽出一本书，坐在阴阳八卦图餐桌旁，一边品茶一边看书，女子在厨房做饭，能听见锅碗碰撞发出的咚咚声。年轻女子的轮廓，在她脑海中呈现出来，如此精致的摆设，干净整洁的物件，一尘不染的家具，若没有一双精致小手，哪能营造出这样的环境？每件物品的摆放，都在合适的位置，连不起眼的小玉佩，也恰当地挂在裸体女子手上。

这里必有一位年轻女子，肉眼看不见，却真实存在的女子。

那位女子是念恩泽的灵魂之爱，那女子化身为油画，藏匿在每根枝蔓里，飘逝在树林的最深处，他每天在画面中寻找、探寻，希望与树林里的女子见上一面，他要在树林里寻找灵魂之爱，女子的气息跟着空气游弋，看不见摸不着，却通过第六感觉向她传递、传达，她想驱赶回避，想逃离出去，她急忙跟着念恩泽，走出那间屋子。

念恩泽推开另一扇门，说这是孩子的卧室。

精致的小木床、小书柜，造型可爱的儿童玩具，书柜上贴着好看的卡通画，淡绿色的墙面上贴满了动物图案，浅白色窗帘上带着星星，书柜旁放着木质摇篮，摇篮里铺着浅粉色被褥。念恩泽伸手摸着被褥，像是在抚摸摇篮里的婴儿，那只手轻柔地来回抚摸，那双眼莫名其妙黯淡下去，眼里好像有一层淡淡的泪花，等离开婴儿房，泪花很快被情绪带走，那双眼瞬间明亮如初，他长出了一口气，整个人恢复了原来的平静。

不知道是幻想症困扰着她，还是第六感觉令她生出想象，摇篮里曾经躺着婴儿，此刻女主人带着婴儿出门旅行。这感觉为她带来不小的震撼，怎么会有这种感觉？连她自己也弄不清楚，好在停留的时间很短，那感觉在她走出屋子后立即消失了。

再往里走是卫生间，迎面是白色鎏金梳妆台，一面墙是瓷砖拼出的古典美女，美女手拿花枝，穿唐代裙钗，俏眉大眼，脸上带着淡淡笑容。浴盆、马桶、脸盆架全是浅绿色陶瓷拼出来的，屋里散发着花儿的香气，浴盆上方的木架上摆着花瓶，花瓶里插满了紫罗兰，花儿在密封的房间格外娇艳。

再往里走是厨房，浅绿色橱柜、冰箱、烤箱、洗碗机、消毒柜，锅碗瓢盆一应俱全，司机从酒店带回来七菜一汤，有蒜香排骨、翡翠鸡丝、合川鱼片、鱼香菜苔、糖醋木耳、素色拉、油焖春笋、莼菜素鱼圆汤。念恩泽从镂空隔断上拿出四个高脚杯，倒上酒。她正想端杯，戴思将杯子拿走，说今晚要照顾念恩泽，别喝了。

戴思说完，便和念恩泽碰杯。

她明白戴思的好意，怕她喝醉酒把持不住，今晚是新婚之夜，这一夜很关键，她想讨得好彩头，保持清醒很重要。

三个人一边喝酒一边聊天，不是猛喝猛灌，是慢慢喝慢慢品，精致的高脚杯，在手里晃来晃去，多温馨的画面呀，多浪漫的生活情调。身在其中，她总是感觉恍恍惚惚，那个躺在厂区宿舍、每天扳着指头算收入的女工，如今摇身一变成了富人太太，巨大的反差让她很难接受、很难适应。她倒水端茶，不敢怠慢，念恩泽说起酒店滔滔不绝，带着公子哥的优越感，戴思和韩剑偶尔插几句，很快被念恩泽给打断。

念恩泽说，上初中时迷上音乐，父母给了我充分自由，运气也是出奇地好，考上了音乐学院，在母校任教，工作安稳了，父母又为婚事操心，往后二老就等着抱孙子了。

戴思说，你比我俩强多了，家底儿殷实，爸妈创业，你守住家业就行。

她坐在念恩泽身旁一言不发，想着自己的心事，想着如何缩短和念恩泽之间的距离。

领证前她和小惠通电话，小惠见过世面，有主心骨，她没有亲近过男人，有钱男人秉性脾气有哪些？婚后会不会花心？她生怕婚后被抛弃，想从小惠身上取经。

小惠说，有钱男人种类不一样，一种是没有素质的暴发户，只要看上哪个姑娘，拿着钞票死缠烂打，直到追上这姑娘，玩上十天半月，继续寻找其他漂亮女郎。

我认识个很会装逼的男人，跟姑娘约会先要送束玫瑰花，再带姑娘去餐厅，好菜好酒伺候着，再送姑娘红信封，姑娘拿着信封一掂量，脸上立马有笑容，待到酒过半巡时，搂着姑娘开房，这种男人很会装，在房门打开前一秒，还是彬彬有礼的先生，后一秒进屋里，即刻释放豺狼虎豹的天性。经过这一夜折腾，姑娘一脸狠狠暗骂他，装逼男人最要命了。

　　还有一种有钱人，喜欢把玩小资情调，带姑娘去茶艺馆，听着"高山流水"，品茶品点心，最后再送给姑娘珍贵纪念品，光玩这些情调还不够，再跟姑娘谈起古典艺术大师，他并不在乎姑娘是否听得懂，只想叫姑娘崇拜他，说他是位有情调的有钱人。若是听到姑娘夸赞他，他更是将情调发挥到极致，带姑娘看画展看书展，去大剧院看舞台剧，姑娘们当然明白这把戏，她们愿意配合男人无伤大雅的喜好，既满足有钱男人的心理需要，又能让姑娘得到比情调更受用的人民币。

　　还有另一类喜欢摆阔的男人，高端大气上档次，带姑娘喝咖啡必去"星巴克"，就餐必去"梅丽莱姆西餐厅"，城市高端场所玩个遍，再去山村住上十来天，每日在山里浅唱低吟。他们当然不会住在农家小屋里，而是择优而居，选在山村别墅里，别墅四周环绕山水，有茶艺馆、歌舞厅，再摆上几本世界名著做点缀，有民族的、现代的、东方的、西方的佳看精品，看似身处深山，却似周游世界，甭管山间别墅一晚多少钱，钱能引鬼招魂，更能招来年轻女子。别看身居山林，姑娘们照样为钱吸引，即便行程千里，照样乐此不疲，十天半月腻厌了，回到城市，继续寻找美人。

　　生活在底层的男人哪有这福分？他们只能眼巴巴看着，只有观望的份儿，只有羡慕嫉妒恨。生活在底层的男子，生活目标很明确，先要挣钱填肚子，等肚子饱了有结余，再想着找个女人，想着怎样花最少的钱，找称心如意的女人，他们寻找的目标，多是感情受过伤害、被男人抛弃、穷困潦倒、没有色相的女人，这类女人因生活所迫，十几块、几十块，就愿意陪男人睡。

　　生活在底层的男子，也想跟女人搞浪漫，再想着那要花掉不少钱，去哪挣到那笔钱？什么咖啡厅呀、西餐厅呀、音乐会呀，品什么酒呀、茶呀，统统都是虚东西。玩什么高雅，什么浪漫，什么精神共鸣、肉体响应，太浪费时间，浪费精力，浪费金钱，浪费情感，挣钱容易吗？一百块就能搞定，用一千块，太不划算，不如干脆点儿，按倒女人，脱掉衣服，速战速决，十分钟解决，一百块钱扔给她，再去寻找下一个，这才是最直接、最快乐、最本质的两情相悦。

小惠说，底层姑娘被有钱人选上，多是始乱终弃，结局悲催。

那些被抛弃的女服务员，起初跟男人恋爱，相信男子的花言巧语，半年过去，恩爱变成了怨恨，哭天抹泪发狠誓，再轻信男人不是人。不是人又怎样，生活还要继续，她们会很快忘掉诅咒，投进下一个男子怀抱，继续骂着，爱着，恨着。想清高孤傲，一意孤行，天马行空，我行我素？谁不想呀！现实不容你胡思乱想，没主见的小姑娘，在世道里哭哭笑笑，最终落入婚姻俗套，只有读懂有钱男人的心思，才能得到有钱男人的奖赏。

小惠说，每个人的宿命不一样，你的运气够好了，不少花花公子只玩女人不结婚，你要跟他谈婚姻，他会很快翻脸不认人，念恩泽这种傻蛋并不多，婚后赶紧生孩子，用孩子套牢他，等有一天阔气了，有他没他无所谓，手里握着人民币，丰衣足食不求人。

她认同小惠这番话，自己运气多好呀，小惠跟有钱男人生娃，不如她嫁给有钱男人成个家。今晚起，自己就是这个男人的妻子，今晚起，把自己当作肉团儿，恭恭敬敬送给他，老老实实做他妻子。

司机端上猫儿面，念恩泽慢条斯理品着面，那散漫样子叫她看得好眼馋。瞧他活得多轻松呀，品茶品酒品生活，不急不躁、慢慢腾腾，她哪有念恩泽这心境？这些年，她每天都在奔跑中，每天想着攒钱到五位数，每天算计着猪肉多少钱一两？青菜多少钱一斤？房租是不是涨了？口袋里的那点儿钱，该如何花销如何攒？每天大部分时间，她都在算计挣钱和存钱。喜欢存钱攒钱的她，这会儿又有新打算，穷的时候心里装着一万存款，现在嫁给有钱人，一万存款不入眼，就想着银行卡里起码存上几十万。以前想着有钱了，下馆子吃烩面，每天吃得肚子圆，今儿也算开了眼，原来有钱不止吃个肚子圆，还要学会品茶品酒有情调。女人想要过得好，就要掌握生活诀窍，她就像牙牙学语的孩子，一切都要从头学，为了迎合念恩泽，赶紧捧起生活这本书，认真钻研、认真阅读吧。

戴思临走时说，新婚之夜是个坎儿，但愿一切顺利。

自从拿到结婚证，她就想着怀孕这件事儿，要是今晚一切顺利，戴思说的那个坎儿，就能很快度过去，要是下月见喜讯，婆婆不知多欢喜，念家上上下下定要为她召开庆功会。

她铆足了劲儿，准备今晚大干一场，用身体去收获劳动果实。

11

她站在书柜旁，拿着雨果那本《笑面人》，假装看得很投入，其实心里很着急，念恩泽咋就那样拘束呢？这可是洞房花烛夜，新娘等着新郎发出邀请信，他却坐在餐桌旁，陷入思想的泥潭里，完全忘记今晚洞房花烛夜，新郎新娘是要同床共枕啊。

她想打破这僵局，又怕这样不太好，顿时束手无策，没了主意。在男女之事上，她混沌初开，并不开窍，早年那件事儿，在她身上留下了太深的印记，让她很难主动接触异性，面对同居一室的丈夫，竟然有点儿怕怕的，这是淤积多年的心魔，哪能一时半会儿赶跑它，只好等着丈夫邀请了。她用书本做掩护，掩饰五味杂陈的感受，想跟丈夫入洞房，又害怕跟他做那事儿，她是多么的矛盾，做那事儿才能怀孕生孩子，这也是法律规定必须做那事儿。念恩泽无动于衷的态度，叫她有点儿乱了阵脚，摸不准是丈夫嫌弃她，还是想要反悔了，还是因为那件事儿，他已道听途说知道了，要不哪会这样冷淡她，这样下去怎么办？她还等着怀孕生子呢！

是不是该主动点？不是说要用肉体征服他，那就大胆进攻吧，叫他迷失在肉体里，从此深深依恋你，赶紧吧，献上年轻娇美的肉体，抓住时机，利用机会，故作清高谁搭理你，摆架子有啥用处呢，只会白白丢掉机会。

怎样打破这僵局？她琢磨来琢磨去，左右为难。

念恩泽真是个怪人，那双眼一直盯着紫罗兰，好像花里住了个小美人，他和美人相互凝视，高兴一阵，失落一阵，皱着眉头叹口气。画里面那女子，才是他的心上人，他伸手摸着一枝花，就像摸着他的爱人，完全忘掉了眼前这位小娇妻。她不敢去打扰他，生怕坏了他兴致，又想给他提个醒，夜已很深，床铺好了，是不是该睡觉了。

她放下手里那本书，壮着胆子走过去，谁知刚到他跟前，就看到他脸上带着不耐烦，吓得她赶紧躲到书柜前，敏感的心提醒她，夜深人静鬼蜮多，阴间幽灵来串门了，可别轻举妄动呀！有股气息笼罩她，萦绕她，气息形成了气流，气流将她包围、将她重重围困，叫她无法接近他，她真有点儿害怕了。

新房布置得如此精美，镂空隔断精雕细刻，茶具茶杯，玉雕根雕，名酒书籍，所有精致的物品，已经进入睡梦里，婴儿房里的婴儿床、婴儿玩具、婴儿奶嘴……婴儿用具井然有序，不知婴儿哪里去了？

意境幻觉困扰着她，婴儿哭声隐隐约约，婴儿母亲唱着催眠曲，手落在被褥上发出啪啪的拍打声，婴儿的气息，母亲的气息，在房间里飘来飘去，紫罗兰在房间馨香四溢。念恩泽坐在花旁，一直抚摸着花，他真是个古怪人，新婚之夜不想新娘，一脸痴情摸着花，花里站着一年轻女子，他和女子窃窃私语，竟然把她彻底忘掉了。

意识跟着她的心魔，让她生出幻听幻觉，幻听幻觉为她创造并不存在的意境，意境造成意识混乱，虚幻真实难分清。婴儿房里歌声停止，没有母亲和婴儿，只有她和念恩泽，念恩泽摸着紫罗兰，深更半夜欣赏花，这是什么样的怪物呀？他不是欣赏花，是掩饰羞涩和慌张吧。这一点儿，俩人可能一样，毕竟俩人才见了三次面，第三次就睡一张床，她内心慌乱又紧张，不知道怎样打破这局面。

她一边驱赶着心魔，从幻想症里走出来，一边冷静地跟自己说。今晚是你的洞房花烛夜，跟他睡觉很必要，如若不是要孩子，哪会如此下作呢？要想婚姻走下去，没有孩子哪成呢？今晚必须豁出去，必须主动靠过去，什么羞耻和胆怯，全都扔到一边去，主动带他进卧室，如花似玉的美人，主动出击准成功，小红可是教过你，教你如何调教男人。

离开镇子前一天，小红专门找过她。小红说，县里那个浑蛋说，你被男人糟蹋了，为这事儿，父母送你到咱镇上来躲避。

小红发誓叫她放心，这事儿烂死肚里化成粪，绝不说给小芳和小惠，小惠那张乌鸦嘴，跟咱镇上的人说，伶儿在东莞差点成了卖淫女。女人的命太轻薄，就像地里的杂草，撒到哪儿都能长出苗，女人命又硬，死多少回都能活过来。伶儿一定要记住，没有距离的感情早晚会破裂，没有空间的亲密早晚会被厌弃，这可是我的切身体会。以前我对县里那个臭男人，爱得死去活来全心全意，把他当成掌心宝贝，每天蓬头垢面伺候他，被他呼来唤去像佣人，原想着以此换来一段美好姻缘，哪想到，不平等条约一旦签订，想要撕毁便不可能，只能按照条约来执行。

她害怕重蹈小红的路，害怕这位丈夫小瞧她，对床上功夫一窍不通，只能靠容貌吸引他，用身体去暗示他，绝不低三下四求他，爱神没教会她床笫之欢，她只好独自摸索男女之间的窍门。夜幕越来越深，四周寂静无声，只有一对男女，她轻轻地咳一声，就像无形的闹钟，他被她的声音惊动了，目光终于转过来，他被她美貌吸引了，好像有点儿动情了，好像蠢蠢欲动了，好像被她打动了。黑夜助推男女恋情，光线柔和，良辰美景，一对男女，相互牵引，花里的小美女，很快被念恩泽扔掉了，眼前这位小美人，才是他需要的女子。

他从桌边站起来，走近她，拉着她，带她一块进卧室，一起躺在床上。瘦削轻柔的身体，很快将她压下去，她有些喘不过气，全身好像触电了，差点儿把他推下去。那块玉米地，那个男人，早已忘掉的记忆，噌地一下蹦出来，强奸犯、强奸犯，有个声音一直在说这仁字。

多亏理智挽救她，让她及时刹住车，她不停地跟自己说，他不是那个强奸犯，不是东莞段老板，他是你的新婚丈夫念恩泽，你俩已经结婚了，就等怀孕生子了，你的身体给念恩泽，是受法律保护的，这正是你希望的，只有和他做这事儿，才能怀孕生孩子。女人拿身体做交易，输赢全在皮囊里，要是今晚能怀孕，你的婚姻，你的命运，皆因孩子更稳定，其他啥都别想了，赶紧祈求老天爷，让你今晚怀孕吧。

多可悲的女子呀，新婚之夜，不想男欢女爱多美妙，先想是不是强奸？后想今晚就怀孕，这世上的哪对新婚夫妇，新婚之夜想着不堪回首的往事？想今晚怀孕生孩子？怕是只有她一人了。

等他离开她身体，脸像染红枫叶般，穿上睡衣从她身上踏过去，眼神带着质疑和疑问，轻描淡写来了一句，怎么没有见红呢？说完走进卫生间，用力关上了那扇门。他用力气告诉她，他正在生她的气，不为别的，只为那句"怎么没有见红呢"。

那句话在她听来是指责，更是侮辱，她听着卫生间里哗哗的流水声，那声音让她惊魂未定，她失望地听着流水声，伤心地想着他肯定嫌我不干净，跟不干净女人做那事儿，当然要好好洗一洗，洗掉身上的晦气。流水声鞭打她，击溃她，让她彻底崩溃了，她缩在床上抱着头，一遍遍地想着那句"怎么没有见红呢"。

戴思临走时提醒她，新婚之夜是个坎儿，她怎么没在意呢？戴思考虑多周全呀，想把念恩泽灌醉，让她顺利度过去。智者千虑，必有一失，她只想今晚就怀孕，想怀孕才能给她安全感，竟然忘掉这个致命的问题，凭念恩泽的身家和条件，当然要娶十全十美的小美人，不是处女，对他来说该是多么沉痛的打击呀。

他一定很生气、很失望，否则不会说出那句话。那句话，是责备，是拷问，是鞭打，虽然没有责问她，这对她已是宽容了，不是喋喋不休追问她，逼她说出那件事儿，也就是说，她可以说出那件事儿，也可以继续瞒下去，可以给他明确答案，也可以装作听不懂。

那句话是故意试探她，故意揭露她，还是故意羞辱她？

他会不会知道那件事儿？镇上除了小红，没人知道那件事儿，小红向她发过誓，不会告诉任何人，他责备她，不是因为那件事儿，是因为她不是处女。

是现在就说给他，还是继续隐瞒？

要是将那件事儿说给他，肯定会牵出怀孕堕胎，单说不是处女，他兴许会原谅她，要是说出怀孕堕胎，他会不会一怒之下跟她离婚呢？

不行，不能冒险，她实在找不出一条锦囊妙计，来解释没有见红这件事儿，沉默是保护自己的最好办法，隐忍吧，听天由命吧，原谅你还是抛弃你，全在念恩泽的舌头里。

她等着哗哗流水声停下，又怕哗哗流水声停下，要是时间永远停下来，要是倒回到东莞大酒店，她也许会选择让段老板包养，段老板给钱她陪睡，谁也不欠谁，等有天段老板不喜欢，再找王老板、张老板、许老板。总之，女人年轻美丽的身体，不愁睡不到男人，她无须证明是初睡，还是睡了一群又一群，也无须说出那件事儿的来龙去脉，更无须惊慌失措，惶惑不安，等眼前男人给她一个了断，一个判决，一个结果。

她既想保全已经得到的生活，又想保全仅有的自尊心，她的心就这样经受着煎熬，是把真相说给他，还是惺惺作态装可怜？她不知道如何取舍。

她有点儿留恋在北京的苦日子、在东莞的苦日子，尽管每日艰辛劳累，思想上行动上自由洒脱。那会儿她心高气傲，将小红排斥在生活之外，对小惠混大老板不屑一顾，对小芳嫁给北京老男人嗤之以鼻，哪想到绕了一圈又一圈，最终跟她们走到一条生活轨道上——不约而同选择用肉体换金钱，做不劳而获的寄生虫。

她越想摆脱小惠和小芳，命运越是将她和她们拉近距离，叫她看清楚想明白，她和她们在同一个圈子。她走不出那圈子，就像一个圆，她和她们在同一个圆上，无论如何走，始终围绕圆心转。

她真想脱离出去，脱离那个圆，走出一条直线来，那条直线通向城市，通向念恩泽的圈子，通向她向往的生活，她想在城市找到家，想在那个家里安居乐业。

能在城市里安居乐业，是每个打工女的美好心愿，她讨得命运的赏赐，似乎走出命运划定的圆圈，走在通往城市的那条直线上，哪想到命运为她继续设置障碍和陷阱，念恩泽那句"怎么没有见红呢"，又把她带到黑暗中，把她打回到舅妈房后的树林里，她本该在那里厮守一辈子，哪有资格嫁给省城大学教师？

那句话意味着什么？她想呀想呀，使劲儿想，往好处想，意味着他已拆穿她的谎话，往坏处想，他这是要抛弃她。

抛弃她也在情理之中呀，谁让她不是处女呢，他用富家子弟的条件，竟然换来一个堕落的身体，这笔买卖对他来说亏大了，他哪能接受这现实？终止这笔交易，对他来说也合理。

要是早想到贞操这俩字，她宁愿终身不嫁，也绝不遭受第二次人身侮辱。

一夜春宵被抛弃，该如何收拾这残局？

如果是过去，她兴许主动离开念恩泽，这会儿，经过那么多挫败打击，又跟着念恩泽见过了世面，见识了富人的生活，再让她回到工厂做女工，去酒店做服务员，她宁可像小红那样做男人的小丫鬟。小惠用美貌迷惑大老板，而今变得很有钱，在金钱面前，别想你的世界观，只想怎样满足念恩泽，只求他能原谅你。

生存条件决定生活质量，物质条件决定生存环境，为守住这门好婚姻，做念恩泽的玩偶吧！总比堕落强多啦，比绝望自杀强多啦，她那样看重名声和名誉，哪会选择堕落呢？说起自杀，让她想起多次自杀的经历，让她想起自杀会退缩，她实在不想自杀了，以前自杀是因为找不到出路，绝望中才想去自杀，而今生活前景多好呀，身边有位文质彬彬的好丈夫，身后站着财大气粗的念家，即便念家因为这事儿抛弃她，她也不想自杀了。东莞那位段老板，一直等她回话呢，真不行去东莞再找他，苟且偷生，纸醉金迷，也是一种生活方式。遭受苦难太多了，她不想吃苦受罪了，更不想苦苦奋斗了，不想看见脏兮兮的工厂宿舍，满嘴粗话的工友，更不想每天盘算腰包，生怕兜里只有几个小钢镚儿。

她发誓，从贫穷中走出来，绝不再过穷日子，念恩泽是否会抛弃她？只有命运来决定，假若俩人离婚了，这一生就毁掉了，被强奸，离婚，哪个男人还会娶她？既然名声难保了，干脆放弃名声吧，名声算啥鬼东西？不保吃穿，不保生存，跟段老板做情妇，吃穿不缺有银子，年轻女子又穷又美，符合富人包养标准。老天让你外貌美，是为富人准备的吧，那就迎头而上，别再扭扭捏捏装正经，假模假式装淑女，你是村姑不是公主，好高骛远的理想，哪能胜过脚踏实地挣银子？屏声静气，胸有城府，等丈夫送你判决书，拿判决书滚蛋？寻找富人段老板、刘老板、王老板，反正被人糟蹋过，又被丈夫抛弃了，这种女人谁娶呀！女人要想活得好，总要找个生存门道，命中注定靠容貌，借容貌跟老板睡觉，睡到青春没有了，带着金钱独自养老，做荡妇还是做贵妇，对她已经不重要了。

水流声没有了，念恩泽走出卫生间，平静地说我累了，去洗个热水澡睡觉吧。

她不敢正视念恩泽，穿上睡衣走进卫生间，擦掉镜上的热蒸汽，对着镜子看自己。那张脸犹如盛开的玫瑰，五官精致，身材标准，如此动人的小美人，念恩泽哪会舍弃呢？他没给她判决书，他原谅她不是纯洁的处女，并未追究她过去，那件事儿可以蒙混过去。

多么宽厚的丈夫呀，他本该好好质问她，严厉责问她，甚至狠狠揍她一顿，像小红的那个男人，用少林功夫、太极八卦掌，把小红打得满地找牙、满身是伤。哪怕打完之后抛弃她，对她也是合理的。镇上女人做错事儿，挨打挨骂常有，念恩泽竟然一句责骂都没有，竟然待她心平气和，多么和善的夫君呀，原谅你、包容你，没将你赶出念家大门，这是第二次救你，比起结婚，这次让你彻底脱离了苦海，彻底断绝了坏念头、坏想法，让你永远成为念家儿媳妇。

多高尚的夫君呀，给你留了一条生路，这善举该怎样报答呢？就用一生爱他吧，把全部身心献给他，真情实意报答他，真心对待他，踏踏实实为念家生孩子。这是报恩，也是赎罪，你已赎罪许多年，过去为家族赎罪，往后为念恩泽赎罪，念恩泽越是对你好，你的罪过就越大，今儿开始，你的罪过无限堆积、无限扩展、无边无垠、直到让你进坟墓。

为这个好人去赎罪吧，报答他的赦免之恩。用美貌、用身体，给他带来无尽欢喜，多为念家生胖小子，让念家人丁兴旺、财源滚滚，这也是一种赎罪方式。

她仿佛看到十年后，身边跟着一群小孩儿。她没有其他的本事，只能用这种方式报答丈夫的恩情，希望正在冉冉升起，干吗垂头丧气呢？

她拧开水龙头，把水开到最大。

12

上帝创造世界只用了七天的时间。她在婚后第二天，将自己从头到脚彻底来了个大改变，谁看见这位小美人，都忍不住停下脚步回回头，猜一猜这位打扮精致的美女，是谁家的闺秀？没有人能猜测到，如此出众的女子，竟是来自山里的村姑。只要走出念家门，她会从头到脚仔仔细细看一遍，生怕穿衣打扮有纰漏，叫人笑话她不会打扮。只要身处公众场合，都会装得很淡定，学城市姑娘吸着肚子，挺起胸膛，装出很高傲的模样，行事为人百无一漏，一举一动尽力表现，想让城市人喜欢她，想得到认可和夸赞，想得到一个好评价，若听见有人夸她举止优雅品行好，赶紧用腹语回答，我本是良家女，好修养也是多年练就的。

这样用心表现，还真收到了好效果，城市姑娘见她仪态万千，待人和气，放下偏见，对她还算客气，长辈们夸她举止大方形象好，不像小地方出来的人。每逢听见这些议论，她总是暗自窃喜，总要高兴一阵子，先想着城市女子高深莫测，不敢接近，没想到只用一点儿技巧，一点儿掩饰，就能博得她们的夸奖赞美。

谦虚为她迎来好人品，善于学习让她很快摸清城市姑娘的脾气，环境带给她们优越感，她们追求时尚爱打扮，又现实又浪漫，也许是比她见识广，比她们更会运用心思和算盘，想跟她们交往并不难，投其所好，跟她们打成一片，时间长了，就能融入那个圈。想在城市谋得一席之位，就要在行事为人上多用心，她用极短时间摸清了姑娘们的底牌，往下就等着与姑娘们结成同盟军了。

尽管对付城市姑娘有手段，她却还是心生疑虑和不安，总想着"小地方人"这标签，哪天才能从她身上彻底抹掉。她总是摆脱不掉自卑的心理，只要想到"小地方人"的标签，她会对着镜子自言自语，多美丽的女子呀，这长相，这打扮，哪像小地方的人？

有时她看着白玉手镯，看着想着流出泪来，不知道是喜悦之泪、感激之泪，还是深埋心中的痛苦无望，泪水无声地流，流出了苦乐悲喜。

哭是释放痛苦的方式，是内心深处的声讨，是喜极而泣，是悲从泪起。她的哭，仅仅是流泪，是痛苦过后、苦难过后，冰冷的情感释放，仅是一种表情形式，没有任何意义。

戴思问她新婚之夜过得可好？

她说与念恩泽做了三次。

她故意这样强调，想解除戴思心中的顾虑，证实念恩泽很爱她。真是自欺欺人呀，她从心里叹息着。

那件事儿带给她的阴影仍未消除，肉体之欢对她来说不是好事儿，虽然爱神点拨她，教她发挥女子技巧，指点她怎样满足丈夫的床笫之欢，可她依然厌恶做那事儿，每次做完后，她会瘫软在床上，想大哭一场，发泄心中的委屈。那块玉米地，那个男人，她强迫自己别去想，但是管不住自己，只要俩人做那事儿，大脑里有个声音总是跟她过不去，跟她说那事儿很龌龊，很丢人，很是叫人瞧不起。她的脑海里总会闪现玉米地里那场景，总是看见那个扑向她的人，这引起她极度的恐慌，让她喘不过气来。她真想一个人躲起来，像以前那样，躲进舅妈房后的树林里，一个人高兴，一个人快乐，一个人抱着大树撒娇说话，倾诉所受的委屈。

她多想忘掉那件事儿呀，多想用肉体交配方式，从丈夫身上转移注意力，彻底根除那事儿带来的阴影，让她坚信婚姻真实有效，坚信这是法律送她的福利。念恩泽是你的丈夫，和他睡觉，符合法律的要求，符合道德的标准。她想为念家生后代，想亲眼看着孩子一降生，自带城市户口本，住宽敞的洋房，喝进口的婴儿奶粉，使用婴儿尿不湿，睡在漂亮的婴儿床上，有婴儿玩具婴儿专用品。孩儿就是个旁证，证明她完全脱离了镇子，她的后代生下来是城市人，跟小县城、跟镇子没有一丝的关系。而她作为孩儿母亲，早就拥有了城市身份，早就成了念家人，孩儿将她和念家连在一起，她是念家不可分割的一部分。

念恩泽说的那句"怎么没有见红呢"依然叫她耿耿于怀，她弄不清念恩泽那晚是随口一说，还是故意为之，许是酒后说胡话，听说醉酒的人容易忘事儿，那晚他和戴思喝了不少酒，可能酒后失忆了，不记得当晚那件事儿。她守护着不能说的小秘密，想等丈夫拆穿"没有见红"的真相，这等待很煎熬，念恩泽始终没再提起。一周很快过去了，到了第二个周末，念恩泽约戴思、韩剑去商业街，先进婚纱店订好婚纱，再去"星巴克"，每人喝杯卡布奇诺，在商业街逛一圈，正好赶上午饭时间，念恩泽说去"日本料理"店。

这一上午跑下来，让她体会了嫁到念家的好处，以前没见的景致，今天全都看了个遍，以前没享受过的，现今正在一一尝试着，以前攒到一千块，都要高兴一阵子，吃碗北京炸酱面，就是幸福的体验。这一上午走下来，让她受到不小震动，先不说婚纱穿在身上多出彩，也不说"星巴克"咖啡多有名，只说这会儿，坐在这家"日本料理"店，看着成双入对小情侣，有说有笑真幸福。店里年轻女子占多数，打扮入时，引人注目，她心思不在吃饭上，而是四处看着姑娘，观察姑娘们的一举一动，猜姑娘们想的啥，嘴里谈论啥话题，与姑娘们比来比去，寻找自己的不足，细想该如何做，才能和她们达成一致。

心灵遭受过摧残，忧患意识胜过常人，在这样人多的场合，生怕得罪姑娘们，生怕身份被曝光，生怕那事儿被暴露，这种心态一直住在她心里，让她很难走出来。她开始摆阔气，装出有钱阔太的架势，把手上钻戒来回转，吸引姑娘们的眼神，意在告诉姑娘们，这枚钻戒很昂贵，这身装束不便宜，都是你们没有的。虽说我的身份不高贵，丈夫家可是有钱人，我用容貌做资本，换来高级的身份，您们可别不服气，干吗总是看我呢？那眼神有点儿怪怪哩，是喜欢还是厌弃？我仔细分析、好好领会，依然无法得出结论，自卑叫人很颓废，自信带给人欢喜，我干吗总是自卑呢？

虽说今天第一次吃"日本料理"，对她来说却是小问题，虽说并不喜欢这食品，更不喜欢喝咖啡，装作喜欢就可以，什么日本料理呀，不就是米饭配菜，外加几个小菜品，不过是个称呼问题，对她来说不是大问题。我们生活环境不一样，生活理念造成措辞不统一，您们用"日本料理"满足味蕾，我们用米饭配菜填饱肚子，其实目的都一样，都是维持生命，不让自己饿死。她想着，我这样理解，您们觉得是否正确呢？不正确也没关系，反正我是用腹语，自己说给自己，您们哪能听得到？念恩泽催她吃快点儿，说吃完要去看电影，她急忙丢下内心的独白，戴思吃啥她吃啥，好不容易把这顿饭打发了。

念恩泽说电影名叫《冰雪奇缘》，在北京售楼部做售楼员时，那会儿口袋有钱，她和小芳进过两次电影院，离开北京后，再没看过一场电影。这部电影真好看，冰冻的河流，巍峨的大山，成排的雪松挺立山峦。这景象，跟镇子简直一模一样，那个叫艾莎的姑娘，用魔法把整座城市冻起来，她要是艾莎多好呀，用魔法叫时光倒流，让时光停在十年前，停在十四岁之前，没有发生那件事儿，没有怀孕流产，她和戴思考上大学，戴思做时装设计师，她做医生，跟心爱的白马王子一块儿看电影……

这是她为自己设计的生活场景。

电影落幕。念恩泽说，真爱能战胜一切，可惜战胜不了死亡。

这不是电影里的台词。

从电影院出来去萧记烩面，戴思说起经手案子。

一位三十五岁女子死在家里，娘家说她丈夫有外遇，怀疑是丈夫害死妻子，后经尸检，女方系酒后服用安眠药自杀。

念恩泽说有时候真想在山里租几亩地，种上瓜果蔬菜，再种一片粮，过自给自足的生活。

戴思说，报上刊登过一对小夫妻，在山里租房种地，养鸡养羊，这类事儿屡见不鲜。听说不少有钱人，在山里度假村买别墅，偶尔去山间别墅住，享受山里的慢生活。还听说一些艺术家，专门跑山里做隐士，你要在山里住上三年两载，保准写出好曲子。

念恩泽说真有这想法，不少经典名曲，都是从民间搜集来的民歌民调，经过艺术加工，一经问世，就受到大众喜爱。伶儿要是愿意，在镇上买块地，盖几间房，暑假寒假住镇上，山里空气好，利于身心健康。

念恩泽一本正经对她说。她听得有点儿害怕，怕念恩泽当真了。

穷人想吃虾，富人想蚂蚱。她在山里住够了，才不想回山里呢，山里有啥好呀，冬天没暖气，夏天没空调，镇上就一家KTV歌厅，隔音效果很不好，听着像鬼哭狼嚎。没有咖啡厅、西餐厅，只有几家小饭馆，进进出出都是镇上做生意的醉汉。念恩泽没吃过苦，把山区想得那样好，真要让他住进去，怕是一天也坚持不下去。

手机突然响了，一个男人的声音叫她不寒而栗。

最叫她害怕担心的事儿，终究没有躲过去。

他约她晚上在酒吧见面，并把地址发给她。

要是不去，那件事儿会告诉念恩泽。

她顿时束手无策，这句话是威胁她，警告她必须赴约，否则后果很严重。

十年了，她对他一点儿也不了解，他干吗要约见她？

她祈求神灵护佑她，求他别再纠缠她，要是他能放过她，她愿意为他唱赞歌，她是多么厌恶他，又是多么仇恨他。为了婚姻，为了念恩泽，为了自己终于迎来好生活，只能向他低头了，只能与他达成和解，与人方便自己方便，这是舅舅常说的。那就跟他见面吧，好言好语别翻脸，自己才能保平安。

她后悔新婚之夜没有说实话，多么好的机会呀，借那句"怎么没有见红呢"，老实坦白自己的罪行，兴许会得到原谅，要是那晚说出来，就不怕这个男人威胁了，人要是有前后眼，哪有失败这俩字？屡遭不幸，让她掌握了自救的方法，遭遇危险时，这方法总能帮助她，为她破解险情，这方法就是四个字：沉着冷静。

她冷静思忖怎样处理这件事儿？新婚之夜没说实话，那就继续隐瞒吧，瞒着念恩泽，跟这男人见面吧，当面说服他，用这些年所受的苦难打动他。是人都有同情心，最凶恶的人，最残暴的人，在仁爱的关照下，在慈悲的照顾下，也会立地成佛吧。

不管遭受多少冷眼，遭遇多少磨难，她相信仁爱慈悲能帮她，驱散邪恶和魔鬼，佛祖常在她心里，让她总是相信人，相信善能改造恶。尽管她依然记恨他，却用佛经开导自己，宽恕众生，原谅众生，也是普度修行。她要当面告诉他，你我井水不犯河水，请你往后远离我。

这些年为那件事儿，所受苦难太多了，好不容易安心了，再要遇到新情况，难以预料的灾难，她该如何承受呀。这些年，她用沉默对付伤害和危险，防御！是她多年一直都在做的事儿，用沉默做防御武器，把自己包得很严实，生怕有人窥探她，生怕被人发现那件事儿，她的防御能力非常强，防御措施很到位，也因此收获了"冷血动物"这称号。

当年父母把她送到镇上，就为了让人忘掉她，忘掉那件丢人事儿，在镇上这些年，那件事儿捂得很严实，从来没人揭穿她。哪想到藏匿多年的秘密，就要被那浑蛋泄露了，她预感到灾难要降临，压抑多年的痛苦，备受欺凌后的反击，让她想与此人同归于尽。但佛经佛语指点她，舅妈那句"好人有好报"，让她软下心肠来，让她寻找与人为善的良机，她要在今晚当面要答案。

多年逃避那件事儿，今晚又要面对了，沉着冷静是她一贯的宗旨，她无法预测今晚结果会怎样，只想与他握手言和，让尘封往事随风而去。以和为贵的人生，是她一直追寻的，她的人生词典里，总写着"祥和"这俩字。

13

他站在酒吧的门口，没穿风衣，没戴礼帽，穿了一件红色 T 恤衫，深红色围巾搭肩上，这身打扮很像文艺男青年。只是等他坐定后，等他开始倒酒说话，狂妄自大的本质，玩世不恭的态度，在那张脸上露出来，态度傲慢，口气强硬，她被那气焰震住了，那件事儿就是她的软肋，想继续隐瞒，要与此人和平相处，这次会面，对他来说是约会，对她来说却是谈判，她要当面解决那件事儿。

她冷静地看着桌上玻璃瓶，瓶里插朵红玫瑰，桌上放着红酒和杯子，一位长发姑娘走过来，他倒了杯酒递过去，女孩儿瞟了她一眼，仰头把酒喝下去，说句失陪了，伸展玲珑的腰肢，朝舞台上走去。跳钢管舞的舞者，在舞台上展现舞姿，台下一阵口哨声，男人们吹着尖厉的口哨，用各种语言挑逗她，舞者对狂热场面无动于衷，专心致志绕着钢管来回转，摆出各种各样的姿势。舞者跳得很专业，蛇一般缠在钢管上，很冷艳，很野性，台下男人纷纷向她送飞吻，声音嘶哑亢奋，叫着舞者的名字，冲舞者举起酒杯，唱着

"梅兰梅兰我爱你"。

舞者身穿金黄色裙子，裙子裹着丰满的身体，假睫毛从侧面看，像翘起来的猫胡子，眼影化得又黑又浓，嘴巴涂得红艳夺目，脸像一朵盛开的野菊花，带着无知无畏和野性，身体缠在钢管上，如蛇一般的柔软。不是美人蛇，是眼镜蛇，只要对你喷出唾液，瞬间让你和死神接吻。

他啜口酒，很专注地看着舞台，嘴里发出由衷的赞叹。

他说，这小妞像妖精，这是他见过跳得最绝的钢管舞，不做舞星真亏了。知道不？这小妞十几岁出来混，听说在饭店打工，穷得连件像样的衣服都没有，受饭店女老板点拨，挂上有钱男人，没几年就翻身了。娶老婆找安分的，玩女人要这类。这小妞黑红白三道统吃，不曾败下阵来，你说怪不？一个没文化，没见过世面的乡下丫头，干这行倒是得心应手，真服了她，风骚半世好运一生，挣钱多着呢，女人要是豁出去，可比男人更快掌握生活要领。这群臭男人，把她当展示品，当玩物，不是当作艺术来欣赏。这群王八蛋不懂艺术，只想跟她上床，我没跟她睡过，老乡之间只谈钱，不搞这玩意。

他连喝几杯酒，激情四射，狂躁兴奋，举手高呼，不是冲舞台高呼，是冲她叫嚣，美人不是男人衣裳，是男人心脏。

她安分地坐着，热闹环境丝毫没有影响她，她是带着目的来的，今晚要跟他做了断，哪怕以死相拼，也要拼个所以然。

女人最绝望的时候，正是女人最勇敢的时候。

在她跟念恩泽牵手婚姻时，她渴望过上受人仰慕、受人敬重、受人赞扬的生活，为赢得体面的生活，她极力掩饰心理疾病、性格缺陷、乡下人的卑微、小地方人的浅见，去迎合念恩泽的生活圈子，以求那个圈子接受她。

　　十年来，她最大的愿望就是被接受，让县城人接受她，让奶奶仍像过去那般宠爱她，让父母不再为她遭受风言风语。现在她最大的心愿，就是跟念家处好关系，尽到妻子本分，让念恩泽喜欢她。为了达到这个目的，她比任何姑娘活得都艰辛，心灵遭受磨难，远超过体力劳动的辛苦。而今，刚刚尝到一点儿生活的甜头，却被这浑蛋彻底搅乱了，用尽心力维护的局面，要被一场突发事件打破，她收起以人为本的心态，异常安静的外表下，正酝酿着不为人知的计划，她有足够的把握，让他成为自己的手下败将。在逆境中这些年，她早已丢了公主心，在磨难中活过来，早失去高贵的资本，活成无人问津的山民，花样年华跟着苦难挫折已消失。为维持现有好局面，她只能做唯利是图的牺牲品，面对眼前的危机，她不动声色地想着对策，从利益角度做打算，寻找解救自己的方案。过去那个逆来顺受、听天由命的田伶儿，自有一套自我保护的办法，她在学习中成长很快，经受了各种场合的考验，学到太多社会经验，面对生活送给她的难题和灾难，她选择迎头撞击，迎难而上，她坚信不会陷进这个男人的圈套。

　　他在她面前肆意放浪，依旧把她当作以前的田伶儿，他只要稍微留心，就能看见她眼里射出的复仇火焰，弱者反击时的无所畏惧。她抱着哀兵必胜的信念，冷冷地、毫无畏惧地观察他，等待时机向他发起反击。

　　他夸夸其谈，说起跳钢管舞的小芬姑娘，他帮小芬物色有钱男人，一对为利益结交的朋友，短暂却忠诚。

　　他一再强调对她是真爱，不是强奸。说起对她的感情，他娓娓道来，很顺嘴。

　　他说自有了男女懵懂的感情，他就开始喜欢她。十五岁那年，经常梦见俩人同睡一张床，她光滑柔软的胴体，散发着少女的芬芳，他常在梦里抱着她丰满的胴体，梦醒后床上留下一摊精液，她在他梦里出现无数次。后来才知道，那是青春期的正常反应，都怪长辈们没有进行性教育，让年幼的他不懂得如何约束自己，他自认为这跟犯罪没关系，顶多是感情冲动造成的不良后果。一个十几岁少年，哪学过法律和法规？那次和她发生关系后，那个重复无数次的梦，奇迹般地消失了，再梦见她，她已是他的女人了。有次梦见她跟他说，咱俩的爱情结晶要出生了。他高兴坏了，抱着她，亲吻她，跟她说，咱俩明天就结婚。

他说，他看过弗洛伊德的梦境分析，许多时候，梦也是对未来事物的预见。

愚蠢女人才相信书本上的浪漫爱情，爱就是男人女人睡觉的代称，男人越是对你爱到骨子里，越想和你同床共枕不分离。为防止人类的乱伦，才用结婚这一法律形式，约束男女的身体，这样一来，也就衍生出了婚外情。人类天生喜新厌旧，不少人感觉婚姻索然无味，开始寻找婚姻以外的情人，高雅的鬼混称之为情人，低级鬼混是一夜情，嫖娼只为脱裤子满足情欲，这是最低级的动物交配。他说他从不嫖娼，只跟着感觉走，跟有感觉的女人交往，这种交往方式，严格意义上说不是谈恋爱，顶多算是泡妞。

泡妞也是男人调节生活的方式。泡，有泡茶品茶的意思，可以泡杯铁观音，也可以泡一杯祁门红茶，一杯金骏眉，一杯普洱，档次不同，口感不一样，价钱高口感好，粗茶泡不出清香味道。

他说，他知道念恩泽喜欢品茶，这也是他的爱好，有点儿闲钱的男人，把品茶当成交际的手段，也视为品位的象征。

男人更在意"泡"的方式和口味，女人讲究"泡"的韵味和感觉，混得有名声的交际花，才不拘泥于传统礼教，一边跟奶油小生卿卿我我，一边寻找灵魂伴侣，她们非常看重蓝颜知己，那个蓝颜知己，多是她的灵魂伴侣。传统观念、礼教道德，给女人们带来不小挑战，女人们漫游在婚内婚外的边界线上，欣赏婚外的风景线，又留恋婚内的家庭稳定。

伪君子说真爱是放手，纯粹是放屁。真爱是冲动、占有，没有空间的侵占，肉体是最直接的表达方式。当年我不是强暴你，是太爱你，是你的肉体向我发出邀请，你不愿承认，事实就是这样。当初在玉米地，你没有激烈反抗，说明你有那种渴望，碰巧我满足了你的渴望，只不过来得太突然、太粗暴，你接受不了。在性方面，女人需要前奏、爱抚、亲吻，这些前奏能帮女人达到高潮。

男人是猛兽，女人某种程度上是家禽，没有猛兽那般猛烈强悍。女人和男人都有兽性，女人有高潮期，这时的女人就是野兽。从性的角度说，没有高尚卑贱，只有满足……

他像是占着理，絮叨那件事儿，难以启齿的丑闻，令她痛恨的往事儿，经过他的伶牙利齿，听起来不像强奸，倒像是为了满足双方的欲望。为汹涌滚滚的爱情，他陷入回忆侃侃而谈，详细描述细枝末节，清楚记得每个片段，目光变得憧憬向往，对他来说，那是段美好回忆，记忆无法抹去，连时间也未曾抹去那段记忆。

他说那时正值青春期，学校在这方面没有及时引导，父母工作忙很少管教，再加上自我约束能力差，在那样一个特定场合，孤男寡女相遇，她又是那般美丽动人，看见她控制不住，心里就一个念头，一定要得到她。这是少年的盲目冲动，不能说我品行不好，在特定场合下，男人很难控制自己的本能冲动，成熟男人会想到法律，我当时才十六岁，做事不计后果，只想得到自己想要的，不会想到法律惩戒，哪想到你就像棵含羞草，碰一下不得了。要是当年心智成熟，像所有求婚者那样追求你，就不会犯罪。两家长辈关系好，家庭条件相当，门当户对，父母会撮合咱俩结婚。

他说，在监狱里我把法律研究得很透彻，不会再违法，只要活着，会永远爱你。念恩泽不会跟你太久，这点我绝对相信，即使他想要你，他父母不会答应，我等着那天，为你举办盛大婚礼。

他幸福地想着，顾影自怜地悲叹，倒上酒一口气喝完，脸上带着轻狂傲慢，开始炫耀自己的财富。

父亲去世，留下了大量遗产，市中心两套房子，一套自住，一套出租。物价一月一涨，房租随行就市，银行里有数目可观的存款，另有部分资产投资理财，每年都有盈利，在县里是标准的官二代，在这里也算可以，不次于念恩泽。父亲用生命为我铺路，不会辜负父亲希望，会有所作为，想在这里立足，靠的是金钱，用金钱换人脉，形成关系链条、赚钱链条、圈子链条。

我知道你看上了念恩泽家产，在山里住太久，没见过有钱人，一点儿小利就会投怀送抱。说实在话，念恩泽顶多算个富裕户，你的眼光太低了，念恩泽捡个大便宜，真为你感到惋惜。

他恶狠狠地说着，从口袋里掏出一张照片递给她。

她叫韩心蕊，念恩泽的前女友，比念恩泽小两岁，小学教师，喜欢探险，是个疯狂驴友，在一次探险中意外死亡。

韩心蕊死后，念恩泽变得疯疯癫癫，韩心蕊生前喜欢歌剧《命运之力》，念恩泽家里、车上放着《命运之力》碟片，他想靠歌剧《命运之力》跟韩心蕊进行灵魂对话。

韩心蕊长得很像你，念恩泽娶你，是想用你替代韩心蕊，填补他的精神空虚。

他看了一眼那只白玉手镯，再用轻蔑的眼神看着她，脸上露出不可一世的猖狂。每句话像刀子，扎得她浑身是伤、千疮百孔，她已实现的愿望，即将迎来的荣光，在大城市扎根的资本，处心积虑的计划，被眼前已知真相彻底打垮了。

韩心蕊家境殷实，和念恩泽从小就相识。韩心蕊有同样的白玉手镯，是念恩泽送的定情物，俩人共同设计新房，韩心蕊已怀孕，马上就要做新娘，谁料死于一次户外探险。

他阐述着灵魂之说、生死之说，两个女人阴阳两界的纠缠，死去的魂灵对念恩泽产生的诱惑，《命运之力》维系着阴阳两界的灵魂之间的沟通。

照片上的韩心蕊复活了，依附在她外表上，像她幼小的妹妹，妹妹是她幼年的翻版。十四岁后，她从来没有以田伶儿的形象存在过，从来就是傍人门户存在着。

照片中的韩心蕊，充满了青春和朝气，笑得是那样无拘无束。这些年，她哪有真正的笑容？

初中毕业，全班同学合影时，老师说，田伶儿，笑一笑。

她勉强抿嘴，身旁同学说，那不是笑是撇嘴。

老师引导她，想想开心事儿，哪些事儿能叫你开怀大笑？

一个男同学大声说，情书。

那会儿，她不好意思地笑了起来。

照片里的笑，不是开心的笑容，是带着羞涩腼腆的笑容。

班里男同学给她起了个外号"冰美人"，班里男同学打赌，谁能逗田伶儿放声大笑，就请谁吃棒棒糖。

那时候镇上小卖部有棒棒糖，两毛钱一个，那时候男同学为吃棒棒糖，有的骗父母说学校买资料，有的说学习太累、头疼，要钱买药，有的干脆趁父母不在家，偷两毛钱装兜里，就等着逗田伶儿大笑，将兜里两毛钱花出去。有的男同学就是从两毛钱起家，渐渐有了两块钱，渐渐有了十块钱，等有了二十块，有的考上大学，有的出门打工，有的早早结婚生子。

这些年，她已不会大笑，大笑是哈哈哈，她只会嘻嘻嘻，只会嘿嘿嘿，不会哈哈大笑了。

照片上的韩心蕊，笑得多开心、多坦荡、多自在、多自然呀，完全彻底、心无旁系、无所顾忌、发自肺腑、来自心底，源自心灵的深处，那是幸福的笑容，那笑脸让她羡慕，她何时有过那样灿烂的笑容呀。

原先还以为念恩泽喜欢自己年轻貌美，为叫念恩泽高兴，她想尽办法取悦他，用女人的温柔吸引他。哪想到，他对自己的感情，得益于那位去世的女子，她与那女子长得像，他之所以喜欢她、爱慕她，皆因把她视为那位女子的替代品，她以替代的方式，成为了念恩泽的娇妻。

有那么一瞬间，她心里有点儿不舒服，只是很快就过去了，替代品又怎么样？好像这样也挺好，以前只想用容貌取悦念恩泽，今儿多了一个保障，念恩泽娶她不只因为长得美，是因为她是韩心蕊的替代品，他深爱着韩心蕊，哪会抛弃韩心蕊的替代品？

做替代品又怎样？没有感情基础又怎样？嫁给念恩泽，压根儿没想过爱情，他想爱谁就爱谁，重要的是他娶你。韩心蕊即使倾国倾城，究竟是个死美人，能有你用着顺手又顺意？你陪念恩泽睡觉，让他得到肉体满足，死美人只能给他个念想，只能叫他缅怀思念，不能满足肉体欲望。他在精神上需要死美人，肉体上需要活的田伶儿，那个过往的人物，对你不构成威胁，反倒得知真相后，明白念恩泽为何娶了你，让你不再担心俩人差距有多大，不用担心红颜褪去的那一天，收到念家的退货通知。明天要做的事儿，就是弄清那位姑娘的履历，摸清姑娘秉性脾气，要做就做最好的替代品，难分真假的赝品，独一无二的复制品，让念恩泽无法舍弃你。

他见她稳坐那里不说话，又倒杯酒喝下去，情绪激动，满嘴粗话，骂念恩泽夺走他女人。说到念恩泽的名字，他一脸怒气，咬牙切齿，就像笼里的困兽，与笼子争斗着想出去。

他说，男人看菜下料的本事很高明，只是到了美人那里，就被美人弄得神魂颠倒，完全失去了理智，为女人杀人放火，为女人触犯法律。爱就是我犯罪的导火索，是爱情教唆我做那事儿，爱就像化学元素，遇上你怦然爆炸，让我付出青春代价，你总该原谅我了吧，我真的是爱你呀，不是强奸是爱。为爱你，我跟着魔鬼进监狱，付出代价太大了，往后不会那样了，名正言顺追求你，名正言顺娶你为妻。

他带着失去理智的执拗，男人可怕的控制欲，生活中令人恐惧的骄傲之王，一再强调很爱她，不是侵犯是真爱。

他大声叫嚷，我的灵魂没有犯罪。

他摸着瓶里的玫瑰花，掐断花瓣攥手里，搓着手心里的花瓣，有些花瓣掉地上，有些卡在指缝里。他的两只眼睛盯着她，想要一口吃了她。

她进入那块玉米地，躲闪着突如其来的侵袭，拽下片片的叶子，叶子淹没她的身体，淹没她的叫声和哭泣。她又看见了镇子，那个孤苦伶仃的小姑娘，在舅妈房后的大树旁，身子蜷缩在大树下，缩成一枚小果核，这枚果核埋在镇上好几年，起死回生拱出土壤，慢慢长成一朵花，花儿渐渐怒放了，那朵怒放的花儿，是他手里的小花瓣，被他揉碎撒地上……

他将她当作手里的花瓣，跟镇上买来的女人相差无几，那些女人是男人手里的小花瓣，男人撕碎她、蹂躏她、扔掉她、毁灭她。

她想起镇上买来的女人，男人抓住逃跑的女人，将女人关进小屋里，用皮鞭抽，用板凳砸，用烟头烫，用手扇耳光……

镇上男女守在门外，伸长脖子竖起耳朵，听屋里女人的惨叫。

镇上男人说，花钱买来的女人就是用来睡觉的。狠打，看她还跑不跑，再跑，打断双腿。

镇上男人咬牙切齿这么说，挨打的女人，就是不听话的老婆，花在女人身上那笔钱，不如买头牛值得。

镇上女人劝道，别跑了，再跑受罪的是你，瞧这打的，谁能替着你？打不死的女人，逃不脱的命，认命吧。

镇上女人说这话，不像男人那般咬牙切齿。镇上女人会打个哆嗦，似是那鞭子，正抽在自己的身上，很疼很疼。

买来的媳妇终究跑了，逃跑第二天，一辆警车开到男人的跟前，把男人推上警车抓走了。镇上男人看着说，乌龟头子，还不如找个妓女，竹篮打水一场空。

镇上女人说，逃哪里不要嫁人？一身伤疤，嫁到哪里都要遭嫌弃，拉不回的倔驴牵不回的马，就不想想谁还会要她？

那时她还是个中学生，成年后才知道，拐卖妇女是犯罪，女人不可以像牲口那样被男人买回家。

他将揉碎的花瓣放桌上，继续说起那件事儿，嘴角挂着少许微笑，那微笑很猥琐，带着自信和轻狂。

他说，宁为瓦碎，不让玉全。就是死，也要跟她一起死，念恩泽会成全他，念家人会成全他。

她在想是否拿法律做武器，对付这个臭男人？哪条法规才能制约他？她对法律了解太少了，他强势霸气的口气，让她又惊又害怕，完全被他气势压倒了。早年那股力量拉着她，叫她跟他思维走，他总是能够牵制她，总能让她败下阵来。她连自己都不明白，为何那样惧怕他，是惯性思维支配她吧，忍气吞声习惯了，不敢正面反击他。多年来，压抑心中的冤屈，她多想发泄出来呀，又怕他用暴力对付她，那种呼之欲出的胆量，被他的强势压制了，即使在奋力挣扎，她依然非常惧怕他，将他视为无所不能的化身，不敢公开对抗他。

他似乎看到了她软弱的挣扎，更加肆无忌惮了，更加肆意妄为了。他用眼神逼着她投降，嘴里重复一句话，就是死也要娶她。

那句话接连说了好几遍，表达他坚定不移的决心。

死就那么容易吗？哪能说死就死呢，活得千辛万苦无路可走，面对死亡，还是难以割舍生命，她想过多种自杀方法，结果依然没勇气自杀。

他不会死，人不是说死就能死。死神不会轻易收留你，死神要权衡那个世界需要衣食住行，要是鬼满为患，那个世界会发动战争，死神要等一批死鬼到世间托生，腾出位置来，才能再到人间收魂灵。镇上流传一种说法，山里被强奸怀孕女子，在家人和男方胁迫下，不会选择报警，会与强奸犯结婚生子，男人用强奸完成了求婚全过程。

她宁可死，也绝不跟强奸她的浑蛋拜堂成亲。

与其活着经受百般的苦难，不如跟着死神享清福，死的念头再次占据了大脑，她想着怎样自杀才轻松？吃安眠药像睡觉，不知不觉离开人世，她见过镇上喝农药的女人，被身强力壮的男人按住头，往女人嘴里灌肥皂水，女人叫着吐着翻白眼，有些吐着活过来，有些灌着灌着气绝身亡，喝农药的女人死相很难看，舌头伸着脸乌青，就像阴间吊死鬼。两种死法相比较，吃安眠药最轻松。

想到死，她又有点儿不甘心，又想到生活的种种好处。她才刚结婚，才过上好日子，一个人一生要吃多少苦，受多大罪，才换来眼前好光景，就这样跟着死神进坟墓，叫她如何甘心呢？她想再活一段日子，再享受来之不易的好生活。二十四年里，吃尽人世间的苦，她不想放弃好光景，人生长着呢。她已经死过许多次，每次都从死神那里逃出来，让她越发害怕死神大驾光临，她在绝望中挣扎，寻找心灵的寄托，寻求活着的信心。她要摆脱这恶魔，斩掉这恶魔，以和为贵的想法，对他来说不现实，为保全自己的婚姻，她想杀了这男人。佛家经典引导她，舅妈说的转世轮回，让她很快改变主意，达成和解为上策，尽量别去惹恼他。

他失去常态大笑着，把她当成随意摆弄的玩具，当成手心里的花瓣。她被他杀死无数次，也因他自杀很多次，在镇上躲藏好多年。遭受摧残的花儿，好不容易死而复生，重新开出花朵了。多纯洁的花儿呀，又被他踩在脚底下，被他蹂躏糟蹋了，被他揉碎毁掉了。十年光阴多长呀，他依然不肯放过她，她要有多大忍耐力，才会忘掉这深仇大恨，才能将仇恨化成灰烬？是佛经引导她，让她放下了仇恨，她甚至想要饶恕他，甚至想要乞求他，给她一条生路吧，她多想他能放过她，哪怕给她一点儿善意的馈赠，一丁点儿出路和退路，她定会不计前嫌和他化敌为友，甚至歌颂他赞美他，与他恢复幼年纯真兄妹情。现在她终于看明白，他宁可将花儿揉碎踩烂，决不让花儿长出果实。

仇恨在她身上扩散开，怒火焚烧她柔软的躯体，躯体在烈焰中没有化为灰，而是燃烧成另外一个田伶儿。那个田伶儿，是她渴望向往的女子，那个田伶儿此刻站在她面前，不是意识产生的幻想，是很清晰地站在她对面。她看着那个田伶儿，从座位上站起来，朝她走过去。那个田伶儿身穿盔甲，手拿宝剑，朝那个男人刺过去，插在他的额头上。她看见鲜血顺额头流进眼睛里、鼻子里、嘴巴上，那张脸浸泡在鲜血中，全身被鲜血染红了，他冲那个田伶儿大喊大叫：

为你而死！为你而死！

渐渐地，那声音越来越弱了，他倒在田伶儿脚下，口吐鲜血，闭上双眼。

为你而死！为你而死！他有气无力，歇斯底里，渐渐失去了知觉。

他死了！

那个田伶儿在她面前手舞足蹈。

她高兴地说，去死吧！去死吧！去死吧！

她的脑海里闪着一个镜头，他死了，血流尽了，变成血浆、血块、血人，那摊血，比她当年肢体流出来的还要多。

她长长舒了口气，快乐极了，这个男人终于死了，被另一位田伶儿用宝剑刺死了。她终于从噩梦中走出去，摆脱恶魔的纠缠跟踪。

身体激烈晃动，整个人陷入幻想中，另一个田伶儿踪影全无，她急忙寻找，她需要那个田伶儿的帮助。那个勇敢的田伶儿，帮助这个懦弱的田伶儿；那个敢于面对恶魔的田伶儿，帮助这个逃避躲避的田伶儿，她多想成为那个田伶儿呀。

那个被田伶儿杀死的男人突然站起来，死而复生的魔鬼晃动着她的身体，她差点儿摔倒。她还在寻找手拿宝剑的田伶儿，寻找倒在血泊中的那个男人。那个男人正站在她面前，他没有死，她多想让他死呀，多想让另一个田伶儿杀了他。他依然活着，站在她面前，恶狠狠地说，你最终是我的。

她没有杀死他，她多想杀死他呀，本性里的善良，让她用幻想完成了这起杀人计划。

杀人是需要胆量的，她没有那个胆量。

她想起舅妈常说的话，人在做天在看，常作恶不得活，恶人常为所犯罪行开脱，善人总在反思自己过错。

舅妈相信天道轮回。天道轮回是真的吗？是不是前世作孽太多，这世的灾难不幸，是她应得的报应？

　　夜色很浓，灯火璀璨，她沮丧地走出酒吧，念恩泽身影在光影里一闪而过。她惊恐地四处观望，是幻觉，所有一切都是幻想的故事，是幻想症造成的幻觉幻听，是担惊受怕造成的心理恐慌，眼前没有念恩泽，没有那个男人。戴思正朝她走来，戴思问她来酒吧干吗？意识跟着她回到现实，她的确来过酒吧，戴思知道她来了酒吧，戴思是怎么知道的？这已无关紧要了，她又找到了依靠，戴思是她的保护神，是她未来的依靠。

　　河堤边奔跑的女孩儿，女孩儿嘹亮的歌声，叔叔站在河堤边，叫着丫头、伶儿……

　　两个女孩儿长大了，一个做警官，就为保护另一个，难道这是宿命吗？

　　嘴角有点儿咸涩，是盐水？是眼泪？当然是眼泪，她已泪流满面了。她多想做名医生呀，戴思肯定想做设计师，谁能改变命运走向呢？她不知道往下如何走？思维混乱，无法分清虚幻与真实，那个男人死了吗？她用宝剑刺向他，他究竟死了还是活着？好像死了，好像又活过来，她分不清是不是杀了他？不管怎样，她用行动给了他标准答案，她宁可杀死他，绝不可能嫁给他，更不会任他去宰割。她用尽力气对抗他，终于把他打败了，终于用剑刺死他，也许她将再次站在法庭上，这次与十年前不一样。十年前她是受害者，这次作为凶手接受法庭的判决，她宁愿犯罪被判死刑，也胜过遭受胁迫和侮辱，做扼杀真相的刽子手。她不想战战兢兢地活着，她想活得像戴思，有自己追求的事物、自己爱慕的男子、自己理想的人生，人活着不是为了受罪，不是为了赎罪和求和，是为过上好日子。可好日子没过几天，那个浑蛋出现了，他想继续蹂躏她，继续欺负糟蹋她，她想用意念杀死他，以前哪敢这样想？以前只想躲避他，而今想法大胆了，只想彻底摧毁他，打破心魔别怕他，别再逃避躲避。多么大的进步呀，她为自己唱赞歌。

她用幻觉完成了这起谋杀案，从中找到无限乐趣和欢乐。

14

在碰到那个男人前，她的人生规划很完美，成为念家儿媳妇，为念恩泽生儿育女，这是最明智的选择。她认定苦难已离去，幸福拉开了序幕，苦心经营，精心打理，不敢有半点儿差池，她的努力得到回报，公公婆婆将她视如亲生女儿，念恩泽对她关心照顾，她虽已知道他有一段阴阳两隔的爱情，知道他把她视作韩心蕊的替代品，这并不影响婚姻完美性。她和念恩泽不约而同想用婚姻拯救自己，俩人用结婚的方式，为自己找到好出路，不能不说是巧合，她甚至觉着这巧合对她很有利，俩人都藏着秘密，都有一段不堪往事，她的身体不完整，念恩泽感情不完整，俩人都想从对方身上找温暖。只不过想法不一样，她靠婚姻，把自己从苦难里救出来，他从她身上找到魂灵的影子，弥补遗憾和缺失，这样的婚姻胜算率更高、稳定性更大。她不管对手多强大，那对手看不见摸不着，来无踪去无影，一个死去的亡灵，一场活人死人的战争，活人死人争夺战，死人哪能操纵一个大活人？死去的亡灵哪能左右念恩泽？她只需用漂亮脸蛋在他眼前晃一晃，用娇美身体在他身边蹭一蹭，只管掌握男欢女爱的诀窍，就能将念恩泽那颗心，从亡灵那里夺回来。

她用尽招数和计谋，想博得念恩泽欢喜，将心中真实的想法，深藏不露掩饰好，不叫念恩泽发现。有时候他刚把她搂怀里，突然又将她推开，一脸疑惑看着她，她很快心领神会了，他在寻找韩心蕊，亡灵和她争夺念恩泽，想要旧梦重温取代她。她赶紧抱住念恩泽，含羞带怯亲吻他，带他回到现实中，让他别再去想那亡灵。这等待有时很漫长，有时甚至空等一场，念恩泽会甩掉她，背过身，不时发出叹息声，他颤抖的身体告诉她，他已进入亡灵世界，正为亡灵伤心难过。她知道所有努力白费了，今晚没有机会了。

多亏爱神在她身边点拨着，让她耐心等待他。她在爱神点拨下，主动进攻，主动献身，爱神传授给她手段和方法，她跟随爱神的指点，赶走心理障碍，用身体去安抚他，用美貌去吸引他，带他走进男欢女爱的世界。这时的她好妖媚，像精通男女之道的专家，跟死去的人较劲，跟看不见的魂灵说，念恩泽是我的，你早已离开人世了，别再来纠缠他。

有时候她感觉到，亡灵站在床边唉声叹气，她急忙挥手在空气中赶来赶去。因为缺少安全感，她将亡灵视为第三者，视为破坏婚姻的祸害，和亡灵争风吃醋争夺丈夫，多奇怪的原配呀，令人啼笑皆非。多年没有安全感，让她患得患失疑心重，生怕输掉了婚姻。这种心灵的折磨，无法言说不能宣泄，只能自我消化排解，好在她早已习惯在危机中求生存，将灾难视为赎罪和救赎，视为恩赐和奖赏，要是没有灾难和不幸，哪能收获如此优秀的丈夫？不管面对多大的困境，她都抱着赎罪的心态，一遍一遍安慰自己：田伶儿，你是家族的罪人，是全县人民的笑话，吃苦受罪是你应得的惩罚，所有坎坷和遭遇，都是为了那件事儿，人要经受多少煎熬，才能获取多少酬劳，苦难已经吃够了，老天开始奖励你了，把念恩泽送给你，还有什么不满意？

原以为婚后就能高枕无忧了，没想到生活抛出新难题，送她一个无影无踪的对手，一个棘手的亡灵，亡灵带给她的困扰真不少，对亡灵了解得越多，越是担心这门婚姻有变数。亡灵出身好，有学识，又有上好的品质，这些她全不具备，想要赶超那亡灵，一时半会儿不可能，往后慢慢了解吧，掌握亡灵的长处，取长补短，适应丈夫的需求。书柜里摆满世界名著，看来亡灵喜欢书，念恩泽也说过她，有空多看世界名著，这些年为生计忙碌，哪有时间看名著？念恩泽说女人肚里有墨水，即使没有天姿国色的外貌，也有玉洁冰清的气色，不同于别人的气质。她知道这话有所指。

那位叫韩心蕊的女子，想必拥有这气质。这位听话小少妇，每天做完家务活儿，在书柜前转来转去，特别是丈夫在家时，更要拿书本装样子，她并不相信看书就能提升气质，城市姑娘气质好，那是生来就有的本领，跟看书关系并不大。她一个家庭小主妇，又不是上班的白领，没有必要看名著，要看就多看烹饪书，看怎样怀孕生孩子，怎样抚育孩子，再看看时尚刊物和杂志，学着打扮和装饰，脸蛋经济带来效益，不是名著所能代替的，看名著对她太多余，家庭主妇的喜好，哪能用学者眼光安排呢？

她在书柜里挑挑拣拣，翻来翻去，很少用心读完一本世界名著，即便有本喜欢的，也是很难投进去，不是想死去的亡灵，就是想骚扰她的那个人。这样过去一段时日，她感到来自亡灵的危险可以解除，便将精力转到那个人的身上去，那个人对她已经构成了威胁，怎样叫他从眼前消失？对她来说是件头疼事儿。她总是幻想那人出了意外被杀死，又总是担心那人就在家门口，等着念恩泽下班，把那事说出去。没有边际的想法，对她来说越来越逼真，她哪能听之任之不制止？一定要制止他，不管采用啥办法，哪怕让那个浑蛋见死神。

想到杀死那个人，又想起舅妈那番话，心有余悸，有点儿害怕，还是别动杀机吧，好人好报，还是别去害人吧，旷日持久的战争，用谈判方式解决吧，这才快乐没几天，又面临新挑战了，身体劳苦才吃完，又开始脑力盘算了，满脑子全是想法和对策，又害怕失算失策，咋办呀？对付魂灵，她自有一套好方案，对付那浑蛋，她黔驴技穷孤立无援，为防止那个浑蛋搞破坏，她提升防范等级，时刻关注周围的情况？观察念恩泽是否有异常？担心那个浑蛋和念恩泽单线联系，只要看见念恩泽接电话，她都要竖起耳朵听一听，是不是那个浑蛋的声音。

这日子叫她苦不堪言，可又能向谁诉苦呢？换作别人早崩溃了，早做最坏的打算。先前说过，她经过恶劣环境的考验，抗压能力非常强，虽说内心紧张夜不能眠，却能巧妙掩饰蒙混过关，念恩泽没看出破绽。

她哪能轻易丢失阵地？即使用尽方法和手段，拿苦当笑强欢颜，也不能让那个浑蛋捷足先登，破坏她的婚姻家庭。

她越发注意包装言行和举止，连说话方式、走路姿势、面部表情，都精心思索这样行不行？以确保在丈夫面前万无一失。做这些虽然又苦又累又费心，只为了婚姻能够维持下去，只为让自己过得舒坦安逸。人活着不在这方面辛苦，就在那方面付出，女人为维护婚姻，只有倾其所有的责任，没有怨声载道的权利，这辛苦是为自己拥有好归宿，女人努力的方向，就是女人幸福的源头。

她每天藏头藏尾，努力表现自己。天一亮，郑重其事开始一天的表演。天黑了，精疲力竭，还要竭尽所能保持完美形象，临上床总要夸赞自己一番，今天表现得真好，吃块巧克力犒劳自己吧。说完拿起桌上巧克力，剥掉包装填嘴里。要是上床前，看念恩泽表情忧郁，她会责备自己笨，今天哪里做的不到位，叫他想起那位过世的心上人。

虽说每日品尝山珍海味，深得念家的喜爱，念恩泽很是喜欢她，却还要保持高度的警觉，生怕那个浑蛋见念恩泽，坏了她的好家庭。之前征战对象是亡灵，而今那个浑蛋参与到其中，让她顾此失彼难两全，时而同亡灵展开激战，时而对付那浑蛋，无法预料这争战何时能结束，要么那个浑蛋不再纠缠她，要么怀上念家的孩子。她每天摸着肚子问一句，咋就还没动静呢？这要等到何时呀？每天念恩泽下班到家里，她先是盯着看一会儿，像占卜天象的大师，从他脸上找破绽，这样又过了一段时日，她感觉危险已解除，可以放松警惕过日子了。没想到，念恩泽突然告诉她，婆婆要他去拜见岳父和岳母。

唉！一个烦恼萦绕不休，后一个又接连而至，就像进了连环套，一环套一环，很难一一破解完。她不想带丈夫回县城，怕回去再遇到那浑蛋，怕县城人扯出那件事儿。她婚后一直享受念家的恩宠，享受金钱的好处，俨然成为贵妇人，她想保持这势头，尽快融入念家社交圈，这会儿婆婆指示回县城，她哪敢违背指令？她在念家只有听话和服从，哪有发言的权利？她自己琢磨着，将那件事儿封禁了，绝不透露半个字，宁可念家质疑她，也不辩解和抗争，轻重缓急分得清，她最该对付的是亡灵，还有纠缠她的讨厌鬼。念家是她的亲人，是她最爱的家人，谁想破坏她婚姻，想阻止她做念家人，谁就是她的死对头，她会跟对方干到底。

她从当初可怜兮兮的受害人，变成心机颇深的机灵鬼，从老实本分的小村姑，成了表里不一的双面人，从简单朴实的大美人，一跃成为小骗子，这哪是先前辛苦挣钱的田伶儿？那个宁愿在工厂做工，也不愿被人包养的田伶儿？若不是嫁给这样一个好家庭，她哪会改变方针和路线？丢掉准则和底线？而今她只能跟着感觉走下去，采用欺骗的手段，维护婚姻好局面。面对利益和好处，谁不用欺诈手段？这是善意的欺骗，佛祖定会宽恕她，不会追究她过错。

借佛祖名号安慰自己，可能不止她一人。

戴思和韩剑休假陪她回县城。她给舅舅打电话，舅舅说就等他们回去摆酒席，舅妈早已做足准备，去县城买套新衣服，从镇子东头到西头，问镇上女人衣服好看不？给伶儿丢脸不？舅舅说，舅妈结婚那时候，也没这般讲究。

在镇上的这些年，舅妈将她视为亲生女儿，表弟考上大学远离故土，她和舅妈更是亲如母女。舅妈对树木的喜爱，延续到她身上来，舅妈称得上植物专家，能根据枝蔓的颜色，准确判断树木生命的长短。

舅妈说，翠绿欲滴的枝干，正处在生命旺盛期，挂在树上的干枝，就是死了的干尸，那些死去的干枝，死前盘在大树上，依恋着家人，伶儿也很依恋家人，谁不知道伶儿心里装的苦呢？

舅妈说着叹口气，舅妈像神仙，知道她的所思所想，她多想回到县城那个家，多想跟奶奶有说有笑相拥抱，多想帮父母解开心里的疙瘩，她的家在哪里呢？除了镇子，哪里是她的栖息地？

汽车穿行在县城里，拐进青砖红瓦的老胡同。胡同依然保留着原貌，青石路坑坑注注，老枣树早已不见了，早先住的那些人，早已不知搬哪里去了。路上的人稀稀拉拉，行人很少，再没有过去父母追打、孩子嬉闹、老人坐在路边看热闹的场景。岁月给人带来无尽怀想，小时候她和戴思常背着婶婶，爬到胡同那棵老枣树上摘枣，枣树七月开花九月果熟，在果子没熟透前，树上青枣已所剩无几，每次爬树总有人跟婶婶举报，回家后戴思会遭婶婶谩骂甚至殴打，这要看婶婶的心情而定。

那时候不像现在孩子去网吧、逛麦当劳，或是看场电影发泄情绪。那时候发泄情绪的方式就是，在哪件事儿上挨打，必要背着家人再偷做哪件事儿，似乎那样才能得到宣泄。许多时候戴思在婶婶再次发现后，会遭受更严厉的殴打，当然，最终以戴思失败而告终。

轿车走出胡同三百米，朝左驶进一条宽敞马路，马路两旁全是商铺，再走五百米，一条河堤呈现在眼前。她的心咚咚跳得厉害，眼睛在痛苦中寻找记忆，这里有记忆犹新的洋槐树，她常和戴思爬树上钩洋槐花，叔叔放笼上蒸熟后浇上蒜汁、小磨香油，一道香喷喷的时令菜出笼了。距离洋槐树不远，就是婶婶那块玉米地，茂密的玉米叶子，将她小小的身体遮盖……

那个人的身影，那股强大力量，将她击溃，她竭尽全力，拼命挣扎，撕心裂肺，大声呼喊，他狂躁地堵住她绝望的求救。她窒息了，被钳制，被牢牢控制，肢体疼痛使她昏厥，他从她肢体中分离。她赤裸裸躺着，天空飞过成群小鸟，云彩游弋，玉米枝干将她覆盖，那具受伤的身体躺在地上啜泣，鲜血顺枝干流入土壤……

记忆循环往复，挥之不去，她想忘掉过往片段，记忆的光波却闪来闪去，藏匿脑海中无法抹去，谁能抹得去过往历史？

又见到叔叔和婶婶，戴思介绍念恩泽，大学音乐教师，父母在省城经营大酒店，伶儿嫁给了有钱人。

婶婶看念恩泽，那眼光好敏锐，婶婶夸念恩泽是上等人才，夸她避世离俗这些年，成了标准美人儿。

她听得心满意足，故意跟婶婶炫耀那只白玉手镯，炫耀白金项链和钻戒，说身上衣服是啥牌子，说胳肢窝喷着香水。她装腔作势，炫财耀富，要将这福分在婶婶面前尽情表达，以解这些年的心头怨气。

当年婶婶跟着奶奶瞎掺和，将她赶出田家送到镇上，谁承想上苍有眼，天从人愿，让她嫁到省城，成了珠围翠绕的少夫人。此时她真想质问一声，数落几句，婶婶笑脸相迎很热情，亲人之间很容易达成和解，对婶婶的怨气顷刻化解，只留下见面时的无限恩情。

叔叔看着她，眼窝里含着泪水，那是亲情的眼泪。分别多年，重逢的喜悦和激动，控制不住的情感，一下子迸发出来。

丫头……伶儿……

叔叔的声音在河堤荡着回音。

六岁的她，八岁的戴思，在河堤边奔跑，叔叔教她们背诵唐诗宋词，很多时候戴思不肯背诵，叔叔捡起地上的树枝，边敲边说，丫头，从小不读书，长大卖红薯。

戴思说，从小死背书，长大不如猪。

在她上小学三年级时，婶婶下岗，婶婶从河堤边那片荒地上看到商机。婶婶是第一个懂得开发土地的市民，率先在荒地上种植玉米，赶上掰玉米，婶婶像赶鸭子般，赶着她和戴思。

快，帮我掰玉米，没看那群"地老鼠"盯着呢。

婶婶说的"地老鼠"，是附近一群十几岁的小男孩儿，玉米刚出穗，那群男孩儿就往地里跑，趁婶婶不注意掰掉几个嫩玉米，到河堤边拢柴点火，烤玉米棒吃。

戴思时常耍滑偷懒，在地里磨洋工，婶婶会掰个玉米敲戴思。丫头，劳动最光荣，快干活。

戴思学婶婶口气说，丫头，劳动没报酬，不干。

婶婶笑着说，回去给你和伶儿买雪糕，带奶油的，上面抹层巧克力，一块钱一根的。

婶婶条件不断提高，直到戴思满意为止。

每年等玉米打成玉米糁，婶婶说的雪糕也没送到她和戴思嘴里，来年婶婶照样用此方法哄骗她和戴思。

每年到了玉米成熟的季节，就是婶婶不叫她们，她俩也喜欢跟婶婶去玉米地玩。绿莹莹的叶子，黄澄澄的玉米，她和戴思唱着"采蘑菇的小姑娘"，在玉米地捉蚂蚱，用玉米叶子将蚂蚱裹起来，捡几根干树枝，在河堤边点火烤蚂蚱吃。

那件事儿过后没几天，叔叔招呼那群地老鼠（偷婶婶玉米的那群男孩儿）将玉米秸秆连根拔起，婶婶坐在地头边哭边叫，我的玉米，我的玉米没犯法，干吗连累我玉米呀，我的玉米才出穗，招谁惹谁了，很快就变现钱了，这下可好，我的钱没了，谁来赔我钱呀。

叔叔在婶婶屁股上踹一脚。

再叫揍你，钱重要人重要？玉米重要人重要？就知道抠那点钱，一点儿人情也没有。

从不动粗的叔叔，在婶婶面前挥起了拳头。

她知道婶婶对玉米的感情，河堤边那块荒地，是婶婶下岗后开垦的，婶婶自从开垦那块玉米地，下岗的颓废心情一扫而光，从中找到了生活价值。婶婶说，她生在六十年代，那时候要不是玉米糁养着姐弟几个，他们早就饿死了。婶婶对玉米的感情可想而知。

那块玉米地不到半天工夫，变成了一块平地，连一根玉米棒子也没给婶婶留下，婶婶骂那群地老鼠坐享其成，骂他们没良心，连半个玉米棒都没留下，骂叔叔叫她二次下岗。

婶婶哭着说，我妈从小教育我，劳动最光荣，你不叫我种玉米，不叫我劳动，我活着有啥用？

那时候叔叔脸都气青了，骂婶婶只想自己，不考虑伶儿的感受、全家人的感受。

叔叔说，不能叫伶儿触景生情，叫全家人触景生情。

叔叔说，婶婶将来可以种地瓜、种豆子，不许种麦子、种芝麻，所有高秆庄稼都不能种，只能种顺地爬的庄稼。

婶婶哭天抹泪，跟叔叔大喊大叫，为啥不能种高秆庄稼？为啥只能种顺地爬的庄稼？

叔叔说伶儿在高秆庄稼地里出事儿，要是种地瓜、豆子，咋能出事儿？

那时候奶奶天天骂婶婶，奶奶骂婶婶叫田家断后，叫田家背上了坏名声。

奶奶听见婶婶跟叔叔吵架，拿起门口铁锹要砍死婶婶。奶奶说，要不是婶婶种玉米，伶儿不会出那事儿。

奶奶骂她是背时精，骂婶婶是丧门星。奶奶说，老田家的名誉毁在这个丧门星手里，毁在这个背时精手里。

奶奶要是知道她嫁给省城有钱人，不会再对她冷眼相待吧。

人情在有些人身上表现得真诚淳朴，在有些人身上冷漠薄情，她终究收获了一份美满婚姻，何必计较过去的是非得失？忘掉过去吧，看看眼前、看看未来吧，谁能保证眨眼过去的就是灾难，已经到手的就是永远？舅妈常跟她说，心善之人报应好，为有个好报应，做个好人吧，不跟婶婶计较也是行善呀，行善多了，福报就来了，兴许老天看田伶儿心善，让念家原谅过去，这才是最大的福报呢。

回县城的第一个晚上，戴思同学约她俩去小西关，她本想留在家里陪丈夫，叔叔说晚上和韩剑、念恩泽在家酌酒小欢，她在场多有不便。她听说念恩泽留在家里，稍稍松了一口气。自从双脚踏进县城这块地，那双眼总是贼溜溜地四下看，观察周围的环境，她在心里算计好，除了家人和亲戚，不让丈夫接近任何人，她将丈夫当作囚犯来看管，除了上厕所，眼神很少离开他。她亲眼看着婶婶将菜端上桌，看着叔叔拿出酒瓶倒上酒，这才踏踏实实去小西关。

小西关是县城小吃一条街，有一百多年的历史，特色美食有三样：板面、烩面、卤羊蹄。前半时登场的，多是家庭小聚餐、同学朋友小聚会，后半时在凌晨以后，此时登场的人群，多是麻将场上的麻友，或是大酒店里应酬完、再来小西关填饱肚子的人。可别小瞧这里房子破败，全是低矮桌子和板凳，县里许多有身份的大人物，坐在小板凳上喝好酒，吃着烩面羊蹄子。

她和戴思赶在上半时，自然是来参加同学朋友间的小聚会。戴思那群女同学，叽叽喳喳聊着过去，先是幼年上学的乐趣，再扯谁考上了好大学，在某地混得有出息。她们发出感叹，县城工作的同学，没有一个考上一本，一本毕业的都是精英，哪有可能回县城。

她听得快要崩溃了，这多叫她羡慕呀，没有考上一本，起码进过大学门，拿到大学毕业证，她只拿到高中毕业证，镇上女孩儿多是初中毕业就辍学。她和小惠、小芳、小红高中毕业，在镇上也算知识分子，是炙手可热的才女。镇上条件好的生意人，都想娶到高中毕业的女神，当初要是嫁给镇上生意人，哪会用尽心思讨好念家人？人的想法跟着现实亦步亦趋，谁能看到明天和以后？既然走到这一步，只能大费周章想今后，将念恩泽欺瞒住，将念家人糊弄好，让婚姻走下去。

戴思和女同学，说着曾经和过去。那些话题跟她不沾边，听着就像听风声。她曾熟悉的过往，而今早已模糊不清，她曾经的好同学，早就不再联系她。这群小同学，她也曾一块玩耍过，而今和她疏远了，除了礼貌和客套，还有窥探和质询。她好像听见她们说，囝伶儿，你究竟是个什么样的人？这些年躲到哪里去了？是否见过强奸你的那个人？

她多想得到好评语，又怕这群姑娘探问行踪和轨迹，怕她们提及凌翔这俩字。县城是个危险地，仿佛灾难如影随形跟着她，危险随时会降临，那个浑蛋的身影，就潜伏在不远处，正打着"守株待兔"的主意。她拿出"沉着冷静"来应对，观察周围的动静，人在紧张危机时，最能发挥"机智勇敢"的天性，她晃动机灵的大脑，判断回去的行程，能否做到善始又善终。

15

又见到舅妈和小姨，她小鸟般依偎在舅妈的身旁，展示全身上下的财富，用欢喜和雀跃，展示婚姻带来的满足。好婚姻是润滑剂，能为新娘涂脂抹粉，那张脸娇美迷人，一脸幸福的样子。舅妈小姨从她穿戴打扮上、笑容可掬的表情上，即可知道她嫁对了人。她们哪里猜想到，新婚第一天，对她来说就是灾难的开始。

舅妈问，俩人圆房顺利吗？她只将好的那面呈现出来，说念恩泽如何疼爱她，婆婆如何喜欢她，婆婆酒店何等气派，新房摆设很阔气。说起省城所见所闻，眉眼间透着自豪和欢欣，说第一次进"星巴克"，第一次吃西餐，第一次去美容院，第一次听歌剧，以前在镇上没经见、没体验，全在省城体验了一遍。

她添枝加叶，夸大其说，好让舅妈小姨相信，在省城她过着天堂一般的生活。至于心里的苦衷，如何拿身体做工具，如何跟亡灵争丈夫，如何偷合苟安，跟那浑蛋私下见面，如何俯仰由人，趋吉避害，如何采用独有手段，维护婚姻好局面等，这些全都隐忍了，在舅妈小姨面前一丁点儿也不泄露。她哪能将苦难不假思量、一股脑儿甩出来，让二位长辈为她担忧操心呢？所有难题和问题，全由自己消化处理吧。她用笑容欺骗所有人，谁见到那张由内而外、发自肺腑的笑脸，谁都会为她幸福生活而点赞。

小姨说先前镇上女人拿小惠做典范，夸小惠生孩子挣大钱，女人生娃多容易，一股水儿流出去，娃儿顺着水儿落地。自打伶儿嫁到省里，镇上女人争先恐后拿咱伶儿做宣传品，伶儿这会儿是咱镇上的大红人，镇上有女孩子的家庭，教育女儿向咱伶儿好好学习，可别马马虎虎就嫁人，伶儿是咱镇上女孩儿的"领头羊"。

她听得心里喜滋滋。是呀，镇上女子谁有这般好运气，嫁给省城有钱人，她用婚姻为自己打了一场翻身仗，成为镇上姑娘好榜样。

进父母家，堂屋坐着几位客人，舅舅说，先在院里等着吧，客人走了再进去。她和戴思站在院子正中间，数着共有几盆景观树，哪盆是牡丹、海棠、白玉兰？景观树修剪得很整齐，橘子树摆在盆景正中间，另有二十几盆月季花，花儿盛开，姹紫嫣红，一派春华秋实的好景致。

有位姑娘正在院子里浇花，婶婶在她耳边低语。奶奶看着慈眉善目，心里计谋多了去。姑娘是田家远房亲戚，卫校护理专业刚毕业，奶奶每天让姑娘给她按摩颈椎和腰部，顺便做一做家务。

婶婶和奶奶一向不和，婶婶常说奶奶是个笑面虎，奶奶骂婶婶爱占便宜、眼皮浅，俩人相见相克，谁也不买谁的账。

听婶婶说奶奶，叫她想起奶奶来，怎么没见奶奶的人影？奶奶还没见过念恩泽，兴许不知道她已嫁给有钱人，她想在奶奶面前炫耀自己的富贵，想亲口跟奶奶说，我为家族争气了，您老往后不会骂我丧门星、背时精吧。

她焦急地寻找奶奶的身影，寻来寻去没找到，听见楼上传来妹妹的歌声。她知道，奶奶定在楼上陪妹妹，奶奶肯定知道她嫁给了有钱人，只是奶奶心思早已不在她身上，她嫁给谁与奶奶又有啥关系？她想把婚事说给奶奶听，是因为她仍在跟奶奶赌气，仍想证实自己不是田家的累赘，她甚至想当面说点儿难听话，将心中怨气发泄出来。那怨气憋在心里太久了，如果见不到奶奶，会记恨奶奶一辈子，她就想跟奶奶面对面，哪怕不说一句话，只要奶奶对她点头笑一下，兴许所有怨气跟着祥云飞走了。

她站在院里等了半天，奶奶始终没露脸，楼上只有妹妹的声音，奶奶并不想见她，也许是怕彼此见了不高兴，奶奶肯定知道她就站在院子里，肯定猜到她依然在生奶奶气，奶奶是不是很后悔？是不是觉得自己太残忍，将最疼爱的孙女，送到山区不让回来见家人？奶奶不见她，是不是在反思呢？人在难处想亲人，得意之时宽容人，别再生奶奶气了，尽管奶奶对你刻薄，把你送进深山里，让你受了不少气，十年弹指已过去，你已嫁给有钱人，陈年旧账别再提，意气风发小少妇，春风得意少夫人，干吗计较得失呢？心里装满了仇恨，快乐就会远离你。父母是否喜欢念恩泽，才是头等大事情。

屋里客人离开了，父亲招呼念恩泽坐在身旁，韩剑和戴思坐在对面的沙发上，她和母亲坐一起，叔叔婶婶打声招呼就走了。

父亲问省城婚礼安排得怎么样？

念恩泽简单说明了情况，母亲偶尔插几句，问念恩泽工作怎么样，父母酒店经营状况，又将念家财产一笔带过问一遍。念恩泽显然明白母亲的用意，便将酒店经营规模，家里资产现状，事无巨细说出来。母亲点头很满意，父亲说起为何送她去镇上，掩饰得滴水不漏没破绽，最后那句"伶儿说到底是田家人"，让她听了很舒服。虽说这些年，她和田家半根毛都沾不上，县城人早将妹妹视为田家独生女，父亲这句话的意思很清楚，她原本就是田家的长女，是为表弟压灾才去镇子上的。

父亲说她是田家的长女，让她听了好感动。十年来，她一直为这件事儿耿耿于心，是自己心胸狭隘想太多，以为父母不要她。女人生来烦恼多，为情为爱为争宠，很会表演宫廷剧。

酒席订在县城最好的酒店，从父母家里到酒店，步行也就十分钟，路上不断有人和父母打招呼。酒店经理鞍前马后伺候着，一句一个田局长，直到进了二楼牡丹亭，经理交代服务员，按最高标准上菜肴，酒是五粮液，烟是大中华，父亲虽说做事低调不张扬，也还讲究身份和排场，好像故意摆这气场，让念恩泽看到这场景，好让夫婿看清楚，论条件田家并不次。

母亲来之前，换上了深红色套裙，脖上佩戴珍珠项链，这身衣服将母亲衬托得很贵气，她满怀敬意望着母亲，又看母亲身旁一言不发的舅妈。舅妈那身衣服，一眼看去崭新崭新的，可能舅妈是镇上人，这一穿，衣服也显得很势利，愣是不给舅妈长脸，倒显得是刻意，跟本人身份一点儿也不搭配。

先见舅妈一身新装，还觉着舅妈有品味，没想到跟母亲一比较，就显出舅妈寒碜来了。母亲穿戴很有品味，将舅妈衬托得很老土，她担心念恩泽瞧不起，急忙朝他看过去，念恩泽正在跟舅舅聊天，那张脸没有丝毫的鄙视。她责怪自己多虑了，是对舅妈太在意，才生出这般顾虑来，念恩泽是个儒雅书生，哪会当面鄙视人呢？她想，日子会慢慢好起来，她已嫁给有钱人，舅妈的好日子，很快就要见天日了。

念恩泽掏出红包，依次递给母亲、舅妈、小姨。

念恩泽说是婆婆准备的见面礼。

母亲收下红包，看都没看，直接装进挎包里。母亲问她，婆婆为她购置了哪些结婚用品？

她伸出白玉手镯让母亲看，还有钻戒，白金项链，说婆婆给了她不少零花钱，戴思帮她办了张银行卡，卡里存了不少钱，念恩泽工资也交给她保管。

戴思接话说，这笔钱是伶儿私房钱，自己跟伶儿交代，自己没有收入，往后多存私房钱，万一碰上急事用，就花自己卡上的钱。

母亲夸戴思想事周全，并交代念恩泽，伶儿没工作，平素往她身上多放钱，身上钱多也能给伶儿安全感，伶儿不会胡乱糟蹋钱，交给她尽管放心。

母亲这话说得没错，往后日子长着呢，她要尽量节约开支，把婆婆给的零花钱，念恩泽给的工资，全部存到银行里。有钱人日食万钱，她过惯了苦日子，不会糟蹋一分钱，没有经济来源，就要多留心眼多攒钱，钱能给女人撑腰，万一碰上天灾人祸、小灾小难，钱能帮自己渡过难关。小惠是位挣钱高手，往后跟着小惠学，讨教怎样积累金钱？怎样让钱生钱？而今小惠可有钱啦，镇上女人说起小惠，就像说"阿里巴巴和四十大盗"，说小惠银行里存款，堆起来能有半座山，她们把小惠神话成钱袋子。

她并不羡慕有钱的小惠，小惠真金白银虽不少，却没个丈夫能依靠。她手里握着结婚证，有了这个小本本，吃喝穿戴不操心，念恩泽想离婚，也要经她画押签字。小惠有钱是真的，可是好说不好听，女人一生不嫁人，那算怎么一回事儿呀！镇上姑娘除了小惠，没有一个不结婚的，先前想过不结婚，真结婚了才发现，以前想法太愚蠢，尝到婚姻的甜头，哪会想着再单身呢？女人想法变来变去，以前定下的规矩，设下的底线，而今全都废除了。以前总想着灵魂是否干净呢？自己是不是干净人？现在想的是，做好自己就行了，灵魂的样子，就是现在的样子，至于干净不干净，全由丈夫下结论，丈夫说你是干净人，你就是个干净人。念家掌握你的命运，念家对你的评论，决定了你的名声和命运，摸准念家的脉搏，就能守住好生活。

眼下丈夫正跟父母聊得火热，母亲雍容尔雅很和善，叫她看得很温暖。这些年，她对母亲有怨气，怪母亲没去镇上看过她。今天看到母亲这般地爱她，心中多年的怨气，很快化为灰烬了。母亲对她问寒问暖关心她，一直跟她赔不是，说照顾妹妹没能顾及她，她哪能责怪一脸愧疚的母亲呀。当年母亲送她去镇上，也是不得已而为之，哪个母亲忍心将自己的孩子托付给别人？母亲是为家族想，为了父亲名誉前程。那时候，父亲事业一片光明，母亲怕竞争对手抓笑柄，当年母亲因为她，不知流下多少泪呀。

她想着当年母亲的哭泣。

她被推进手术室，听见母亲低声啜泣，从手术室出来后，母亲搀着她，眼睛哭得红肿。

那件事儿后，母亲天天唉声叹气，很长一段时间里，母亲待在家里没上班，有时坐在院子里，盯着花草直发呆，一坐就是几个小时。那时候，母亲拒绝所有宴会，不愿接触任何人，更不允许谁登门拜访。母亲日渐消瘦，好像失去了说话能力，在家里无声无息转来转去，有时候母亲走进她房间，她急忙蒙头装睡，听母亲轻轻脚步声，在她跟前走来走去。

有时候，母亲在她床前一动不动站了很长时间，直到奶奶一边骂她背时精，一边将母亲拉到院子里。

有时候，几天不说话的母亲，突然对天大叫一声"造孽呀"。那三个字听着很恐怖，不像是从母亲嘴里喊出来，很像幽灵在怪叫，又像濒临死亡的人，发出绝望的呼叫。那会儿，她赶紧把头缩被窝里，咬着指头偷偷哭。

哭泣是人类发泄痛苦的直接方式。成年人的哭泣多是默默流泪，无声无语。未成年人的哭泣是感情倾诉，哭天喊地，毫无顾忌，毫无掩饰，有时候连哭带骂，有时候带着声讨，带着泄愤，喊冤叫屈，有时候带着目的，不达目的誓不罢休。未成年人的哭泣很单纯，为某种诉求、某种利益，甚至为一块糖果、一瓶饮料，都能哭得肝肠欲断。

她的哭泣，既不是成年人的哭泣，也不是未成年人表达诉求的哭泣。她的哭泣，是压抑起来的、发自肺腑的痛苦，是不能诉说、无法言说的痛苦，是担心被人笑话、被人歧视的痛苦，是无处释放、不敢发泄的痛苦。这种灵魂之痛，只能自己来承受。

舅舅带她离开县城，母亲没有出门送她，她听见关在屋里的母亲，发出呜呜的哭声，她的心跟着母亲一块哭。没有声音，没有泪水，心在哭泣、滴血，看不见的哭泣更令人心碎。

母亲走到今天很不易，所有这一切都是上天的安排，她是罪魁祸首，是她给母亲带来无尽的痛苦，母亲终于走出阴影，能用平常心态面对她，好像忘掉了那件事儿，说起妹妹很开心，夸妹妹如何聪慧，有音乐天赋，跟伶儿小时候一模一样。

母亲夸妹妹时一直看着她，她看得出来，母亲把妹妹当成她的影子了。母亲全身心地照顾妹妹，呵护妹妹，在母亲心里，她已死了许多年，母亲早忘记那个死了的田伶儿，母亲将妹妹当成她的化身了，当作重生的田伶儿，就像念恩泽把她当成韩心蕊，爱她睡她，因为她就是韩心蕊的影子和化身，一个死而复活的爱人。

她是妹妹的化身，是韩心蕊的化身，那个真正的田伶儿，谁也不知道是死了，还是活着？死了或者活着，对谁都不重要，没人关注田伶儿的死活，她不过以替身的形式，存活在所有人心里。

她真想跟父母说，跟所有人说，我是田伶儿呀，不是田甜，不是韩心蕊。从生下来那天起，田伶儿这个名字代表我呀，代表我的灵魂、肉体、思想。

　　她真想跟她们大喊大叫，跟她们撕破脸争吵，撕掉这张伪装出来的笑容、伪装出来的乖巧，我还是田伶儿吗？这个从头到脚，从内到外，全是伪装出来的女子，还是真正的田伶儿吗？整个人都被田甜、韩心蕊所取代，我哪是真正的田伶儿呀？那么我是谁？只有我知道我是谁？我是外人眼中的替代品，是我自己的田伶儿，我真想大哭一场，想撕破假面具，戳鼻子瞪眼，撒泼叫喊，大声告诉所有人，我是田伶儿，不是任何人的替代品，是活着的、有思想的、有灵魂的田伶儿。

　　舅妈常说，人活世上多做善事，死后阎王爷会叫你托生到好家庭，叫你享福。要是生前坑蒙拐骗、做尽坏事，死了去阎王爷那里报到，阎王爷会拿出登记簿，查看此人前生做了多少坏事，坑害了多少人，等阎王爷将簿子盖上，大声呵斥，前生做尽坏事，打入人间，做猪做驴，受苦受罪，一生劳累。

　　舅妈说，这辈子行善，是为下辈子积福。

　　那就继续委屈自己，做个好替身吧，代替韩心蕊也好，代替田甜也好，做完美替身，让母亲高兴，让念恩泽幸福，也算是行善积福、匡扶善心。阎王爷若是得知你的好品质，会让你下辈子托生为皇家公主、富家小姐，用这辈子的苦，换取下辈子的甜，也算是对苦难的一种抚慰。

　　父亲兴高采烈，为念恩泽倒酒，为韩剑倒酒，将念恩泽视为家人，没有半点儿客套拘束，父亲喝得满脸红霞。平素不苟言笑的父亲，这会儿口若悬河，谈笑风生，这是她十三岁以前的父亲。那时候的父亲，性格开朗，温良敦厚，那件事儿后，父亲冷心冰面，少言寡语。她记得离家那天，父亲将她送出院子，冷冷说上一句，谁问了，就说去镇上为表弟压灾。父亲说完叹口气，给她一个背影匆忙离家。

那时候，她并不理解父亲的用意。

每逢农历三月初三，县里人都要拿上供品，去寺庙烧香拜佛，祈求神灵保佑。她不是神灵也不是大师，哪能为表弟压灾驱邪？刚去镇上时，镇上女人悄悄问她，伶儿是县城人，咋来镇上了？

她很快想起父亲的叮嘱，赶紧说是给表弟压灾。

表弟考上大学，镇上人嘱咐表弟，一定要对伶儿好，这运气是伶儿带来的。伶儿八字好，能压灾，能驱邪，能镇灾，伶儿来镇上压灾，把表弟压成了大学生。

她一直牢记父亲这句话，无论到哪里，谁问起她，她都会干脆利落地说，来镇上为表弟压灾。

随着一天天长大，她理解了父亲用意，这不过是掩盖那件事儿的借口，是她到镇上生活远离家人的最好借口，她必须要说出来，必须说得响亮，说得绘声绘色，环环相扣。只有这样，镇上人才相信，才不会质询她、窥探她、猜测她。

十年来，这句话说了上百次，上千次。每说一次，那颗心就会宽慰一次。到最后，连自己也相信，来镇上是为表弟压灾。她八字好，能压灾，父亲为她找到留在镇上的理由，这些年，父亲又是如何摆脱县城的恶语中伤呢？

她想完母亲的痛苦，又想父亲的痛苦，父亲是如何化解痛苦的呢？

男人不像女人那样可以赤裸裸地表达痛苦，许多男人不是用眼泪表达痛苦，而是放在心里哭泣，是灵魂在哭。哭对女人来说是感情宣泄，对男人来说是灵魂追诉。男人用灵魂哭泣，安抚肉体痛苦。她相信，父亲与她一样是用心哭泣，那件事儿给父亲带来致命打击，任何语言都无法描述父亲的痛苦，只不过父亲将痛苦掩饰起来，没人察觉父亲的内心痛苦。

　　她用婚姻，将父母从痛苦中拯救出来，从父母那张脸上就能知道，她为父母挽回了名誉，挣足了面子。父亲甚至当着念恩泽的面，承认她是家族成员，这正是她想要的结果，看来县城这个家，往后就是真正的家了。

　　念恩泽周旋在亲人中间，为每位长辈倒酒敬酒，在亲人面前把握好分寸，表现出一家之主的办事能力，一举一动告诉她，往后我将为你承办一切，你只管料理家务生孩子。是呀，在念家她能干什么呢？只能料理家务生孩子。在念家，她像衣服上的一粒小纽扣，价值不大却不能没有。她很喜欢这感觉，做不起眼的一粒小纽扣，不被重视就不会引人瞩目，不被注目就没人对她产生兴趣，不产生兴趣就不会叫人生出好奇心，没有好奇心就没人了解她的过去，那件事儿就能顺利隐瞒下去。这是她十四岁那年为自己找到的自保路线，躲在舅妈房后的树林里，没人注意她，也就没人打探她，今天继续借用这条自保路线，做念家不起眼的一粒小纽扣，只管守在家里料理家务生孩子。

　　亲人们相互碰杯，发出由衷的祝福，她从没见过这场面，那件事儿后，家族备受打击，这是十年来头次团聚。虽然奶奶和妹妹没到场，那是母亲担心妹妹口无遮拦，破坏喜庆的场面，她真希望这场面延续得久一点儿，好让她体会久违的亲情，她因为父母的快乐，因为亲人的祝福，心花怒放。就像回到十三岁，那个性格活泼、招人喜欢的田伶儿，好像今天重生了，多年愿望实现了，父母张开双臂迎接她，为她办酒席，为她贺喜，再不用为她愁眉苦脸，为她感到羞辱了。父亲几杯酒下肚，一句一个伶儿叫着她，父亲甚至跟她开玩笑，我们伶儿比电影明星还漂亮。母亲对她更是百般关爱、万般用情，虽不像父亲一句一个伶儿叫，也是不停地为她夹菜，对她嘘寒问暖关心她。以往遭受的苦难，对父母的耿耿不满，全都被爱赶跑了，亲人间的不快很容易消散，一句暖心的话，一个温和的眼神，就能化解亲人之间的矛盾。

从北京到东莞一路辛苦，今天终于有了好福报，喜讯一个接一个，叫她应接不暇，应付不过来。一个人能实现心愿，是件很幸运的事儿，她应该知足了，不少女子还在为生活发愁，还为婚事发着愁，比起她们，她是多么幸运和幸福呀。

父亲吩咐她为亲人敬酒，她听闻此言很高兴，父亲把她视为家庭成员、田家长女，叫她显露自己，表现自己，田姓家族族谱上，为她保留着位置，父亲招呼她敬酒，有这层意思在里面。这一切全拜念恩泽恩赐，拜命运赏赐，该如何感谢念恩泽、感谢命运呢？以后好好表现吧，做好妻子、好女儿、好母亲、好儿媳，与人为善做好事，老天看着你，会送你更多福报和儿女。

她端起酒杯，准备为各位亲人敬酒，这时门被推开了，那个熟悉的身影走进来，是她曾杀死的身影。血淋淋的杀人现场，那个死了的男人，活生生站在她面前，她被这突如其来的状况惊呆了，拿着酒杯一动不动。那人走到父亲面前做介绍，说已故父亲与伯伯您是同僚。

父亲听他提起已故父亲的名字，先是一脸诧异，很快明白了过来，没有意外和愤怒，态度非常镇静。他拿起酒杯给父亲，父亲二话没说喝了下去，他又倒酒给母亲，母亲看都没看喝了下去，轮到念恩泽，他说和念恩泽同属一个朋友圈，俩人很熟悉。

先前热闹的场面，很快变得很肃穆，她竭力控制着情绪，免得被丈夫发现。适才得到的亲情，对她来说弥足珍贵，哪能叫这浑蛋来搅局？她怕丈夫知道那件事儿，怕婚宴草草收场没面子，怕念恩泽要跟她离婚，更怕父母再次成为县里的笑柄，这混蛋挑衅她的底线，看来他是有备而来，故意让她难堪，她不知道是坦白，还是等他揭发出来？要不是顾全父母的感受，顾全在场亲人的情绪，她会豁出去跟他拼命。眼下只有两条路，一是把那件事儿开诚布公说出来，任凭念恩泽处置，二是继续隐瞒那件事儿，不为别的，只为多年心愿已实现，她终于回到双亲身边，不再被县里人说三道四，县里姑娘甚至羡慕她，说她嫁给有钱人。第一条路不可选，会把自己带进绝境，那就继续瞒下去，有个丈夫做掩护，那个无耻的混蛋，不敢有恃无恐欺负她。

她决计将那事儿瞒下去，瞒一天算一天，瞒到怀孕生孩子，瞒到孩子长大后。到那时，她会原原本本说给丈夫听，只是这会儿，决不能摊在桌面上，那会伤及她父母，伤及身边的亲人。她沉着冷静，隐忍不言，平息愤怒，转怒为喜，装得世故又老练，温柔又和善，她的那双眼睛很柔弱，却暗藏杀机，复仇的眼神很吓人，目光对着那个人，又恶毒又凶狠，眼神给他提个醒，再不走，死神会把你带走。

他并不惧怕那眼神，虚张声势吓唬人。他太了解她秉性，手里攥着她把柄，那把柄足以将她赶出念家的大门，他深知她内心很脆弱，越是表面装坚强，内心越是不堪一击。他用更恶毒的眼神回敬她，那眼神警示她，他可以不费吹灰之力就能毁灭她。那眼神给她个明示，她并不是他对手，他手里攥着置她于死地的秘密。那秘密，是他和她共有的，她若不去顺从他，必须承担所有后果。

她退缩了，屈服了，被打败，被俘虏，心理上的那道坎儿，始终没能跨过去，不敢面对强势的对手。她多想扇他一耳光，多想痛痛快快骂几声，哪怕一次也行呀，哪怕只有一小会儿，让她敢于跟他说"不"。她多希望能这样，这小小愿望埋在心里好多年了，没有实现的机会，一个人连发泄怨气的机会都没有，这人活得该有多么委屈呀。

舅舅问他是谁?

他说,伶儿老相识,在省城做生意。

舅舅不知情,嘱咐他在省城关照伶儿。

舅舅还想说下去,他说了句"后会有期",走了出去。

房间气氛沉闷压抑,父亲收敛了笑容,母亲脸上带着怒气,舅舅、舅妈疑惑不解,小姨姨夫满脸惊恐,念恩泽冷眼观望,戴思韩剑低头交谈,故意避开尴尬局面,她面上装得很镇静,内心早已乱成一锅粥,思维回到十年前:

田伶儿被强奸了,田伶儿怀孕了,田伶儿堕胎了。

田伶儿是丧门星,谁接近了她准会倒霉。

16

泪水漫过她的眼眶,心儿是那么的悲伤。十年前那个小女孩儿,战战兢兢躲在一片树林里,窥探外面的人群,害怕有人谈论她,害怕他们不怀好意的眼神。那个女孩儿把树林当成朋友和亲人,树林代表另一个世界,那个世界对她很友好,小鸟跟着她唱歌,小猫小狗陪她玩耍,牛羊在树林里漫步吃草,小鸡小鸭晃着慢悠悠的脚步跟着她。那个世界好平静呀!大山把县城和镇子一分为二,镇子就是她新的家,那里没人知道那件事儿,就这样,她在大山深处安家了。山里条件并不好,每天都是粗茶淡饭,大鱼大肉也吃过,多是过年和过节。山里没有高楼大厦,没有西餐和洋酒,更没桑拿浴,人们照样活过八十五。在山里过惯穷日子,倒不觉得有多苦，顾影自怜没用处，幸福指数自己调整。赶快打破这僵局，让亲人们为她欢欣，为她祝福，让这场婚宴圆满结束，人生机会也就那么一两次，抓住你就能翻身，失去再也无法寻觅，这一切要看你的本事和才能。人生每场完美剧，皆需苦心经营，抓住翻盘的机会，打破僵局，话要说得动听感人，打动在场每位亲人，端起酒杯说感谢话，情真意挚真感人呀！以前嘴拙心眼实，今天嘴巴抹蜜了，话一出口妙语连珠，惊呆在座各位亲人。对着每位亲人一人说出一句祝酒词，句句表达不同意思，最后杯子递给丈夫，一脸虔诚和深情，哪能破坏良辰美景？往后幸福的生活，还要仰仗各位亲人，仰仗夫君的大名。

场面经她一调和，气氛很快缓解了，亲人之间好言好语，再向她和丈夫道喜，相互之间皆大欢喜，如此欢欣热闹场面，直到婚宴完美结束。她匆匆告别家族亲人，车朝镇上急速驶去，沿路风光秀丽无限，万物勃发，庄稼地里零星人影，农民正在忙着春耕。

车到镇上才几分钟，满条大街人人皆知，女人孩儿奔走相告，伶儿回来办酒席了。镇上男人跟念恩泽打招呼，镇上女人对他评头论足。她们说，之前见姑爷脸色煞白，这次回来换了个人，一脸红光，粉嫩粉嫩的，人逢喜事精神爽，姑爷一脸喜庆样。还有人说，姑爷上次来镇上，邋里邋遢不像样，这次穿得平展齐整，皮鞋擦得亮晶晶，头发理得有形，金表戴在手腕上，光外表就比小惠那个老头强，起码年龄跟伶儿相当。

镇上男人说，姑爷那辆小轿车，比县城领导阔气多了，听说县城领导坐红旗轿车，姑爷这辆轿车叫奔驰。咱坐火车去省城，起码也要七个小时，人家奔驰一启动，咻溜一声，顶多仨小时，就从镇上到省城，那速度，不比飞机差多少。

镇上孩子问，奔驰是不是飞机？

男人摆手说，小屁孩儿少插嘴，奔驰是奔驰，飞机是飞机，一个天上跟云走，一个地上冒白气，不在一个天地里。

胆大的孩子凑到念恩泽跟前，问他带喜糖了没？

念恩泽一听，打开汽车后备厢，拿出一袋喜糖撒给孩子们。孩子们你争我抢，很快抢光，有劲头的抢了好几个，没劲头的捡一个。一个孩子剥开糖纸填嘴里，抽着鼻涕唏嘘不已：真甜，真甜，甜得舌头发软。男孩子爬到树杈上，翻到墙头上，吃着嘴也不闲着，大叫着：结婚睡觉，男女拥抱。

女孩子抢不到糖，只能眼巴巴地看着，念恩泽又从后备厢拿出袋喜糖，专门撒给女孩子。这次全是巧克力，女孩儿们慢慢嚼，细细品，吃得嘴边黑一圈。男孩子大笑大叫，黑妞，黑妞，一群黑妞。

镇上男女老少齐动员，围着念恩泽调侃。男人们拿着香烟，闻着抽着，吐着烟圈半眯着眼。女人们嗑着瓜子，吃着喜糖，说着闲话。

舅舅带她和念恩泽去饭店，饭店正忙得热火朝天。饭店老板说，伶儿姨夫一大早，就找镇上屠宰老张，宰了头猪，宰了头羊，又买了牛肉、牛肝、牛杂碎，准备了清蒸鲤鱼、干炸鸡块等十六道菜四道汤，包括三荤三素六道凉菜，六荤四素十道热菜，四道汤分别是酸辣肚丝汤、肉片汤、鸡蛋番茄汤、红枣银耳汤，另外备了两笼白馒头、两大锅面条，喜事张扬得远，要饭的隔村隔山也要过来凑热闹。你备零钱，厨房备吃的，喜事碰上要饭的，给钱给吃的讨吉利。

舅舅拉过念恩泽，跟饭店老板炫耀说，念恩泽是独生子，父母在省城开酒店，可阔气了，今儿酒席全仗老板您，这盒玉溪烟拿着抽吧。饭店老板接过烟，连说好烟好烟，以前在县城招待所，见大人物抽这烟，伶儿找了个有钱姑爷，咱也跟着沾光了。

舅舅又指着轿车炫耀说，这辆轿车几十万呢，车里还有茅台洋酒和黑啤。

饭店老板问舅舅，黑啤是啥东西？

舅舅摆出见多识广的样子说，就是黑颜色啤酒。

饭店老板说，那不跟喝墨水一样？

舅舅摇头，颜色没墨水黑，就像冲出来的红糖水。

饭店老板夸姑爷想得周到，这黑啤酒真是头次听说，记着给我留一口，酒席结束尝尝啥味道。

俩厨子忙上忙下，笼上蒸着馒头，锅里熬着猪头肉，案上摆满了盘子，盘里盛着备好的菜。饭店老板说，全部准备妥当，只等响午开席。姑爷是省城人，下料要实在，免得说姑爷小里小气。

念恩泽从后备厢拿出糖果瓜子，饭店老板招呼伙计每张桌上多放些，念恩泽又从车上搬出几箱酒，饭店老板连连摆手：这酒太贵，镇上人喝酒不讲究，一瓶三十块钱顶天了。

舅舅说，还有两瓶洋酒，也叫大伙儿尝一尝，今儿叫镇上男人过过酒瘾。

饭店老板拿起洋酒，看来看去，都是外文看不懂。

这辈子真没喝过洋玩意，伶儿长得支棱（漂亮），找了个好人家，好烟好酒好兆头呀！

舅舅说，不光有洋酒，还有干红呢。

舅舅将干红摆桌上，饭店老板说这规格够招待县长了。

舅舅又拿出两瓶酒，叫饭店老板看看是啥酒？饭店老板一看大叫，天王老子帝王爷呀，这是国酒呀，国宴喝的酒，今儿咱能喝这酒？

舅舅大笑道，这酒留给镇领导，借着伶儿喜事，跟镇领导说一声，想承包半山坡那块荒地，伶儿舅妈退休了，想在半山腰承包土地。

饭店老板听舅舅说为半山腰那块地，请镇领导喝茅台，急忙在舅舅耳旁低语，为那块地不值得。那块地前不挨村，后不挨店，拖拉机勉强开进去，又不是风水宝地，半山坡荒地谁稀奇呀！不说请他喝茅台，就是老白干他也同意。现今国家提倡开荒种田，那块荒地开垦出来，也算镇政府一个政绩。

舅舅连连摆手说，现今办事不都要预热预热嘛，趁姑爷回来，伶儿堂姐是警察，姐夫又是检察官，都是场面人，陪镇领导吃顿饭，往后也好有个照应。人跟人是捧出来的，你叫他有面子，他会给你面子。咱多少知道点儿，哪些放在桌面上，哪些暗里操作，大概知道个粗略。人要是想帮忙，横竖都顺畅，要是不想帮忙，横平竖直没得商量。人都这样，你敬我一尺，我回你一丈。

舅舅从厨房出来，她问舅舅承包那块荒地，派啥用场？

舅舅说，种树、种麦。那块荒地，距小姨承包的鱼塘不到三里地，往后舅妈和小姨相互帮忙，免得舅妈退休后闲在家里，天天唉声叹气。

舅舅邀请镇领导、文化站同事、村长村主任坐雅间，由戴思和韩剑陪贵宾。镇上大人物，恭恭敬敬地对待这对小情侣，说往后去省城办事，少不了要麻烦两位。戴思说自家人，哪有不帮的道理？

等好烟好酒摆桌上，酒席正式开始。雅间两瓶茅台，不到半小时就喝完了一瓶，一瓶正喝在兴头上。两瓶洋酒，一瓶喝了一半，剩下那瓶原封不动。

村长招呼服务员把洋酒撤下去，村长说洋酒有股尿骚味儿，咱接着喝茅台。我干村长十来年，喝过假茅台，还没喝过真茅台。念恩泽说真茅台浓香，假茅台很香，不是一个香味，品一品能品出来。村长说，咱相信念恩泽，不会叫咱喝假茅台。

副镇长一脸委屈样，咱镇上谁喝过真茅台？能闻一闻就不错了。

镇长摆阔说，我喝过真茅台，一次去县里开会，招待所请县领导吃饭，有幸陪着喝了几杯，人家说是真茅台。喝不出是浓香，还是很香，反正就是一个香，好酒赖酒都叫人晕，谁能分清是假是真。

村长连连摆手说，晕跟晕不一样，村里有个酒鬼，天天到小卖部打二两散酒，酒后跟村里小寡妇胡搞。一年后再看他，脸像鸡爪子。再瞧瞧镇上做买卖的张大头，人家不喝散酒，喝三十块钱以上的瓶装酒，也是醉了跟小寡妇胡搞，半年下来，红光满面有精气神，走起路来有节奏，好酒越喝越精神，赖酒上头伤身子。

雅间坐着镇上关键的人物，你吹我捧，相互奉承，不为吃饭喝酒，只为认识田伶儿堂姐和姐夫。要是攀上那对小情侣，往后省城办事，肯定人到了事儿就能办成。

这边雅间说说笑笑，外面大厅也很热闹。男人们喝酒抽烟说骚话，女人吆喝孩子别玩了，快把桌上好菜好肉吃完，免得糟蹋份子钱。菜品上齐，准备下面，门外站了两个要饭，嘴里叫着闹新房，吃喜糖，有钱花，有饭赏，给俺几个喜糖尝尝。

舅妈掏出零钱递过去，对方嚷着吃喜糖。舅妈说喜糖叫孩子们吃完了，每人再添一块钱。俩要饭的拿着钱，唱着笑着离开饭店。

她在门口等下面，看见小红离她不远，打扮得花枝招展，头发烫成一头小红卷。她走到小红身边，要拉小红进饭店，小红半推半就嬉皮笑脸，吃酒席要兑份子钱，身上只有十块钱，不够吃碗面。

她跟小红说，不要份子钱。

小红偏头强脑说，才不跟那群骚娘们凑一起。

小红怪里怪气，一脸诡秘，低声说，癫子把花斑狗打死了，刚喝了一碗狗肉汤，挺香。你不知道吧，花斑狗小时候从山上摔下来，子宫摔坏了，不会生狗娃，母狗不待见它，人也不待见它，癫子打它，它动都不动，等着癫子打死它。估计早不想活了，狗不会自杀，癫子帮它自杀了，死了好，兴许托生到好地方，不在山里受罪了。

小红说完花斑狗，晃着身子坐在树底下，大声唱着《一无所有》。

她正想劝小红进去吃面，看见癫子和土地所所长一摇一晃走了出来。癫子说，老表呀，有件事想跟你说一说。

所长问，啥事？

癫子说，我喜欢小红，想叫您老做媒人，您是咱镇上的土地神，有道是好姻缘需要好媒婆。这些年我跟着老表在土地所干临时工，也算老表的下属，老表说话有分量，谅她小红不敢跟老表对抗。

所长说，小红性烈不好对付，你自己找小红说说去。

所长说完，一个人先走了。癫子走到小红跟前说，哥今天跟你求婚了，你要同意嫁给哥，哥保证叫你每天有肉吃有酒喝，不用劳动不用干活，跟着老子吃喝玩乐。

癫子一边说，一边搂住小红，两个背影很快从她眼前消失了。

这哪是先前的小红呀！小红十八岁时，面如桃花肌如雪，镇上追求小红的，家里条件都不错，就等小红点头了。小红命薄福浅身子懒，只想吃喝玩乐逛商店，女人要是自轻自贱没主见，最容易上当受骗了。癫子是镇上有名的小混混，每天喝酒混女人，求婚这句话，不知说给了多少女人，难怪小红嫂子天天骂她，咒她早点死，死了不丢娘家人。

小红走错一步路，往下越走心里越没数。她比小红心里有数，除了那场天灾人祸无法躲，她每天都在认真经营自己的生活，从来没有出差错。虽说跟小红比，她已过得很不错，可是跟戴思比，好像还差一大截。每天讨好念恩泽，讨好公公婆婆，每天惺惺作态，装来装去的，这样活得好累呀！要是有那么一天，自己掌握自己的生活，那才是做梦都没梦到过的生活呀！那样异想天开的生活，哪能对你开放呀，命运对你不薄了，告别穷巷的日子，过上锦衣玉食的生活，女人有个好姻缘，后半辈子便会福禄皆全。往后听天由命吧，守着你的福地洞天，握紧已经到手的姻缘，用身体做灵丹妙药，精打细算攒私房钱。

女人要是心眼儿多，保准过上好生活。

这是婶婶总结的，可一定牢记呀。

17

婚宴直到日落西山才结束。舅妈说，傍晚寺庙有篝火晚会，带你们开开眼界。

这季节不冷也不热，寺庙里烧香拜佛的人特别多，路边摆满了香火和供品，摊主将最好的香料推荐给城里人，那句"烧好香烧高香，神灵才会帮大忙"，会让城里人二话不说掏银子。

镇上几个脑瓜灵活的小青年，每天傍晚在寺庙外搞篝火晚会，吸引城里人消费。城里人在寺庙烧完香，被小青年连说带哄拉到篝火旁，围着篝火载歌载舞。镇上人有自己的规矩，跟城里人保持距离，只围观不参与，也有个别城里小伙招呼镇上的姑娘一块跳舞，姑娘们或是不好意思，或是怕城里人起歪心，或是怕镇上人说闲话，任凭小伙子磨破嘴皮，她们扭扭捏捏就是不敢去。城里女人跟着音乐晃来晃去，镇上男人看着城里女人很眼馋，惦记着城里女人的姿色，还有钱包里装的人民币。

把城里人招过来，完成第一步计划，第二步计划即刻开始了。

趁城里人跳舞跳得正起劲，小青年们架起柴锅，杀鸡炖汤，大姐大妈负责烧火添柴，小青年围着跳舞人群，大声吆喝：喝新鲜柴鸡汤呀，吃柴鸡蛋呀，还有刚蒸好的白馒头，绿色食品无污染，谁吃谁交钱了。

城里人跳得正高兴，闻到锅里香喷喷的鸡汤，停下舞步摸摸肚子，还真有点儿饿了呢。赶紧掏腰包，鸡汤按人头来算，一碗鸡汤五十元，城里人哪有工夫算这钱呀，贵是贵点，柴鸡现杀现做很新鲜呀。

镇上女人为赚这点钱，钻头觅缝，笑脸相迎，生怕得罪城里人。城里女人围着篝火翩翩起舞，镇上女人围着铁锅添柴烧火，一边烧火一边想，今天能分到几块钱？跳舞跟她们毫不相干，老套音乐听得早已不耐烦，就等着城里人把鸡汤喝完，领到属于自己的那份钱。

戴思拉韩剑去跳舞。念恩泽问她可愿意？舅妈让她去试试。

这对她来说是新挑战，她从来没有进过舞池，而且在大庭广众下，跟男人手拉手，脸对脸，即使这个男人是自己的丈夫，她也认为很羞耻。她思想健康，行为高尚，要不是那件事儿，她本是纯洁无瑕的处女！她不愿意因为跳舞，叫镇上人指指点点说闲话。她最怕有人瞎议论，怕那件事儿被戳穿了。跟丈夫当众搂搂抱抱，对她来说就是大逆不道，戴思和韩剑脸贴脸，在她看来很自然，戴思名誉清白、身份高，她哪能跟戴思相提并论啊！她的名誉早就被人糟蹋了，身上有污点的人，洁身自好很重要，免得祸起萧墙被嘲笑。再说了，万一跳砸了，城里人会取笑她，念恩泽会笑话她，镇上女人会责怪她。

念恩泽见她扭扭捏捏不肯跳，自己跟着音乐晃起来，那双眼在火光下痴迷空灵，像是陷入往事里。他脸上的笑容很诡异，那笑容叫她担忧又害怕，叫她又气又嫉妒。他又去阴间拜会亡灵了，看他样子多投入呀，灵魂飘到别处去，被亡灵带到别处去，那是另一个世界，是他和亡灵的世界，他迷失在那个世界里，不再留恋娇美妻子，身心完全跟着死去的亡灵，从亡灵那里寻找欢乐，多钟情的男人呀，对死去的爱人竟然如此痴情。

瞧他笑得多怪异，好像走进魔界里，搂着看不见的死魂灵，跟着音乐跳得很开心，看不见的亡灵挽着他，亲吻他，与他有说有笑。在正常人的眼里，亡灵是人想象出来的鬼影，阴魂不散这句话，也是凡人编造出来吓唬人的。她是幻想症患者，凭借幻想和幻觉，幻化出活灵活现的韩心蕊，两人跳得多投入，丈夫又是多么幸福呀，笑脸对着心上人。

瞧他笑得多诡异，不带一点儿人气，谁见过一个人，无缘无故傻笑呢？没有理由，没有原因，对着空气谈笑风生，除了精神异常者，谁会这样傻笑呢？这笑容太瘆人了，得亏没人注意到，更没人去想他是冲着谁笑。只有她最在意他，只有她能感觉到，凭借超人的感应，凭借丰富想象力，亡灵复活了，一对鸳鸯团聚了，丈夫哪能不笑呢？

那张笑脸太熟悉了，跟她很相似。她时常钻进舅妈房后的树林里，一个人哭着哭着释怀了，哭着哭着笑起来。那笑容，就是这种痴迷怪异的笑容、异于常人的笑容；那笑容，跟丈夫此刻一个样，不是冲着大活人，是冲着幻想中的某个人、某件事，两人各有各的兴奋点，丈夫冲着死去的韩心蕊，她用想象构思一个好景致，越想心里越满足。那笑容不是冲着现实而去的，不是从现实中获取喜悦感，是靠幻觉和幻想，靠感官刺激，编织一个脱离现实的场景，赶走烦恼和痛苦，满足快感和快意。

她在心里惊呼着，原来看似正常的丈夫，跟她一样要靠幻觉寻找幸福，用幻想做药引子，将自己从悲痛之中带出去。

她和他都是病态的、痴迷的、深陷幻想的重病号，一个为爱情痴迷而患上病，一个因为那件事儿，精神遭受沉重打击，进而患上幻想症。两人患上了同一种病，想必在今后的日子，定能惺惺相惜，心灵相通，走完人生的旅程。

她为这发现而高兴，他原来和自己一样，患上了心理上的疾病。一对幻想症病人，时常痴迷于幻想，一对病态男女，同病相怜组建家庭。她理解他怪异的表情、不同寻常的行为、不假思量的举动，偶尔痴迷痴呆，疯疯癫癫，这全是病态在作怪。由极端痛苦带来的心理反应，让他纠结在某种幻想中，被幻觉幻境纠缠着，放不下丢不掉。长期极端的痛苦，造成心理上的变态，他幻想和韩心蕊能见面，以此解除绝望痛苦。她幻想十三岁以前，永远生活在十三岁，被家人爱着，奶奶宠着，而不是孤零零地被抛到镇子上。

真是个令人振奋的发现，这发现鼓舞着她，叫她看到夫妻未来的前景。这世上无药可治是癌症，而她和他患的是心病，她想先把他治好，让他从极端痛苦当中走出来，让他忘掉过去，放弃亡灵，跟她全心全意过日子。

那就从跳舞开始吧，几年的生活阅历，足以让她看清自己。她对自己的人生定位很准确，长得美是丈夫喜欢的前提，是否守住丈夫守住家，还要大费周折呢。有钱男人还怕身边缺美女？关键是跟上丈夫的节奏，丈夫喜欢跳舞，那就满足他的要求，只要不是脸贴脸，不在众人面前太亲密，镇上人不会笑话你。跟你丈夫跳舞吧，拉近俩人的距离，将韩心蕊从他心里赶出去，别再让韩心蕊做绊脚石。走近他，亲近他，从灵魂上靠近他，让他忘掉韩心蕊，让他和你成为灵魂的伴侣，成为心心相印好夫妻。跟你生出爱，生出情，不是同情和怜悯，不是看你长得美，而是由衷地喜欢你，爱你的外表和心灵，爱的你肉体和灵魂，让他跟你产生灵魂的共鸣，这才是最完美的伴侣。

她不想要他的同情心，想要他真挚的、发自内心的爱情，不是把她当成生娃的机器，是跟韩心蕊那样，做志同道合的情侣。她要跟上他的步伐，做他生活的参谋，做他最好的贤内助，从肉体到精神，做他唯一的伴侣、相伴一生的夫妻，只靠外表哪行呢？必须了解他的心思，迎合他的想法，顺从他的心意，不会跳舞怕啥呀，镇上又没人笑话。

跳吧，搂着他，陪他亲亲热热跳舞吧，谁要说你不检点，那就随他说去吧，扔掉敏感和多疑，丢掉过度的担心。你们共度良宵的爱人，谁人不羡慕你？你能遇上好丈夫，那是上天怜悯你，他对你有再造之恩。你的眼光和学识，你的见解和想法，皆因丈夫引导开化。完美婚姻成就你，给你带来思想的种子，为这完美的婚姻，解放思想，尽情去跳舞吧，跟上丈夫的步伐。

长辈说，婚姻需要夫唱妇随，嫁人需要门当户对。

她无法判定门第观念在婚姻里占几成，只想拉近夫妻之间的距离，根除婚姻中潜在的风险和危机。

亡灵在火中翩翩起舞，向她发出挑战书，伦巴、探戈、慢三步，亡灵跳得潇洒自如。虽说她没跳过舞，但在 KTV 见过情侣跳舞，见得多了耳熟目染，让她即刻投入表演，跟着丈夫亦步亦趋。她走到戴思身边去，戴思竖起大拇指，那是对她的赞许，人都惧怕被歧视，都被赞许所鼓舞。她被戴思鼓舞了，被赞赏眼神感化了，一鼓作气跳起来，跟着音乐舞起来，搂着丈夫念恩泽……多年轻的一对情侣，多美好的青春呀，享受大好年华吧，哪能随便辜负呀。新体验、新收获、新感觉、新技能，带来喜悦和惊喜。在 KTV 打工时，也有男士邀她跳舞，她说自己不会跳，拒绝了男士的邀请。今天这是第一次，在这公开的场所，跟新婚丈夫学跳舞，刚起步时跟不上，慢慢地，很快适应节奏了，很快跟上鼓点了，跟着音乐动起来，跳着舞，心也不闲着，想听镇上女人说些啥？她们如何看待她？镇上女人没骂她，她们冲她叫，伶儿跟新姑爷跳舞了。她听到"新姑爷"三个字，心里不知有多欢喜，不再担心舞姿不好被笑话。既然走出这一步，就要硬着头皮走下去，在这片辽阔的土地上，不分地域，不分身份，大家聚在镇子上，不用看谁脸色行事，跟着音乐放开脚步。她的身体紧挨着丈夫，镇上女人向她招手，为她欢欣和鼓舞，城里女人冲她笑，不是讥笑不是嘲讽，是真心夸她跳得好。舅妈眉眼透着满足，那双眉眼似乎对她说，伶儿大胆跳舞吧，跟着旋律转圈吧。紧张情绪消失了，烦恼苦闷跑掉了，那颗心儿开始笑了，迎接春天的到来，亡灵被她打败了。

胜利了，胜利了，亡灵哪能打败她？

天空彻底黑下来，黑暗过去就是黎明，黎明迎接新曙光，曙光带来新希望。赶紧追赶新希望吧，篝火烧得多旺呀，就像编织的梦想，添把柴，就能燃起希望之光。

青春、爱情、婚姻、未来，全在翩翩舞姿中，全在朗朗笑声里，全在她和丈夫步伐一致的舞步中，亡灵被她赶跑了，恶魔跟着消失了，一切重归平静了，未来再无障碍了。一切就从今天开始，苦尽甘来！命运对你已经够仁慈，为你送上柔情似水的丈夫。女人最想要爱情，更需要稳定的家庭，镇上女人却从来不提爱情这俩字。镇上女人一结婚，就想早点儿生孩子，要是结婚没孩子，离婚那是早晚的事儿，你和丈夫关系处在磨合期，先别想爱情这俩字，先想尽快生孩子。等到孩儿生下来，再向丈夫要爱情，他对你态度并不差。在爱神的指引下，给你怜悯和关心，但愿爱神把你当爱子，叫你今晚怀孩子，要是今晚能怀孕，可谓是锦上添花、大喜事。

　　她的心事太多了，别的姑娘想爱情，她想今天就结婚，别的姑娘想结婚，她又想传宗接代这件事儿。她总是有危机感，总担心好日子不长久，总害怕万一有个啥意外，有个料想不到的闪失。好在兜里揣着婚姻证，给她带来安全感，婚姻约束着丈夫，叫他和她生孩子。想到这里她很高兴，更加热爱身边的丈夫，往后跟着他，好好过日子，跳吧唱吧欢乐吧，学戴思那样搂着韩剑。那对恋人多甜蜜呀，叫她又是向往又羡慕，她求万能的主，将爱情火花烧起来，蔓延到她身边来，让她得到丈夫真爱，让她高高兴兴搂着丈夫舞起来。要知道，眼馋别人的美好，羡慕她人的未来，也是女人最擅长的小心眼儿。

　　一顶礼帽在火光里晃了几下消失了，她被礼帽吸引住，心里咯噔了一下，在火光里看到帽子底下的那张脸，笑得邪恶又阴森可怕。那双眼在篝火里，闪着凶光，那个人的身影在火光里来回晃，若隐若现，叫她无法做出判断，究竟是幻想症作怪，还是此人真的来到镇子上？她冷静寻找那身影，想给自己明确的答案。篝火照亮着人群，她四处查看四处找，没有发现那身影，她平息紧张的情绪，提示自己，是精神紧张带来连锁的反应，是幻想症在作怪，那个男人怎会知道她在镇子呢？

晚上噩梦不断，那个男人的那张脸，一直在她面前晃，那张脸又温情又狰狞，哭着冲她大声喊，伶儿跟我走，伶儿跟我走……

她看见一个身影拽着她，想把她拖进阴曹地府，她拼命抵抗、拼命叫。她醒后吓出一身冷汗，坐在床上叹了口气。那口气，憋在心里好久了，此刻被她呼出去，胸口不再闷了。想着梦里那情景，是福是祸弄不清，那梦给她个提示，那人此刻在山里，赶紧离开是非之地，回到省城的家里，这是逃避灾难的最好办法，是躲在家里少出门。人活一世太难了，老天委派你到人间，就是叫你受苦受难，多亏命运照顾你，让你遇上好男人。论身份，你和他相差十万八千里；论才华，你没进过大学门，他若不是仁慈有爱心，哪会娶你？爱和仁慈多珍贵呀，让你发现生活中的美好，那种美好多吸引人呀，让你充满了信心。不幸的人总看到黑暗日子，幸运的人却能发现上天恩赐。

她的信仰总是跟着环境变来变去，前一秒还在为遭遇不幸而责怪命运，后一秒却因得到了实惠，高度赞赏命运对她的赏赐。她总拿婚前婚后做比较，去求证丈夫带给她的经济价值，经济价值带给她的社会地位。丈夫是她收获的最大福利，她从这福利中找到存在感、安全感既得利益者，总是担心丢掉利益的保护伞。

清晨，阳光从薄雾里钻出来，给安静的镇子铺上薄薄一层淡黄色，她和舅舅、舅妈道别。一路风景无限好，她哪有闲心看景物？心绪不宁的她四下环顾，没有看见那身影，她满心忧虑祈求神灵，但愿那个身影在她面前永远消失！

18

明天要在念家酒店办婚宴，酒店一派喜庆景象，门上贴着红双喜，屋里挂满了彩带气球。她跟着念恩泽，在婚礼司仪指导下，提前一天做彩排。婆婆说，明儿宾客肯定对她评头论脚，可别在宾客面前出洋相。

在镇上，她随舅妈参加过婚礼，贫富悬殊不一样，铺排张扬大不同。经济不好的家庭，婚礼上显露张扬的那一面，宁愿家里预留全用光，也要把婚宴铺排得很花哨。表面看去，这铺排不像是短衣少食的家庭，细心人会从新郎父亲眉头紧蹙、新郎母亲满怀心事、新郎舍命饮酒、新娘子强颜装笑中发现，这场倾其所有的婚宴，花掉家里全部积蓄，没有三年和五年，这户人家难翻身。

在北京打工时，小芳通知她参加婚礼，她一去才知道，小芳所说的婚礼，就是在饭店吃顿饭。小芳娘家没去人，男方亲戚也没人，除了小芳夫妻俩，就是几个小姐妹，婚宴就安排了一桌，坐满也就十个人。

身边见过世面的姐妹们说，小芳结婚太简单，连婚宴都不置办，那老头好歹也是小中产。如今皇城根下的小中产，婚礼铺排哪像小芳小里小气太寒酸？甭管穷人和富人，结婚对谁来说都是大事情，结婚这天，男方家族全部出动，安排婚车，联系摄影，置办喜糖和烟酒，婚礼喜宴提前多日规划好了，开支花销满而不溢，量体裁衣，不浪费也不小气。哪像小芳啥都没有就结婚，定是男方亲戚

157

瞧不起咱打工妹，不愿张罗小芳的婚礼，这样冷冷清清就结婚，真不如旅游结婚有意思。

姐妹们说，小芳到底没有嫁给有钱人，要是嫁给有钱人，哪会一桌酒席就完事？有钱人家办婚礼，大都围着"奢华"二字，阵势自不必说，只说那迎娶新娘的豪车，新娘陪嫁的物品，就叫人眼花缭乱、望洋而叹。先去教堂举行婚礼，再去酒店招待贵宾，宴席的铺张浪费，宾客的拿班作势，高门大族的珠歌翠舞，尽在婚礼宴席上一览无余。参加宴席的贵宾，多是名门望族和大亨，这些人参加婚姻多是为了在这重大的场合，展现自己的风采，顺便与老友新朋聊聊天，谈谈国际油价，说说熔断的美股。贵宾们此番来，绝不只为了参加婚礼。因此，新婚中的男女主角，被削弱在华丽幕后，变成观赏的景物，供贵宾们评头论足。

她想着姐妹嘴里的婚礼，想着小芳的结婚宴席，再看自己的婚礼，虽称不上豪门的盛宴，却也是富人不少、高人云集，这场彩排很重要，关乎到念家挚友亲朋的面子。这场彩排，让她想到东莞大酒店，那次是想挣大钱，这次是想讨得念家人喜欢，她的生活目标很明确，以前只想努力干活儿多挣钱，现在想的是脸蛋经济，明天要用这脸蛋，换取所有人喜欢，让这场婚礼完美收官。

戴思一早赶过来，舅舅头天也来了，婚宴就要开始了。她穿着红色绣花旗袍，手腕上戴着婆婆送的玉手镯，脚穿暗红色高跟鞋。红色旗袍将她衬得性感婀娜，红色映衬那张脸，令脸蛋红润很好看。所有宾客看见她，都被她的美貌吸引了，姑娘们一边欣赏她，一边露出不怀好意的轻蔑，少妇们一边夸念恩泽有眼光，一边打探她的身份背景怎么样？长辈们对她不关注，不评论。整个大厅座无虚席，念家七大姑八大姨，老朋友老邻居，生意伙伴和知己，和念恩泽一起长大的发小，还有同事和同学，除了舅舅和戴思是局外人，剩下全是念家的关系人。

她并不在意评头论足的贵宾，这场婚礼宣告她是念家人，从今儿起，未出阁的田伶儿，就是大学音乐教师的夫人，她的身份是省城新市民、念家明媒正娶新儿媳。新身份、新标签，咋不叫她惊喜呢。

女人有点儿小成就，就像完成一件壮举。

婚礼举行完毕，客人各就各位，宴席即刻开始。公公婆婆忙上忙下，戴思为贵宾倒茶端水，念恩泽带着她，穿行在每个房间里。宾客中很少有人搭理她，更没人跟她打招呼，好像婚礼跟她没关系。客来客往的场面，是公公婆婆摆设的宴会，是念恩泽的独角戏，是念家朋友的宴席。这群高贵的宾客，对她视而不见，把她当成隐形人。

她真想大叫一声我是新娘子呀，多美丽的新娘子呀，咋就没人正眼瞧呢？一句贺词也不说，一句赞美也不提。念恩泽的女同学，对她态度更恶劣，翻着白眼看着她。多恶毒的女同学呀，她跟她们没过节儿，干吗对她那般恶劣？刚刚建立的自信，很快就被打压下去，一个念头生出来，她们知道那件事儿。

多可恶的女同学呀，她们正在思忖着，要不要告诉念恩泽？女人嘴巴最歹毒，擅长颠倒黑白、说三道四，女人一旦讨厌谁，把你损得一无是处。她们用眼告诉她，赶紧滚蛋吧，快点离开念恩泽，趁着婚礼没结束，趁念恩泽不知道那件事儿，赶紧滚回老家去，想跟念恩泽做夫妻，也不看你配不配？被糟蹋的小村姑，恬不知耻，厚颜无耻，赶快滚到镇上去，否则有你好果子吃。

那些眼睛多恶毒呀，列数出她的滔天罪行，那些眼睛一遍一遍催促她，催她赶快滚蛋吧。她真想离开婚宴厅，真想回到镇上去，理智及时制止她，给了她忠告和提醒，先被强奸，再被抛弃，哪有脸面再见人？好好待在省城吧，哪怕念家打骂你，把你踩在脚底下，你也要忍受和服从。打你骂你算啥呀，为了今后的安定，接受所有的攻击，承受所有的打击，迎合她们的刁难，顺应她们的脾性，紧跟她们的身影，变成她们的随从。等有一天富有了，不用刻意去讨好他人，自然有人尊重你，命中注定的结局，是你最好的结局、非常不错的结局、非常完美的结局。受点儿委屈不算啥，活人谁不受委屈？只要努力挺过去，自会等来好结局。挺下去，忍下去，才能顺利渡过困境。没有两全其美的生活，只有把苦大仇深熬过去了，东奔西跑的女子，想要有个温暖的家，就要忍受小委屈。忍耐也是为了救赎，要是没有那件事儿，干吗赎罪救赎呢？要是没有那件事儿，婚姻哪是这样子？要是没有那件事儿，婚姻该是这样子，田家老亲旧眷全出动，浩浩荡荡，锣鼓喧天，声势浩荡，自己哪会如此遭冷场？

想象中的婚礼很完美，现实里的婚礼却这样，咽下蜂拥而至的泪水，露出司空见惯的笑脸，别怕诋毁和评论，别人说你百无一用又怎样？数落得一无用处又怎样？婚礼很快就会结束，往后只管生孩子，担当哺育后代的任务。

丈夫倒酒她端杯，夫妻搭台来演戏，牢记自己的身份，丈夫说着敬酒词，她只管恭恭敬敬递过杯子，不说话只微笑，举手投足很得体，争取得到所有贵宾的欢喜，争取符合城市审美的标准。婆婆生意伙伴、旧交知己，都会问她的芳龄？问她工作在哪里？问她哪个大学毕业？她们问话很刁钻，用意很明显，意在提醒她，除了长得美，她再无其他本领。

她们夸大说辞，从优生优育，到后代培育，再到如何操持大家庭，说得她们好像是掌管国家事务的领导人。那些话明里暗里告诉她，富人挑选儿媳妇，长得美是必须的，最好是名牌大学毕业生，高智商高情商，礼节礼数全精通，这样优秀的女子，才能成为家庭的顶梁柱。

她们说，现今不流行花瓶女，流行懂得插花艺术的姑娘，不但外表长得好，内涵丰富很重要。有学问的小才女，理财经商、待人接物，样样都能应付自如。长得美的花瓶女，哪能担当家庭重任？

她们的话语很刻薄，好像步步紧逼要说法，她不知道怎样回答。

早听说有钱人家选媳妇，好比皇帝选妃子，金要足赤，人要完人，五官搭配好不好？身高多少？胸围多少？臀部多宽？腰部多细？从头到脚都有严格的搭配比例，这些条件全具备了，再打听姑娘的出身。官宦子弟当然好，官商结合，婚姻只会越过越好。富家子弟门当户对，扩大财富就会很容易。如果家庭条件一般般，那就打探姑娘的学问高不高？起码是一类大学毕业生，最不济也是女子学院的高才生。

要是按照以上标准来对照，除了长得美，她哪条都不符合标准，念恩泽看上她，婆婆选上她，叫她取代死去的韩心蕊。说到底，她就是一个替死鬼，就是念家摆的那个精雕细刻的花瓶。

她并不因此而难过，美貌带来好运气，运气来了就要握在手里，她已想好了下一步，要学小惠理财，借大老板口袋，为自己铺出一条财路。用大老板送的钱，创造一条产业链，那条产业链，就是小惠后半生的保命钱。

以前讨厌小惠借着容貌发财，而今她为了巩固这门亲事，就想依靠脸蛋经济，得到丈夫的喜爱，得到念家的爱戴。虽说长辈那些话，让她听得不爽快，但她仍用笑脸做回答，跟自己说不顶撞、不生气，干吗得罪这群人？她将眼神转过去，转到夫君身上，向他传递着诉求，用眼神告诉他，您来回答最合适。

真是绝妙的选择，一个漂亮的踢球，念恩泽只能接着没退路。

她继续抱着冷静的态度，应对所有的质疑，接受大家的测试、恶意善意的围观、冷漠亲热的举动。所有人都排斥她，都想把她赶出去，她们太低估她了，将她看作小村姑，看作好看的花瓶。她们哪里会想到，她即便是个小花瓶，也是经过烈焰的煅烧，是价值昂贵的青花瓷，主人爱不释手的贵重物，绝非一般摆设品。

她听见她们说着实力和背景，这俩词，是她们的常用语。她们说谁谁实力强，有背景，说谁谁嫁给大富翁，特别是听见她们说，哪笔生意赚多少，利润不是上百上千，全是百万的大单。听得她心惊又胆战，凭她那点儿想象力，再怎么想，也无法想象大笔资金是多少。她越是体会到跟这群人有差距，越想着怎样融入她们中间去，提醒自己少说多听，耳聪目明，达到共享信息的目的。

她用自己的耐心，百折不挠的意志，坚定不移的信念，善于思索的大脑，应对这群高不可攀的人群，想博得她们的认可，想跟她们做朋友。多么高贵的一群女子，换作过去，只能敬而远之。如今嫁给念恩泽，有幸接触这群女子，看清她们的优势，那优势绝非常人所能比。女人都有虚荣心，都向往去大城市，向往嫁给钻石王老五。她太羡慕这群人，她们走路带节奏，穿着名牌的衣服，佩戴钻石和明珠，抹着红妆和玉粉，全身上下珠光耀人，个个都是粉色佳人。

以前身份太卑微，不敢靠近这群人，而今已是省城人，怎样走近这群人，也是一门大学问。今后所有的心思，都放在她们身上去，将她们全部技能和本事，一一学到身上来，学她们怎样梳妆打扮，怎样巧言善辩，怎样待人接物，怎样引人注目，怎样讨人喜欢被人爱，怎样赢得男人的尊重。

她们的能量太强大了，企业经营手段、商场经营理念、房产、基金、股市、教育培训机构，都能看到她们的身影。不管哪个行业的经商运营，她们都能轻松介入并搞定，她们的优势有目共睹，她们的实力不容小觑，她需要她们的引荐，需要她们的帮助，需要她们的指教，更需要她们的认同。她想将她们作为风向标，听从她们的指教，从恶劣环境走出来，更要懂得审时度势就地取材，也要学会和平共处的原则，只要她们接受她，受点委屈算什么，委屈受多了，自会失去申冤诉苦的想法，靠着韧性和耐力，委屈就能忍过去。

念恩泽走进一个房间，她和婆婆跟着走进去。屋里全是年轻姑娘，个个时尚又漂亮，她们叽叽喳喳，说念恩泽和韩心蕊的爱情故事，她们毫不避讳她，甚至无视她的存在。她们说，念恩泽对韩心蕊情有独钟，为韩心蕊谱曲填词，写了不少好曲子。她们说，韩心蕊意外去世，念恩泽差点儿撒手人寰，多亏遇见这女子。

长得真像心蕊呀。

她们这样评价她，用画外音告诉她，念恩泽不爱你，不过是把你当成韩心蕊了。

她们一个劲儿地夸赞韩心蕊，称韩心蕊是花王牡丹、花魁梅花、花后月季、花女杜鹃，含沙射影讥笑她，说念恩泽娶了个鸡冠花，花冠好看花型俗。说念恩泽娶了个一串红，好看一阵子，耐用一辈子。说念恩泽娶了个孔雀草，孔雀草是念恩泽的保健品，头疼感冒自行治疗。

她们借着酒意信口开河，向她挑衅示威，向她开战了。她们想用此举告诉她，是她杀死了韩心蕊，抢走韩心蕊的爱人念恩泽，强行闯进她们的生活圈，打破她们的生活秩序，破坏她们的生活规矩，她们不会放过她?

面对这群人的咄咄逼人，她表现得很谦虚，摆出最好的态度，笑脸迎接每一位，接受所有的栽赃、陷害，甚至恶意的抨击。她们和她势不两立，她是她们的对手和死敌，她一个人孤军奋战，哪敢对抗一群人？

她紧挨着念恩泽，任由这群人笑骂，始终不说一句话。

魂灵具备可供炫耀的资本，那是生来的荣耀，她曾经认为，经过精心策划和包装，定能取代死去的韩心蕊。而今面对现实才知道，自以为是的想法，很幼稚，即使拥有倾国倾城的容貌、十全十美的德行、文武双全的才华，也很难和韩心蕊抗衡。韩心蕊拥有得天独厚的荣耀、唾手可得的资本、天资聪慧的条件、约定俗成的人脉，她纵然有三头六臂，也不可能跟韩心蕊一争高下。

这群姑娘很傲气，一看就是富家女，她们占尽社会资源和优势，受教于名校，供职于白领，天生丽质气质好，能言善道有见识，站在富家女跟前，叫她失去做人的底气，只剩活着的卑微。她们态度傲慢讽刺她，绝不给她留面子，刚刚树立的信念，被这群人打掉了，自卑让她怕极了，她紧紧抓住念恩泽，生怕被他抛弃了。

他是那样爱慕她，婆婆爱她年轻漂亮臀部大，将来能生男娃娃。有这两人就够了，干吗在乎她们呢？念家才是依靠呢，她依靠的是念家，只要念家容忍她，只要明天过得好，不说能有多好，比过去好就行了，比昨天好就行了，要是今天活得比昨天好，后天活得比明天好，一天比一天活得好，一生也算不错了。

念恩泽跟这群姑娘有说有笑，她一点儿都不生气，这群人就是他的生活中心，他和她们聊过去，聊那位韩心蕊。他并不避讳韩心蕊，更不在乎她是否生气，她只是韩心蕊的替代品，他的思想和灵魂，和韩心蕊相亲相爱不分离。他爱死去的韩心蕊，她只是偏巧与韩心蕊长得像，也因此得到意外的奖赏。大千世界，芸芸众生，命运安排他在镇上遇见她，他相信这是韩心蕊故意安排的，韩心蕊要他迎娶她，他遵照亡灵心愿娶了她，这是多么可笑呀，死人安排活人生活，她应该感谢亡灵。

婆婆逢人就夸她，婆婆多么喜欢她呀，婆婆哪会不喜欢她？这婚礼，是为丈夫冲喜的。她在镇上听说过，生命垂危的年轻人，用结婚方式来冲喜，让年轻生命焕发生机，婆婆生怕儿子悲伤过度离她而去，用这种方式帮儿子，让她代替韩心蕊，把念恩泽从死神手里救出来。婆婆没有嫌弃她的身份，没嫌弃她不是大学毕业生，更没嫌弃她不懂插花艺术，婆婆多么大度呀，为婆婆，为念家，再大委屈都要吞下，就等生下孩子回报念家了。

门口有人叫婆婆，屋里姑娘齐声叫着"于阿姨"，那位身材适中的于阿姨，穿衣打扮很讲究，手腕上的白玉手镯很醒目。婆婆急忙走出去，拉着阿姨就走。姑娘们沉默一阵子，又开始说起韩心蕊，她从话中听出来，适才那位于阿姨，就是韩心蕊的母亲。她见姑娘们哭得好伤心，不知道是该来劝解一番，还是听之任之不搭理，恰好戴思走进来，说念恩泽同事等着敬酒，这才帮她解了围。

走出屋子她呼了一口气，继续判断个人得失。

这群姑娘不会轻易接受你，她们和韩心蕊是门当户对的发小、高门大族的故交、势均力敌的同学。今天这婚宴，韩心蕊本该唱主角，猛然冒出一个你，她们对你有偏见，将你视为搅局人，把你当成死对头，哪会轻易接受你？你是真心想和解，想跟她们做朋友，只差把心掏出来送给她们做礼物，你是多么真诚呀，她们咋就不信你，咋就不愿接近你呢？是自己哪点儿没做好？还是怠慢了这群人？明天继续找原因吧，想跟她们达成和解，只等来日思考此事。

她时常忽略外界强加的灾难，总从自身找原因，将所有不公平的待遇，归结到自身没做好，怪自己眼拙嘴笨见识少，与人沟通太吃力，全怪自己水平低，无法与人达成共识，往后要继续用心学，力争达到理想标准。

她带着失落和遗憾，拜见念恩泽的同事。她站在念恩泽身边，态度诚恳，留心观察这群人，揣摩这群人，究竟喜不喜欢她？听见有人夸她性格温和人漂亮，她即刻心情激动欣喜若狂，心里想，这群人跟先前姑娘不一样，他们开口就叫她嫂子，那群姑娘只用"你"字做代称，她刚想说点儿好听话，却被一个一个问题问住了。哪个学校毕业呀？婚后是辞职在家，还是继续工作呀？这样一问接着一问，问得她心慌难过了，该要如何回答呀，她哪上过大学呀，哪有固定工作呀，她只是镇上走出来的打工妹，除了外表长得美，除了干活儿很卖力，一点儿技能都不会，就等念家赏赐呢！

他们见她不说话，目光转向念恩泽，等念恩泽来回答。

念恩泽说喝酒，喝酒，今儿只喝酒，别扯其他话题。

念恩泽跟她使眼色，她急忙把酒杯递给问话的女子，那女子笑着喝下酒，她们没提韩心蕊，只说念恩泽是个花痴，家里摆满了紫罗兰。她们去过新房，说起新房的摆设，赞不绝口，说他是极简主义的代表，家里每一件物品，都要达到"物有所值"。

她不知道极简主义是什么，只知道家里物品很精致，没有一件多余品，极简主义是啥？真不知道啥意思，管他是啥意思，只管拿酒敬客人，只管笑脸迎来迎去，既然是丈夫同事，肯定都是艺术家。以前没有见过艺术家，今天一见见一群，可能是爱乌及屋吧，她很快喜欢上了这群人，想去亲近这群人，不是表面上讨好，是发自内心去亲近。这群人对她很客气，不排斥，不歧视，一句一个嫂子，把她当成念家人，叫她心里很激动。虽说她不胜酒力，却还是拿起酒杯倒上酒，把对她们的敬重，用喝酒的方式来表达。酒精麻痹了她的思维，让她有了非分之想，她想走近这群人，想跟她们做朋友。她多想有朋友呀，刚去镇上那会儿，舅妈房后的小树林，就是她的好朋友，一棵树代表一个人，那棵长歪了的叫刘茜，那棵直愣愣的叫张勤勤，那棵弱不禁风、病恹恹的小树苗，就是同学胡兰兰，这都是她班里的同学。那棵参天大树是最要好的小姐妹，叫丫头，那是堂姐戴思的昵称，那棵老树被她称作班主任，她每天钻进树林里，想象着此刻坐在县城的教室，这片树林代表同学和老师，下雪了她会说，刘茜，你身上的羽绒服真好看。夏天来了她会说，丫头穿上了绿裙子。每棵树都是她的朋友，她一直想为自己找朋友、找归宿，像小时候喜欢唱的那首"找呀找呀找朋友，找到一个好朋友"。这会儿，参加婚礼的这群人，就是她心中的好朋友，她多想亲近她们呀，多想和她们做朋友。虽说她们优质资源真不少，长得却没她漂亮，这优势是天生的，老天把资源优势给她们，却把娇美容颜送给她，这容颜为她赢来好评语，也是她唯一的资本，脸蛋经济也是经济，谁能忽略经济规律？这份经济为她带来好运气，她们哪会忽视她的长处呢？

这样想，她的心中顾虑减轻了，就想着这群人喜欢她，愿意接受她，走近她，她刚想要上去套近乎，突然有个声音告诉她，人家才不需要你，抛开念恩泽，你在这里算老几？

她瞬间失去了自信心，好像被这世界抛弃了，没人愿意搭理她，她找呀找呀，连自己也丢失了。她骂自己太愚蠢，骂自己是不懂附庸风雅的土老帽、不懂艺术的大老粗、不懂极简主义的白痴，哪能高攀艺术家的好名声？这群高雅的艺术家，绝不跟你做朋友，自取其辱地讨好，不如默默无声地离去。她跟丈夫说头晕，先行离开了屋子，晃晃悠悠来到大厅。

被酒精摧毁的意志，被绝望打击的自信，大脑在酒精燃烧下，很快变得迟钝了。一楼地板很滑，她差点儿摔倒，戴思过来扶住她，把她扶到座椅上，倒杯果汁递给她，她一口气喝完了，打了个喷嚏闭上眼，懵懵懂懂睡着了。突然，有个声音惊醒她，那声音叫着田伶儿……阳光此时很充足，光线照在她身上，大厅悬挂的气球，在光影下来回晃。那个影子叫着她，在她跟前停下来，没穿风衣，没戴礼帽，带着不怀好意的微笑。她被眼前的画面震惊了，进而崩溃窒息了，怒发冲冠站起来，想要杀死那影子，她想忘掉那件事儿，摆脱阴魂不散的鬼影，这鬼影大婚之日骚扰她，这是想要毁灭她，她用尽心思讨来一点儿生活甜头，要被这个鬼影毁掉了。

　　为自己，为夫君，杀死这个鬼影吧，他死了你才能活，他活着你必须死。选项就在你手里，去杀死他吧，恶魔活在这世上，造成了多少人间悲剧。

　　她正想与那鬼影拼生死，却见戴思走过去，推着那个鬼影朝外走去，俩人发生了激烈争吵，她听见那句"伶儿是我的"，那句话重复了好几遍。气急败坏的男人，冲她大声叫嚣着，他想冲到楼上去，想召开私人发布会，想揭发她隐藏多年的秘密，隐瞒起来的真相，让楼上宾客都知道，田伶儿被强奸了，田伶儿怀孕流产了，田伶儿是背时精、丧门星。

　　要是这群宾客知道那件事儿，又该如何议论她？多年站在风头浪尖上，她在议论声中长大，最怕有人议论了，为躲避众人的视线，这些年，哪敢融入人群呀。好不容易躲到今天，终于成家结婚了，这浑蛋却想当众揭发她。她宁愿和他同归于尽，也要隐瞒那件事儿，那事儿一直纠缠她，叫她时时提高警惕，生怕被人发现了，被人知道传播了。那件事儿捂了这么多年，一直捂得很严实，念家至今蒙在鼓里。这会儿，这浑蛋想要揭发她隐藏多年的丑闻，眼看就要完蛋了，就要名声扫地了，那就一毁俱毁吧，只要瞒过所有人，她愿与他玉石俱焚。

冲上去，冲到他的跟前去，酒店门口那池塘，就是他的葬身地。池塘旁边有花盆，用花盆砸死他，将他扔进池塘里。失望带给她勇气，愤怒带给她胆量，既然不能好好活，那就来个鱼死网破，让那秘密跟着死人进坟墓，从此不得见天日，活着的人不知道，只有死神见得到。哭吧，怒吧，跟他拼吧，别人活得那样舒坦，自己活得却如此不堪，泪水模糊了双眼，死神仿佛在眼前，跟着阳光走过去，向他发起进攻吧，死亡不可怕，活在恐惧中，不如跟着死神跳舞去。死吧，死吧，一块死吧，一块毁灭，一块见鬼，来世生在富人家，活得体面又尊贵。

就要走到他跟前，就要与他同归于尽。舅舅这时出现了，站在她和那人之间，将她推到一边去，舅舅手拿着拖把，朝那个人一阵猛砸，一边砸一边骂，这哪是昔日的舅舅呀！舅舅是文化站站长，雅人清致，博施济众，是镇上出名的老好人，戴思推着那身影，舅舅紧随其后，三个身影消失了。等她回神再看时，大厅已经静寂无声，只有耸立的盆景。死神在她耳边低语：别担心，别害怕，那人压根没来过，是心理上那道伤疤，紧张时刻复发了，这里正在举行婚礼，你是婚礼女主角。

这场婚礼多完美呀，瓦格纳的《婚礼进行曲》，飘荡在酒店大厅里。楼上宾客举起酒杯，嘴里说着祝福语，舅舅正在喝喜酒，戴思正在陪客人。刚才看到那景象，是你酒后发神经，那个男人早死了，被你用宝剑杀死了，别再庸人自扰了，别再顾虑重重了。楼上婚宴多热闹呀，你是婚礼女主角，不是幻想是真的，门口贴着红双喜，房间挂满红气球，地上摆满红玫瑰，每位宾客的请柬上，写着新郎新娘名字，新娘名叫田伶儿，这不是你又是谁？

放心吧，安心吧，别再去想那件事儿了，那个男人已经死了，早跟死神报到了，此时正在地狱里。心里藏着小秘密，最怕秘密泄露出去。念恩泽在叫你，上去吧，上去吧，融入那个群体吧，为了明天活得好，今天继续努力吧。

19

　　婚后日子挺滋润，那个身影没再出现。念恩泽按时上班，她在家里洗碗叠被，碰上无风无雨的天气，就在小区转一转，在幼儿园门口驻足看看。她看着可爱的孩子，低下头来摸肚子，一边摸一边想，咋还没有动静呢？问完便安慰自己，这才结婚仨星期，再过俩月，喜讯定会传。只要得空走出家，必在幼儿园门口转来转去，直到听见哨声响，看着孩子进教室。

　　又是一个晴朗天，她刚转身离开幼儿园，迎面一个身影走过来，那人戴着玉手镯。那手镯，跟婆婆送的差不多，一看就是高档货，她被手镯吸引了，盯着手镯一动不动。这时候，那身影冲她叫了一声田伶儿，在这举目无亲的城市，她并不认识什么人，她刚想问您是谁？接下来那段话，叫她顿失花容很惊讶。

　　我是心蕊母亲，叫我于阿姨就行，心蕊在小区有两套房子，一套我和她爸住，一套是心蕊的新房，要不是心蕊出意外，早跟念恩泽拜堂成亲了，你住的新房，是我女儿一手设计的。

　　于阿姨那张脸，带着诡异和轻视，她想起婚礼那天，那群女孩儿齐声叫着于阿姨。那群女孩儿说，这位就是心蕊的母亲，她早已知道韩心蕊，知道女主已死去，男主已跟她结婚，那个惊天动地的故事，感动了不少青年，故事本与她无关，要不是嫁给念恩泽，那个故事哪有后续呢？她是后续故事的女主角，是韩心蕊的替代品，虽说那个爱情故事成了传颂的佳话，对她来说却是存在心里的悲剧，她想抹去丈夫留下的悲剧，抹去自己留下的耻辱，开开心心过日子，跟丈夫生一群男孩子。没想到，这位于阿姨，偏偏这时出现了，那些话刺激了她，新房是韩心蕊设计的，他咋没有告诉她？

他干吗要告诉她？她就是念家长期居住的过客，运气好的话，念家给她派发永久居住证，今生就在念家定居了，运气不好只能拿到暂住证，暂住证一到期，就会打发她回家，想获取念家永久居住权，只能顺应现实，委曲求全，不可能有知情权。

新房是韩心蕊设计的，每个角落都有韩心蕊留下的影子，每件摆设都是韩心蕊生前的爱好，每个精品都是韩心蕊独特眼光的杰作，满屋都有韩心蕊的见解和生活，她不过是刚刚入住的过客。

第六感觉告诉过她，新房里有襁褓婴儿和母亲。第六感觉真准呀，或许是韩心蕊亡灵故意提醒她、暗示她，送她预感和提示，新房是韩心蕊设计的，那个男人不知道吧，要是知道肯定说给她。在这件事儿上，她和那人已经达成共识了，她想知道得更多，他想告诉她更多。她和他，相互仇视相互利用，躲着他又需要他，靠他了解韩心蕊。自私自利的小女子，算计起生活来，也是那样用心用意，婚姻里的盘算诡计，使用起来很吓人，身体交融身心背离，婚姻不过是一笔生意交易。多可怕的夫妻关系，令人恐惧的人情社会，她竟然热衷这游戏。

特殊经历给了她特殊心理暗示，不同经历形成了不同思维模式。她按照自己那套思维模式，处理所面临的种种难题，为防御设下自我保护措施，靠算计掌握生活主动权。

有时候，善良的天性让她感觉并不好，可真让她放下防备之心，又担心灾难再次降临。她常用腹诽心谤的方法，完成心里的诅咒，长期受压让她心理扭曲，让她热衷于算计，其实她所要的东西并不多，无非是寻常女子最平常的小家庭。如果没有发生那件事儿，如果她能如常人一样健康成长，她不会是今天的田伶儿。她在两种生活交替中，看到强者的能量，弱者的脆弱，她的冷静来自内心的防御与抵抗，自己能力做不成，就用计谋心机来完成。

新房设计，物件摆设，都经过韩心蕊精挑细选，经典到位的镂空隔断，匪夷所思的餐桌，给人无限想象的梵·高油画，这些全是韩心蕊的杰作，她睡在韩心蕊的杰作里，每天晚上和念恩泽做爱，每天擦拭家具，清洗房间每个角落，用心浇灌紫罗兰，就连那间婴儿房，都要定期打扫干净。她有时坐在婴儿房里，想着床上的小婴儿，想着哪天自己才能做母亲？每天守着他人的爱情，这就是她的生活现状。

于阿姨要带她去家里看看，去还是不去？没人帮她拿主意，好奇心驱使她，死者魂灵诱惑她，她听见亡灵跟她说，去吧去吧，看看我的住所吧，了解我的生活吧，去了你就会知道，念恩泽有多爱我，你是我的替代品，我的灵气在你身上复活了，跟着我的灵气快走吧，你肯定想看看吧，看看念恩泽的心上人，究竟怎样享受生活。跟我妈妈一起走吧，你会看到曾经的我，过着怎样的生活。那生活，你这辈子没见过，会叫你大开眼界的，去了你就会明白，念恩泽不会爱上你，你只是念家生娃的机器，念家不会把你当成真儿媳。

她的身体被某种力量牵制着，被一股气息牵引着，被这位阿姨带领着，不知不觉跟着那个声音往前去，不知不觉进了韩心蕊家。

屋里弥漫着香气，那味道很特别，不知道是喷洒的香料，还是植物散发的香味，或是亡灵带回的阴间香气。一进门，那香味扑鼻而来，大概过去几分钟，那香味将她彻底迷晕，令她意识模糊不清，大脑被某种观念控制，分不清真假和虚实，房间格局、布置与她婚房一个样，一样的户型，同样规格的门窗，摆设装饰完全相同。

眼前看到的，大脑感受的，给了她古怪灵异的感觉。同样的红木家具，镂空隔断，唯一区别是隔断上没有根雕，没有白酒红酒，没有各类茶具。隔断顶层摆满了戏曲脸谱，下面三层摆着造型各异的玉雕，有玉观音、玉佛、玉白菜、玉侍女，一对白玉雕琢出来的男女头像，宛如一对金童玉女，唇齿交融，脉脉含情。

于阿姨脱掉外套，露出黑色连衣裙，领口处一排手工绣花，金丝银线，做工很讲究。

于阿姨拉她站在镂空隔断前，细数隔断上摆放的珍宝，再用那双挑肥拣瘦的眼睛，先上后下，先左后右，将她看了个来回，然后含针带刺地对她说：模样跟我女儿一样好，打扮也跟得上潮流，只是这气质，哪能跟我女儿比？我女儿是标准淑女，生活讲究，气质高贵，你跟我女儿比，顶多是个小丫鬟。

于阿姨话语里透露着锋芒，对她一点儿也不留情。说完走到冰箱前，打开冰箱，倒杯桃汁递给她。

我女儿喜欢桃汁，桃汁养颜。

她端着桃汁，像是端着一个姑娘，桃汁里站着一位姑娘，姑娘撒娇卖乖，跟她柔声细语：去我卧室看看吧，去我书房看看吧，这满屋奇珍异玩没见过吧，一个乡下妞，哪见过这些上等物品？

阴气迎面扑来，从杯里纷纷跳出，将她团团笼罩，重重围困，桃汁里的姑娘阴笑着，声音从杯里跳出来，传到她耳朵里，她惊恐万状，放下杯子，桃汁里的姑娘才离她而去。

仿佛有股神奇力量，将她重新拽到于阿姨身旁，连思维也不知道怎么回事儿，跟着于阿姨进入痴迷状态。满屋阴气缭绕，她弄不清那阴气是出自魂灵，还是幻想症引起的思维混乱，站在镂空隔断前，有种昏沉的感觉。

这摆设，这家具，每件精美器皿，每处布置设计，都跟她新房里的如出一辙。这究竟是错觉，还是可恶的幻想症，让她分不清哪是新房，哪是于阿姨家？

亡灵气息环绕她，带着轻微的浅唱低吟，在于阿姨沉醉气息中，于阿姨的那只右手在亡灵的指引下，摸着镂空架上的精美玉雕，于阿姨张开嘴，细声细气，娓娓道来：瞧这玉雕多精美呀，每件雕塑都有很深的寓意，念恩泽客厅摆的玉雕，你婆婆那只白玉手镯，连同我这只手镯，都是心蕊精挑细选买来的，心蕊懂得玉的品种成色，质地好坏，心蕊称得上玉器专家。

心蕊为新房设计煞费苦心，哪怕一个小小角落，心蕊都要亲自设计，光装修设计就用去一年时间。心蕊要求新房里所有元素，都要以爱为主题，特别是餐桌，设计别具一格，阴阳两面是心蕊的预言，心蕊是真正的预言大师。

于阿姨将白玉手镯与她那只白玉手镯并在一起，比较着、夸赞着，脸上露出难以捉摸的笑容。

心蕊那只白玉手镯，跟你这只一样。心蕊说，结婚那天一定要佩戴白玉手镯。

心蕊对玉情有独钟，玉是高贵饰品，对一个高贵女人来说，玉佩是最好的搭配。

玉有古典之美，现代之妍，玉最能体现女人外在之风，内在之气。藏玉显真情，佩玉升情操，人必要温润如玉，方为谦谦君子。

你只管佩戴玉，不一定领略玉之美德，玉在你身上不过是装饰品、物质上的作价，你并不知道玉的品质所在。

"物质上的作价"这句话，像锤子在她胸口猛击了一下。

这对儿白玉头像，是心蕊专门定做的。那模样，那神态，像极了心蕊和念恩泽，俩人平时就这样，每天黏在一起，谁见过年轻人这般相爱？念恩泽一时一刻离不开心蕊，对心蕊百依百顺，要是星星能摘下来，想必他也会登天攀月，摘下来给心蕊。

心蕊有极高的审美标准，对事物有独到的见解，琴棋书画无所不通，满腹经纶，超群拔类。谁见了心蕊，都会被她吸引，女子的本分、天赋、才智、聪慧，心蕊百分之百全都占有，这世上女子，有几个能比得过心蕊的金相玉质、明德惟馨？

于阿姨脸上溢满幸福，泪水滴在木地板上，发出滴滴的声响。那是母亲的眼泪，流在心里，落在地上，多仁慈的母爱呀，对女儿的无限哀思，化作滴滴泪水。母爱能让天国亡灵重获新生，亡灵在母亲身旁踯躅徘徊，亡灵的气息弥漫整个房间，依恋母爱的柔情，倾听母亲的思念，难舍难分的母女之情，无法分割的亲情爱恋。

于阿姨拉着她，走到一扇贴着红色福字的门前，轻轻推开。动作极其小心，生怕惊扰屋里驻守的亡灵，在房门打开的瞬间，于阿姨那只冷硬冰凉的手，像是被扑面而来的气息一下子烤热，变得如海绵般柔软，那股气息风驰电掣般卷土重来，将她和于阿姨卷进屋里，她还在惊诧之中，却已进入幽暗天地，那里是亡灵居住地。

映入眼帘的全是鲜花，馥郁芳香，令人陶醉。鲜花插在大大小小的花瓶里，花瓶形状各异，错落有致，花瓶上雕刻着不同图案，色彩艳丽，异彩纷呈。浓郁的花香从四面八方将她围拢，她从没闻过如此浓郁的花香，从没见过如此花团锦簇的景象。置身其中，犹如置身仙境，她被香气簇拥，意识更加模糊，完全失去自我辨别力，意念被满屋花儿控制，让她再次陷入幻想，陷入躲之不及的陷阱。

每朵花儿都是一张笑脸，那是韩心蕊的笑脸，带着活人气息，向她传递死而复生的能量。

一个声音从花蕊里飘来，像是于阿姨的声音，又像是亡灵依附在于阿姨身上，发出细微呓语。

心蕊喜欢紫罗兰，念恩泽受心蕊影响，对紫罗兰爱不释手，俩人可以不吃不喝，不能没有紫罗兰。心蕊她爸懂栽培技术，将技术传授给心蕊，念恩泽也学会了栽培，新房里种满了紫罗兰，每朵花里有心蕊的呼吸、心蕊的笑脸，你看到了吗？心蕊在冲你笑，笑得多美呀，我女儿最爱笑了。

所有人都说心蕊走了，我才不信呢！你看，紫罗兰里有心蕊的笑脸，念恩泽为心蕊保留新房，新房里摆满紫罗兰。你没进去过吧，谁也休想进那间新房，那是念恩泽的圣地，没有人可以踏进那块圣地。念恩泽的想法和我一样，心蕊没走，心蕊喜欢旅游，过段日子就回来了。

你住的那间屋子，是心蕊以前的书房，念恩泽不会叫你住那间新房，他要在新房等心蕊，紫罗兰没有心蕊栽培会死的，心蕊那样爱紫罗兰，哪会看着紫罗兰枯萎？她不会忘记那间新房，还有满屋的紫罗兰。我能感觉到，心蕊每天都回家看紫罗兰，她不想打扰我，于是她一个人偷偷回来，我能听见心蕊的笑声，心蕊夸我把紫罗兰照顾得真好。每次听心蕊夸我，我心里别提多欢喜了，我女儿每天陪着我，陪着紫罗兰，我哪有失去她呢？她是我唯一的孩子，怎舍得丢下我和她爸？她每天回来看我们，跟我们聊天，她说等我们老得走不动了，她就守在身边伺候我们、陪伴我们，陪着我们一起去天堂，我女儿多孝顺呀，哪会撇下二老不管？

于阿姨发出一声长叹，拉她走到床前。

床榻上铺着紫色绣花被，一眼看去似朵朵鲜花落在床上，床顶有椭圆形布幔，紫色布幔缀着蕾丝花边，从顶部垂到底部。于阿姨拉开布幔，绣花枕头旁放着书本，于阿姨拿起书本打开。

心蕊临走前看的书——《追风筝的人》，书签夹在 93 页，这本书她还没看完。

亡灵借母亲的手，将那本书合上，放回原地。

于阿姨小心抚摸枕头，像是抚摸沉睡的女儿，那里似乎躺着一位年轻女子。于阿姨用温暖的双手，在女儿脸颊上来回抚摸。一个逝去的生命，在于阿姨手掌里渐渐苏醒。于阿姨抚摸着心爱的女儿，眼眶里噙满泪水，声音哽咽了，泪水很快打湿了床帏。

我每天早晨过来整理房间，帮心蕊拉开布幔，心蕊甜甜地睡着了。看着我的心肝宝贝，听着她均匀呼吸，别提多高兴了，谁说心蕊离开我了？看呀，我女儿活得很健康，我每天起床过来看她，她睡得那样安详，有时候嘴角挂着微笑，或许是做了美梦，笑得很开心。

窗户旁放着一排书柜，书柜里摆满了书籍，《安娜·卡列尼娜》《简·爱》《呼啸山庄》《飘》《蝴蝶梦》《茶花女》《巴黎圣母院》，光书名就吸引了她，她知道那些都是世界名著，她从电视上了解了许多世界名著，舅舅文化站书架上只有一本世界名著《复活》，她看了无数遍，里面句子熟记在心。韩心蕊书架上的书籍能有上千本吧，可惜她知道得不多，只知道寥寥几本世界名著，都是年轻姑娘喜欢的书籍，那些名著叫城市姑娘变得婀娜多姿、气度非凡、思想飞扬、独立自主。

韩心蕊在书本里向她招手，她看见活着的韩心蕊。韩心蕊依然活着，作为活人心中的女神，她是一种信仰、一种寄托，活在于阿姨心里，活在念恩泽心里。

她羡慕地想着，韩心蕊若是活着，那会是多少俊男雅士的暗恋对象？

　　韩心蕊从小接受最好的幼儿辅导，学钢琴，学绘画，学跳舞，优越环境培养出她的淑女气质，生活在金钱下的文明社会，过着金钱下的文明生活，不用算计，就拥有完美人生，她哪能和韩心蕊相提并论？

　　韩心蕊热情奔放，热爱生活，天性活泼，冰清玉洁，韩心蕊热衷收藏，精通玉石，拥有大家闺秀的高贵气质、书香人家的兰心蕙性、城市女子的优雅风度、时尚达人的自在潇洒，韩心蕊如此完美，这世上拥有如此美德的好像仅此一人。

　　她那双眼睛落在书桌上，这一眼，更是叫她生出忧伤和嫉妒。

　　桌上摆放着三个相框，一个相框里念恩泽和韩心蕊相互挽着，头挨头，亲密无间。另一个相框里，念恩泽和韩心蕊在海边玩耍，念恩泽抱着韩心蕊，韩心蕊长发飘逸，念恩泽情意绵绵。第三个相框里，两人坐在新房床上，韩心蕊胳膊环绕念恩泽脖子，她乳房丰满，乳沟深凹，手腕上、脖子上挂着红色珠子，念恩泽笑得开心——非常纯净的笑容，她没有见过的笑容。

　　于阿姨打开电脑，桌面上依然是韩心蕊。韩心蕊站在山下，长发披肩，穿白色休闲运动装，一双登山鞋，肩背旅游包，手拿野菊花，背景是舅妈准备栽树的半山坡。那里常年生长着野菊花，每到开花季节，她常去采摘野菊花，插入玻璃瓶观赏，她就是在那里碰上的念恩泽，念恩泽问她，见没见过紫罗兰？她以为碰见神经病，紫罗兰是什么？这漫山遍野全是野菊花，山里人谁见过紫罗兰？山里根本没有紫罗兰。

　　这是心蕊留下的最后照片，这张照片留在心蕊微博里，念恩泽下载翻拍，说要永久保存。念恩泽是在这儿碰上你的吧，瞧我家心蕊多好呀，临走也要为你俩做媒，她是放不下念恩泽，心蕊和念恩泽是为爱情结婚，你是为念恩泽的条件结婚，是不是？

　　这声质问带着明显的歧视，不需要答案，明眼人谁都看得出来，她当然是冲条件结婚的，她想用结婚让自己脱离苦难，她没有韩心蕊的学历、条件、天赐运道，只能用现实的眼光，用心机盘算，保护自己免遭厄运。十四岁以后，活着对她来说不过是个物件，一个货物，一个替代品，谁不想远离苦难，让自己过得更好？生活推着你往前走，富家子弟退路多，像她这种无人问津的小村姑，只能往前不能后退，后退只有绝路。她多想跟韩心蕊那样，心平气和做个淑女，做优雅女子，做大家闺秀呀，婚姻能帮她实现全部愿望。她也想标榜自己有多好，展示自己多优秀，别叫念恩泽同学同事小看她，别叫于阿姨说她为条件结婚，可现实哪容她随心所欲？她只能发挥心思心机，让自己远离厄运，彻底从那件事儿中解脱出来，曾有的廉耻心，因屡屡经受打击，跟着现实从身上退去，只剩下为婚姻准备的心思和算计。她知道念家亲朋好友瞧不起她，念恩泽同学想把她逐出念家，她宁愿所有人继续贬低她。辱骂、讥讽、嘲笑，她全不在乎，摆脱那个男人的纠缠，才是她眼下该做的事儿。

20

　　光线透过窗口射在宝石蓝窗帘上，窗台上摆满彩色花瓶，紫罗兰在阳光下争奇斗艳，魂灵附在花瓣里，露出神秘微笑，笑容从不同角度呈现出来，任何角度都能看见。于阿姨低头整理零乱的花枝，脸上带着痴迷的笑容，脸颊贴着紫罗兰，泪水顺着花朵渗到花蕊里。

于阿姨离开花蕊，走到床边，打开床头的抽屉，从抽屉里拿出一张光盘，放进播放器里。《命运之力》最后一幕，人生的悲剧，死亡的代价，天堂的歌声，是谁主导了命运悲剧，是天意，是宿命，父与子，兄与妹，相恋情人，各自走上死亡归途……

音乐在封闭房间荡着回音，有灵气的花儿跟着音乐拂动，韩心蕊的气息隐匿在每朵花里，花里藏着韩心蕊的魂灵，魂灵散发出诱人芬芳，气息伴着芳香让她沉醉痴迷。亡灵在屋里走动，发出阵阵笑声、阵阵歌声，她跟随音乐走进歌剧，死亡音符回荡在整个房间，韩心蕊冲她微笑、歌唱……

心蕊和念恩泽能记住每幕台词，俩人常一起哼唱，心蕊说《命运之力》曲调优美、辞藻华丽，表达着不可抗拒的命运。俩人都喜欢歌剧话剧，心蕊说，舞台剧能将人物的真情实感表达得完整清晰。心蕊还说，结婚后帮念恩泽组建乐队，叫念恩泽业余时间搞音乐，说不定哪天成了威尔第那样的音乐家。心蕊说相爱的人在一起，能点燃音乐激情、生活激情，创作出令人意想不到的名曲。你不懂音乐，不可能造就念恩泽，你知道吗，女人造就男人，优秀女人，能改变男人的生活轨迹。

于阿姨陷进音乐中，脸上露着满意的笑容。

这一幕是心蕊最喜欢听的，只要想心蕊就听这幕，说来奇怪，只要打开音响，就能看到心蕊，只要在心蕊房间打开《命运之力》，心蕊就笑着站在我面前，外人是看不到的，我能看到，心蕊脖子上那串红玛瑙很显眼，我总是先看见红玛瑙，接着看见心蕊的笑脸。

于阿姨满脸幸福地朝天花板看去，天花板一尘不染，能听到韩心蕊的痛苦呻吟，韩心蕊的魂灵悬浮空中，伴随着音乐翩翩舞蹈，时而静止，时而舞动。她被《命运之力》召唤，被亡灵牵引，跟着亡灵进入不灭的爱情天堂。那张活着的笑脸，笑得那样开心，是被爱情包围的笑容，被幸福萦绕的笑容，多骄傲的笑容呀，音乐缓缓进入尾声，戛然而止，亡灵飘然而去，没有韩心蕊，花儿静静在屋里开放。

于阿姨关掉音响，指着悬挂在床头上方的一幅画，一位美丽少女的画像，画面只有黑白两色，没有其他色调，女孩儿眉目间露出淡淡忧思。

这是法国画家柯罗的《珍珠女郎》，是心蕊临摹出来的，很逼真吧？心蕊有绘画天赋，对音乐绘画有独到见解，你能画出如此精美的油画吗？

于阿姨这次质问，比上次带着更明显的鄙视，像是抛给她一个问话、不要答案的问话，目的是瓦解她内心的平静。

她极力掩饰，不让绝望和自卑显露出来。

亡灵看着她得意扬扬，于阿姨向她展示韩心蕊的优越条件，她要表现出不以为然的态度，表现出年轻女子的生活优势，除了自己，谁能瓦解她的意志呢？她必须拿出藐视一切的态度，向亡灵表达反抗的决心。

其实她早对亡灵低头求饶，只是面上摆出决不屈服的样子，那是虚荣心作怪，哪能叫于阿姨发现自己被韩心蕊打败？更不能让于阿姨发现自己的软肋，韩心蕊已经香消玉殒、珠沉卞碎，活着的她不能被亡灵操纵思想，更不能被于阿姨干扰思维，她已经不是过去那个田伶儿了，凭一腔心血挑战生活，已经变得沉稳理性，懂得智取的重要，要凭借自身优势，跟亡灵展开一场搏斗，谁也不能将她的幸福拦腰斩断，谁也休想破坏她构筑好的婚姻框架。在婚姻上她没有对手，没有死敌，她的情场杀手是韩心蕊，一个不会给她带来致命威胁的死人，她哪能畏惧一个死人呢？

屋顶上悬挂着一幅三角镜框，有双晶莹剔透的眼睛正注视她，冲她笑着，眼神散发着清纯光芒，那是韩心蕊的眼睛，韩心蕊的笑。她迷惑地看着，那双妩媚大眼，分明印刻着韩心蕊的神态，却长在一个男孩儿脸上，镜框里男孩儿留短发，顶多十二三岁，她疑惑地看着镜框。

于阿姨说，那是心蕊的眼睛，心蕊死前为学生捐献了眼角膜，你看，那双眼睛多明亮呀，完好无损地活着，充满生机活力。

心蕊不是做高尚事儿，是想通过这种形式，叫念恩泽铭记她。

心蕊走了，那双眼睛活在世上，念恩泽不会忘记那双眼睛，移植眼角膜的孩子，是念恩泽的远房亲戚。

爱是自私的，心蕊不相信爱是无私的，爱情是世上最自私的情感，爱情不自私，任何人都能共享爱情。

爱情又是纯洁的，容不得一点儿杂质。

心蕊这样看待爱情，我同意心蕊的看法。

这张照片是男孩儿手术后拍的，念恩泽手机里存着，瞧这双眼睛多机灵呀，带着生命的细胞，不是消失，是生命的重现。它看着你，跟你说，念恩泽心里只有心蕊，你俩没爱情，没有爱情的婚姻是犯罪。

于阿姨站在墙角下，深情凝视着那双眼睛。

她望着那双眼睛，带着生命的灵动，不是死后的眼睛，完全僵硬，没有生存迹象，失去游动的细胞完全僵死，这双眼睛充满勃勃生机。韩心蕊躯体已化为灰尘，但呼吸、喘息、音容笑貌留在念恩泽心里，这双眼睛，是念恩泽心里的一道光，念恩泽靠这道光点亮生活。

于阿姨走到一排柜子前，打开柜子，柜子里挂满了衣服。

我女儿爱打扮，这满柜子衣服叫你眼花缭乱吧。每条丝巾，每双鞋子，都有与之相配的服装搭配，每件服饰都是精品。我女儿喜欢香奈儿、迪奥、爱马仕、蒂芙尼，这些品牌你听都没听说过吧，心蕊爱美爱到极致，苛求到一枚胸针、一个头饰，都要跟身上装饰搭配得天衣无缝。我就这一个心肝宝贝，我跟她爸满足她所有愿望，念恩泽对心蕊更不用说，抽屉里首饰是心蕊外出旅游买的，也有念恩泽买的。心蕊说，女人爱首饰就像男人爱女人。这些首饰有白金黄金、珍珠玛瑙、翡翠钻石，全是上好材料做成的，心蕊叫我留着，说想她了看看。

于阿姨关上衣柜。

念恩泽说，世界上没有完美，心蕊故意带给我们缺憾，他这样跟我说。他还说，能听到心蕊的笑声，他俩常见面，我也有这感觉，心蕊常回家，躺在床上听《命运之力》，我能感觉到，你相信魂灵之说吧？过去我不信，心蕊走后，我相信了。

念恩泽跟心蕊发誓，生生死死不分离，他跟我打电话说要结婚，我不相信，心蕊才走几个月，尸骨未寒，他那么爱心蕊，咋能仓促结婚呢？那天见到你，疑惑迎刃而解，你跟心蕊长得太像了，从五官到个头，跟心蕊不差分毫。婚礼上看见你，还以为是我们心蕊呢，真想不到，这世上竟有长相如此相似的姑娘，念恩泽肯定把你当作我女儿了，他太爱心蕊了。跟你结婚，是想从你身上找回心蕊。

人在痛苦时，会寻找一条渠道摆脱痛苦，你就是念恩泽那条渠道，终有一天他会明白，你代替不了我家的心蕊。

心蕊出事的时候已怀孕，心蕊说想在生孩子前再出去一次，回来后举行婚礼，让孩子在子宫里感受隆重的婚礼。

生活哪能随人心愿呢？要是不出意外，孩子再有几个月就出生了，那是心蕊和念恩泽的爱情结晶。俩人为将来出生的孩子布置房间，购置婴儿用品，甚至为孩子起个小名叫念想。这名字真像一个预言、一个暗示，心蕊走了，带着念恩泽的孩子一块走了，念恩泽天天念想着心蕊，念想着未出生的孩子，真是个不吉利的名字。

你婆婆能接纳你，是想叫念恩泽忘记心蕊，男人对女人会有一段新鲜期，等新鲜期过去，念恩泽会醒悟。要想保住婚姻，抓紧怀孕吧，这是你能够留在念家的唯一资本。

天空凄惘，雾霾浓重，恰似她此刻苍凉的心情，一个活人，竟败在亡灵手里，新房是韩心蕊的，男人是韩心蕊的，能够享受的物质条件，全拜韩心蕊所赐。没有韩心蕊，念恩泽不会选她，她是韩心蕊复制出来的礼物，韩心蕊把这礼物送给念恩泽，叫她陪念恩泽睡觉，陪念恩泽一遍一遍配种，她是念恩泽的生理工具，是为念家孕育后代的工具，念恩泽怀里抱个肉体，心里装着亡灵，肉体满足性欲，亡灵满足精神。

那要命的自尊心让她心灰意冷，一直东奔西跑，本以为终于有了归宿，却原来是个替代工具。她有点儿不甘心，不想做念恩泽的把玩工具，可真要让她离开念家，又舍不得现有的生活条件，命运把她送到念恩泽身边，让她做念恩泽妻子，让她侍奉一个遭受爱情打击的颓废男子，让她挽救这位男子，做这位男子的牺牲品。她真想脱离这种生活，回镇上寺庙做尼姑，靠诵经念佛度过一生，可真要重新选择，她毅然决然选择继续这样生活。

她见过许多仙姿玉色的年轻女子，要么过着贫穷生活，要么做有钱人的玩偶，她们宁愿做有钱人的玩偶，也不愿过贫穷生活，她们抱定一个心愿，利用年轻貌美做工具，叫自己发达起来。看上去她们是有钱人的玩弄工具，细想来，有钱人不也是她们的玩偶工具？他们付出金钱，她们付出肉体，双方达成交易，在这笔买卖中，不存在谁是谁的玩偶，相互付出，各取所需，一个牺牲了金钱，一个牺牲了肉体，这买卖双方都很满意。

这样想，重新思考婚姻，重新认定自己在婚姻中所处位置，她不是念恩泽的性工具，更不是他的牺牲品，她用自己的心思算计，将自己从厄运中解放出来，婚姻在她自愿基础上完成，她想借此摆脱厄运，念恩泽想抓住过去，还原以前生活，选择和她结婚，假若韩心蕊活着，她哪有机会做念恩泽妻子？念恩泽和韩心蕊，因爱情走到一起，她作为美人，作为韩心蕊的替代品，被念恩泽选上，念恩泽选她，就是对她的最大奖赏。对她来说，爱情是奢侈品，浪漫是奢侈品，文明是奢侈品，她用肉体吸引念恩泽，说到底只为了满足念恩泽性欲，就好比一台游戏机，满足人类的游玩乐趣。她应该感谢韩心蕊，是韩心蕊帮她走出困境，让她在大城市定居。生命何其短暂，人生何其不幸，哪能诋毁一位去世女子？嫉妒她，仇视她，将她视为拦路虎？如果没有韩心蕊成全，哪有今天的生活？韩心蕊的死，换来现有的婚姻，哪能跟一位去世姑娘争风吃醋？

从于阿姨家出来，眼前晃动着韩心蕊的笑容，韩心蕊的肉体死了，亡灵游荡在念恩泽身边，她无力从亡灵那里夺走念恩泽，唯一想到的仍然是生孩子，要是真有那么一天，念恩泽抛弃她，哪里才是她的栖身地？她一直像动物般迁徙，本想通过婚姻找到归属地，哪想到丈夫心里另有女人，日子该怎样过下去？或许真如韩心蕊母亲所说，等念恩泽新鲜期过去，会将她抛弃。

魂灵夺走她全部希望和期盼，夺走她获取幸福的信心和勇气，要是像韩心蕊那样死了该多好，死了受到无数人瞻仰，无数人怀念，要是真能那样死去，比活着要幸福多少倍呀！

这样想，死亡是件很美的事儿，早死早托生，托生到万般宠爱于一身的家庭。前半辈子所受的苦难，下辈子变为幸福，前半辈子经历多少痛苦，下辈子就会获取多少快乐。

这样想，对死亡没有丝毫恐惧，反倒觉得是件好事儿。

虽说是件好事儿，她还想活着，还想看这个五彩缤纷的世界，享受生存乐趣。新生活才刚开头，还没领略过，还没尽情享受，还没尝到年轻女子最美妙的爱情，哪能轻易死掉呢？她想抓住生的希望，想靠婚姻摆脱过去，想远离痛苦，活得开心点儿。

年轻女子谁不追求好生活？她的运气这般好，已经拥有好生活。她真怕这生活转瞬即逝，怕如云雾般抓拿不住，如流水般无法拥抱。在兢兢战战中，在提心吊胆中，在绝望和希望交替中，带着本能渴求、没有泯灭的希望、对生命的不舍、对未来的向往，跟自己说要同死神搏斗，挣脱死神纠缠，要坚强活着，活给自己看，给亡灵看，给歧视她的人、嘲笑她的人看，活着就是胜利，就是赢家。

舅妈说，恨要慢慢消化掉、慢慢忘掉，让恨变为爱的果实，心向善，人才能完善，心善之人无忧烦。

没有名望、身份，保有良善心，德配天地，福至心灵，佛祖会看到，会保佑你，叫你过得更好。

以前在镇上，她常去半山坡那条小河旁玩耍，河面并不宽阔，蜿蜒河水将寺庙与村庄隔开，形成一个凡界、一个神界，有时候她会跟耕种的尼姑站在地头聊天。有一次，长相清秀的尼姑送她一本佛教书籍，她从书籍上知道，虔诚信徒的灵魂是清新的，与未知世界一起闪烁着光芒。

尼姑说，寺庙里有两种和尚，一种是虔诚信徒，一种是职业信徒，虔诚信徒为信仰生活，职业信徒为生活而信仰。虔诚信徒不食人间烟火，归隐寺庙，日日诵经，普度众生；职业信徒不为信仰所困，看似身在寺庙，心却被世俗牵引，不得脱离烦恼。尼姑说，真信徒走到哪里都是寺庙，只要每天做到行善积德，佛祖会看到，并将恩福赏赐给你。

她双手合一，虔诚求佛，佛祖是她的心灵依托，是她精神领域的圣地。她虽有万般伤心，仍因心头佛祖之光照耀着，很快从悲苦中挣脱出来。

佛经上说，人生在世如身处荆棘之中，心不动则人不妄动，不动则不伤；如心动则人妄动，则伤其身痛其骨，于是体会到世间诸般痛苦。人在爱欲之中独生独死，独去独来，苦乐自当，无有代者……

她在劫后重生，找到生命的力量，与死神无数次擦肩而过。她不想自杀了，她有自己的方向和目标，正跟着方向目标一路走。她要好好活下去，摆脱死神的纠缠，在这人世上走一遭，经受多少的羞辱，遭受多少的蔑视，她都努力活过来。而今不同于过去，身边多了位丈夫，这个温柔的男子，给她丰厚的物质，给她精神的宽慰，她想得到丈夫的宠爱，想得到更多的尊重，要是幸运的话，她想得到丈夫的爱情。

爱情，多美妙的感情呀，她要等到那一天。或许真有那一天，她会得到丈夫的爱情，为等着那天的降临，活着多有意义呀！

21

日子平稳地过着，枝蔓的叶儿绿油油的，树上长出花骨朵，向人展示春天来临，她每天翻看着日历，算着自己的生理期。小惠打来几次电话，问她怀孕了没有？小芳孩子一岁多了，小红没有联系过，镇上读高中的四姐妹，就剩小红没着落。她跟小惠说，婆婆待她可好了，丈夫待她很体贴。她嘴上说得挺轻松，心却很是焦虑着，思想上的那根弦，依然绷得紧紧的，每日里周密盘算，生怕哪点儿没做好，惹得丈夫不开心，每日里苦思冥想，哪件事儿做得不够得体？哪句话说得有失分寸？言谈举止是否伤了哪位大人的面子？破坏了哪位小姐的情绪？跟念家亲友在一起，不能有一丝闪失，免得大家不高兴，免得丈夫心生怨气。

吃惯粗茶淡饭，忽然每顿山珍海味，要是丢掉锦衣美食的生活，回到穷日子里去，可要如何适应呢？她每时每刻警告自己，不能昏头昏脑过日子，做念家的儿媳妇，不是一件轻松事儿，生活上的繁文琐事儿，应酬上的酒宴茶会，来来往往的生意宾客，全要学着打点料理，力争做到万无一失。在北京酒店做服务员，最大收益就是学到侍奉贵宾的本事，她继续发挥这技能，用言行博取来往宾客的欢心，尽量避开挑剔她的是非精，避开长舌妇们的毒舌围攻。让念家亲朋好友认可她，就是她每天的功课。

她专心致志学礼仪，只用很短的时间，就掌握了念家的规矩，这样再过一段时日，已能张弛有度、应对自如，跟婆婆有说有笑，谈笑风生。

时间飞速运转着，光阴将她调教成非常出色的小少妇，她在念家地位也在不断提升，念家亲朋好友不再冷眼厉色对待她，反而当着婆婆的面，夸她温柔懂事，虽说生在小地方，经婆婆多日调教和引导，变化真是出人意料。

听这群人夸她好，不再挑毛拣刺给差评，她总算松了一口气，又觉得光有这些还不行，她想跟她们更亲近，跟她们做好姐妹，这需要时间和过程。现在火烧眉毛的大事儿，当然就是怀孕了，她每天摸着肚子问来问去，你咋还没动静呢？镇上女人怀孩子，像种豆子般神速，今天撒下了种子，不用多久就有收成。奶奶说她肚子是菜棚，男人一碰就怀孕，哪想到十年后，菜籽撒了一菜棚，肚皮竟然毫无动静，寸草不生。

她最怕婆婆问这事儿，怕念家亲朋好友问她身体可有反应？只要跟着婆婆出门会朋友，总有人问她怀孕没？她总是一脸尴尬低下头，好像做了亏心事儿。婆婆每日打电话，末了总是那句话，今儿有没有呕吐呀，有没有厌食呀，例假来了没有呀，要是例假推迟了，就去医院就诊呀。

婆婆等得好焦心，为她定制了食谱，每日里煲汤炖肉，每日里安神护体，每日里足不出户，就等司机送食物。她吃得真够丰富的，什么当归乌鸡汤呀，人参排骨汤呀，还有各种各样的滋补汤料，各种各样的营养食谱。每次喝汤时，就想起舅妈养的老母鸡，舅妈为让母鸡下蛋，给母鸡专门配制鸡饲料，她就是那只老母鸡，还不如那只老母鸡，母鸡吃饱就下蛋，她那个蛋在哪里呢？

每晚念恩泽回家，吃饱喝足头等大事儿，就是陪她上床睡觉，睡前他必说那句话，今晚种个儿子，今晚种个女儿，今晚种个双胞胎。其实我不想要孩子，是你婆婆想孙子。

念恩泽这样说完，一脸无奈摇摇头，两眼空洞，盯着屋顶，屋顶上面贴着壁纸。念恩泽盯着壁纸看呀看，像是屋顶上正在播放精彩电影。他那样子很瘆人，她一看就知道，这会儿的念恩泽，又被亡灵勾引跑了，脸上带着怪异表情，偶尔奇怪地笑两声，那样子很吓人。她最怕看到那样子，又不敢去打扰他，生怕坏了他好事儿，更怕对她发脾气，她静静地守着他，任他痴迷于房顶，任他对着亡灵调情逗趣。他对亡灵很投入，将她彻底排挤出去，起先她很害怕那表情，时间久了，习惯看他盯着屋顶一动不动。有时她想埋怨他，又不忍心责怪这位多情人，对死人都这般忠心，对她也会很真诚，何必探究他和亡灵的爱情？更不要探究他爱亡灵还是你？他当然爱那亡灵。有时候她嫉妒亡灵，在心里咒骂该死的，已经死的、死不瞑目的死鬼，该进十八层地狱。这样骂着并不解恨，谁听说骂死人会解恨？骂死人只能气死大活人。

她时常暗里跟亡灵展开争夺战，想象着那位性格活泼、说话温柔、气质出众的韩心蕊，用哪种法术困住念恩泽？她要破解那法术，把念恩泽救出来，叫他归属自己的领地，不管肉体还是精神，叫他依赖活的田伶儿，别记挂死去的韩心蕊。

其实很多时候，他还挺依赖现实中这位小娇妻，特别到了天黑时，他非常惧怕黑夜来临，夜里总是紧紧抱住她，这时候的念恩泽，把她当成亡灵爱着，从她身上看到亡灵的影子，找到以往的爱情。他多爱那位女子呀，从精神到肉体，多依赖那位小女子呀！他对她无限深情的渴望，情有独钟的深情，全因那位小女子，黑夜捂住他眼睛，让他把她当成死去的韩心蕊，多孤独的痴情男子，她常怜惜他不幸，进而联想到自己，一对不幸的伴侣，何时相亲相爱呢？

她时常借着夜色欺蒙念恩泽，利用夜色做掩护，诱惑他、引逗他。他在她心机盘算中，很容易就陷进去，陷入激情的丈夫，一遍遍叫着心蕊小宝贝，她知道，他把她当成了韩心蕊，与她疯狂做爱，疯狂亲吻。他陷进她的圈套里，爱得不能自拔了，他是那样宠着她，对她百依百顺，有求必应，她喜欢这样的场景，电影里才有的场景。尽管心里很明白，他把她视为韩心蕊，不是当成田伶儿。何必深究那感情？何必计较他爱谁？就当他在爱着你，瞧他样子多深情呀，对你全身心投入，你需要这样的投入，需要被爱被关注。

这些年，对爱的感觉很模糊，太想得到关爱和关注。颠沛流离的生活，让她失去安全感，她多么需要安全感呀，而今全都得到了。这位好心的丈夫，温柔多情的丈夫，为她送来安全感，送来男女的爱情，尽管那爱情不是针对她，却也真真切切让她享受到爱情的滋润。也许有一天，他会将这份爱情转给她，他和韩心蕊的爱情纯洁无瑕，她能充当那个纯洁无瑕的韩心蕊吗？她想得到准确答案，又怕那答案让她伤了心，她想借着韩心蕊，把他拉到身边来，将娇美肉体献给他，任由他去想象吧，把她想像成韩心蕊，和她睡觉做爱。俩人做爱最终产生俩结果，一是得到他感情，二是怀上他孩子，要是既得到他爱慕，又能怀上他孩子，她就是上天最宠爱的幸运儿。

以前那样恐惧性，甚至想到这就感觉羞耻，觉得只有坏女人，才会每天想这字，哪想到自己竟然每天都在想，想如何用性让丈夫满意，让丈夫喜欢上自己。多么可悲的想法，本是性侵受害者，却要用性讨取丈夫的欢喜，以前想到性，觉得性最肮脏、最不堪入目、最见不得人，现在发现，性能换来富有家庭的户籍。以前圣女一般拒绝异性的求爱，宁愿再苦再累，也不愿用性获取金钱和利益，结果弄得很穷很狼狈，而今学会用性侍奉好男人，得到了意想不到的好收成。念恩泽喜欢她进攻，会让他陷入火热的激情，他那双温和的眼睛，带着多情的光泽，伸展爱情的枝蔓，将她紧紧缠绕住，将爱情缰绳拴在她光滑的身上，发泄男人的本能，享受身体的快感，领略奔放的爱情，男欢女爱的过程。带着浪漫和激情，那激情能让人失控，让人变得很盲从，激情放纵最能把人推向绝境，可惜人世间男女，只享受纵欲的快乐，忘记欲望的陷阱会将人毁掉和葬送。

有时候他几近疯狂，摧残她、虐待她，让她招架不住，她一边忍一边想，他用这独有的方式，释放压抑起来的痛苦。有时候做完那件事儿，他即刻钻进卫生间，要在里面待很久，她听着哗哗的流水声，那声音告诉她，他哭泣的心灵永不停息。这时候，她坐在床上等着他，感受他爱恨交织的心情，复杂痛苦的心境，以及揣摩不到的心思。她总是坐在床上猜很久，他丧失人性的疯狂举动，是为失去爱人发泄痛苦？还是知道那件事儿，在她身上发泄愤怒？她排除后一种推测，将他痴迷疯狂的举动，视为发泄心中的痛苦。他多爱那位女子呀，对死去亡灵太钟情，让他难以接受阴阳两隔的现实。她很敬佩他的人品，想走进他内心深处，夺取爱情的专利，让他忘掉那女子，只想眼前的娇妻。

在他温情脉脉看她时，她妄想他已忘掉韩心蕊，把她当成爱情女神，男人谁不爱美人？他爱这位小娇妻，不是因为韩心蕊，是因为她年轻又美丽，对他很有诱惑力。要是明年有孩儿，他会忘掉韩心蕊，男人感情的过渡，需要孩子来辅助。她多想怀上孩子呀，命运赐她完美婚姻，干吗不赐孩子呢？她多会打点生活呀，多会盘算人生呀，只是怀孕这件事儿，光靠算计弄不成。她从书店买了本《怀孕指南》来回看，照着书本照抄照搬，这样又过了俩月，肚子依然没动静，她探经寻路找原因，俩人做爱次数如此高，肚子咋就没动静？

她先从自身找原因。可能早年那件事儿，心理阴影没根除，只要跟他上床睡，心里就有个暗示，她很快想起玉米地，想起段老板的身体，条件反射的作用，让她把他当成强奸犯，当成东莞段老板，让她对夫妻之事很反感，甚至觉得做爱是犯罪，甚至把丈夫想成那个人，差点冲动掐死他，这是病态的反应，她始终困在过去场景中，情绪紧张导致不能顺利受孕。

念恩泽也有不可推卸的责任，他把她当成韩心蕊的替代品，跟她做爱只为满足他的情欲，只为发泄无法排解的苦痛。有时他正跟她做爱，却又突然停下来，很惊厥地看着她，从她身上滚下来，匆匆走进卫生间，在那里待很长时间。他总是心不在焉地做完事儿，很快从她身上撤离，这也许影响受精卵？

她总结没有怀孕的原因，又觉得没有一点儿科学依据。

念恩泽说，空气污染、食品污染、水污染也能导致不孕不育。

她觉得这道理说得通。

城市环境没有镇子好，单说饮用水，镇上喝的水，是从山里引下来的泉水，比城市人喝的瓶装矿泉水干净，蔬菜瓜果不打农药，粮食不施化肥，用人粪浇地施肥。镇上有山有水空气好，平素吃的是五谷杂粮，身体没经过污染。不像城市人，天天吃含有化肥农药的食品，呼吸有害气体，五脏六腑变青变乌，子宫存不下健康胎儿，镇子从人到牲畜，没有听说不孕不育的。看来没有怀孕跟环境没关系，是俩人各怀心事，心理压力大。

舅妈带来喜讯，半山坡那块地的合同签了二十年，开春种树，等明年种药材，不出三年就有收成。

她暗自盘算，怀孕后先回镇上住，让胎儿享受山里好空气，再帮舅妈把树苗种上。镇上孕妇没有城市孕妇娇贵，镇上孕妇逢上经济拮据时，怀孕就像肚里长颗良性肿瘤，该吃该喝不忌口，该干活依然干，该出力依然出，什么水果、鸡汤、牛奶，没钱全都省略去，家常便饭照样生出健康孩子。有时忙起农活来，甚至忘掉预产期，毛毛糙糙生下孩子，顶多吃碗鸡蛋面、疙瘩汤或者软面条，一日三餐鸡蛋面疙瘩汤软面条，等坐满月子，鸡蛋面、疙瘩汤没有了，顶多为孩子吃奶继续吃软面条。

镇上女子的月子期，每天算计金钱得失，要是靠丈夫挣钱，有了孩子三张嘴，再算上孩子的花销，坐月子的花销，只稍微扳着指头算一算，就能算出危机感，大钱小钱一定积蓄点儿，那样才有安全感。

镇上女子不会娇惯自己，孩子满月就要下地干农活儿，逢上农忙，一人能顶两人用，才不管刚生完孩子，不怕身体亏损落毛病，偶尔叹息一声命真苦，再找点理由安抚一下自己。电视上报道说，外国女人生完孩子就上班，人家没有坐月子，人家都不撒娇。

城市女子可不这般轻薄自己，城市女子怀上孩子，千般虚弱，万般娇贵。丈夫捧着、抱着、呵护着，如何怜惜都不过分，孕妇们千方百计娇惯自己，一日三餐吃多少，水果要吃哪类好，是鸡汤排骨汤含钙高，还是海参汤甲鱼汤更营养。每日看植物，听音乐，对着肚里胎儿说说话，再看几张电影明星的海报，说这是胎教，胎教在孕期很重要，要是早期胎教做得好，以后孩子一生下来，智商都比一岁婴儿高。

吃的喝的听的看的暂不说，还要散步，还要适当运动，不能冻着，热着也不行，孕妇若是情绪不好，将来宝宝脾气暴躁。孕妇营养不良，影响胎儿发育正常，想要生下聪明宝宝，就要重视胎教。这个时期的孕妇，比后宫娘娘还尊贵，碰不得摸不得说不得，谁对孕妇发脾气，扣上人渣帽子也不冤枉。

等胎儿发育五个月，孕妇就要定期去医院，检查胎位是否正，是否需要纠正？快要生产的孕妇，提前几天住院待产，什么月嫂、营养师、产科大夫和护士，天天围着孕妇转，待孕妇把孩子生下来，变成产妇更尊贵。每日里软绵绵、病恹恹，意在告诉手忙脚乱的婆家人，享受这点儿小待遇，比起怀孕遭受的那些罪，比起生孩子遭受的那些罪，可真是针头线脑无法比较，要善待产妇，免得落下终身毛病。

镇上孕妇和城市孕妇，完全不在一个等级上，多亏她离开镇子进城市，真要怀孕，自然按照城市待遇和标准，婆婆定要把她捧在手心里，每天享受最高待遇。婆婆那个钱袋子，不知安排了多少营养品。喜欢音乐的婆婆，会将世上所有音乐大师的音乐，悉数弄到家里叫她听，今儿听柴可夫斯基，明儿听莫扎特，后儿听贝多芬，再过一天听门德尔松。

要是生下男孩儿，婆婆定会像对待功臣一样奖励她，金银首饰不在话下，名牌包包小意思啦。她的身份将会发生翻天覆地的变化，她会从念家儿媳妇，上升为念家的掌舵人，这些既得利益稍微想一想，就叫她一脸喜悦、满心欢喜，她告诉自己要把情绪调节好，情绪好心情好，好消息不期而遇就来了。

时光再往后推去两个月，肚子依然没任何征兆。婆婆说带她去医院检查，她打电话跟戴思商量，戴思叮嘱她，没有怀孕，兴许有更多复杂原因，还是别让婆婆知道。趁周末戴思不上班，俩人瞒着婆婆，瞒着念恩泽，去医院妇产科做了全面检查，等医生叫她取化验单，她又紧张又害怕，让戴思取回化验单，看着脸色苍白、表情庄重的戴思，她想到最糟糕的化验结果，三年两载不能怀孕。

戴思将化验单装进手提袋，有一会儿，俩人就这么面对面站着，她没问，戴思没说，她不敢问，戴思不知道如何将那样一个残酷现实告诉她。

戴思说得断断续续，以前那场堕胎手术，医生临床经验不足，手术操作不当，导致吸宫刮宫过度，损伤子宫颈管和子宫内膜，引起宫颈粘连阻塞，活宫腔粘连缩小，精子不能通过子宫颈管进入宫腔，使受精卵不能着床发育，导致不孕。

戴思用很长一个开场白，说出了最后化验结果，那个结果不是之前想的糟糕结果，她想的那个结果更残酷，连自己也无法接受，她没有怀孕不是情绪紧张，压力过大，是她已经不能怀孕了。

戴思说，当年为生田甜，奶奶找人出假证明，说伶儿动手术落下残疾，将来影响生育，没想到奶奶的话灵验了。

她很快想到镇上死去的花斑狗，小红告诉她花斑狗不是不会怀孕，是摔坏子宫不能怀孕，再将花斑狗命运结合自己想一番，脚如踏在云里，心如撞上冰山，整个人四分五裂，昏昏然然。

命运哪能如此残酷对待她？哪能送给她婚姻，再将她幸福的权利剥夺去？没孩子就等于没未来，她和念恩泽的日子，可要如何过下去？

镇上女人怀孕流产，就像月经那样一月一次，今儿流产明儿下地干活，从来没听说流产导致不孕不育。

编织的美好人生，美丽画卷，赖以生存的基础，摆脱痛苦的方法，远离镇子的初衷……所有的梦、想像、期盼、向往，全被这残忍现实摧毁掉。刚刚走出困境，又要再次面临灾难，她心慌意急，不知道该怎么办，该如何往下走，该如何操持、掌控，才能维持婚姻现状？

戴思给念恩泽打电话，复述不孕的事实，戴思说她是受害者，电话里详细陈述了那件事儿和一直隐瞒的原因，末尾说了那句最令她动容的话：伶儿爱你，不想伤害你，才没跟你说实话。

她听见一个爱字。

一个爱字，就像验证一个罪行、一个欺诈、一个背叛、一个诡计。

她并不爱念恩泽，只把他当成逃离镇子、逃离苦难的跳板，她想过体面的生活，靠自己根本无法实现，她曾经非常努力，只是竞争太激烈，求职的大学生比比皆是，她能力水平跟那些人不能比，她只能做工厂女工、服务员。在北京酒店打工时，有位姐妹去写字楼做接待，说白了就是老板性伴侣，老板开心，那位姐妹就能在写字楼里待下去。

她又想起段老板，要是念恩泽不要她，她会去东莞找段老板吗？命运再次将她推到绝路上，在歧视中长大，在夹缝里成长，让她懂得审时度势，及时寻找周全秘方，她没有大哭大叫、捶胸顿足，而是精心思虑，怎样渡过这难关？命运对她时而关怀备至，时而丢弃不管，面对残酷现状，她不敢祈求命运为她广开门路，只等念恩泽给她一个结论、一个宣判，肯定或否定，接受或拒绝，抛弃她、留下她，全由念恩泽定夺。

等待就像慢性自杀，她想着不会生育的花斑狗，被癞子杀死熬汤喝，花斑狗也许不想死，是癞子硬要杀死它，人能决定狗的意志。她能握着生和死，她想活着不想死，想和丈夫白头偕老。离婚等于杀死她，她不想离婚只想活下去。她处心积虑，想着两全其美的办法，要是真的离婚了，多少人又要议论她：被强奸，不孕不育，又被丈夫抛弃了。这三条，哪条都很致命呀！不如祈求婆婆收留她，祈求念恩泽留下她，她愿做念家的女仆，做念恩泽的性伴侣，没有退路的少妇，做性伴侣不错了，不会生育的花斑狗，被癞子打死吃掉了，你还活得很好呀，好死不如赖活着，要是被段老板包养，不也是个性伴侣吗？既然都是性伴侣，不如留在念家，做名正言顺的性伴侣。关上门，你是念恩泽的性伴侣，开开门，依然是念家儿媳妇，这样既保全了名声，又为自己遮风挡雨。以她对婆婆的了解，婆婆暂时会留她，婆婆很在意面子，在没想到办法前，她仍是念家少夫人，此时一定要冷静，忧深思远，精心布局，说服婆婆找代孕，来为念家生孩子。

她的心机那样深，说起话来又温柔，由浅入深慢慢说，婆婆哪能不动心？人在绝境办法多，她好像有足够把握，面子朝外的上等人，哪会轻易做抉择？她太了解婆婆了，也许就从今天起，婆婆不会待见她，念家人会轻薄她，甚至天天辱骂她，她对辱骂、嘲笑见多了，耳朵早已麻木了，权当是在听音乐。

人在绝境最清醒，人在高处看不清，人在气头脾气暴，人在难处要冷静，抗争呐喊没有用，叫来叫去没人听，抓紧时间想对策，柳暗花明等春分。冷静是她的一贯方针，她思考往下如何走？当然是千方百计保婚姻，有婚姻就有好生活，就有安定富裕好日子。屡遭灾难让她变得更小心，宁做任人宰割的动物，也不想再过苦日子，用代孕这个万全之计，成全念家保全自己，她已想好了退路，就等丈夫那张判决书。那张判决书，决定她是去东莞求发展，还是留在念家做念恩泽的性伴侣。

22

她屏声静气接电话，念恩泽没说要离婚，只吩咐她守口如瓶，他会跟父母解释清楚。

她不敢大意，洗耳恭听，那结论对她来说很重要，关乎到她的未来生计和前景，还没听完，她已经泣不成声了，这真是扭转乾坤。他竟然没有计较她的过去，多么仁慈的丈夫，对她如此宽容大度，原谅她隐瞒的那件事儿，若不是佛祖善恩惠及到她身上，他哪会善心大发原谅她？哪会不提离婚这件事儿？是佛祖怜悯护佑她，让她再次化险为夷，守住现有的日子。

她将得到的福祉，全归功给佛祖，多年隐居自保，叫她不再相信人，她将丈夫的宽容，视为佛祖的恩赐，念恩泽是她人生的赌注，是她未来的希望。原想着从此希望破灭，没想到佛祖又将希望送给她。人活着，哪能没有希望呀，有好几次，她差点儿就自杀了。是心里那点儿小希望，紧要关头拯救了她，没有希望才会自杀。念恩泽收容她，让她又看到了希望，苦点难点不算啥，活着就有盼头了。

她又想起小红来，小红只要看见念恩泽，眼神跟着追老远，脸上带着无限向往和憧憬。她现在才明白过来，小红多想找个愿意娶她的好男人，摆脱眼下的困境，小红心里有希望，才用那种眼神看念恩泽。人类情感多复杂呀，哪怕生存环境多恶劣，生活条件多糟糕，也要寻找一丝的希望，这也是人类本能吧，人类基本追求吧。

她比小红幸运多了，小红被县城男人坑怕了，再也不敢走出去，固守镇上混男人，用混的方法找依靠。她比小红运气好，遇上了念恩泽，念恩泽没有抛弃她，继续给她好生活，该怎样感谢念恩泽呀，余生做他的性伴侣吧。皇后身边的小丫鬟，在外也是一品大人，就是做他的用人，也比在外强十分。悲伤绝望的少妇，用最卑微的奉承，最好听的赞美，想要讨好念恩泽，没有念恩泽成全她，哪有她今后的人生？往后就以奴婢身份伺候这位好先生，往后别再叫丈夫，那是对他的玷污，往后称呼念先生。这位高尚的先生，是她未来的福星，她哪敢怠慢先生呢。

戴思电话响起来，戴思说，婶婶打来电话，奶奶早晨去世了。

这消息太意外，跟不孕不育一样的意外，她和戴思猝不及防。

不谋而同的巧合，难道真是上天安排？她的不孕不育，是不是跟奶奶有关系？当年奶奶生怕有人知道她怀孕，逼母亲带她去条件简陋的卫生院做手术，如果去正规大医院，就不会有今天这灾难。奶奶去世了，在她拿着医院诊断书时去世了，奶奶有先知先明，奶奶是神仙，是皇帝，奶奶一言九鼎，成功预测今天降临的灾难。

她没有一丝的痛苦，甚至为奶奶离世有那么一点儿高兴。人都有生老病死这一天，达官贵人，平头百姓，死亡面前人人平等。强势奶奶也被死神收走了，死神那里人人公平。

她知道这样想有悖常理，是她对奶奶的仇恨，延伸出来的荒诞想法。生老病死是自然规律，跟公平无关，死亡是灵魂的超脱，对于强势的奶奶来说，死亡是至高无上的心灵安息。

婶婶电话里嘱咐她一定要回去，这也是她父母的意思。

婶婶跟奶奶一向不和，这会儿竟因奶奶离世，忧形于色，声音哽咽。婶婶说，奶奶这一生，过得并不顺畅。

婶婶开始了一个冗长故事，那个故事，是关于爷爷和奶奶的生前旧事，她从来不知道的秘密，奶奶将这个秘密带到了坟墓里。

婶婶说，那件事儿发生在爷爷去世前两年，那时候，父亲和叔叔都已成家，住在各自单位里，家里就爷爷和奶奶，那时候戴思不到一岁，她还没出生。

那天奶奶跟爷爷说，要去城郊表姐家串门。奶奶刚出城，总觉得家里有事儿，奶奶当时想，可能走的时候，煤炉忘关了，奶奶又折了回去。

奶奶进到堂屋，听见卧室传出女人的笑声，起初奶奶以为听错了，等奶奶走进卧室，看到意想不到的一幕，一对男女正抱在一起亲热，兴头上的一对男女，竟然没听见从外头走进卧室的脚步声。

爷爷见进来的是奶奶，大吃一惊。

在此之前，爷爷想着奶奶去表姐家要待上一天，一点儿警惕性都没有，堂屋门、卧室门全都敞开着，奶奶将爷爷堵在屋子里。

奶奶没有大呼小叫，没有哭天抹泪，她叫爷爷穿上衣服滚蛋。

爷爷像犯错的孩子，看了一眼用被子蒙住头的那位相好，乖乖穿上衣服，一步两回头走出卧室。

爷爷担心被窝里的女人，站在院里没离开。

奶奶走到门口低声说滚蛋，爷爷恬不知耻说，是我的错，别怪她，晚上回来给你认错。

爷爷是了解奶奶的，否则不会如此明目张胆。

等爷爷将大门关上后，奶奶走进卧室，跟爷爷偷情的女人已穿好衣服，坐在床沿边瑟瑟发抖，奶奶开始了她有生以来的第一次审讯。

奶奶问对方，姓啥名谁？家住哪里？跟爷爷来往多长时间？

奶奶每次提问，都要说一句，老实坦白。偶尔加一句，坦白从宽，抗拒从严。

从问话里奶奶知道，对方叫王翠花，是个寡妇，跟爷爷已经好了三年时间。

奶奶说，从今儿起，不准让我在家看见你。

奶奶的话明显给王翠花一个提示，跟爷爷在外面是可以的。

奶奶说，别想着我不打你，不骂你，就是好欺负，我是为两个儿子着想。

王翠花用手理了一理凌乱的头发，奶奶的眼睛停在王翠花那只右手上，王翠花右手无名指上戴着一枚金灿灿的戒指。

奶奶问王翠花，戒指谁买的？

王翠花说，你丈夫。

奶奶骂道，家贼难防，偷断屋梁。

那枚戒指，是奶奶结婚时，奶奶的母亲陪嫁给奶奶的，爷爷偷偷献殷勤了。

奶奶让王翠花取下戒指，王翠花听话地取下递给奶奶。奶奶说快滚蛋，以后不准在我眼皮底下出现。

奶奶说着打开大门，王翠花顺着门边溜了出去。

婶婶说，那个王翠花再没去家里，跟爷爷在外头见面。爷爷是突发心脏病死的，是在睡梦里死的，天亮时发现爷爷，尸体已僵硬了。

爷爷从死到埋葬，奶奶都没流泪，只是一声接一声叹气。

婶婶说，有次跟奶奶一块儿去爷爷坟前，碰见王翠花跪在爷爷坟上哭，婶婶才知道爷爷在外偷情的事儿。奶奶说王翠花命硬，俩男人都叫她克死了，奶奶叮嘱婶婶，这件事儿只她俩知道。

奶奶发现王翠花跟爷爷偷情后，对待爷爷并没有表现出明显的抵制态度，似是忘记了，也是深埋心里，不愿叫人知道。

婶婶说，奶奶是个要强的女人，那件事儿肯定在奶奶心里留下很深的烙印，只是奶奶深藏心底，生怕外人知道那件丢人事儿，或许是那件事儿对奶奶打击太大，让奶奶对谁都态度冷淡，心存戒备，很少有感情表露，奶奶的心是硬的，所以才送伶儿去镇上，换作别人万万不会那样做。

婶婶说，奶奶太看重名誉和声望，婶婶不喜欢强势的奶奶，却很敬佩奶奶的忍耐力。奶奶说，这是为了老田家的名誉，爷爷给奶奶带来太大伤害，从那以后，奶奶将希望全放在儿子身上，父亲是奶奶希望的果子，父亲为奶奶争足了面子，在县城为奶奶树立了好名声。

她不记得爷爷的样子，只从母亲只言片语里，勾勒出爷爷的形象，爷爷的形象是一个书生。

母亲说，父亲跟爷爷性格很像，对人厚道，不爱讲话，是很踏实的一个人。

退休前的爷爷，是审计局中层干部，奶奶退休前是人事局副局长，奶奶无论在单位还是在家里，都保持着至高无上的地位。

可惜她没见过爷爷，她想象着爷爷在奶奶跟前的样子，想必是毕恭毕敬对待奶奶，对奶奶言听计从。

婶婶说，在她出事后，奶奶用自己的方式对抗县里人的说三道四。那时候奶奶不认为她是受害者，奶奶把她当成死去的爷爷，爷爷毁掉了奶奶一世英名，毁掉了家庭和睦，毁掉了家族名声。奶奶太爱爷爷，把她当作死去的爷爷，由爱生恨，又将恨转嫁给她，奶奶对她恶语相加，把她无情地送到镇上，其实是反抗死去的爷爷。奶奶固执地认为，是她第二次毁了家族名声，是爷爷的阴魂死而复生，继续来破坏这个家庭，是王翠花在爷爷坟上哭魂，哭来了爷爷。她的事儿，是爷爷阴魂带来的结果，奶奶送她走，是要让阴魂远远离开那个家。

婶婶说，奶奶临死前一直叫她，奶奶绝望地叫着伶儿、伶儿，真像在叫爷爷。

当年奶奶想的是爷爷阴魂不散，扰乱这个家，这会儿，奶奶叫她的名字，似是呼唤爷爷的阴魂来跟奶奶相聚。

婶婶说，奶奶觉得亏欠她太多，奶奶在合眼前，嘴里念叨的是她，生命最后那一刻，奶奶不停地叫她，可见心里放不下她。奶奶起先声音很高，竭尽全力叫着伶儿、伶儿，慢慢地，奶奶声音越来越弱，到最后听到的伶儿，是咽气前从嗓子眼里吐出来的。

婶婶说，当年奶奶想要孙子，她对奶奶不满意，让女儿跟自己的姓，奶奶为这一直不高兴，要不是爷爷那件事儿被婶婶意外发现，奶奶早跟婶婶闹翻了。婶婶说，奶奶为这个家，委曲求全半辈子，人死如灯灭，别再跟奶奶计较了。

听完这个漫长的故事，她非常震惊，怎么可能呢？一向强势的奶奶，在家说一不二的奶奶，原来也有秘密，也有不为人知的痛苦和眼泪。没人知道奶奶的痛苦，奶奶用一生隐藏秘密，奶奶拿她作为对抗生活的牺牲品，来达到心灵平衡。她无法想象奶奶这一生，要用多大的忍耐力，才能保持淡然的心态，若无其事地面对人生。奶奶为了家族荣誉，承受了极大的痛苦，用她的方式反抗命运带来的灾难。她将奶奶内心深处的不安，再次带到奶奶面前，让奶奶感到家族名誉受到威胁，奶奶要维护家族名誉，要反抗命运的不仁，于是就拿她做反抗工具，抵制潜在的家族灾难。奶奶是可悲的，也是可怜的，伶儿眼睛湿润了，很快想起奶奶的好来。

小时候奶奶最疼她，奶奶常说，我们伶儿长大后，会跟她爸一样有出息。奶奶常牵着她的小手，走东家串西家，逢人就说，伶儿长得好，学习好，是我们老田家的希望。奶奶将她一手带大，她是奶奶的孙女，是奶奶言传身教的最大受益人，继承了奶奶的冷静理性，甚至是奶奶身上所有的优点缺点。奶奶对人冷漠，她也是呀，奶奶防备心强，她也是呀，她继承了奶奶的忍耐力，异于常人的克制力，她多像奶奶呀，奶奶因爷爷受到伤害，她因那件事儿遭受打击，祖孙二人的命运何其相似。

她从伤痛中走出来，人活着注定受苦受难，连呼风唤雨的奶奶，心路历程也这般坎坷。她能理解奶奶的苦衷，两个不幸的人，有什么理由相互仇恨呢？她不再记恨奶奶了，甚至原谅了奶奶，奶奶在生命之光燃尽时，一直呼叫她名字，奶奶肯定想着那个天真可爱的田伶儿。那个遭受不幸的田伶儿。奶奶不是没同情心，是经受太多感情折磨，让奶奶对生活失去柔情，变得冷漠坚硬了。

女人的感情多奇怪呀，那样强势的奶奶，也因感情痛苦一生。她好像看见了奶奶，奶奶正向她招手，要把秘密告诉她。隐藏秘密多辛苦呀，她一直隐藏那件事儿，一直提心吊胆，生怕被人发现。奶奶跟她一样呀，用一生隐瞒爷爷那件事儿，奶奶肯定跟她一样，每时每刻担心秘密被发现。奶奶临死前叫着她，证明奶奶心里有她，想必奶奶离世前，终于理解她所承担的痛苦，也终于觉得愧对她，奶奶叫她，是想得到她的谅解，她哪能记恨奶奶呀！

奶奶的去世，给了她一个回家的理由，奶奶在生命最后一刻帮了她，让她避免接下来所要面临的尴尬局面。趁这个机会离开念家吧，给念恩泽一个思考空间，给自己一个躲避方案。这样回去，不会有人猜测是念恩泽抛弃她，至于是否还回来，交由念恩泽定夺吧。

从医院回到家，香气迎面扑来，念恩泽坐在餐桌旁，聚精会神地看着紫罗兰。亡灵站在她面前，冲她大叫快滚吧，她赶紧躲进厨房，想着今晚这顿饭，为丈夫做点儿什么呢？她的厨艺并不高，但还是认真准备着，香菇菜心、麻婆豆腐、红烧羊排、油焖大虾，这是婆婆教她的，再熬上一锅莲子红枣粥，今晚这顿饭，也许是两人在一起的最后晚餐了。

俩人各怀心事埋头吃饭，她想着回家那件事儿，该跟丈夫挑明了。等丈夫喝完汤，她淡淡地说奶奶死了，她要回县城吊唁，顺道回镇上帮舅妈种树苗，这段日子就待在镇上了。

她尽量说得轻描淡写，这理由对双方来说都恰当。

每个阶段她都清楚自己想要啥，并围绕这个想法去践行，尽管失败次数多于成功，她将失败归于能力不行，但她并没有从失败中一蹶不振，而是从失败中认真思考，还有哪点儿做得不好？冷静思考是她渡过难关的好助手，深思熟虑的决定，总能给她带来意想不到的好结果。她借奶奶去世，又为自己选好了路，这也许是当下最好的出路。

分离是为了再次重逢。这好像是爱情小说里的常用句。

这一夜对她来说很漫长，丈夫进了亡灵那间新房，她独守空房。她想得最多的是，今生怕是再难与他同房了。

23

　　她和戴思直奔殡仪馆，殡仪馆里鞭炮声、唢呐声不绝于耳，吊唁安排井井有条，父亲和叔叔各司其职，父亲负责迎来送往，叔叔负责礼单、乐队、炮仗，姨夫代替舅舅从村里赶来帮忙，负责来往车辆停放，给来宾倒茶递烟。

　　婶婶将孝布绑在她和戴思头上，交代她俩到灵堂前一定得哭。婶婶说，来人那么多，做为孙女，哭也是为了叫人看，知道你俩对奶奶没感情，真哭怕是为难你俩，要是看见有人来，就带着哭腔吼几声，用手在眼眶上抹几把，叫人听着看着，知道奶奶有俩孝顺孙女就行了。

　　戴思一脸不以为然。她呢，因婶婶说了奶奶那段苦难史，对奶奶多少生出同情心，心想着，要是看见奶奶遗体，眼泪肯定自然而然流出来，血缘亲情哪能不哭呢？作为家庭成员，必须成为哭的一员，哭也是给外人交差，在外人面前留个好名声。

　　奶奶遗体经过化妆，穿戴整齐地躺在灵柩里，她听见来人跟父亲说，是喜葬，老人享福了。

　　在县城，八十多岁去世称为喜葬，那些人连劝带说，生怕父亲伤心过度。

　　母亲跪在灵堂前一脸悲伤，看见她，摆手叫她跪在身旁。

　　她和戴思作为奶奶的孙女，作为田家的后代，分跪在奶奶灵柩的左右两边。前来吊唁的贵宾，先放鞭炮，再上礼单，最后瞻仰奶奶遗容，为奶奶三鞠躬，奶奶的后代子孙跪拜还礼，目送来人离去。

往往这拨人还没走，又一拨走进来，跪拜还礼连续进行。这样坚持了俩小时，她头昏脑闷，除了跪拜还礼，大脑一片空白。

只要有人来，婶婶会隔着棺木叫，伶儿，快哭。

母亲抬起头，向婶婶送去轻蔑一瞥。

婶婶哭得呼风唤雨，不时摸着那双因号啕大哭而肿起的双眼。母亲也时不时发出哭腔，虽不是婶婶那般大呼小叫，也是哭得带音带腔，惹得前来吊唁的女人跟着母亲哭，那些女人带着哭腔诉说奶奶如何好，为人处世如何周到，行善积德一辈子，去天堂享福了。

有些女人很夸张，跪在奶奶灵柩前放声大哭，母亲连拉带劝，等情绪平稳了下来，再拉着母亲细说奶奶多么好，说奶奶是县里首屈一指的大好人，父亲人更好，一个家族尽出好人。

有个别不认识她的、多嘴多舌的女人，见她跪在母亲身旁，很惊讶地问，这姑娘是谁呀？母亲扯开话题不回答。那会儿，她很快想起那事儿，想起那件事儿造成她不孕不育，很快为自己当下处境而悲伤，为自己今后出路而担忧，眼泪不知不觉流下来，不仅是为奶奶去世伤心难过，更为自己无法预知的命运，外人哪知道她的心呢？那些知道那件事儿的人，会怜悯地看着她，跟母亲说伶儿对奶奶还是有感情的，看伶儿哭的，您劝劝她吧，别把身体哭坏了。听到这句话，她很快止住眼泪了，她知道自己主要不是为奶奶，而是为自己伤心难过，为奶奶她哭不出来，不是说她不听婶婶话，原想只要见到奶奶，肯定就会哭出来，奶奶一生那么不易，奶奶为这个家付出一切，甚至付出个人的幸福，奶奶对她那么做，是为了维护家族名声，她哪能不理解奶奶呢？

可她就是哭不出来，她逼迫自己快哭呀，怎么不哭呢？

越是这样逼自己，眼眶里的泪珠儿，越是金子般贵重，任她如何调整泪腺，也没能流出一滴泪。她觉着自己多无情呀，面对死去的奶奶，竟然没有任何感觉，竟然流不出眼泪来。

她和戴思目光相遇，戴思一脸不高兴，不是因奶奶的死，是因跪在地上那么久，给来往宾客接连磕头，时间一长不耐烦了。婶婶总在宾客离开后埋怨戴思，戴思装作没听见，时不时地站起来，伸伸腰摆摆头，或是坐地上揉揉腿。她不敢那般表现自己，怕婶婶埋怨她，怕母亲不高兴，更怕来往宾客议论她。这些年，她一直活在别人眼睛里，生怕哪点儿没做好，惹得别人不高兴，喜怒哀乐全都藏起来，哪会叫人发现呢？这样重大的场合，更要掩饰个人情绪和感情，要是被人发现了，又该谩骂指责她，纵使一万个不愿意，也不表现出来让人看。那些跟奶奶素昧平生的贵宾，都为奶奶哭得"痛心疾首"的样子，那样子叫她有点儿小感动，又有点儿责怪自己太麻木，田伶儿，你是田家后代，奶奶孙女，哪能如此冷漠无情呢？外人都为奶奶离世哭得悲痛欲绝，你哪能无动于衷呢？

她掐自己，疼了，就会哭。

可是，与当年想掐死自己一个样，没有达到预期效果。眼泪这个调节情绪的东西，一直跟她闹别扭，越是想哭，越是流不出泪来。

人，只有痛苦，才能用哭这种方式表达，人若是将哭当作一种表现形式，那是舞台表演，舞台需要，观众需要。

小时候陪母亲看河南越调《李天保吊孝》，剧中人物哭妻哭得死去活来。母亲在台下，跟着主人公哭得波澜起伏，她看不懂剧情，只是被舞台演员的哭声打动，演员哭得真挚感人，哭得叫人跟着伤心，完全陷入演员的哭声里，忘记他们是在舞台表演。台上哭声连连，台下哭声不断，她跟着演员、跟着母亲失声痛哭，毫无意义地哭，哭得一塌糊涂。

想到小时候那幕哭戏，她真哭了，不为奶奶，而是被眼前一片哭声所感染。如今这么多人为奶奶哭，哭得死去活来的，用哭声和眼泪表达对奶奶的真挚情感，父母因这些痛心彻骨的眼泪和坦白裸露的真情，表现出愧疚和感激，一再说感谢的话，劝对方别哭了。那些人在奶奶遗照前擦眼泪，那眼泪触动了她，她受当下处境和外界因素影响，被一片哭声感染，很快流出眼泪来了。

她摸着泪珠儿，想着是不是对奶奶真的没有怨恨了？

这样一想，又叫她惭愧内疚，无地自容。

那眼泪只是纯粹的触景生情，自己还不如眼前哭奶奶的陌生人，虽不是亲戚，没有血缘关系，哭得声情并茂、形象夸张，弄得父亲总是抽身出来，劝慰为奶奶哭泣的人。

母亲也是一脸谢意，感谢为奶奶哭泣的人，那群人在父亲的劝慰、母亲的感谢下，越发哭得声泪俱下。

中午，父亲招呼她和戴思去休息厅，父亲说田甜放学，你俩歇会儿，看着田甜。

她起身看母亲，母亲似是沉浸在悲痛中，也似是因为接来送往，应酬太多，早已身心疲惫。那双迎客送宾的眼睛，似笑非笑，似哭非哭。她本想跟母亲打声招呼，见母亲那般失魂落魄，便随戴思走出灵堂，进入休息厅。

父亲将田甜的小手递给戴思。

这儿人多，你看好田甜，一会儿司机过来接田甜上学。

戴思拉着田甜，父亲听到鞭炮声，知道是又一拨人过来，赶紧离开休息厅前去接待来客。

司机送来三份汉堡，田甜一边吃一边指着田伶儿说，乡下表姐。

戴思忙说，她不是表姐，是你的亲姐姐。

田甜嘟起小嘴，连连摇头。她不是亲姐姐，奶奶说她是山里人，是舅舅、舅妈生的。

伶儿的脸红一阵白一阵，泪珠儿忍不住落下来。

这会儿若是婶婶看见她泪流满面，不知道会有多高兴。

可哭与哭概念不同，泪与泪相差太大，这眼泪不是伤心是痛心，不是痛苦是伤痛。

戴思见状忙说，田甜，她是你亲姐姐，跟你一个姓，也姓田，姐姐叫田伶儿，那时候你妈为生你，才让姐姐去镇上，现在姐姐嫁到省城，也是省城人。

田甜带着哭腔叫起来，骗人，奶奶说过，妈妈也说过，她是乡下表姐。

伶儿拍了一下戴思肩膀，不让戴思说下去。

戴思安慰她，田甜还小不懂事，你别在意。

她点头苦笑，哪能跟孩子计较呢，何况是自己的亲妹妹。

司机带田甜离开休息厅。戴思说，田甜长大会明白，你妈和奶奶那样说，还是想隐瞒那件事。

她虽说心里很伤痛，却也是一闪而过，她哪有资格跟人计较呢？此次回来一是为遵从父母心愿，二是为躲避糟糕的现状。从主观意愿上说，她真的不想回县城，那件事儿如影随形跟着她，她最怕碰见熟人，怕有人问及她的婚姻，怕有人问她是否有孩子？要是谁在她脸上看来看去的，她保准一眼猜透对方的心思，明白这群无聊长舌妇又在回忆那件事儿，她只想奶奶赶快下葬，只想逃到镇上去，镇子是她的安乐窝，躲在镇上没人议论她。

按照县里的风俗，头天晚上守灵，第二天晚上"报庙"，意思是将亡者的死讯，及时通知给阴曹地府。晚饭后，亲人们披麻戴孝，长辈在前，后辈跟后，路过十字路口烧纸钱、放鞭炮，在县城主街道上走走停停。不少远亲她连见都没见过，那些人哭得最响，好似奶奶这一去，而天就塌了一样。婶婶走在她前面，哭声很响亮，不是呜呜呜，而是喘着气儿的啊啊啊，偶尔叫一句，我的老娘呀，您怎忍心离开我们呀。

她和戴思手拉手跟着人群走，戴思问她以后的打算，她说临走前念恩泽给了她一张银行卡，让她在半山坡盖房子，这次去镇上先盖房。结婚了，不能老住舅舅家，要是一个人住山里，晚上山里没人，还真有点儿害怕，等搬进去养条狼狗，一条狼狗比十条汉子都管用。

戴思说，这事儿我帮你搞定。

她见谁都说回镇上帮舅妈种树，其实她心里最清楚，帮舅妈种树只是为自己找来的借口，就像当年去镇上为表弟压灾，是父亲找来的借口，要是没有这借口，怎会平白无故回镇上？要是长期住镇上，镇上那群长舌妇，又要猜来猜去说她傻，叫省城男人抛弃了。她不会像小红那样傻，心事全让镇上女人知道了，人心多么复杂呀，谁会同情厄运中的小傻瓜？她比小红清醒多了，不会叫镇上女人攻击她。

婶婶扭过头，朝她和戴思瞪眼睛，她俩赶紧闭嘴不说话了。时间过去了俩小时，所有人都疲惫不堪，哭泣声也由最早的啊啊啊，变为呜呜呜，再变为哼哼哼，不是哭泣而是抽鼻涕，仪式也在抽鼻涕中结束了。

县里的规矩，人死后第三天要火化，人们紧赶慢赶，赶在头天晚上来吊唁，这一晚对所有人来说都是考验，她和戴思跪得腰酸腿疼脚发麻，母亲后来完全是礼节性的悲伤和哭泣，婶婶干吼没眼泪。后半夜天气格外冷，吊唁完全变成了形式，成了应付死人的形式，人人都盼望这天赶快过去，父亲疲惫的身躯没有得到片刻歇息，母亲眼睛一直追着父亲的身影，担心父亲在应酬中劳累过度，这一天对所有人来说都很漫长。

第三天一早，奶奶的追悼会在吊唁厅举行，婶婶嘱咐伶儿和戴思大声哭，这是跟奶奶的最后道别，道别后尸体进到火化炉里，烧成灰后尘埃落定。

大厅中央摆着奶奶的遗像，照片上的奶奶一头白发，眉眼里透着和善、慈祥。她想，要是能跟奶奶见最后一面，奶奶肯定会跟她道歉，跟她诉说浓浓的亲情，可惜，这些只能变成永久的想象。奶奶的追悼会隆重肃穆，奶奶单位代表、生前好友诉说着奶奶的"丰功伟绩"。父亲做总结发言，父亲说了许多次感谢，等父亲离开，哭声再起，哭声给了奶奶一个宣判，德高望重的奶奶，光辉人生已经谢幕。

她和戴思混在人群里，婶婶没有监督她俩是不是哭了，哭与不哭没人在意。这次，她和戴思都哭了，哭一个即将化为灰尘、归入尘埃的亲人，这位亲人从此与她们阴阳两隔。

奶奶的遗体放在火化炉前，家族亲戚最后瞻仰遗容。望着奶奶的遗体，她原谅了奶奶的全部过错，陈年宿怨从此一笔勾销。

她想，恨积多了，就会失去爱的能力，她不想再有仇恨了。恨与爱不一样，恨让人伤心难过，让人失望绝望，让人心胸狭隘、满腹牢骚；爱带给人温暖，让人快乐、满足、幸福，经受这么多年苦日子，从念恩泽身上终于找到了温暖，她想让那颗心继续温暖下去，去记着奶奶的好，记着奶奶的温暖。奶奶曾给她不少照顾，奶奶曾爱她宠她，她继承了奶奶的冷静，这也是奶奶留给她的遗产。

家族基因对一个人来说多重要呀，即便远离那个家，遗传基因、血缘关系，会让你永远无法脱离家族的气质。奶奶曾给你太多的爱，记着奶奶给你的爱吧，记着奶奶的好，忘记过去所有不幸，让自己真正快乐起来。

奶奶的骨灰装入匣子，送葬队伍朝公墓走去，半小时后到达公墓。奶奶的骨灰与爷爷的合葬，所有晚辈跪拜叩头，烧纸送钱摆供品，最后一挂鞭炮放完，奶奶的葬礼画上了句号。

仪式到此并未结束，父亲作为奶奶的长子，设宴款待吊唁宾客，感谢前来帮忙的亲戚，死者此时已进天国，活着的亲人义务尽到，来往宾客眉头松开，悲伤褪去，像是要将痛从心里抹去，从此少了牵挂，多了安心。

她本不想参加宴席，父亲指定她必须参加。席间父亲带着她和戴思，在每个房间为宾客敬酒，父亲为每位宾客介绍，戴思在省城做刑警，伶儿嫁给了大学老师，两个孩子都在省城。

来往宾客多是父亲故交，明白父亲用意所在，顺父亲话点头夸赞，田家人才辈出，后继有人。

酒席快结束时，母亲带她到僻静处，开门见山，问她何时打算要孩子？

她没想到母亲问及这事儿，泪水夺眶而出，母亲甚感意外，问她在念家是否受了委屈？

她摇头否认，没跟母亲吐露实情。

母亲细数念家条件，跟她面授机宜，洋洋洒洒说了不少，那些话发自肺腑、出自真心，也是为她幸福着想。她何尝不想生孩子，又何尝不是跟母亲想法一样，有了孩子就有完整的家，哪想到，偏生意外，事不顺心，那件事儿的后续影响远未结束，她已经丧失了生育能力，眼下只能听天由命，等念恩泽为她定夺人生。

母亲说怀孕了接她回家，亲自为她调养身体，怀孕初期一定要调养好身体，孕妇营养全面，才能生出健康孩子。

她点头应允，细听母亲絮叨和吩咐。那些话对她来说虽是多余，她还是不停地点头，不敢怠慢。

她细细品味母亲"接她回家"这句话，这句话从母亲嘴里出来，不含半点儿水分和虚假，看来母亲豁出去了，再不怕县里人无事生非说闲话。

这些年她一直忍辱偷生，怕见到县城人，怕县城人旧事重提。父母也从来没说要她回家，若不是奶奶离世给她机会，她哪会在县城跟母亲见面？更别说母亲要接她回家。

她真想跟母亲说清楚，又怕母亲担心，母亲说要接她回家，这需要多大的勇气呀。这些年，她给家族脸上抹了黑，没人愿意提及她。她要是答应母亲回县城，奶奶保全的名誉，又要因她而受损，哪能这样自私呢？以前只顾及自己，只想自己的感受，没想过家人的痛苦。奶奶当年送走她，肯定比她更难受，往后要为父母想，要为年幼的妹妹想，不能只想着自己，县里人早把你忘记，若再回到县城去，那些不怀好意的人，肯定又要旧事重提。母亲这般说，因为心里有你，虽说从十四岁开始，母亲再没见过你，但每月准时托人送去生活费，母亲用钱照顾你，这笔抚养费，不是一笔小数字，哪能不知恩不领情，不体谅父母苦衷呢？自己说到底也是有罪的，给家人带来奇耻大辱，毁掉了田家的名誉，这不是犯罪是啥呢？她实在拿不出具体的办法，来弥补父母的损失，那就远离父母吧，远离家族所有人，不找麻烦，也是尽孝的方式。

她婉言拒绝了母亲，母亲无奈地看着她，她突然从母亲眼神里，发现跟她一样的东西。

防御！

原来母亲因为那件事儿，跟她一样遭受了心灵的摧残，母亲的眼神跟她如出一辙、一模一样，那是防备的眼神。她进而想到父亲的眼神，想起之前在客厅看到奶奶时，奶奶眼神很慌乱，带着某种压抑和伤心，当时对奶奶心存太多的埋怨，只记恨奶奶赶她走，哪想到奶奶掩藏起来的伤心？她竭力回想跟奶奶见面的那一瞬间，回想奶奶看她的眼神，不觉大吃一惊。

这些年，不只她一人在防御，原来父母和奶奶，同样也在防御，防备恶毒的攻击，防备一切流言蜚语，防备无端的祸害，防备这些毁掉奶奶一手扶持的家族，毁掉父母千辛万苦为妹妹创造的环境。

她多想痛哭一场呀，多想跟母亲说，原谅这个罪人吧。多想跪在奶奶坟头上，给奶奶鞠三个躬，跟奶奶说，那个罪孽深重的田伶儿，哪有资格再做田家的长女？

24

她对镜梳妆，精心打扮，敷粉施朱，强装笑脸，生怕镇上人看出破绽。本就长得那样好看，再经过一番细心打扮，镜里那位小美人，脸蛋粉嫩白皙，眼神左右顾盼，嘴巴红润性感，柳叶眉招人喜欢。她断言这样的装束打扮，镇上女人肯定对她啧啧夸赞，她们一定这样说，这如花似玉的田伶儿，是娇艳欲滴的牡丹，在省城想必过得雨露滋润，春光无限。

外表装扮得尽如人意，开始想见到镇上女人如何应对？如何将谎话说得圆满？说得意气自如，神气活现？镇上女人一见面，定要问她何故离开省城回镇上？该如何搪塞、如何回答，才能不被怀疑？

她经过前后掂量、苦思妙想，终于想到了两全之计，一是呼吸镇上的新鲜空气，一年半载准备怀孕；二是念恩泽要她回来盖房子，暑假寒假他要住在镇子上。

先用这两全之计搪塞过去，等在镇上安顿下来，是走是留再从长计议。

她不像往常那样，大张旗鼓回镇上，而是算准最后那趟公交车，到镇上时天上星星已眨眼，家家户户做起了晚饭，舅妈正做萝卜糊汤面。这面做法很简单，将干萝卜片泡开切成丝，绿豆面条下锅，加上泡开的萝卜丝，搅上玉米糁，小火慢熬半小时，最后浇上辣椒油……就是冬天，也能吃得满头大汗。

舅妈先问奶奶的丧事，又问她干吗要在镇上盖房子？

她一边吃面一边说理由，将这次回来的原因，归咎于念恩泽的奔逸绝尘。声称这一切，都是丈夫安排的，丈夫喜欢山区田园的生活，她为了配合他的想法，这才回来盖房子。

她尽量表现得满面春风、欢天喜地，尽量将计划说得要言妙道、脍炙人心，尽量把理由说得很充足，让舅舅、舅妈消除顾虑、信以为真。

临走前念恩泽给了她一张银行卡，指明用途，让她在半山坡盖房子，半山坡左邻一片大树林，右边不远是寺庙，东西方向全是荒地，距离镇子三里地，依山傍水，路绝人稀，很少有人去那里，绝对是个清静之地。或许后半生，她要在这里遁世离群，陪死去的韩心蕊，和孤魂野鬼相伴过日子。

她虽说留恋城市好风光，又情愿蹲在山窝里，维护有名无实的婚姻，她曾痛恨小惠做大老板的玩偶，痛恨现实毁了小红和小芳。而今她不再蔑视小惠和小芳，而是将其视为好姐妹，从二位身上她寻找经验和做法，处心积虑想计谋。她总把心计投在他人的身上，算来算去算得失，却不想从自己身上挖掘能量和本领，甚至完全忽略自身的本事，把希望完全寄托在别人的身上，在权衡利弊中丧失自己的尊严，成了任由他人主宰的羔羊。尽管对念恩泽这样安排她，心里多少有点儿不自在，虽说他没有计较她的过去，却将她扔到山窝里，他的安排真巧妙，将青春美貌的妻子和英年早逝的爱人，全安顿在寂寥无人的山坡里，将活人死人一并丢在荒山野岭里，这对她是不是太无情？她还有机会去省城吗？还能否与他同床共枕？这不是由她来决定了。

他对你已经够宽大，没让你做性伴侣，也没让你做女佣，你该感激他才是，回不回去无所谓，哪怕他跟别的女人搞外遇，只要给你妻子的身份，保留夫妻的名分，独守在山里一辈子，对你也算照顾了。

舅妈夸念恩泽倜傥不群，是大城市的艺术家，竟然要住山窝里。舅舅说念恩泽太冲动，半山坡里没人家，谁会在荒天野地盖房子？她苦苦哀求说好话，舅舅执拗不过她，最终点头答应了。

第二天，舅舅找村长商量盖房子，山里荒地没有规划，谁想盖房谁想种粮，只需村长点头就行。村长弟弟有包工队，村长弟弟说，不出俩月，房子准能竣工落地。

舅妈带她去看那块承包地，那块地紧挨着一片老树林，顺山坡走三百米，是一条东西走向的小溪，穿过小桥再走五百米，就到那座寺庙了。舅妈承包的土地，距离韩心蕊的殉难地，距离不到一里地。这季节杂草丛生，到了春天，半山坡开满野菊花，她在采花时遇上他，那时候她不知道他是谁，更不知道那位死去的韩心蕊，只想着自己命真好，遇上了城市高贵人。

命运神机妙算巧安排，将她送到他身边来，要是知道他来镇上是为了死去的亡灵，她还会不会嫁给他？算计多了失误多，如若不是算计他，哪会一面之交把自己嫁给他？原想着终于离开镇子了，谁承想，从哪儿来到哪儿去，全由丈夫来决定。丈夫将她送回来，派她种树盖房子，让她回来陪亡灵。只要房子盖起来，只要树苗有收入，待在镇上饿不死，她不断寻找生活新出路，又不断降低生活的标准，镇上生活成本低，光靠树苗净利润，也够生活一辈子。

舅妈说，今年先把树苗种上，明年再种党参麦冬，伶儿熟悉草药属性，将来配置中草药，治疗省城的病人。

舅妈心肠多好呀，舅妈哪里想得到，她的处境很不妙，只能回到镇上种树了。

舅妈说，快点儿怀孕吧。

她说，过一段吧，过一段吧。

她的声音那样轻，很快被风刮走了，她多想怀孕生子呀，可这小小要求也被无情剥夺了，这点儿打击不算啥，千万不能倒下呀，丈夫为你找到出路了，出路就在镇上，放弃城市户口本，暂时抛开念家的身份，你的户籍在镇上，就在镇上生存吧，你种下的每棵树，是你的孩儿和丈夫，是你活着的乐趣，是你生活的物资，有这个支柱产业来扶持，以后不会饿肚子了。

镇上女人得知她回到镇子上，争先恐后去看她，从头到脚打量她，满嘴全是夸赞话。她心明如镜很镇静，她们用伶俐口舌做引子，想套出她此次回来的原因，拿出百分之百的关心，询问她省城姑爷待你好吗？婆婆是否刁难你？

舅妈急忙来解围，伶儿听话人勤快，跟婆婆处得可好啦，跟姑爷缠缠绵绵，恩恩爱爱可亲啦。伶儿这次回镇上，是奉姑爷之命，回镇上调养身体，呼吸镇上新鲜空气，吃镇上绿色食品，将来生个绿色宝宝，健健康康、聪明美丽。

218

　　姑爷给了伶儿一张银行卡，指派伶儿在半山腰盖房子。姑爷说咱镇子是天然氧吧，以后放假，要回镇上休息度假。

　　镇上女人得知这原因，又听舅妈说念恩泽送来银行卡，要在半山坡盖房，起先带着窥探的目的，很快变成了善意的围观。

　　她们说姑爷有眼力，咱镇上别的跟省城没法比，空气和水比省城强不少。半山坡那块空地，挨着寺庙和小溪，从风水上说是块儿风水宝地，伶儿要是住那里，将来保准生个胖小子。

　　村长弟弟带着包工队，白天黑夜两班人马轮流干，房子浇浆封顶，粉刷外墙，安装门窗……两个月过去了，三间主房、两间偏房交付了。村长又安排电工从寺庙里拉电线，从山上排管把水引过来，通电通水就能居家过日子。临近年关，念恩泽打电话说要来镇上过新年，这对她来说真是意外之喜，念恩泽不计前嫌来镇子，这叫她又激动又害怕，该用哪种姿态迎接他？她又开始思索了，想着脸蛋和身体，就是她的价值体系，用这两样做根基，绝对能收回成本。

　　怎样打扮才好呢？是落落大方，还是妖艳狐媚？是浓妆艳服，还是淡雅素净？她琢磨了好几天，念恩泽喜欢艳而不俗、美而不媚，淡雅素净准能叫他喜欢。她将全身每根神经都调动，每个部位仔细检查，连藏在袜子里的脚指头，也要涂上红色指甲油，纤纤玉指弄得好像艺术品，将那套舍不得用的化妆品，从柜子里拿出来，摆在梳妆台上面，又去县城那家出了名的美发店，把头发捯饬了一遍。算在丈夫来之前，里里外外，门前房后，花花草草，全部整理打扫修剪。这位戴罪之人，要抓住机会立功赎罪，等待丈夫来检验。

　　年轻貌美的女子，总能获得同情和照顾，她懂得这点儿小常识，要用美貌和身体，打动丈夫的那颗心。这想法听起来很俗，却经过验证很管用，美丽女子混到眼下这一步，也真委屈了美人坯子，能有什么办法呢？一顾倾城，二顾倾心，三顾说不定离婚，她只有放下身段，丢掉自尊，留住丈夫，就能留住名誉和名声。

苦难锻造了她的能力和水平，同样提升了她的见解和认识，她清楚自己想要啥。人生这张规划图，每天不停地描画，女人都有自己独特的手段和方法，善于打理自己，精通生活料理，才能收获好运气。

怎样留住丈夫的那颗心？对她来说是大学问。她澄思渺虑、精心谋划，要将三间房子好好设计和规划，不说装修超过省城新房子，起码要比那套更别致，美貌、身体加房子，定能把丈夫吸引住。怎样装修才好呢？念恩泽是艺术家，眼光独特、格调高雅，想用房子吸引他，就要下一番功夫，她看了不少装修图，最后选定了波西米亚的风格，这风格非常适合念恩泽，也是不少城市青年的最爱。虽说她不懂摆设和装修，虔诚之心帮助她，让她下大功夫，查找不少的资料，风格大致定下来，让小姨陪她去县城，找最好的装修公司，选图纸，挑家具，只用了一个月时间，这个新家就装好了。原木家具，棕色地砖，碎花窗帘，布艺沙发，院里摆满花草盆景，虽说总体看来不高档，也是一流用品。那个曾经的土老帽，思想紧跟时代跑，借鉴城市姑娘那一套，将并不起眼的三间房，打造成远近闻名的景观房。

念恩泽寒假来到镇上，舅舅带着念恩泽，家家户户拜年送礼，又在镇上摆酒席，一是答谢村长和弟弟，二是邀请镇上婆娘、姑娘参加酒席。舅舅用意很明显，镇上女人轻嘴薄舌，担心她们信口开河。念恩泽与舅舅一搭一档很默契，她和舅妈齐头跟进，俗语说"吃人家碗半，被人家使唤"，吃了这顿鸿门宴，主家、客人都心安。

镇上过年沿袭传统的习俗。腊月二十三，家家户户吃火烧，腊月二十四，家家户户扫房子，到了三十那一天，家家户户烟筒冒着白烟，条件好的，炸鸡，炸鱼，炸丸子，炸油条，炸莲菜盒、莲菜棒，炸了一筐又一筐。条件差的，每样就炸一点儿点，凑合过个油水年。

下完油锅包饺子，镇上不叫饺子，叫扁食，年三十晚上吃扁食。条件好的，把炸好的鸡鸭鱼肉摆桌上，任孩子们吃得眼睛发亮、脸蛋放光、肚子发胀。条件差的，每样捏一点儿，也算过年关，剩下年货放筐里，白布盖好挂梁上，招待拜访的亲戚。

每逢过年，孩子们最盼来亲戚。正月十五前，亲戚之间来回串，每家每户会把最好的食物摆在桌上，按常理，孩子们不能和客人坐一桌，可孩子们很会耍心机，算准开饭的时间，站在桌旁磨磨叽叽，任凭家长如何赶，就是不肯走出去，等油炸食物摆桌上，孩子们拿起筷子就夹菜，才不管客人动不动筷，过年讲究一个喜庆，父母顶多吆喝两句，就随孩子们吃喝去，孩子们明了这一点儿，对父母上头上脸，任由个性在节日里充分展现。

等过了正月十五，孩子们偃旗息鼓，开始收敛了天性，学校马上要开学，寒假作业没完成，赶紧摊开作业本，免得开学要挨训。

念恩泽在镇上住到正月十五，天气好的时候，他喜欢穿上舅舅那件军大衣，穿行在山川树林里。有时候她爬过山头，伫立在山头，寻找丈夫的身影。

荒山秃岭，渺无人烟，万物萧条，满眼凋敝，浮云在头顶移动，浓雾将山峦覆盖住。念恩泽走在崎岖的山路上，身影在大山深处被隐匿，山坳里时而传出一阵笑，时而传出女中音，她深陷在幻想症中，认定那是亡灵在唱歌，亡灵形影不离陪着念恩泽。断断续续的歌声，唱得凄婉却动听，亡灵哀怨的歌声，给她带来更多的担心：怕亡灵带走念恩泽，怕亡灵把她推到山崖下，怕亡灵混进她的新房。那是她精心打造的新房，是她为丈夫营造的新居，只有她和丈夫有权住，亡灵不请自来，企图霸占她新居，她怎么可能不制止？

有时候她发现，在念恩泽身后不远处，有个男人的身影，没戴礼帽，没穿风衣，时隐时现让她看不清。她恐慌地看着那个身影，身影陷在浓雾中，让她无法看清楚。那身影究竟是砍柴的山民，还是那个臭男人？她赶紧跟自己说，这一切全是想象出来的，歌声是念恩泽唱的咏叹调，那个浑蛋身居千里之外的省城，看见的身影，肯定是上山劈柴的农夫。

有时候，她坐在新房门前幻想着，要是没有节外生枝，就在镇上安营扎寨，过牛郎织女的生活，这也是神话传说中的爱情。可惜这只是黄粱美梦，她和他怎么可能有爱情？他的爱情跟着亡灵早死了，他跟她，只是搭伙过日子。

有时候她爬过山头，置身其中，山清水秀，草长莺飞，连绵不绝的大山，构成一幅锦绣美景。念恩泽站在景色里，像一道独有的风景，她和念恩泽遥相呼应，山巅里的俩身影，就像移动的小黑点，念恩泽唱着《命运之力》，声音浑厚，满怀激情，这时候的念恩泽，外表儒雅，灵魂纯净。

山里人听不懂咏叹调，偶尔听到有人憋着嗓子大声唱，不是流传下来的山歌，就是八十年代的老情歌，唱的不是很标准，不会唱的歌词，就用嗯嗯啊啊来代替。他们听念恩泽哼音乐，瞪着好奇的眼睛，问念恩泽这是啥歌曲？念恩泽总是笑一笑，继续哼唱他喜欢的《命运之力》。

偶尔她会想，要是能和念恩泽一直生活在这里，死了埋在山窝里，这一生过得也算有价值。

清醒时她明白，这里不过是暂时逃离的隐居地。

她依然喜欢城市的繁华，哪怕在城市吃苦受罪，也不想待在山里度日子。

她想起书上说的净土，净土是人们通往幸福和永恒的天梯，那天梯架在白云中，架在俗尘上，架在人心里，救赎无数魂灵……

这里是一片净土吗？她不知道，兴许这里只是理想的净土。这里没人排挤她，她在这里找到了存在感，谁不想生活在充满友爱的氛围里？谁都在寻找适合生存的土地，而镇子正是适合她的好住地。

念恩泽喜欢山里的清净，除了一日三餐，每天在深山老林里游荡。她猜想一部分是因为韩心蕊，一部分是因为她，那件事儿毕竟对他伤害太大了，他必须面对现实，给她一个结论来，这对他来说很痛苦。他对她的态度正在发生着变化，俩人不再是纯粹的肉体之恋，好像开始了男女间的正式交往、恋爱，他常跟她说起"柏拉图情感"，她曾试探地问他，什么是"柏拉图情感"？他没有正面回答，于是她背着他给戴思打电话咨询。戴思说，柏拉图情感是没有肉体的精神恋爱。

她顿时明白丈夫的意思，他想用"柏拉图情感"叫她明白，他跟她解除肉体关系，只留给她夫妻名分，也就是说，他给她一个婚姻保障，不再和她行夫妻之事。他用堂而皇之的理由把她留在镇上，并美其名曰"柏拉图情感"，这其实是一个噱头，就像父亲为她找到的噱头，她为自己回镇上找到的噱头，念恩泽为抛弃她，为自己找到了最好的噱头，这是不是抛弃她的前奏吗？可又有什么办法呀，一切全由他操控，她哪敢反驳拒绝呀，是她先对不起他，他满可以另选伴侣不要她，丈夫没有抛弃她，对她就是最大的宽容了。"柏拉图情感"也是情感呀，也是男女之间的感情，也是另外一种爱情呀，就像现代时尚人士常说的，精神伴侣、灵魂伴侣吧。电视上说，这种伴侣可比肉体伴侣更长久，感情纯洁又深厚，一般凡人很难拥有这样的伴侣，只有念恩泽这种艺术家，才配拥有如此高尚的感情。

她这样解释一番"柏拉图情感"，之前那个忧心忡忡的小可怜，一下子变成了精神富有的贵族。甭管什么样的伴侣，只要维持婚姻关系，她依然是念家人。这比她预料的结果好多了，比她预料的结局强多了，不是做念恩泽的性伴侣，是跟他保持"柏拉图情感"，往后即使同床共枕，也不再相互拥抱做那事儿，俩人关系就像见面打招呼的老熟人，一起吃饭的家人，不疏远也不亲密。

前天小惠回镇上，在家里约见她和小红。小惠口若悬河，说起如何积累财富，如何跟大老板的老婆姐妹相称，如何顾大局识大体，两姐妹相安无事，同居一室，感情就像亲姐妹。

小惠不是没苦衷，只为讨取好生活，把苦衷咽进肚子里了。在县城，小惠每日打扮得珠光宝气，与达官贵人吃喝玩乐打麻将，镇上谁要是见识了小惠的花天酒地，回镇上能说来道去好多日，说小惠在县城每晚躺床上数钱，数得钱睡了小惠睡了，第二天小惠醒了钱醒了，钱跟着小惠继续过日子。

有钱的小惠不再依赖大老板。小惠是县城宾馆小老板，身边时不时跟着年轻小白脸，小白脸跟着小惠，跟着小惠银行卡，和小惠成朋友，和小惠的银行卡成哥们儿。

小惠为大老板生了三个孩子，最小的儿子刚一岁，孩子全部跟大老板老婆一起生活，小惠使命完成了。小惠很少去南方看孩子，大老板偶尔来县城陪小惠，住上十天半月，留给小惠一笔钱，再回南方照顾生意、照顾孩子。小惠宾馆收入不错，不缺钱的小惠，也能视金钱如粪土，常常请客吃饭，用金钱笼络男青年。

小惠偶尔去南方看孩子，孩子管小惠叫姨妈，管大老板老婆叫妈妈。小惠才不在乎姨妈还是妈妈，三个孩子从小惠肚里瓜熟蒂落，就是不叫妈，血缘上也是小惠亲娃。

小惠在县城落户，成为县城有钱人。小红虽说比不过，但婚姻也算有了眉目，镇上电工正在追求小红呢。电工是镇上有名的酒疯子，结婚两年没孩子，后来老婆跟他离婚嫁到了外乡去。

小红说，电工除了爱喝酒，平时为人还不错。人生就是一场赌博，今儿赢了，明儿和了，往后弄不好全输了，伶儿有福气，碰上了浪漫艺术家，还有堂姐做靠山。我在镇上无根无蒂，娘家把我当仇人，说我给娘家丢人，投亲无门只好嫁人，等着哪天翻身呢。

小惠说，自己早已翻身了，女人要是有钱花，身子板儿可硬了，女人要是拜财神，真金白银不请自来，哪用天天做苦力？伶儿长得美、脾气好，那个城市傻蛋愣被伶儿迷住了，咱仨就数伶儿命最好，可要用心把握好，花儿开蝴蝶来，花儿谢了任人踩，趁着花儿正娇艳，赶紧结出果实来，果实就是你未来，听明白了吗？

她当然听得很明白，果实就是孩儿呗！她也想生个孩子呀，像小惠那样连生三个娃，像小惠那样大言不惭地说，每天坐在宾馆只管收钱，才不留恋大老板。

这话听着虽别扭，却也很符合现实，自己兜里钱多了，不用看别人脸色。虽说她兜里钱不多，却有结婚证罩着，法律指派念恩泽，一定要对她负责，只要婚姻不破裂，钱多钱少照样活，有个婚姻做保障，没有男人敢欺负她。

新年很快过去了，念恩泽回省城工作，舅妈搬来陪着她。山里天气变化多端，晌午还是阳光高照，午后却阴云密布，很快下起蒙蒙细雨。她和舅妈冒着小雨，平整土地种树苗，春风浮动幼苗疯长，荒地很快披上了绿装。小姨偶尔过来帮忙，小姨问她怀孕没？是不是不想要孩子？她支支吾吾没作答。舅妈说，等到树苗吐新叶，念恩泽也该来镇上，伶儿就有孩子了。

戴思从省城打来电话，说自己办案有功准备被提拔，戴思说要好好表现，近期不能到镇上看她了。

舅妈嫁接的月季花，一棵树开了两种花。舅妈说，今年肯定有喜事，伶儿准要怀孕了。

她说，戴思就要被提拔了。

25

念恩泽坐在韩心蕊布置的新房里，看着满屋紫罗兰，想着客厅里的田伶儿，无法平息的怒火，让他差点儿当面数落她，只是看到她那副可怜楚楚的模样，他又心软气消了。直到她说回县城、回镇上，他好像一下解脱了，他不想面对这局面，不知道如何处理才妥善？从小到大，在父母庇佑下，在亲朋好友照顾下，在韩心蕊的照料下，他过着快乐的生活。面对背景复杂的妻子，他只顾及自己的感受，只按照自己想法做，从没考虑妻子的感觉，她幸福与否，跟他没有半点儿关系，他只想赶快送走她，即使她不说要离开，他已决定这样做。他准备好了一张银行卡，她毕竟是明媒正娶的妻子，名义上仍是念家人，哪能让她回镇上住舅舅家？他想用钱安抚她，让她在镇上住下。她的忍让纵容他的娇蛮和霸气，他理所应当为她拿决定，从不征求她同意，这位阔气公子哥，生气起来哪会顾忌任何人？

他说这笔钱在镇上盖房花不完，足够她生活一阵子。

他自认为这是慷慨之举，这位浪漫的音乐人，既有济弱扶危的品行，又有富家子弟的高冷。毫无历练的人生，未免有点儿太苍白，图一时之快，贸然决定结婚，而今面对这样一个烂摊子，他只想眼不见为净，他并未意识到田伶儿的尴尬处境，只想让自己尽早摆脱这烦恼。韩心蕊雁杳鱼沉，给他带来前所未有的打击，他变心易虑、不可理喻。韩心蕊死前最后那张照片，是在镇上半山坡拍摄的，照片背景是波澜起伏的山脉，漫山遍野的野菊花，韩心蕊最后那篇微博，描述了山林的优美风景，韩心蕊最后的影像定格在那张照片上，他追随微博和照片，走进山里半山坡。

夕阳西下、晚霞洒落镇子时，一位姑娘走在光影里，由模糊到清晰，起初姑娘没有发现他，边走边看花，偶尔弯腰，掐断花枝拿手里。光影跟着姑娘走，离他越走越近，姑娘发现了他，停下脚步，一脸惊讶看着他。多美丽的女子呀，一尘不染的眼睛，精美绝伦的脸庞，饱满红润的嘴唇，骚动不安的情绪，不谙世事的警觉，真像天际走来的神女，这不就是十八岁的心蕊吗？十八岁的心蕊就是这样子。

他有点儿拿捏不准，是心蕊回来了吗？心蕊回到十八岁了，回到含苞待放的年龄了？心蕊害怕他孤独，又从天堂回到人间，不谙世事的模样，纯洁干净的脸庞，天使的模样，她就是心蕊了。有心蕊的长发，心蕊的眉眼，心蕊的气质，心蕊的高贵灵魂，她当然是心蕊了，心蕊复活了，心蕊不忍看他痛苦，将一个复活的心蕊送给他。

重返人间的心蕊，我该如何称呼她？

他问她，姓啥名谁？

她告诉他，叫田伶儿。

虽是一面之缘，他已是心有所属。

她的举手投足，跟心蕊没有区别，心蕊真的复活了，在她出事的地方，这里夺走了心蕊的生命，这里让心蕊重生了。这姑娘叫田伶儿，多好听的名字呀，是心蕊为她起的名，心蕊复活了，以田伶儿的名字复活了。他要追求她，重新拥有她，他要跟她结婚，以最快的速度，免得心蕊再次逃脱。

心蕊去世后，他相信鬼神之说，他和心蕊常在深夜幽会，整晚跟心蕊诉说他的思念之情。心蕊多理解他呀，将田伶儿送给他，她就是复活的心蕊。心蕊送来这礼物，是想填补他的感情，这礼物来得好及时，他从痛苦中解脱出来，准备跟复活的心蕊开始生活。

他带着艺术家的冲动，不假思索地盲目行动，有感而发的狂热激情，把她当成复活的心蕊，迫不及待追求她，珍惜这失而复得的感情。直到那天母亲带田伶儿去汗蒸馆，他接到一陌生男人电话，对方说事关田伶儿，要他在附近咖啡厅见面，他如约前往。

那个叫凌翔的男人，跟他说起自己的爱情，故事女主角是田伶儿。俩人同在县城长大，长辈关系很好，他从小喜欢田伶儿，十六岁为田伶儿进了监狱，他一再强调不是强奸田伶儿，是真的爱她，想追求她，想跟她成亲，让她做妻子。自己那天喝多了，迷迷瞪瞪走到玉米地，在那里遇上伶儿，可能对她太痴迷，导致行为失控，判刑入狱。从感情上说，自己没犯罪，后来在餐厅又遇上了她，看到她第一眼，旧情复燃。

你把伶儿让给我吧，没有她我宁可死。

凌翔苦苦求他，说他爱的是韩心蕊，不是田伶儿，要是愿意放手，省城房产、银行存款统统送给他。

他有点儿不相信，凌翔拿出法院判决书，判决书上清楚写着凌翔的犯罪事实。那张判决书向他证明，田伶儿被凌翔强奸，她不是冰清玉洁的韩心蕊，她是凌翔强奸案中的受害者。

他不相信这是事实，说判决书是凌翔伪造的，凌翔从小喜欢田伶儿，故意挑拨离间，想拆散这门婚事。

他自有一套鉴别方法，证明田伶儿是否清白，那就是他和田伶儿的新婚之夜。

那天晚宴，凌翔再次出现，田伶儿脸上写满了惊慌，她刻意掩饰，还是被他看出了端倪。戴思一直劝他喝酒，他心里清楚，戴思想把他灌醉，一对堂姐妹，正把他引进圈套里，还有什么阴谋没被他发现？什么陷阱在他的婚姻里面？他满心欢喜迎娶复活的心蕊，却等来一个女骗子。

那晚他的确醉了，为去世的心蕊，为田伶儿的欺骗。她不是心蕊，心蕊不会骗他，她嫁给他的真正用意是什么？当然不是爱他了，她知道他多少？了解他多少？她和他有相同的爱好兴趣吗？有相同经历、相同背景、相同生活环境吗？当然没有，她不过是他一时兴起、一时迷失，收揽过来的复制品，不过是一件赝品。她没有心蕊的高贵出身、渊博学识、心蕊异于常人的气质，也有他和心蕊之间心有灵犀的感应。两个风马牛不相及的男女，怎么可能组建家庭？她是他一时糊涂的牺牲品，他是她正在瞄准的猎物，他本可以解除婚约，与她一刀两断，可男人的占有欲，让他不想把田伶儿拱手相送，对韩心蕊的依赖，也让他舍不得这女子。

她太像心蕊了，除了性格个性、学识见解外，她的长相、说话方式、行为举止，跟心蕊不相上下。他喜欢她，甚至有点儿爱她，特别是到了晚上，夜幕降临时，不太明亮的光线，掩盖了她真实的身份，他坚信她就是复活的心蕊，他忍不住抱她吻她，将她脱得一丝不挂，欣赏她娇嫩的胴体。他被她的身材所吸引，被她的美艳所迷倒，男人的本性冲动，让他对她发起猛攻，这是男人的弱点，没有男人能排斥年轻女性的胴体，他也不例外。

男人需要性爱、关心、温暖，韩心蕊活着时，他一直享受着爱的雨露、肉体滋润、女性呵护，作为城市宠儿，有钱人家的独生子，占尽好处和资源，韩心蕊离世给了他致命打击。尽管每天有不同女子前去探视他，约他参加各种娱乐活动，他却每天过着醉生梦死、恋酒贪杯的生活，丝毫没有减轻内心的痛苦。不少妙龄女子向他投怀送抱，她们拥有韩心蕊的优势、韩心蕊的条件，唯独没有韩心蕊的相貌和气质，这恰恰正是他爱韩心蕊的关键所在。

很长一段时间，他将韩心蕊的离世当作出门旅游。

心蕊喜欢旅游，心蕊去非洲了，心蕊去法国了，心蕊去西藏了。

他这样对待韩心蕊的离世，来缓解内心的巨大的创伤和悲痛，拒绝了许多家境富裕、长相甜美的年轻女子，只一眼就选定田伶儿做娇妻，这是巧遇，还是缘分？连他自己也说不清楚，也许是特定场合，特定环境，带来的特殊反应吧，他的爱人在半山坡遭遇不测，他又在半山坡碰上了这位女子，命运将这位酷似心蕊的女子带给他，这女子帮他找回了爱人，帮他找回了美妙爱情。

他始终怀疑那个故事的真实性，究竟是无中生有，还是确有其事？他要用田伶儿身体做实验，去验证田伶儿是不是凌翔的女人。

这对他来说很龌龊，拿女人身体验证一个故事。

他和韩心蕊彼此相爱，彼此忠诚，他见惯了名利场上卖弄风骚的女子。轻薄女子攀龙附凤、苟合取容，她们衣帽华丽、装腔作态，只为换取珠宝翡翠。她们故作清高、满嘴谎言、满腹诡计，在名利场里周旋表演，吊足有钱人的胃口，满足自己的物质需求。

他对年轻女子带有个人偏见，认为高贵出身才会奠定女子优秀品质。韩心蕊是女性典范，他和韩心蕊琴瑟和鸣。显然，他神话了韩心蕊，贬低了所有女子的优点、长处，爱情让他眼里只有一位女神，其他女子不过是他眼里的风景，田伶儿破坏了他的女神形象，那就用龌龊方法探索不为人知的真相吧。

他和田伶儿完成了男人与女人的初次交融，这实验对他来说未免残忍。他得到了一个结果，却失去了一份欢心。

田伶儿是凌翔的女人，他费尽心思得到的，不过是一具有瑕疵的肉身。

他说了那句"怎么没见红呢"来试探她，试探她是否给他一个真相，一个他已知道、已验证的真相，他只想她能坦诚相见，倾心吐真言。

她眼神慌乱、竭力掩饰，用态度告诉了他，休想知道那件事儿。

假若她当场摊牌，他会如何处理呢？抛弃她？接纳她？对他来说都容易，他恨她隐瞒那件事儿，却又担心真说出来，让他颜面尽失，无法挽回。他并不擅长处理棘手事儿，父母过分溺爱，削弱了他的担当精神，如何化解此事儿？对他来说是新命题，他没有自己的主张，更没有全盘的计划，只想跟着感觉走，大脑给了他一个决断，为韩心蕊接受她吧。

他心软气消，爱恨交织。那份爱，是同情中的爱惜、爱怜和爱心，为这位年轻女子而惋惜。抛开爱情，他很喜欢这位漂亮的可怜女子。在她身上，有两种品质相交替，高贵得叫人仰慕，卑微得让人可怜，他弄不清是该同情她，还是无情抛弃她。

接受她是为了心蕊，她的遭遇跟他没关系，他只是把她当成心蕊送来的礼物、心蕊送给他的复制品。既然是心蕊送来的，必有心蕊的高贵品行、纯洁灵魂、洁净肉体和完美心灵。

哪想到，她并不具备心蕊的高贵品质和圣洁灵魂，他用肉体证实了凌翔说的那件事儿，这打击犹如晴天霹雳，尽管承认她是受害者，却很难对她心生怜悯。此女藏形匿影，工于心计，摧眉折腰，低三下四，看似有张天使面孔，却有一颗冰冷的心，这是他对她的整体看法。

那会儿，他真想痛斥她、呵斥她，却又很快止住一触即发的怒火。

他毕竟是位怜香惜玉的情种，见不得年轻女子那副无助的样子。田伶儿满肚子委屈，诚惶诚恐，让他不忍责备她。她低眉顺目，胆小害怕，像是做了天大的错事儿，等着接受他的严厉惩罚。那双眼，向他低头下跪了，向他求饶了，那双眼乞求他、哀告他，给她忏悔的机会。那泪眼感化了他，让他于心不忍了，他不知道怎么办，只好暂且避开她，去卫生间想办法。

他处在两难的境地，抛弃她还是原谅她？一时拿不定主意。

依他所受的教育，对待女子一向降贵纡尊、有求必应，但他优越的家庭环境，良好的人脉资源，与生俱来的大男子主义，又让他不愿在圈里留笑柄。

他既同情她的不幸，又痛恨她的欺骗，既想与她分道扬镳，又怜惜她的雨媚云娇，厌恶她的所作所为，又因她是心蕊送来的复制品，不想轻易舍弃她。闭上眼，将她当作韩心蕊，睁开眼，看到的是凌翔的女人，这给他带来无尽的烦恼，让他很难下决定。

要是留下她，外人如何闲言碎语评论他？要是抛弃她，一个年轻女子，孤苦伶仃，无依无靠，连份工作都难找，在省城四处流浪，失足堕落，也是他的罪过呀。

韩心蕊去世后，他迷信于灵异鬼怪，相信天道轮回，相信韩心蕊在天堂等他，要是把一位健康姑娘逼到绝路上，让她在绝望中腐化堕落，那可是今生难脱的罪过。这样的话，死后肯定下地狱，又怎能见到心上人？

在这点上，他和她的想法一样。田伶儿受舅妈影响，相信善恶有报，好人死后进天堂。

两颗遭受创伤的心灵，既有重合点，又有各自轨道。相信天道轮回，是俩人不谋而合的共识。

因为这个原因，他没有抛弃田伶儿，又不想接受这位受害者，他在寻找第三条出路。

他既想和她产生云情雨意，满足身体的欲望，又对她生出讨厌和厌恶，觉得她的身体很肮脏。作局外人同情她，做丈夫又厌恶她，两种态度死咬着，一方面原谅这位受害者，一方面作为丈夫，痛恨这位强奸案的受害者。有时候觉得她无辜，更多时候，觉得自己是冤大头，她给他带来的是耻辱，他一遍遍问上苍，她怎么能是受害者？他该如何原谅这位受害者？他挣扎在世俗偏见里，对她时冷时热，又掉进爱的旋涡里，对她有了同情和怜悯，身体里面的两个他，互不相让死掐打架，今天这个获胜了，明天那个占上风。

社会上有两股实力最强大，一股是富家子弟，另一股是官宦后代，他们把持主流社会，拥有庞大财团，过着膏粱文绣、歌台舞榭的生活。他们是寻花问柳的花花公子、盗花窃种的情场高手、流连舞池的翩翩少年、叱咤商场的绅士金领，最拿手逢场作戏，最擅长尔虞我诈，精通生存之道，谙熟人际关系，他们是名利场上的优胜者，活得裘马轻狂、冠绝当时。

念恩泽作为富裕人家的独生子，接受过高等教育，有绅士般的教养，雅士般的风流，嬉皮士般的洒脱，又因从事音乐这一很有个性的职业，有了艺术家的恃才傲物、我行我素，以及文人雅士的径情直遂。对待田伶儿是去是留，性格上的优柔寡断表现得十分明显。

凌翔是官宦后代，这位相貌堂堂的浪荡公子，将自己的前途定格在十六岁，那是他人生开端也是终点，是青春觉醒，也是青春坟墓，他在监狱度过了青春最美好的时光。父亲去世虽然对他有一定影响，也让他看清紧迫的现实，父辈的言传身教是无价之宝，他用心研究高官显爵的拿云握雾、上等家庭的倚财仗势、纨绔子弟的德薄才疏、膏粱子弟的关系人脉。出狱后，在最短时间掌握生存门道，这让他混迹娱乐场如鱼得水。他像生活中的无情杀手，凡得不到的必将其处死。

两位高手拿刀弄杖，把田伶儿当做比拼工具、掠夺对象，押上名望和实力，你争我抢互不相让。这很像《荷马史诗》里的特洛伊战争，为争夺美人海伦，那场战争打了整整十年。男人间的较量本就暗藏杀机，为争夺美女更是铁马金戈，决不签署停战协议。

只要凌翔出现，田伶儿便会恐慌不已。念恩泽视而不见，假装不知。凌翔时不时打电话，拿田伶儿流产羞辱他，他猜出凌翔用意，怒而不争，听之任之，这件事儿要怎样处置？他犹豫不定，在没拿定主意前，他不想毁掉这门婚事儿。

心蕊永远离开了他，爱情跟着心蕊进了坟墓，是意念召唤了他的灵感，让他一时起兴娶田伶儿，是心蕊怕他悲伤过度，把田伶儿送给他。她是心蕊的复制品，心蕊肉身化为烟，用复活的肉身陪伴他，这肉身虽说没有心蕊的思想、心蕊的内涵，却有心蕊的影子，他需要影子的陪伴，让他重温心蕊的爱情，让他感觉心蕊仍活着，心蕊每天都在身边陪着他。田伶儿是心蕊的替代品，抛弃她，就是抛弃心蕊的影子。还有一点儿更重要，男人的自尊心，让他宁可霸占田伶儿，也决不拱手相让给凌翔。

凌翔越是激怒他，他越是对她产生好奇心，越想探寻她的过去，探寻那个令他愤懑的故事。心蕊送个复制品，为何连带送给他惨烈的故事？故事里的女主人，在没遇上他之前，是怎样的生活呢？他想了解她的过去，不是作为他妻子，是作为故事主人公，他想了解那故事，想了解她的内心世界，她心里究竟藏着什么？邪恶？阴谋？屈辱？隐忍？经历复杂的女子，勾起了他强烈的好奇心，他想好好研究她，这位妻子是他研究的课题，她对往事守口如瓶。他很少见她动感情，就连不孕不育，也没见她伤心落泪，她还有多少未被披露的故事？还有多少心机、手段没有对他展露呢？宽容她、包容她，还是决不饶恕她？心里每天斗争着，男人身上那点儿出息，总是在美女面前表现得一塌糊涂。

多美丽的女子呀，美女身上故事多，年轻女子总有说不完的浪漫史，看不完的爱情剧。他要接着往下看，看她如何欺骗，如何表演，如何蒙骗局外人？他观望着周边的局势，害怕亲朋好友知道这个故事，还是继续看下去吧，也许结尾是喜剧。没有主见的男主，在婚姻路上边走边逛，好像欣赏优美风景。

26

他原本就有同情心，又因凌翔的故意挑逗，想网开一面接受她，让她继续做妻子，只是想到父母层面上、亲朋好友层面上，不敢轻易拿决定。他当然会顾及社会舆论，顾及念家的面子，社会赐予的头衔、阶层带来的运气，这是他生存的砝码，哪能不瞻前顾后呢？他内心有多矛盾呀！男人强烈的占有欲，对美人的同情心，与生俱来的高傲，为他加重了筹码，让他不能把她让出去，可真要和她继续过日子，又怕亲朋挚友耻笑他。

田伶儿依靠美貌逢迎他，生怕惹他不高兴，她表演得真尽力，拿腔拿调、装腔作势，就为讨得他的欢心，这让他总是陷进柔情里，忘记凌翔那个人，忘记妻子那件事儿，令他常跟自己说，此人不是田伶儿，是复活的韩心蕊。这自欺欺人的安慰，还真糊弄住了自己，为他排解了烦闷。他每天跟田伶儿语笑喧哗，把她当成韩心蕊，和她呢喃细语、琴瑟和谐。他对她说他童年的趣事，说他大学的见闻，周末带她看电影、看话剧、听歌剧，跟她谈论世界名著，跟她聊音乐，谈他喜欢的威尔第。她偶尔搭上几句话，配合他的高谈阔论。她的那些话大多都是奉承话，只为迎合他的心境，只为逗得他高兴。他在她的配合下，在她附和迎合下，很快失去辨别力，他将她视为韩心蕊，她当然是韩心蕊了，没有凌翔这个人，田伶儿就是心蕊的复制品，是复活后的心上人。

他本就长得面和心软，田伶儿又对他百般照顾，他时常陶醉在温柔之乡，忘情地称她心蕊小宝贝，她总是含笑默许不争辩。两人借韩心蕊的影子，在真实与虚幻中欢度光阴，曾经的海誓山盟已不再，那就接受田伶儿吧，接受这移花接木的情感，原谅这位小美人，抛开所有烦心事儿，与她好好过日子。她用身体讨好他，让他产生了依赖感，让他依恋她，让他对她总是恋恋不舍，他甚至想，假若没有那件事儿，她哪会被送到镇子上？她若没在镇子上，俩人不可能遇上，是心蕊一手导演了这一切，为他编排婚姻剧，为心蕊好好对她吧，让她继续做妻子。

再见凌翔是在县城酒店里，田伶儿起身敬酒，凌翔推门走进来，那会儿她吓坏了，几分钟一动不动，又很快装得若无其事，谎称凌翔追过她。她真像表演艺术家，怕他知道那件事儿，怕这门婚事搞砸了，若不是知道那件事儿，还真以为她和凌翔，只是泛泛一般的朋友。他想起和她初次相遇，多清纯的女子呀，外表温柔安静，眼神清澈见底，多么纯洁美丽呀，他将她视为天使，视为韩心蕊的复制品，急切想与她结婚，生怕失去。

原来，她并非纯洁的女子，美丽外表下面，藏着心机和算计，藏着不为人知的故事。诡计多端的冷血人，面若桃花心如水，不是他想象中的心上人、他勾勒出的韩心蕊。

他真想挑明那件事儿，想当着她的家人，将她好好数落一顿，可他没有那么做，他离不开这个复制品，那就顺其自然吧，该来的，该去的，听从命运安排吧，已经走到这一步，听从命运发落吧。他装作不认识凌翔，不知道她那件事儿，配合田伶儿，让喜宴顺利结束。

这样平安无事好多天。他收到凌翔的短信，将信将疑去酒吧，亲眼看见田伶儿愤然作色，凌翔满脸酒水，他第一次见识怒发冲冠的田伶儿。这位乖巧的妻子，发起怒来犹如咆哮的母狮，这件事儿让他看到妻子的好人品，这位无奈的娇妻，跟凌翔私下见面，怕他知道那件事儿，她是一位好妻子，应该善待她。

他这样跟自己说，决心与她继续过下去。

天不帮人！戴思从医院打来电话，那些话刿目怵心，田伶儿因那场不幸导致了不孕。

真是覆宗灭祀的消息，很长时间，他无法从那个现实当中走出来，这难道是天意？心蕊带走他未出生的孩子，孩子是他和心蕊的爱情结晶，今生不会有爱情，预示着不会再有爱情结晶了，这是心蕊在天之灵向他发出的夙愿，是天意。

他将田伶儿的不孕，归结为天意难违，重新思忖他和田伶儿的未来。

虽说他是现实的宠儿，却无法操纵他所生活的群体。在那个群体里他说了不算，父母、亲朋、同事，他赖以生存的环境，不会接受田伶儿那件事儿，更不会接受她不孕，他哪能置父母于不顾，置现实于不顾，置一切于不顾呢？离婚这个选项，摆上了议事日程，他差点儿跟田伶儿摊牌了。田伶儿从医院回家，说奶奶去世要回县

237

城，再回镇上帮舅妈种树，她为自己找到了一条好退路，他原本心意已决要离婚，对年轻娇妻的依恋以及凌翔那句"今生一定娶伶儿"，让他事到临头改变了主意。

他是一家之主，在他面前，她竭忠尽智、百依百从，从没说过一个不，她的娇柔软化了他。她胆小敏感、谨小慎微，有时外面一点儿小动静、一个小声音，都能让她身体战栗。她冰雪聪明、温柔顺从，带着年轻女子的魔力，将他完全征服，让他产生前所未有的快感，让他深陷情网里，让他见异思迁，不再把她当成复活了的韩心蕊。他是真的喜欢她，喜欢这位安静的美人、乖巧温顺的娇妻，在他决定抛弃她时，他才突然间发现，对她不只是喜欢，不只是肉体的依恋，面对美丽的娇妻、遭受凌辱的女子，他竟然生出爱恋了。

他的心理活动相当复杂，有时明明知道她用美貌诱惑他，却自愿掉进圈套里，只要看见那张脸，他即刻生出爱意和怜悯。他爱她美丽的脸蛋，年轻动人的身体，虽然一再强调她是心蕊的复制品，其实心里早明白，她已成功将自己俘获了。女人外貌就是这么有魔力，外貌带给他欢喜，让他越发喜欢她，慢慢地，喜欢转化成爱意，虽然不是他所向往的爱情，却也是难舍难分的异性相吸。他将她视为心中的宝贝，这宝贝只能供他欣赏和享用，这尤物完全属于他。他可以将她当宝贝，也可以将她当垃圾，她是他手上的遥控器，按哪个键，她就表演哪个节目。他给了她一个家，给了她想要的婚姻，她当然应该全心全意服务他，肝脑涂地伺候他，那具年轻娇美、带着灵气光环的肉体，任由他行使一切权利，毁灭它，爱护它，全由他一人说了算，那具胴体是他花钱买来的，他当然可以行使一切权利了。其实他并不爱她，只是被她深深迷惑、吸引了，吸引不代表爱情，确切地说，他爱这具魅力四射的肉体，爱她漂亮的脸蛋，却不爱用物质买来的女人。

物质时代谈情说爱，感情全由物质取代。富丽堂皇的酒店，奢靡豪华的会所，出双入对的男女，躲在暗处完成一桩利益交易，不少人栽倒在艳情世界，稍不留神锒铛入狱。田伶儿迎合这种流行的趋势，用年轻貌美改善生活状况，她帮他解决肉体焦渴，她是他最满意的性伴侣，他每天和她疯狂做爱，让他从性爱中得到满足，这就是性爱的魅力。这种即时的幸福，短暂疯狂，让人着迷，带着堕落的成分，更像一场感情赌博，一夜芙蓉红泪多。胜者当然是念恩泽，他就是她的审判官，眼下他不想抛弃她，还迷恋她的美貌和肉体，靠她为他排解烦闷和忧郁。他深知身边的亲人和邻里，不会容忍那件事儿，要是父母知道了，必定要逼他离婚，田伶儿说回县城，也算为他解了围，他正为这事儿焦虑呢，那就让她回去吧，顺便把她留镇上，维持这半死不活的婚姻。年轻姑娘多的是，婚姻只有一男一女，他怕凌翔再插足，为维护男人自尊心，他决计暂时不离婚。

那一晚，他睡在原来新房里，从田伶儿那里解脱出来，突然感觉轻松惬意。这时候的他，需要的是韩心蕊，唯一爱情的对象，她的灵魂之爱，肉体之需被灵魂之爱所代替，对田伶儿肉体的迷恋，好像就此结束。

房间内一尘不染，墙上挂着他和韩心蕊海边戏水的照片。韩心蕊长发飘逸、笑容灿烂，靠墙摆着大小不同、形状各异的格子，格子呈45度斜坡延伸到墙角，格子上摆着他和韩心蕊的合影照——两人在海边的合影，在埃及金字塔的合影，在埃菲尔铁塔的合影，在印度佛教圣地的合影。

床上铺着绣花床单，粉色印花真丝睡衣放在床上，像是等待女主人睡觉穿上，粉色鎏金梳妆台上摆满了化妆品，鎏金咖啡桌上摆着咖啡壶、陶瓷杯子和一瓶未开封的"蓝山咖啡",开放式衣柜放着韩心蕊叠好的衣物,房间里摆满了紫罗兰,每朵紫罗兰带着灵气向他扑来。

紫罗兰是他和韩心蕊精心培植的,失去水分的花儿,有些凋败飘落在地上,风干的花朵挂在枝头,韩心蕊的魂灵游离在花朵之间,将他团团萦绕。透过花儿的芳香,能嗅到韩心蕊的气息,就像药物在人身上起作用,他跟着气息进入魂灵的世界,这间房是韩心蕊魂灵栖息地,是他的心灵归属地。

心蕊活着,心蕊活着。

他不停地念叨着,大脑中只有这一种意识了,屋里到处摆着韩心蕊的照片,紫罗兰里有韩心蕊漂浮的魂灵,他要守着韩心蕊的魂灵,直到有一天俩人团聚。

等待是多么痛苦的事儿呀,他的那张脸因痛苦扭曲变形。他看着照片,对着那张笑脸亲呀、说呀,完全投入进去,絮絮叨叨了很长时间。

房间里散发着诱人的芬芳,他陷入幻想里,带着激情。淡淡的光线映在他脸上,那张脸疲倦困顿,身材曲线却很美,是纤柔之美、儒雅之美、病态之美,对故人的思念,对现实的逃避,对未来的不知所云,让这位无助的男人更显得稚嫩。

他继续自言自语,说他和田伶儿如何相遇,如何结婚。

田伶儿是韩心蕊送给他的礼物。

他深情地摸着照片上的韩心蕊,声音带着尖厉的跑调音。

心蕊喜欢紫罗兰,紫罗兰的花代表了纯洁的爱,喜欢紫罗兰的人崇尚高雅。紫罗兰是心蕊一手栽培的,每一朵花里都有心蕊回眸的眼神,心蕊是花仙子。

他停止说话,发出一声怪异的叹息,轻轻打开门,卧室门已关上，想必田伶儿早进了梦乡。

无情女人。

他含恨带怨地骂了一声，静静站在客厅那幅油画前，脸上又重露出由衷的快乐。

这幅画是心蕊临摹的油画，表达着梦幻和梦境。心蕊崇尚完美，要是不出意外，心蕊要生孩子，他就要做爸爸了。

他想象着与韩心蕊的美满婚姻、不幸夭折的孩子。

新婚男子对妻子肉体非常迷恋，若是保持这势头，妻子会很快受孕，男人的情感会由对妻子肉体的迷恋，进而生出对孩子、对家庭的责任与担当，这样的男子很少有机会移情别恋。

田伶儿没能抓住这机会，加之凌翔从中作梗。念恩泽对田伶儿的激情冲动，在凌翔三番五次骚扰后，渐渐失去了对田伶儿的肉体新欢，进而陷入对韩心蕊的无限思念。但富家子弟的争强好胜和强烈占有欲，让他不能放弃田伶儿，她是他拥有的精美物品，是凌翔的宝贝，他要让凌翔永远得不到这件宝贝，这才是他不愿离婚的真正原因。他用男人最不为人称道的弱点，做出最残忍的决定，把田伶儿留在镇上。他想，这决定对谁都好，要是父母知道那件事儿，肯定会把她逐出念家，这样待她，也算仁至义尽了。

他对田伶儿说，婚姻要靠缘分维持，他用缘分二字将责任义务推得一干二净，用趾高气扬的公子哥作风，将田伶儿一把推到镇子上，他一向凭个人想法办事情，这一次又以男主身份，将这位可怜的妻子赶了出去。

他坐在餐桌旁，用手画着那副阴阳八卦图，嘴里吐出一句，可恶的命运。

27

念恩泽在韩心蕊的祭日接到凌翔电话，他本不打算与凌翔见面，学校抽人去山区中学调研，他踊跃报名，打算第二日起程，这样就可以离开省城，免得母亲追问田伶儿。他收拾行李等着通知，却接到凌翔电话，凌翔用尽办法，翻唇弄舌，他愤然作色，恨从心起，凌翔公然向他挑衅。男人本性里的雪耻报仇，让他瞬间改变了主意。

自打知道那件事儿，他对凌翔恨之入骨，之所以没有选择离婚，并不是宅心仁厚、不计前嫌，是男人的占有欲锁住了他的身心。他宁愿田伶儿孤独终老，也绝不让她投身凌翔怀里，新年他在镇上陪田伶儿，他要给田伶儿留守镇子的理由。他矫情掩饰、故意表现，在镇上设宴款待乡邻，给足田伶儿面子，他心有所思、话有所指，用"柏拉图情感"，给田伶儿一个定心丸，然后堂而皇之离开镇子，撇下田伶儿独守凄凉。

他是被日子推着走的，未来对他来说是个未知数，他陷在一团糟糕婚姻中，并没有找到妥善办法。凌翔这个戏蝶游蜂的无耻之徒，公然向他挑起夺妻之战，这激起他男人身上蛰伏已久的好斗天性，他摩拳擦掌准备迎战，信心百倍，认为胜券在握，相信这场战争定能取得完胜。

他并不惧怕凌翔，两人同为高门子弟，财富势力旗鼓相当，人际关系不相上下。之前与凌翔有接触，对凌翔情况略知一二，凌翔从监狱出来结交了不少三教九流，他要利用这次机会，叫凌翔一败涂地、偃旗息鼓，不敢纠缠他的女人。

爱国将士为国杀敌，风流公子为情赴死，念恩泽血气方刚、盛气凌人，抱着必胜信念与凌翔单刀相会。

念恩泽生于钟鼎之家，中西贯通见多识广，金石珠宝阅览无数，而今站在凌翔家里，却被这满屋宝藏珍品折服。

房间装饰豪华，物件摆设满坑满谷，既有古香古貌的老古董，又有精良讲究的各类挂饰，这些一等物品和上好家具，只有簪缨门第方能拥有。最吸引他的是张大千的一幅花鸟画，如此耀眼争光的宝贝，竟然挂在凌翔屋里，这真叫他吃惊不小。他一直认为，凌翔不过是破落的官宦子弟，没承想凌翔席履丰厚、腰包鼓鼓，绝非寻常的官宦后代。

先撇去奇珍异宝、金玉满堂，光说吧台设计，真是匠心独具、绝无仅有。吧台用上好木材打造，保持古韵又不失新潮，吧台上摆着陶瓷茶具、酒具、咖啡杯具、水晶烟灰缸、海柳烟嘴。挨着吧台是一个正方形木柜，满满当当铺着美酒佳酿，敞开的卧室像女人闺房，红色床单，白色家具，高档音响，展示着膏粱文绣的奢华生活。

另一间屋子摆满了字画，他没有细看出自哪个大师名家，凌翔为他沏上黑茶，滔滔不绝地跟他说黑茶好处，故意显摆对茶道精湛娴熟，暗示品茶乃男人雅趣喜好，并非他念恩泽不精通茶道，有品相的男人哪个不懂品茶技巧？

他专心品茶不露声色，用那颗敏锐之心将凌翔仔细揣摩，就这样无言对视了半个时辰，直到外卖将饭菜送进家。凌翔摆好餐具酒具，招呼他去卧室打开《命运之力》光盘。

他走进凌翔卧室，拿起音响上那盘《命运之力》。光盘是新的，没有开封，他撕去包装，打开盒子拿出光盘，将光盘放进音响（当然他不曾想到，这一刻光盘和音响上均留下了他的指纹）。

音乐由卧室传进客厅，凌翔从木柜上拿出一瓶茅台，倒进白色陶瓷杯里。音乐舒缓悠扬，弥漫整个房间，命运这个多事祸主，居心莫测冷眼观战，夹在他和凌翔中间，随时准备粉墨登场，寻找机会挑起事端。他和凌翔各怀心事，一瓶茅台很快喝光了。

凌翔用茅台酒做自述开头。

一个人要是喝着茅台命归西天，岂不是无上荣耀、无上荣光？你知道吗，大多数人从生到死，没尝过茅台酒是香是辣，你我出身高贵、富贵天成，喝茅台酒不在话下。

你知道几种人见过茅台酒，几种人能喝上茅台酒？工农商学兵政党。几乎所有农民，一生没见过茅台酒酒瓶长得是方是扁，是长是圆。工人学生比农民稍胜一筹，没喝过茅台，却也有机会见识外观包装，甚至在酒庄商铺，拿着茅台酒酒瓶左顾右看。商人军人和政客，自然是喝着茅台谈笑风生，将人世间百态、风土人情、金钱名利，通过喝茅台酒得以完成。名酒下的社会构造，高低贵贱只通过酒品，就能区分得一清二楚。

拜老爸所赐，我得以喝上茅台酒，老爸留给我的资产也不少，这也是不幸中之万幸。我十五岁那年偷喝老爸第一瓶茅台，从此一发不可收拾。第一次偷酒至今记得清清楚楚，那天是七月二十二日，学校放暑假的第二天，爸妈上班中午不回家，我带几个同学在家玩游戏，班里绰号"不倒翁"的小浑蛋，问我喝过茅台没有？我说我爸柜子里存着不少茅台酒，"不倒翁"问我敢不敢偷一瓶叫弟兄们喝？我拍胸点头，不就是一瓶茅台酒嘛。

"不倒翁"跟我说他绰号的来历，其实全班同学都知道，因为他到处炫耀绰号的来历。他之所以被称作"不倒翁"，是他偷喝他爸半瓶茅台酒，跟同学打赌，自己酒后力大无穷，谁也推不倒他，结果真赢了，从此同学们给他起了个绰号"不倒翁"。

"不倒翁"十四岁开始偷喝他爸的茅台酒，他说喜欢这绰号，这个绰号证明他大富大贵。班里谁叫他刘大名，他会严正声明，我刘大明，绰号不倒翁，自打喝上茅台酒，自打有了绰号不倒翁，我刘大明，就成了高贵的刘大明，跟茅台酒一样高贵；芳香的刘大明，跟茅台酒一样芳香；绝无仅有的刘大明，跟茅台酒一样绝无仅有。

"不倒翁"说茅台酒是上等人喝的上等酒，国宴上招待外国元首贵宾，清一色国酒茅台。那些习惯喝洋酒的外国人，喝咱的国酒茅台，先是身子一抖擞，紧接着眼睛一眨巴，再接着嘴巴一吧唧，一副愁眉苦脸样子。等喝上第二杯茅台酒，嘴唇沾着杯子品一品，慢慢悠悠喝下去。等端上第三杯茅台酒，喜不自禁地端起酒杯，一股脑儿喝下去，嘴里说着洋文，赞美茅台酒。

"不倒翁"调嘴弄舌、谆谆诱导，我本酒色之徒，哪禁得住他的"好言相劝"。我蹲下身子打开酒柜，他一看扑通一声坐地上。这满满一柜茅台酒，别说偷一瓶，偷五瓶你老爸也不会发现。

凌翔继续说，第一次偷茅台酒，战战兢兢、提心吊胆，生怕这个时间点，被爸妈撞见。我拿出紧挨柜子门口那瓶酒，再将柜里酒瓶均匀摆开，拿一张老爸平时订阅的《人民日报》副刊，将茅台酒小心翼翼包起来。刘大名说干脆叫上五子、小军，去河边边啃猪蹄子边喝茅台，这样不易被发现。

那段日子我像只老鼠，每天往酒柜里打探张望，盼着老爸那些食客酒友，往柜子里添物送酒。两个月时间内，我总共偷过四次茅台酒，五子陪我偷过，小军陪我偷过，最后那一次，班主任要我叫家长。我求班长跟着我，班长站门口放风我偷酒，班长带着我找班主任讲情，我双手捧着茅台酒，毕恭毕敬地递过去，低眉顺目向班主任求告，假借老爸之名表心意，请班主任笑纳。班主任一看茅台酒，顿时用那只力大无比的右手，在我头上像转动地球仪般抚摸着，连着左三圈右三圈，一脸欢喜对我说，你爸真是有心人呀！班主任一时兴起，忘记叫家长那档子事儿了。

每次大功告成，我、"不倒翁"，都要叫上五子和小军，四人去河边一间农家屋，要一盘猪蹄子、一盘黄焖鸡、一盘炒青菜、一盘花生米。

"不倒翁"说，配茅台酒，至少也要四个菜，那样才显出茅台酒的高贵气派。

"不倒翁"打开酒瓶盖，一股浓香飘出来，我先是轻轻抿了一口。男人天生是酒神，第一次喝酒，虽说茅台酒有些辣口，但仔细品一品，越品越叫人销魂。

"不倒翁"问我味道如何？我说真香，比香油还香。

一瓶茅台酒，就这样在四个人恋恋不舍中被喝得精光。

后来我跟"不倒翁"，前前后后"作案"十多起，偷得茅台酒十多瓶，大概他家五瓶，我家七瓶。就在我准备继续作案、偷我老爸第八瓶茅台酒后，厄运向我挥手点头，我被警察抓进了监狱。

那一次，责任全在茅台酒上，那一次，我跟"不倒翁"，刚偷了一瓶我爸的茅台酒，我俩到河边饭馆啃猪蹄子。

每次偷完茅台酒，我们都要去那家饭馆啃猪蹄子，每次酒足饭饱，饭馆老板会说菜钱免了，酒瓶留下。

厄运向你亲近时，躲也躲不掉。

往常偷完茅台酒，都是我和"不倒翁"、五子、小军一块聚餐，这次五子、小军临时有事儿，我和"不倒翁"只好点俩热菜、俩小菜，问服务员要俩茶杯，一斤白酒一人半斤，倒在玻璃茶杯里。

哪想到我俩喝在兴头上，"不倒翁"哪根神经走了神，一口气喝完半斤酒，放下酒杯跟我说，他妈交代他去外婆家送大米，他给忘了。

"不倒翁"话音落地，人一下子不见踪影了，我冲着背影骂了他一句。

往日四人一组有说有笑好热闹，这会儿一个人的酒宴难免孤单。我酒醉饭饱离开饭馆，顺风顺路走到河边，一块玉米地展现在眼前。

真是天命难违。我不知不觉身临其间，是心有所思、意有所念。这块玉米地跟田伶儿有直接关系，田伶儿常来这块玉米地，帮她婶婶施肥、掰玉米，那时候我情窦初开，很喜欢田伶儿，那颗童子之心为爱奋不顾身。那时候田伶儿犹如花儿含苞待放，犹如月儿柔情万丈，犹如星儿闪闪发光，犹如仙女举世无双。我比田伶儿大两岁，同为官宦子弟，我和田伶儿情同兄妹。

醉醺醺的我走到玉米地，想要看一眼田伶儿。

田伶儿常跟着戴思在玉米地里逮蚂蚱，帮戴思的老妈给玉米浇水施肥，那时候戴思身上就有警察基因（不说戴思，说起她我火冒三丈）。那会儿，玉米刚刚长出玉米穗，玉米秆子比我高，玉米叶子比我肥，喝酒的我想到玉米地碰运气，说不准碰见我朝思暮想的田伶儿，说不准能跟我喜欢的田伶儿表白心意，谈情说爱、高谈阔论。

醉醺醺的我走进玉米地。

起初我没看见田伶儿，只是被一只蚂蚱吸引了，那只蚂蚱翠绿翠绿的，肥得流油，我想要逮住那只蚂蚱，想在玉米地烧蚂蚱吃。

蚂蚱蹦，我跟着走，我的手拍了两三次，蚂蚱从低处蹦到高处，从近处蹦到远处，蚂蚱像是戏要我，总拍不到我手心里。蚂蚱蹦到地中间，我跟着蚂蚱来回跑，这时候，我看见正在玉米地里忙碌的田伶儿。

田伶儿的嘴里哼着歌曲，是我听过的歌曲"洪湖水，浪打浪"。田伶儿沉浸在劳动的喜悦里，没有看见我渐渐走近。

我先是看见背影中的田伶儿，等我正对着田伶儿时，造化戏弄我。我忽生歪心邪意，我骨软筋酥，激情蓬勃，脑子乱了，身体颤了，热血涌上心头，全身开始颤抖，机不可失，时不再来，岂能错过这绝色佳人？

我借着酒意，色胆如天，两只手不听使唤朝田伶儿抱去，激情四射的身子，不听使唤朝田伶儿扑去，一下子将田伶儿扑倒在地，整个身子压住了软绵绵的田伶儿。

那会儿我将一切置之度外，心里就一个念头，不停地驱使我，她是我的，我一定要得到她。

那时候我并没有想到已经犯下了强奸罪，在我看来顶多算是风流债。

田伶儿越挣扎，就越能激起我的本性，越拒绝，越能勾起我的莽撞情欲。我一只手捂住她软溜溜的嘴巴，一只手剥开她上衣，她剧烈反抗誓死不从，整个身体向我做着无谓抗争。我如烹小鲜轻而易举，带着高阳酒徒的恣意妄行，将她压在身下，我已经被魔鬼牵着走向地狱，哭泣的美人增添了几分娇柔美丽。

我抚摸着妙龄少女并不丰满的胴体，将那具软弱无力的身体压得更紧，像是进入极乐世界，感觉到世界末日天塌地陷，我得到无限满足、无限快乐。等放开她时，我躺在地上闭着眼，仍在回味她的香体，快乐荡漾我全身，幸福将我完全包围，我终于得到了田伶儿。她是我的，永远是我的，我激动得差点儿哭出声，差点儿激动得晕过去，我要娶她，跟她结婚，叫她为我生娃娃，生一群漂亮小娃娃。当时我就是这样想，我是真想娶她，不是只想睡她，我是真的想娶她呀，天地万物做证，我是真的想娶她呀，不是为了强奸她。茅台酒和田伶儿，玉液琼浆，绝色佳人，高贵的酒，高贵的人，美酒才能配美人，我俩身体合二为一。从此以后，我就是她的小夫君……

凌翔酒言酒语，意气风发，继而脸色突变，陷入痛苦，低头思苦，泪流两行。说起当年少不懂事，对田伶儿犯下滔天之罪，真是自惭自愧、悔不当初。有时真想一死了之，得不到心心念念的女人，身体和精神备受折磨，只有一死方能解脱。

凌翔哭一阵子，笑一阵子，诉说着对田伶儿的痴迷恋情。

男人一旦爱上女人，就会爱得摧枯拉朽、感天动地，凌翔是个情怪、情种、情圣、情魔，他对心蕊何尝不是？他娶田伶儿意图明显，不过是田伶儿像极了心蕊，一个死人尚且牢牢拴住他的心，何况面对一个活人，一个全心全意爱着的女人。

听到这里，他有点儿同情凌翔的无知，甚至对他有好感，谅解他曾经所犯的错误。一对爱情至上的年轻男子，好像消除了误解和误会，不再是情敌和对头，倒成了相互理解的好兄弟。

凌翔发誓，只要活着定要得到田伶儿，不达目的誓不罢休。

这句话勾起了他的怒火，凌翔公然挑衅他，挑衅他作为丈夫的底线、一位男人的尊严，他真想把凌翔碎尸万段。

这一刻，有个奇怪念头在他心里萦绕不去，凌翔说的田伶儿，就是复活的心蕊，他哪能将心蕊送给凌翔呢？眼下心蕊有危险，他哪能袖手旁观，不问不管？他的愤怒不是来自田伶儿受侵犯，是心蕊遭到侮辱和诋毁，他的小天使、小宝贝、纯洁无瑕小女神，哪能遭受一丁点儿的侮辱呢？想到心蕊面临的危险，他恨死眼前的的小畜生了。

凌翔继续陈述那件事儿，详细描述田伶儿身上的味道，说到田伶儿怀孕堕胎，捶胸顿足，说孩子是他的种子，田伶儿剥夺了他做父亲的权利。田伶儿不孕不育，是上帝对她的惩罚，擅自扼杀小生命，这是她应得的报应。

一个男人，要么死，要么称雄称霸，要么得到爱情……今天我只有一死了之，我死了，大家就能解脱了，为成全你和田伶儿，我决定去死，一了百了。

凌翔用"一了百了"结束了自述。

听到凌翔说自杀，念恩泽对凌翔的恨减轻了，并为他的选择而高兴。凌翔一死，心蕊危险就没了，凌翔还算有良心，用自杀避免继续犯错误。高尚的死，比龌龊地活着强多了，既然决意要寻死，那就为他送行吧，让他体面地死去，也算尽到做人本分。

凌翔嬉皮笑脸进卧室，出来时手里拿着白瓶子，脸上露着嘲笑、讥讽，在他面前晃晃瓶子。

你看，安眠药，这瓶药吃下去，保准能见阎王爷。你别生气了，一个快要死的人，哪能跟他计较呢，今生我已很知足，往后你俩高枕无忧，相爱相伴到白头。

凌翔煽风点火、推波助澜，挺胸凸肚、高谈雄辩，说死了比活着要幸福，上帝会照顾为爱殉情的情种。

凌翔对死一点儿不惧怕，甚至得意忘形，继续说着田伶儿，说玉米地里的情景，消失的怒火在他心里又燃起，他诅咒这个畜生立刻死，这个畜生太卑鄙，死对他来说是超度，是挽救，更是心灵的救赎，死对他来说是好事儿，功德无量的好事儿。

陷入圈套里的他，抱着个人的恩怨，等着凌翔去自杀。他添油加醋，蛊惑凌翔，说心蕊去世那段日子，自己每天睡前吃安眠药，吃完会轻松地睡着，没有一点儿烦恼，你真想走这条路，那就吃完这瓶安眠药，这种自杀最轻巧，躺在床上合上眼，不知不觉就去了，没有感觉就死掉了，就像睡觉做美梦，一梦梦到天堂去。

凌翔被他鼓舞了，饶有兴趣听他说，他见凌翔很投入，继续说着天堂有多好，他和心蕊常在两个世界说情话，特别是在后半夜，心蕊会来找他，趴在他的枕头上，跟他说着悄悄话。心蕊还是老样子，美艳动人又活泼，不像死去的幽灵。

凌翔乔装掩饰，装作傻子，拿腔拿调一探虚实。要是真去了天堂，能不能跟心上人聊天？跟她有说有笑、促膝谈心？不像现在这样子，仇人相见分外眼红？

念恩泽屏气凝神，完全陷入了个人意念里，想着和韩心蕊阴阳团聚，阴阳沟通。田伶儿回镇子那段日子，他时常借酒浇愁，对着影子传杯送盏，今愁古恨涌上心头。坐在新房里，他捧着心蕊照片聊呀聊，聊到昏昏欲睡，进入梦境。许多时候，他晕晕乎乎看见心蕊为他盖被子，枕在身边陪他入睡。

念恩泽感同身受，如实回答凌翔的提问。有些人进了阴间为鬼蜮，有些人进了天堂成了天使。心蕊现在是天使，天使把爱带给凡人，他是心蕊的凡间的爱人，自然能和心蕊促膝谈心。

两个醉酒男人各抒己意，一个说着韩心蕊，一个说着田伶儿，心有共识，好像亲兄弟。

凌翔拿起药瓶子，再次求证是否能跟心上人见面聊过去？

念恩泽心系亡灵，又因酒精左右了他的大脑，亡灵的形象栩栩如生，与他调风弄月、执意笑欢，再加上那个奇怪念头控制他，给他提示和提醒：凌翔一直纠缠着心蕊，凌翔死了，心蕊就能平安无事活下去。他要帮心蕊解除这麻烦，让心蕊脱离凌翔的监视，他被这荒唐可笑的想法左右着，跟凌翔说人死了，消失的生命变成了魂灵，活着没能完成的心愿，死后借着魂灵的能量，就能实现生前的心愿。和所爱的人吃饭聊天、同床共枕，活着时候做不到，死了就能轻松搞定。

凌翔得到了明示，抚掌大笑，将整瓶安眠药倒手里，拿起茶杯摇摇晃晃走进卧室，他跟着凌翔走了进去。

凌翔谑浪笑傲、含悲带喜，他站在凌翔身后静观事态，凌翔怡然自得吞下药片，有几片从凌翔手里脱落，他弯腰捡起递给凌翔。凌翔面如冠玉、喜怒形于色，沉浸在音乐里顾盼自雄，摇摇晃晃躺在床上，关掉手机，并将手机放在枕头下，对他冷嘲热骂、淫词秽语，称他白面书生坐吃山空。那张阴阳八卦图餐桌，是他悲惨生活的写照。

凌翔笑容满面，低声低语：谁笑到最后才是胜者。

《命运之力》第三幕已近尾声，凌翔欲醉欲眠，渐渐进入梦境，笑观成败，喃喃自语：音乐，美酒，女人，时不再来，逍遥自在，含笑九泉来生再见，你回去吧，我要睡了，睡了就能跟伶儿相见。

凌翔昏昏欲睡，不再说话了。他面带微笑，心满意足，想着不再有人打扰心蕊，跟着音乐哼起《生命之力》最后那段，他哪能让心蕊经受丁点儿委屈？田伶儿是谁跟他无关，田伶儿是复活的心蕊，这点对他很重要，田伶儿是凌翔一生所爱，田伶儿是复活的心蕊，他爱她、帮她、照顾她，全因她是复活的心蕊，他成全一心想死的凌翔，也是把复活的心蕊从困境里救出来。

凌翔已经合上双眼，面孔俊美温和，他有点儿喜欢这男子，甚至多少带些敬佩，为他的离世心生惋惜。不可多见的情场勇士，多财善贾的英俊小生，能说会道，风度翩翩。不少女子钟情于他，他偏为田伶儿情怀不解，不到三十正当青年，竟然为爱远赴黄泉，看来天意要他这样。今天恰是心蕊祭日，凌翔用生命祭奠心蕊，他在音乐中走向死亡，天堂之门为他打开，天使捧着鲜花向他走来，凌翔投奔到极乐世界。恰当风华正茂，年纪轻轻却已离世，瞧他死得多安详呀，没有仇恨，没有忧伤，想必他早跟死神签约，就等这天遵照执行。死对别人何等艰难，对他来说是完成心愿，他带着爱意命赴黄泉，弥留之际留下一脸爱意。他用死亡告诉世人，你们可以浪漫活着，而他可以浪漫死去，活人享受活着的乐趣，死者享受着死亡的快意。

他想起《圣经》里的经典名句——

爱是恒久忍耐又有恩赐；爱是不嫉妒，爱是不自夸、不张狂、不做害羞的事儿，不求自己的益处，不轻易发怒，不计算人的恶，不喜欢不义，只喜欢真理，凡事包容，凡事相信，凡事盼望，凡事忍耐；爱是永不止息。"

这个为爱而死的男人，想必领会了爱的定义，念恩泽想为死者做点儿事情，好让这个男人死得尊严庄重，成全他自杀是帮助死者做的第一件好事，整理死者遗容、送死者一程，是为死者做的最后一件好事。

他像殡葬师那样，弯下腰为死者整理头发，整理仪容，把死者身体从头到脚捋一捋，把被子盖好，用毛巾为死者擦脸，再抹上护肤用品，将死者双手放胸前，然后拿出花瓶里那束红玫瑰，一枝一枝分开，绕死者床帏摆一圈。做完这一切，他站在死者面前叩首默哀，三次鞠躬，离开卧室关上房门，迎着太阳发出叹息，感叹命运反复无常，一个死了，一个活了；凌翔死了，田伶儿活了；田伶儿活了，心蕊就活了。

28

　　田伶儿在镇上接到戴思电话，凌翔死了。

　　戴思说，目前不能确定死亡原因，自杀可能性较大，也不排除他杀，有可能是图财害命，凌翔有钱爱炫耀，接触人员复杂，难说没人害他。从现场看，初步判断，他是酒后服用大量安眠药导致死亡。

　　她喜极而涕，心荡神摇，若不是亲耳听见哪会相信？戴思说得很清楚，那个男人真的死了。

　　戴思说人在绝望时，不是崩溃就是自杀。

　　那个得意忘形的男人，不会绝望，不会崩溃，会不会是他杀？

　　这想法一下子从大脑蹦出来，无数个理由在大脑中相应而生，对应这想法的合理性，证实他杀的可能性，他杀的想法越来越清楚、越来越清晰，占据了她全部思维和整个身心。

　　是谁杀了他？

　　她又看见酒吧里那张满是鲜血的脸，她杀了他，血流了一地。他死了，终于死了，是她杀了他。

　　她怕极了，差点儿失去理性，要去投案自首。

　　那个意念不停地向她传递信息：凌翔死于她的刀剑之下，她是杀害凌翔的凶手，是杀人犯！

　　她继而回忆起杀人片段。

　　她和凌翔在酒吧见面，她手拿利剑刺向凌翔，凌翔脸上身上全是鲜血，脑袋开花，白花花脑浆流了一地。

那会儿她高兴极了，快活极了，舒坦极了，她对凌翔进行了强有力的还击。凌翔死了，她原想着杀不死凌翔，这会儿凌翔死了，她用她的勇气，打破了凌翔施于她的枷锁。她不想懦弱地活着，她想变得强大，用自己的强大，摧毁凌翔的进攻，凌翔终于败在她脚下。胜利了，胜利了，她自豪地跟自己说，弱者想获胜多难呀，她终于获胜了，美好人生经过无数次闯关，她终于打败了那个男人，赢得了新生。

她沉浸在可怕的幻想症里，还原杀死凌翔的经过。

戴思说眼下死因没有确定。她心里有点儿得意，戴思真傻，凌翔死因很清楚，她用剑刺死了凌翔。从酒吧出来，戴思就在路边等她，是不是她巧妙伪装，躲过了戴思犀利的双眼？那场景在大脑不断回放，定格在心里无法抹掉。

她想，这是她人生一个分水岭，她不再是过去那个软弱、没有主见、胆小怕事、任人欺凌、任人宰割的田伶儿，她和戴思一样有尊严、有个性，敢于同恶势力搏斗，战胜恶势力。她喜欢这样的自己，她杀了恶人，阻止恶势力对她的侵犯，阻止邪恶力量对她的欺压，即使判处死刑，即使为此而死，也死而无憾。

戴思让她尽快回省城，刑警队要找她询问事情，她猜想刑警已经怀疑她，那就直面刑警说清楚吧。

以前多么害怕被人提及那件事儿，而今却想说出那件事儿，她已踢开心魔，甩掉压在心中的沉重负担。命运为她输入了强大力量，让她从外表到内心，从身体到灵魂，完全换了个人，一个崭新的、有灵魂的、有力量的、有温度的田伶儿，让她第一次用自己的决策力，决定如何往下走。

又要离开镇子，每次离开镇子，她都有不一样的体验，不一样的开端。她要尽快离开镇子，免得警察找上门，惊动舅舅和舅妈，惊动镇上所有人。

她收拾好几件换洗衣服，谎称戴思得了急性阑尾炎，韩剑出差没人照顾，趁天黑仓促离开镇子。除了镇上几条看家狗，没人看见她上了那辆面包车，那辆面包车，是镇上的出租车，镇上人没急事儿，很少搭乘出租车。

从镇上到省城，一路想着警察要是抓捕了她，念家亲朋好友脸面该往哪里搁？杀人犯、女骗子、女妖精，所有脏水和脏话，肯定全泼她身上，该如何跟念家解释呀，又如何解释清楚呀。要是婆婆得知这件事儿，赶出念家也算轻饶她，说不定婆婆还要揍她一顿。想到这，她不由得心惊胆战了，下车后在火车站附近来回溜达，直到天黑才回家，生怕婆婆发现了。她坐在餐桌前，喝了杯凉水，叹了口气，看着桌上的八卦图，猜着婆婆是否知道那件事儿？要是婆婆问及死去的男人，又该如何解释呢？

她坐在桌前，自责自怨了好一阵子，多亏念恩泽到山区调研，婆婆不知道她回来，她要好好歇几天，好好合计这件事儿。

回到省城第三天，警察拨通了她的电话，跟她说希望配合调查。

联系她的警察姓陈，她称呼对方陈警官，十年时间未能抹去她对警察的戒备。她心存芥蒂、谨小慎微，跟陈警官上了四楼办公室。

陈警官长得眉清目秀，走路有点儿外八字，她跟在陈警官身后，尽量克制紧张情绪，克制大脑不时冒出的幻觉，还没等陈警官问她话，就急着澄清自己没犯罪，她说那天在酒吧，真想用剑刺死凌翔，没想到他吃药自杀了。

她语无伦次说很多，陈警官满脸疑惑地让她坐下。

　　陈警官打开笔记本，从抽屉里拿出笔，准备做询问笔录，这场景对她太熟悉了。那件事儿，那个男人，两名女警询问玉米地发生的那件事儿，她说了一遍又一遍，说一次哭一场，直到母亲将她带回家。

　　这么多年过去了，那情景今天重现了，她又旧梦重温了，旧伤再次被撕开，那颗心被撕裂，灾难重新笼罩她，整个人进入恐惧状态。她看见十四岁的田伶儿，从玉米地逃出来，迎面碰见婶婶邻居……那个姑娘多无助呀，躲在山里害怕熟人看见她。那个姑娘终于长大，终于有了自己的家，那件事儿好像过去了。谁想到，那个男人出现了，她当然要杀死他，只有杀死他，才能保全自己的名声。这些年，苦难一直纠缠她，灾难与她结伴而行，连自己都不明白，她是怎样活过来的。经受太多精神折磨，换作别人早死了，活到今天算赚了，活得太不容易了，每天跟病魔搏斗，不敢寻找心理医生。此时看见陈警官，往事浮现在脑海中，幻想带来的偏执和紧张的情绪，让她时而清醒，时而糊涂，只等陈警官提问。

　　陈警官问她是否与死者熟悉？

　　她如实回答陈警官，说两家长辈有交情。

　　然后呢？陈警官拖长声音问。

　　然后是什么意思？

　　陈警官说，是不是见过死者，或者作为朋友相互交往？

　　她松了口气说，去年见过，不久前见过死者，之后再没见过他。

　　她捋下长发，长发影响了视线，额头很快清爽许多。

　　陈警官让她把见面的情况说一下。

　　陈警官正襟危坐，笔攥手里，准备随时落下。

　　她问，是不是非说不可？

　　陈警官点头，涉及死亡，或许是谋杀，真是谋杀，性质很严重，细枝末节不能有丝毫隐瞒。

陈警官说到"谋杀"两个字，刻意看她一眼，她听到"谋杀"，顿时神色紧张起来，对方窥出她的变化，倒杯水递给她，叫她镇静下来慢慢说。她喝了口水，情绪很快调整过来，叙述在女人街，在舞者小芬跳舞的酒吧，她跟凌翔见过面，强调和凌翔是老乡，在省城遇见，凌翔约她在酒吧见面，小芬跟凌翔也是老乡。

她将舞者小芬扯进去，强调小芬和凌翔关系好，这样说自有想法和目的。在陈警官面前，尽量少说话，多是一问一答，绝不添枝加叶多说一句话，她担心言多必失，牵出不必要的麻烦。

陈警官说，既然长辈是故交，肯定对死者很了解，那就说说死者过去的经历吧。

她听到"过去"这俩字，心中很快生出疑问，陈警官知道她和凌翔的"过去"？明知故问，引她主动说实情？

她很快陷进回忆中，大脑渐渐脱离现实，陷入可怕的幻想中。

陈警官见她没吱声，问她是否有难言之隐？

人有时候越是坚守秘密，越容易在情急之下露出端倪。

她感觉秘密泄露了，早已公布于众了。幻想症驱使她，让她越发偏激了，长期受到压抑的她，常用偏激的方法，发泄内心的恐惧。她在陈警官提醒下，在大脑的激发下，在幻想症驱动下，思维走向偏激固执，认定陈警官故意揭短羞辱她，既然传她来问话，肯定事先了解她，肯定知道那件事儿，明知故问让她自己说出去，多险恶的人心呀，我受的罪还少吗？遭受的侮辱还少吗？干吗要来羞辱我？那件事儿，我是最大受害者呀，我杀了那个男人吗？是呀，是我，我杀了他，那个无耻的恶棍，死是他最好的归宿，我当然要杀死他，是他毁掉了我的一切，干吗要让他活着？恶人就该早点死，我杀死恶人领罪了，愿意接受法律惩罚。

　　她又陷进幻想症，忘掉之前说的话，眼前呈献给她的，就是杀人的酒吧。说起凌翔的名字，她的嘴如刀子般尖利，脸上写着仇恨俩字，双手紧攥，身体前倾，想要撕碎那个男人。话题打开滔滔不绝，说的满嘴吐白沫，只有一点儿牢记着，那件事儿，绝不吐露半个字。

　　陈警官低头做记录，房间除了她的声音，就是笔与纸发出的咝咝声，她说了很长的时间，直到陈警官没有疑问，满意为止。

　　离开陈警官办公室，她高兴地松了口气，凌翔的死给了她一个宣泄机会。这些年，她哪有机会倾诉憋在心里的怨气？陈警官给了她倾诉机会，让她没有顾虑说出来，让她直说无妨，坦坦荡荡，让她天不怕、地不怕，将秘密尽情挥洒，自己是不是杀人犯，对她已经无所谓，只等警察下结论。

　　一个女人从走廊里走过来，走近一看是小芬。小芬认出她，大声叫她杀人犯。

　　怕你丈夫知道，杀人灭口。

　　小芬脸上涂着厚厚的脂粉，说话用力过猛，脂粉尘粒飘在空中。

　　小芬说，凌翔不会自杀，是你害死凌翔的，就等警察抓你吧。

　　小芬指鼻子瞪眼，坚称她是杀人犯，小芬说警察会一枪崩了她，就是到地狱，凌翔也不会放过她。

　　她恶狠狠地瞪着小芬，幻想症中的那个她，与平素的她判若两人，那个她表情吓人，小芬吓得转身离去，她看着小芬走进陈警官办公室，陷在幻想症中继续寻找杀人证据。

　　是她杀死了凌翔，小芬当面指认她，说她就是杀人犯，至于为何杀凌翔，小芬说是杀人灭口。

　　小芬说得一点儿也没错，她当然要杀死他，他活着对她构成了威胁。他说一定要娶她，一定拆散她和念恩泽，是他把她逼到了绝路上，逼得无路可走。她只能铤而走险杀了他，她的确是杀人犯，警察很快就会枪决她，听说人死前要洗刷曾经的罪过，死后才能在天堂生活。她可不想下地狱，她想进天堂，即使进不了天堂，起码也要做好鬼，不能做地狱的厉鬼。她要把那事儿告诉念恩泽，求念恩泽宽恕她，反正就要被枪毙了，不在乎离婚不离婚，不在乎丈夫抛弃她，更不在乎世人如何评价她。临死前最大的心愿，做回真实的自己。

她一直活在别人耳朵里，一直做别人眼中的自己，忘记自己的大脑，还有独立思考的功能。临死前，她要做真实的自己，不再是别人的替身，别人希望的样子，要塑造真实的自己，用大脑思考剩余的人生，怎样活得自在快乐、没遗憾，哪怕按照自己的意愿活一天。反正苦了这么多年，与其讨好别人苦自己，不如为自己而活着，哪怕一天也可以，让丈夫看到那个真实的田伶儿，她要在死前真心忏悔，求念恩泽宽恕她，求神灵护佑她死后进天堂。

那件事儿一直隐瞒这些年，若不是死期将临近，她哪会公布这秘密？奶奶到死都没公布藏在心里的秘密，把秘密带进了坟墓里，既然生命进入倒计时，那就想想身后事儿，想想死了怎样升天堂，怎样在天堂过日子。活人那些糟糕事儿，留给活人来处理，将死之人想升天，要在死前救赎灵魂，趁着死期还未到，将秘密说给念恩泽，恳请丈夫饶恕她，死后为她送一程。她才刚过二十五，生命呀，难道真的就此打住？

29

她拿定主意匆匆回家，紫罗兰已凋谢了，向她昭示死神就要降临了。她又坐在餐桌前，喝了一杯凉开水，继续想着怎样告诉丈夫杀人这件事儿，那双眼在命运摆布下，停在那扇半开半掩的门上，那是死者的新房，平时房门紧锁着，今天怎么没上锁？难道念恩泽回来过？或是婆婆登门拜访过？可能这几天早出晚归没注意，那扇门一直半开着，难道念恩泽走得匆忙忘上锁？还是故意留给她，供她参观欣赏呢？

那扇门既然没上锁，想必有某种暗示等着她。

她一阵兴奋，一阵抓狂，丈夫远离省城不在家，婆婆此时正在酒店忙着，家里只有她一人，进去看看怕啥呀？那位于阿姨说过，这屋里住着她的女儿韩心蕊。想着亡灵在里面，心里有点儿怕怕的，仿佛无数个鬼影，在她面前晃悠着，那个男人的鬼影、韩心蕊披头散发的鬼影，无数个鬼影弥漫漂浮在空中，第六感觉给了她清楚的提示：念恩泽此刻身陷囹圄！她清楚地感觉到，不是幻想是真的，是第六感觉给她的提醒，那间屋里躺着奄奄一息的念恩泽。屋里有韩心蕊的魂灵，魂灵气息缠着念恩泽，魂灵气息拽着她，叫她赶快进屋去，进去拯救念恩泽。她鼓起勇气走到门前，要和亡灵厮杀搏斗，打败亡灵，将念恩泽救出来。这念头儿太强烈了，压倒了心中的恐惧，带着惶惑，带着勇气，带着不安和忐忑，用极快速度推开门，而后叫她大吃一惊。

　　房间一片黑暗，厚厚的窗帘，将外面光线遮得严严实实，整个房间寂静得令人窒息，关上门似乎进入另一个空寂无人的世界，只听见嘀嗒嘀嗒的闹钟声，在封闭房间内有规律地响着，像是人的脚步声。她很快想起陪念恩泽看的日本恐怖电影《午夜凶铃》，嘀嗒声像夜鬼有节奏的脚步声，加上胸口发出的嘣嘣跳动声，在寂静的房间听上去很瘆人，她急忙用手捂住胸口，生怕心脏从身体里跳出来。等眼睛适应屋里的黑暗，闻到空气里散发出来的烟草味、酒精味，还有花儿的淡淡香气，几种味道在空中飘散，亡灵的气息将她围得严严实实，叫她喘不过气来，意识很快混沌散乱，仿佛跟着亡灵投身另外的世界。她竭力稳住紊乱的情绪，从客厅再到亡灵的房间，好像从一个世界进入另一个世界，又好像在同一个世界，只是换了个房间，只是被亡灵团团围困，导致思维出现偏差，误以为自己跟着亡灵，进入了亡灵的世界。她急忙跺跺脚，地上发出咚咚的声音，这声音证实自己还活着，身体跟着微弱光线走到窗前，拉开窗帘，黑暗瞬间无影无踪，亡灵一下子逃出房间，整个屋子给人温暖的感觉。阳光倾泻在房间，更添了静谧和温馨，黑暗带来的恐惧荡然无遗，闹钟依然响得很有规律，只是不再让她产生恐惧，那是一个欧式落地闹钟，摆在卧室的墙角，难怪平时总听见这屋里发出声音。以前不敢靠近这屋子，更不敢问念恩泽，原来是落地钟发出的声音，在异常寂静的房间听到钟声，不再像之前那样惊奇害怕，反而给自己带来安慰。物体发出的声音是活人世界的证明，她站在屋子正中间，仔细观察这里的摆设和布局。

　　每一处摆设，哪怕桌上的杯子，全是精致的鎏金器具，不难看出，每件物品都经过精心挑选。床上铺摆整齐，那件粉色睡衣，好像女人刚脱下随意扔在床上。紫罗兰摆得到处都是，很多花枝已凋谢，有的挂在枝上摇摇欲坠。靠墙的格子柜里，有念恩泽和韩心蕊的合影照，另有不少书籍，那本米兰·昆德拉的《不能承受的生命之轻》放在被子上，这是念恩泽最近买的，估计他还没看完。墙角放着两个储物箱，箱子上写着心蕊二字，她猜想里面全是死者的物品，定是念恩泽整理后装进箱子里的。她想打开看看，又怕丈夫知道动怒生气，他保护着曾经的爱情，小心保护着死者所有的物品，将亡灵的新房保存得很完整，她哪能随便翻动死者的东西？她被他忠诚的爱情所感动，要是临死前能得到这样一份感情，死对她来说有何可惜？

新房是丈夫的爱情港湾，他不允许任何人踏进来半步，若不是想着死期将至，她哪有勇气进这屋子？她想在临死前看看这间屋子，想了解那位死去的女子，这屋里藏着感人至深的爱情故事，藏着丈夫今生最爱慕的女子。她羡慕这对年轻的情侣，羡慕英年早逝的美丽女子，生命虽然短暂，却那样的幸福，那样的令人羡慕。她宁可像韩心蕊那样活得短暂，也好过在痛苦中延长生命。可惜这小小要求无法实现，她还没享受到好生活，却要被子弹结束人生，生命在最后时刻依然是罪孽深重，这些年她一直在赎罪，也没能逃脱罪恶的束缚。多可恨的女子，多恶毒的罪人呀，其心可诛太狠毒，让法律惩治你吧，让法律用子弹将你打死。死到临头的你，竟然如此伤心，竟然惧怕法律、惧怕死神。想要的太多，结果一无所获，用尽心思得到的，竟然是法律的子弹。

她看见桌上摆放着一排小熊，想起小时候，母亲常满足她的心愿，为她买各种女孩儿玩具，奶奶常带她逛商店，为她挑选芭比娃娃。那个喜欢芭比娃娃的女孩儿，多年没摸过芭比娃娃了。韩心蕊婚房摆放着小熊，多闲散的公主心呀，她哪有这般闲情逸趣？韩心蕊享受亲情爱情，死了被亲情爱情思念牵挂。而她四处漂泊，受尽凌辱，到头来竟成了杀人犯。她哪能跟韩心蕊比呀！她的肉体是肮脏的，心理是畸形的，内心是阴暗的，她用警惕的眼光怀疑人，生怕遭人暗算欺负，哪比得上生活在阳光下、被亲人呵护、被爱人照顾的韩心蕊？比起韩心蕊，她活得多艰难、多绝望呀，真不如一死了之！死对她是解脱、是救赎、是她最好的归宿，她好像看见上膛的子弹，就要朝她发射，她并不惧怕摆在面前的死亡，只求别在人间遭受苦难，只求早死早托生。

她看见书柜上那瓶安眠药，那是引导她走向死亡的便捷途径，要是吃药死了，自己是不是畏罪自杀？是不是比押送刑场执行枪决体面得多，比众目睽睽之下遭人唾骂强得多？她高兴地拿起药瓶晃了晃，原来里面是空的，她想起念恩泽说失眠时就吃安眠药，想起吃安眠药死去的凌翔，想起戴思说的自杀案——女人醉酒后吃安眠药自杀身亡，这两起酒后吃安眠药自杀案件，难道真是巧合吗？

念恩泽无影无踪，会不会与凌翔有某种关联？

这想法一出来，她心里咯噔一下，很快生出不祥之感。无数个推测，接二连三从大脑里蹦出来：远离现实的，同现实碰撞的。念恩泽和凌翔，她和凌翔，纷纷扰扰的矛盾纠葛让她厘不清。念恩泽不会害凌翔，是她害死了凌翔，小芬是证人。念恩泽心地善良、受人尊重，韩心蕊去世对他打击太大，那段日子他常吃安眠药，现在人压力大，吃安眠药的年轻人不在少数，凌翔家里有安眠药不足为奇，凌翔吃安眠药与念恩泽没有关联。

她不再想安眠药的事儿，专注地看着照片里的美人。韩心蕊复活了，一脸笑容地看着她，说着自己的爱情。韩心蕊声音圆润，说话干脆，不像她有话不说，藏着掖着。韩心蕊用眼睛、用表情，跟她交流引以为傲的爱情。那双眼睛是活的，至今留在世上，那双眼睛提醒她、告诫她，让她远离念恩泽。

香烟的味道，酒精的味道，紫罗兰花香，刺激着她的嗅觉和意识。她确定念恩泽离家前日日夜夜守在这屋里，他该多么沮丧呀，屋里除了烟头、喝完的酒瓶，还有什么呢？她看遍房间里的每个角落，没有找到有价值的东西，一切笼罩在死亡中，她跟着亡灵进了死人世界，没有活着的生灵能从房间走出去，她也会奇妙地死在这里吧。

她惊恐地想着。

她看到柜子上摆着播放机，戴思说凌翔临死前音响里放着《命运之力》，播放机里是不是有歌剧光盘？她急忙打开音响，不出所料，《命运之力》响起：

悲惨命运，悲惨命运，悲惨命运！一次过失使我们永分离！阿尔法罗，我爱你，但天命早已注定，我不能见到你！呃，上帝，不如让我死去，只有死亡才能让我得到安宁，巨大的痛苦折磨我的心，我怎么能够得到安宁，我怎么能够得到安宁，我怎么能够得到安宁……

音乐凄婉悲凉，亡灵哽咽着、哭泣着，带她慢慢升腾……

电话铃声把她从幻想中解脱出来，她回到现实世界，关掉音响，快步离开那间房子，关上门后来到客厅，从包里掏出手机。

一个男中音，带着磁性。

卖房的，临山临海，有别墅，小高层，打折优惠。

她没听完挂断了电话。

余生要么在监狱度过，要么跟死神相处，财富对她再无用途了，只有一件事儿让她牵挂，一定要见到念恩泽，把那件事儿告诉他，她想在死前做好人，做受人尊重的好人。光明正大的好女子，想在死前给他留下好印象，让他在多年后想起她，不会责骂她、指责她，会从心里说一句，一位可怜的女子。

谁不想留下好名声呢？卑鄙恶毒的小人、丧尽天良的恶人、令人不齿的下流坏子，偶尔也想做好人，也想求得宽大处理。她想找到念恩泽认罪，求他宽恕她，听他夸她是好妻子、好儿媳，夸她人美心更美，夸她勤劳能吃苦。这是舅妈传给她的好品质，念恩泽常夸她拥有这个好品质。

想到丈夫夸赞她，还真有点儿小激动，自从出了那件事儿，再没有人夸赞她。县里人说起她，都说家族名誉被她败坏了，奶奶过去一直伶儿、伶儿叫着她，后来不再叫她伶儿了，直接叫她丧门星、背时精。直到她见到戴思，戴思称她受害者，她苦思冥想、疑惑不解，她怎么是受害者呀，她害得家族没脸面，害得自己远走他乡，她一直是背时精、丧门星，一直是家里的小灾星呀！

赶紧联系念恩泽，将那件见不得人的往事，全部倾诉给他听，他的手机怎么打不通？

她哭呀，哭呀，一直哭到了天黑，他从世上消失了，怎不叫她伤心。

她趴在那张八卦图上，一直默默流眼泪，眼泪流了一桌子，八卦图变成了一张亮晶晶的小屏幕，屏幕上出现一张脸，冲她撕心裂肺地叫喊：冤魂！冤魂！冤魂！

30

再接到陈警官的电话，她比上次冷静多了。

陈警官没有询问她，从抽屉里拿出一个小玉坠，问照片上的人可是她？

她拿着玉坠仔细看，那是她十三岁生日时拍的。那年生日多隆重呀！先去影楼拍了全家福，然后在饭店摆了两大桌，那场景她至今还记得。那场生日宴，是灾难的开始，真是乐极生悲，祸福相依，那是她最后一次过生日。从此她告别了生日宴，没有蛋糕，没有亲人，只有舅妈房后的小树林。每逢生日这一天，她跟这棵树说话，问那棵树你好呀，今天是我生日呀，陪我一起过生日吧，你要对我说啥呀？田伶儿，十四岁生日快乐；田伶儿，十五岁生日快乐。一直说到十八岁，高中毕业离开镇子，她四处打工忙生计，彻底忘掉了生日。

陈警官说玉坠是死者母亲提供的，死者母亲说，死者生前一直佩戴这个玉坠。母亲为死者换衣服，发现玉坠里的照片，说兴许对破案有帮助。

陈警官向她要答案，她答非所问，问陈警官能不能把照片还给她？

陈警官问，凌翔为何把照片镶在玉坠里，你跟凌翔到底是什么关系？

这一问，将那段往事儿问到桌面上，她猜想，小芬已将那事儿原原本本说给陈警官，凌翔母亲也会说给陈警官，陈警官这样问，是想从她嘴里录口供。既然问，那就干脆说出来，痛痛快快、无遮无拦地说出来，不再遮丑遮羞地说出来，十三岁少女过完最后的生日，成了强奸案中的受害者，被送到山区舅舅家，跟那个浑蛋的关系，就是强奸、被强奸关系，除此再无任何关系。

她说到最后失声痛哭，回忆又被重新开启，思维又回到过去，每次说起那件事儿，感受体会不一样。这一次，不是年少无知受到突如其来的侵害，吓得魂不附体、语无伦次，表述前言不搭后语，也不是在东莞大酒店接受警察询问时，只想追诉呼叫和抗争，哭诉自己的处境。这一次，为那个天真活泼的少女，为一个搬来搬去的货物，为千辛万苦找到的婚姻，为那件事儿带给她的所有遭遇和不幸，她洋洋洒洒，洞见肺腑，将多年前那件事儿，前前后后详细描述出来。一不做二不休，又将东莞的遭遇，说给陈警官听。最后说起那男人，如何巧遇那男人，那人一再威胁她、要挟她，逼她跟丈夫离婚，用那件事儿吓唬她，约她酒吧单独见面，她背着丈夫去酒吧，偷偷会见强奸犯。

陈警官似信非信，问她为何要见强奸犯？

这是他从警以来听过的、最为荒诞的故事。

她说受对方胁迫，不想叫念恩泽知道那件事儿。

陈警官问是不是凌翔威胁她，出于无奈动了杀机？

是的，是的，是我出于无奈动杀机。

陈警官认定你杀人，这点儿看来不容置疑，别再伪装，别再演戏，别用诡计欺骗人，假模假式装老实，赶紧坦白你的罪行。凌翔是你害死的，为隐藏多年的秘密，为保住婚姻，为保住现有的身份，为保住美好的生活，只能让凌翔变成鬼。

要是丈夫知道那件事儿，念家知道那件事儿，离婚是她唯一的结局，杀人灭口除掉凌翔，才能安享太平日子，是不是我心胸狭窄肚量小，阴险狠毒太自私？于阿姨曾对我说，穷女人爱慕金钱，穷秀才想做圣贤。这句话是啥意思，我真的领悟不透。我这样的高中毕业，想在城市挣大钱，却碰了一鼻子灰，承蒙佛祖保佑我，让我嫁给有钱人，让我走出大山成了城市人。可刚过几天好日子，凌翔就来骚扰我，我怕他搞破坏，怕他让念家抛弃我，就想把他弄死，弄死他我就解脱了。以前我多怕他呀，恶棍流氓强奸我，逼得我没脸活在县城。现在我不懦弱了，我用生命打败他，就是一枪毙了我，我也死得安心了。多年前我就想死了，而今警察一枪毙了我，也算警察成全我，帮我实现愿望了，我真心感谢警察啊！

她说，凌翔强奸我，我害死他在情理中，您说是吧。

陈警官说，假设是你害死凌翔，这样推理符合逻辑。

还有另一种假设，借刀杀人。

杀人有多种方式，最恐惧的杀人方式是用心杀人，不用凶器也能让人一命呜呼。

以您说法，我是借刀杀人，我究竟借谁那把刀杀死凌翔？

陈警官说你当然知道那把刀是谁，只是不愿说出来，你宁可按照第一种假设，是你害死了凌翔，也不愿相信凶手另有其人。先不说借刀杀人，说说第一种假设，你承认是你用剑刺死了凌翔，这究竟是怎么一回事儿？

她开始复述酒吧那一幕，这是人生最精彩的章节，每每想起都为自己喝彩。在酒吧和凌翔见面，是她真正意义上的觉醒，她不再害怕凌翔了，不再害怕那事儿被凌翔曝光，她想做真实的自己，再不用唯唯诺诺、提心吊胆，她用行动证明，自己再不是幼年懦弱的田伶儿、那个忍辱负重的田伶儿、逆来顺受的田伶儿。

她整个人陷进幻想中，陷入当时情景中，又回到酒吧和凌翔面对面，带着一脸的杀气，带着阴森的笑容，两只手跟着口述比画着。她想把当时的场景，完整呈现给陈警官，说到用剑刺死凌翔，难以遏制的仇恨，顷刻之间爆发了，说起杀人她竟然没有恐惧感，竟然带着炫耀和喜悦，以王者自居，好像杀人是在做好事儿，打开的话匣子滔滔不绝。

一个小地方女人，嫁给城市男人，为保全体面的生活，杀死强奸犯，谁不相信她是凶手呢？所有人猜想凶手就是她，她确信自己是真凶，她没有借刀杀人，是自己叫凌翔一命呜呼，凌翔让她受尽侮辱，让她羞于活在这世上，让她一次又一次与死神结伴而行。凌翔活着对她来说是威胁，也是最大的耻辱，老天给她勇气和胆量，让她除掉心头之患。这是他该有的报应，恶人作恶天理难容。

说完这些心里话，她长长舒了一口气，去掉了精神上的压力，露出了真心的笑容。

陈警官那支笔，在她停止说话后放下，合上笔记本，临走告诉她，最好去医院检查一下。

这话说到了她的痛处，她的确有病，只是不想被人发现，她所描绘的杀人现场，是她幻想的产物。她心里清楚，那套颠三倒四的理论，陈警官不会相信，她用意念杜撰了一个杀人现场，硬说自己害死了凌翔，想以此证明自己很勇敢，不畏强暴，敢于杀死那恶人。

陈警官说，很多时候，事物表象总是掩盖事物的本质，没有人会一口咬定自己杀人，我们会通过证据锁定犯罪嫌疑人，而不是仅凭一面之词定罪行。

她回到家里没休息，继续纠结在这个问题里，凶手究竟是自己，还是另有其人呢？假若凶手是自己，会不会被判死刑呢？要是死了，舅舅、舅妈谁来照顾呢？要是镇上人知道她是杀人犯，那可太伤舅舅、舅妈的脸面了，以前总想着自杀，死到临头了，又开始留恋活着的美好。女人的一生，都有一两次自杀念头，终因心头闪过一丝美好的希望，最终放弃了自杀，她还有生存希望吗？

凌翔魂灵缠着她，命运将她和他牵连在一起，她原以为凌翔死了会万事大吉。可凌翔变成一股气儿，跟踪她，挟持她，搅得她思维混乱，让她无法分清自己究竟是清白，还是杀人犯？她和凌翔从小到大有着千丝万缕的联系，她拒绝凌翔所有的要求，不给凌翔半点儿机会，凌翔在她面前完全失去了自信，她是凌翔自杀的间接推手，也是凌翔他杀的直接凶手。凌翔的死，她脱不了干系。

她用种种推理，证实自己是凶手，又因害怕法律，再推翻论证和推理，最后将凌翔的死因，归结到是天意所为。上帝怜悯堕落的凌翔，将他带走接受教育，重生后的凌翔，会成为品行高尚的君子！

天黑了下来，外面灯火通明，白天川流不息的街道，在夜里安静了不少，少数车辆穿行在空旷的街道上，没有行人的马路，像照片静止不动，凌翔的魂灵和她遥相呼应，阴阳两界、是非恩怨相互纠缠，她曾诅咒凌翔从这个世界里消失，那些诅咒是不是真的应验了？

她望着辽阔的天空，找不到答案。

晚上梦魇不断，凌翔在地狱里惨叫，厉鬼们赤身露体，张牙舞爪，有个声音在他耳边余音绕梁：忏悔吧，除掉你的罪业，除掉你的恶念，为你的今生来世，爱人以德，积善修行，往生之日，天堂大门会为你开启……

31

电话铃声响起。

一位陌生男中音，在电话里讲述凌翔的故事，她屏气静听。

我是凌翔的朋友杨洋……约你和戴思在星巴克见……门口留一封信……

他说警察正在找证据，你疑点最大，为自己想想吧，我在星巴克等你。

凌翔那张脸浮现在她眼前，歇斯底里冲她喊：冤魂！冤魂！冤魂！

她急忙打开门，走廊里没有一个人，门口放了个白色信封，她拿起信封，迫不及待地打开看，一口气看完信，等视线离开那封信，瞬间感觉有千万只眼睛，从四面八方将自己包围。

我知道你每天的行程，念恩泽的爱好兴趣，念恩泽和你的去向行踪……

凌翔生前雇了他，他是凌翔的私人侦探。

为感情，为名誉，为家庭，为事业，说到底为自己。

杨洋信里这样陈述私人侦探的诞生。

她想起第一次见凌翔，他戴礼帽穿风衣，她把他想象成《东方快车谋杀案》里的大侦探，小芳结婚前约她看过这部电影。小芳说，过去没钱看电影，往后每周都要看一次电影。

在省城听说了五花八门的职业，私人侦探还是头一次听说，单从字面上理解，跟电影里的侦探差不多吧。

她如约前往星巴克，戴思站在门口等她，屋里乳黄色光线很柔和，宾客们喝着咖啡，窃窃私语，第三排窗户前，一位年轻男子冲她俩打招呼。

他说，我就是杨洋。

杨洋戴着黑框近视镜，皮肤很白，身材比较瘦，像刚走出大学校门、正找工作的年轻学子。

她和杨洋相对而坐，杨洋一直盯着她，那是凌翔的眼神，那眼神向她发出警告，别看我外表很柔弱，我可是杀人不见刀的软刀客。

她被那冷冷的眼神吓坏了，进而生出新幻想，这位柔弱的先生，就是凌翔亡灵的替代者，那个死去的鬼魂，依附在文弱书生的身上，想要继续折磨她，把她彻底摧毁。她是韩心蕊的替代品，这位男子是凌翔的替代品，凌翔用魂灵控制这男人，让他替凌翔亡灵去卖命，让他完成凌翔没有完成的遗愿。凌翔的魂灵附在他身上，这会儿正看着她，观察她的一举一动，那双凌厉的眼睛，说话霸道的口气，是凌翔生前的样子。他之所以来找她，是想给她个提示，凌翔死了，这个叫杨洋的凌翔还活着。凌翔就是打不死的小蟑螂，她该怎样躲避这个凌翔、下个凌翔、无数凌翔的追踪和欺凌呢？

看着眼前凌翔的替身，冷静观察此人的举止，他究竟要来干什么？是想彻底毁掉她，还是另有目的？杨洋点了两杯拿铁，一杯意式特浓咖啡，并用现金支付了。他啜口咖啡舔下嘴唇，摆出凌翔的姿势，闪动出凌翔的眼神，说出凌翔的心里话，那眼神始终盯着她，给她带来极度恐惧感。

他说起西方心理学家拉马尼·德瓦苏拉，通过研究咖啡判断男人性格，说凌翔喜欢意式特浓咖啡，浓香味苦，喝这咖啡的男人，多是霸气总裁，狂妄固执，有不达目的誓不罢休的性格。

凌翔是个狂妄分子，极端偏执，性格强悍，聪明过人，喜欢看书。有次他去凌翔家，看到法国存在主义作家加缪的小说《鼠疫》，凌翔说这是"非典"时期买的书。这本书我拿去看了两遍，书中描述鼠疫流行时期封闭的城市，人人惊恐绝望，人人自危，死亡考验着每个人。在极端情况下，人性不分高尚卑贱。每个人没有生的希望，只有临死前的恐慌，人的生存状态决定信仰理念，安定环境滋生人性光辉，灾难死亡面前，没有道德君子。我毕业于二流大学法律系，在酒吧结识了凌翔，很快被他的谈吐吸引，成了好哥们。那时我正找工作，凌翔给了我第一份工作，我俩一直合作到现在，凌翔虽说从监狱出来，没上过大学，但社会知识却远超过我，能适应各类生存环境，有好家庭撑腰，又学来一门手艺——KTV、酒吧灯光设计，找凌翔绝对没错。他说，他爱田伶儿，让我监视田伶儿和念恩泽，找机会拆散这门婚姻，一个对生活抱着希望的人是不会自杀的。

凌翔时常勾画未来。凌翔的未来，就是跟田伶儿结婚。凌翔说，田伶儿是他命中注定的老婆，谁也不能夺走她。一个自信满满、春风得意的人是不会自杀的。

杨洋说了凌翔不会自杀的理由。

戴思问杨洋，可有证据证明凌翔不是自杀？

杨洋反问，有证据证明凌翔自杀吗？

杨洋说他受雇于凌翔，确切地说是凌翔的朋友，约见二位，是想提供有价值的信息，现今直面做证的人少之又少，警察正在找此案的证人。

杨洋说，本不该约她和戴思见面，更不该插手过问这事儿，凌翔死了，他跟凌翔的合作本该画上句号。可不知道怎么回事儿，良心驱使他，让他的身体不由自主跟着良心行动。

我也是人，是人就多了一个心眼，多出来的心眼留给良心，良心驱使我，要为凌翔说公道话。

凌翔性格多变，豪爽大方，从感情上说，有不可理喻的癫狂。一个感情疯子、偏执狂，像他那样的花花公子，对待感情这般痴狂，实在令人费解。

凌翔常常为田伶儿买醉，醉了拿着田伶儿的照片，在照片上狂吻、狂哭。那场景任谁看了，都会为这个多情男人生出怜悯，这是自虐式单相思，年轻人最经受不住爱情的煎熬，跳楼跳河，寻死觅活，是殉情的情圣。

凌翔是个花花公子，标准的高富帅，多少姑娘围着他求欢求情。我非常了解他，可以跟任何女人喝酒唱歌，搂搂抱抱搞一夜情，但绝不会跟任何姑娘结婚。他说过，这辈子娶不上田伶儿，宁可独身到老。

谁也弄不清凌翔究竟是魔鬼还是天使，他对田伶儿的那种专注，那种痴迷癫狂，那种奋不顾命的献身精神，让人想到原来爱情能如此令人疯狂，爱情让一个花花公子变为情圣，变得如天使般温柔多情。

有时候他像一头被激怒的猛兽，言辞激烈，恶语伤人，用尽卑劣手段盘算爱情。他说过，宁可死后进地狱，也要让计划如期完成。爱情上的执拗和偏激，把他带进危险境地，也让他过快地走向死亡。他成为别人爱情路上的绊脚石，自然要成为别人的刀下肉饼。

杨洋又啜了口咖啡，姿势很优雅。

我说的"别人"正是念恩泽，念恩泽有重大嫌疑。

念恩泽失去了心爱的女人，本想用结婚填补爱情空缺，不料凌翔揭开田伶儿藏匿起来的故事，这让念恩泽悲观绝望，他把所有不幸算到凌翔身上，害死凌翔在情理之中。

还有一种可能，田伶儿是主谋，教唆念恩泽害死凌翔。田伶儿跟凌翔有不共戴天之仇，受凌翔威胁，怕事情败露，故意在念恩泽面前挑拨，加深念恩泽对凌翔的仇恨，导致这一结果发生。

再有一种可能，两人共同犯罪。田伶儿将凌翔威胁她的事儿说给念恩泽，两人怕念家知道那件事儿，也为了摆脱凌翔纠缠，合谋害死凌翔。个人认为念恩泽单独作案可能性更大。

杨洋整理了一下领口，一口咬定念恩泽是凶手，也不排除田伶儿是帮凶或主谋。田伶儿身边有个堂姐，自然对法律略知一二，想害死凌翔，又怕触犯法律，鼓动念恩泽害死凌翔，让自己从命案中脱身，从而永远摆脱凌翔。这办法一举两得，没有一丝破绽，法律上找不到田伶儿害人的证据。

她想起陈警官说的借刀杀人。

有时候思维导向很重要，世俗偏见，害人谣言，都可能促使一个人声名狼藉，不少人单凭凌翔劳改释放，认定凌翔人品不好，抛开犯罪记录，其实凌翔人不错，身上有许多可贵的优点，比如对感情执着，对朋友仗义，现今很少有男人对女人矢志不渝。

听说警察正寻找证据，我会帮警察找到念恩泽害死凌翔的证据。今天见你俩，就是要告诉你们，凌翔死得冤枉，我要为凌翔鸣冤，为一个死人讨公道。

杨洋轻嘴薄舌，声称念恩泽不过是她身边的匆匆过客，这是凌翔计划的一部分，就是凌翔死了，她和念恩泽也不可能一起生活。

杨洋说，这是凌翔所要的结果。

杨洋露出诡异的笑容，声称念恩泽后半生会在监狱度过。

凌翔的魂灵附在杨洋身上，杨洋要完成凌翔的生前计划，不达目的誓不罢休。

走出咖啡厅夜色已浓，天空没有半点儿亮色，雾霾扑面而来，凌翔的魂灵尾随而至，在她耳边哈哈大笑，他是胜利者，永远是胜利者！

她用最简单的逻辑推理，宣判这宗凶杀案，用最感性的思维模式，判定自己是主犯。杨洋不会放过她，凌翔的魂灵步步紧跟，她心有感应，危险正向自己靠近，她断定警察会上门抓她。不能在省城坐以待毙，要躲开警察逃回镇上，在镇上躲避灾难。镇上树苗已长出嫩芽，树苗是她幼小的孩儿，孩儿需要浇灌，需要呵护。

想到孩儿她悲从心来，想起田埂上奔跑的女孩儿，寺庙里眉目如画的尼姑。她问过尼姑，佛能救赎人所犯的罪过吗？尼姑说，佛能抚平内心伤痕。

佛祖给她心灵送上曙光，她将曙光留给半山坡的树苗，树苗就是田埂上奔跑的女孩儿，她要呵护田埂上的女孩儿，给她们爱的温暖、爱的教育，让她们在阳光下茁壮成长，没有心灵阴影，没有虫蛀。这样，所有的树苗都会长成参天大树。

她进入幻想症里。

她和戴思在成片的树林里追逐玩耍，重重山峦将俩人团团包围，围出一个新天地、一个新世界、一个被打碎又被重建的文明世界。那是她的理想王国，她陶醉在理想王国翩翩起舞，进入幻想症为她勾勒出来的美景中，带着幸福和满足，哼着她最喜欢的歌曲。

这才是我想要的生活，这才是我的归宿。

她要回镇上去，回镇上去实现这美景，在那片树林里，鸟儿陪她唱歌，树苗就是她的孩儿，她多么爱那群孩儿呀。从十四岁开始，在舅妈房后那片树林里，那群孩儿是她最好的朋友，陪她玩耍，陪她成长。在漫长的十年里，有些孩儿病死，有些生命垂危，还有一些跟她一样，焕发勃勃生机，她留恋那群陪她长大的孩儿，那里才是她的住地。赶紧离开这里，一刻也不要停留，赶紧回到镇子上，那群孩儿等着她，那群朋友翘首期盼她回去。死就死在树林里，树叶做她棺木，树林掩埋尸骨，无数朋友，陪她魂灵西天去。赶快回到镇上吧，落叶归根死在镇子里，镇子才是她的归宿。

穿过山涧和小径，蹚过小溪和绿地，山里空气清香湿润，成群的鸟儿围着云朵飞，庄稼地里身影晃动，勤劳农夫忙着耕种，浓雾弥漫在天空，银光熠熠秀色可人。她没有心思欣赏美景，疾速走向半山坡，看到崭新的房屋，院墙外面那片地，种着各种各样的蔬菜，她没朝新房走过去，直接来到舅妈承包的那块地。树苗已经吐新芽，嫩绿的叶子很湿润，枝蔓高过了头顶。舅妈站在田埂上，跟她挥手打招呼，她朝舅妈走过去。

舅妈说，念恩泽正在地里铲蒿草。

她吃惊地看过去，树林深处那身影，正是夫君念恩泽。

意外惊喜让她无法把持自己，这是天意照顾她吗？是佛祖体恤多灾多难的田伶儿吗？能在死前见到夫君，跟他坦白那件事儿，就是死，今生也已很知足了。

舅妈问她，是不是俩人闹了别扭？

她摇头说，念恩泽是个好丈夫，不会跟她闹别扭。

这话说完又难过起来，跟着舅妈这么多年，舅妈把她当女儿，要是舅妈知道法律就要枪决她，她的生命已经进入倒计时，舅妈该要多伤心呀！想到死，她真想抱着舅妈痛哭一场，死到临头，才想到活着多么幸福。多活一天多幸福呀！这幸福很快就要剥夺掉，那就好好珍惜，好好利用吧！每一分每一秒，用来关爱你的亲人，用来爱抚你的丈夫。

白云在蓝天游弋，鸟儿在屋顶飞翔，成片树林遮天蔽日，那是生命的绿光，多强烈的光束呀，生命之根扎在土壤里，希望之光催人振奋。她多想享受来自自然的恩赐，多想拥抱着丈夫，和他生出甜蜜爱情，多想永远守着山林做村姑。可惜所有这一切，只是昙花一现。她就要踏进坟墓了，就要离开她所眷恋的镇子，离开她爱慕的男人、牵肠挂肚的亲人。

往后扳着指头过日子，今天顺利度过去，明天就是殉难日，要珍惜活着的每一天，要在自然怀抱里唱歌跳舞，热爱这令她无限留恋、无限钟情、无限珍惜的自然，热爱这即将逝去的人生，热爱这即将飘逝的爱情，将最后的笑脸留给她所爱的男子和亲人。

她掩藏悲伤，重整旗鼓，露出决绝的笑容。

舅妈说，这几天准备种麦冬党参，中草药利润薄好出手，积少成多收入也不错。伶儿想种花，这次回来自己种吧，勤俭吃苦，就能过上好日子。

　　她想明年这时候，树苗已经长大了，麦冬党参也有好收成，那时候的半山坡，会是一派繁荣场景。

　　她想得心如刀割，眼泪流进肚子里，可惜那样繁荣的景象，对她来说只是梦。生命还有几天光景，连她自己都说不清，想到明年好景色，她愈加觉得活着真好呀，愈加珍惜这活蹦乱跳的身体。要是再活几年多好呀，帮舅妈种草药、种花卉，让表弟安心攻读研究生。要是再活十年八年，就能帮表弟买房子，让表弟娶上城市的媳妇，要是老天让她继续活下去，她会陪着舅妈活一百岁，山里空气好，山里人淳朴勤劳，劳动也能锻炼身体，舅妈肯定能活到一百岁。

　　舅妈催她去找念恩泽，说自己先回镇上做晚饭，告诉舅舅她回来了。

　　她走到树林的深处，念恩泽正在地里除杂草，没有看见走向树林的妻子，她悄悄朝念恩泽走过去，只见他满头大汗，已经很久没理发，头发垂到耳边了。他埋着头，聚精会神地铲着蒿草，树林经他细心修整，成排成行很齐整。她叫了声念恩泽，他停下手里活儿，看她时没有一点儿的惊讶，脸上挂着微笑。她跟着他笑起来，拿起地上的耙子，拢起拔掉的杂草，将杂草拢成一堆，然后抱起来，放在地头田埂上。杂草堆成个小包，胆子大的两只小鸟，落在包上嚼根草，飞到树上筑鸟巢。远处树林连着山，近处清泉绕着小径，舅妈承包的土地，还有一半未翻耕，就等她去开垦呢。这块土地，将是她的安息地，她深情地凝视着，勉强忍住伤心的眼泪，帮念恩泽捆杂草，把杂草摞在草包上，念恩泽拉她坐在草包上，目光远视，像是自言自语，也像对她倾诉苦衷。

　　他说，有段时间想做传教士，像古人那样周游列国，把箴言名句留给后人。许多朋友笑我是理想主义者，说我心智幼稚，一点儿也不成熟。

　　生活中有无数个坎儿，一个坎儿过去了，又一个坎儿在等你去跨越。当你终于跨过所有坎坷，稍松一口气，生命也该进入倒计时了，一生的奔跑，只为在咽气前那回光返照的瞬间，欣慰地告诉自己：这一生尽力了。

　　人生要是像走台阶该多好，想退就退，想进就进，可惜人生只有进路没退路。坎坷也好，崎岖也好，走到尽头，就走到了生命的终点。生命终结的路也是因人而异，有些人路长些，有些人路短些，有些台阶五十个，有些台阶只有十个，也有的还没机会搭台阶，就已匆匆离开这世界，最可怜的是死于腹中的胎儿，还没来得及看世界，就被宣布了死刑。

　　听说相爱的人，一个生命终结，另一个会追随而去，先离开的那一个，要是知道另一个将随其而去，肯定难过。爱情悲剧就这样发生了。

　　梁山伯和祝英台化为蝴蝶，这是作家编纂的结局，或许化为青蛙也不得而知，作家笔下的爱情总是很完美，一个离开人世，另一个相追随，这就是爱情的力量。

　　爱情，无疑是使人向善、向上的力量。

　　爱情就像树林里的大树，由根和枝蔓组成，根代表爱情，枝蔓代表博爱、大爱、友爱和亲情之爱，当爱情这棵大树被无数枝蔓包围，爱情才显得伟大无私。"柏拉图爱情"是最高境界的爱情，是我所崇尚的美丽爱情。

　　说这话时，他眼里闪着光芒，那是信仰之光。他的眼神穿过层层山峦，是无限憧憬、无限向往的眼神，那眼神好亮好安静，好慈善好温暖，里面住着爱神。

　　多纯净的眼神呀，打动人心，让人感动。她没有这种明亮的眼神，她的眼神在生活的磨砺中，早已变得浑浊不清、空洞无神，除了欲望能让两只眼睛放出光芒，再美丽动人的场景、感动人心的场面，也无法撼动她那双麻木的眼神。她被念恩泽干净的眼神吸引住，被那段话深深感动了。那些话，是她这辈子从没听过的、最打动人心的音乐。没有读过大学的山里村姑，不断接受这位城市青年的引导，接受他的熏陶和引领，渐渐懂得爱与被爱的内涵。她多想陪这位高尚丈夫生活呀，哪怕一年也好，哪怕一天也好，要是念恩泽知道她杀人，会不会为她悲痛难过呢？

念恩泽将树枝插在土里，自言自语。

这些幼苗经历暴风雨摧残，不少没长大就夭折，活过来的，才能长成参天大树。树跟人一样，有的弱不禁风，有的坚不可摧，有的活很多年，有的刚种下就死去，生命长短不一，不过是个数字罢了。

原来生命就是个数字，活二十年、五十年、一百年，就是个数字而已，还有什么好忧郁的。树的生命跟人一样，起起伏伏，生死难卜，能活到寿终正寝多不易呀！她想活下去，在山里躲下来，等树苗长得更旺盛，等表弟大学毕业在城市有安居地。她想陪舅舅、舅妈安享晚年，想看到念恩泽成为威尔第那样的音乐家，要是能够看到这远景，每天让她遭受地狱一般的酷刑，她也面不改色，举手欢迎。

月光斜落在山庄，水面很平静，星星眨着疲倦的眼睛，月光穿过山峦洒在树林里，万籁俱寂没有人。大山深处的半山坡里，一束灯光为她和丈夫彻夜点亮。

32

　　她好像找到了渴望已久、望尘莫及的爱情，丈夫眼神多深情呀，那眼神明明白白地告诉她，他已深深爱上她。年轻女子在感情的冲击中，最先想到的，当然就是爱情了，不是他曾说的"柏拉图情感"，那不过是过渡时期的爱情。她和他，已经顺利走完过渡期，度过了感情磨合期，迈进了实实在在的爱情里。能让女子为之动情，为之异想天开，为之感动、热泪盈眶的，只有这份最美丽的爱情了。

　　她为这得之不易的感情，又高兴又伤心，命运总是为难她，让她得到最最真诚的爱情，又让她接到死神捉拿她的通缉令，她并不因此而悲痛，就是死了，又有什么惋惜呢？滚滚红尘，不少人终其一生，也未曾获得过爱情。她何等幸运，何等有福气，拥有至圣至洁的感情，哪怕只给她一小时、一分钟，也足以让她铭记一生。

　　她是多么幸福呀，得到一个男子的爱慕，得到真挚的爱情。虽说生命很短暂，却也值得称道、值得欣赏、值得年轻女子羡慕和向往。生命就是个数字，一百岁，五十岁，三十岁，领受的幸福都一样，临死的人都会得到上天原谅和宽恕、上天祈祷和祝福。一百岁，五十岁，三十岁，不过是个死亡数字。

　　她用超乎现实的想象，为这份爱情贴上完美的标签，弥补内心的失落和绝望，将念恩泽送给她的温柔和温情，当成是她追求的爱情。念恩泽每看她一眼，她都会自作多情地想着，这是向我示爱呢！她在温暖的想象中，让身心受到滋养和补充，婀娜轻盈的身姿，因不停劳作，不再像以前那样纤弱无力。她的思想，也因念恩泽灌输给她的艺术音乐和文化，渐渐充实了。她有了自己的主见，自己的想法，甚至有了自己的思想。

思想！她并不懂思想这个词，包含了多少深邃含义，代表了多少看法认知，也没有深刻研究过。但她知道，有思想的人，肯定是位辨别是非曲直、识别真假好坏的智者。

念恩泽说，她会成为山里的农场主，她应该生活在山里，这里才是她的根，是她真正的栖息地。

念恩泽为她描述未来的前景，那描述总是带着浪漫主义的色彩，带着理想主义的特色。没吃过苦的艺术家，很会描画生活的版图。她没有反驳他，而是顺着他的话题，跟着他的思路，举手赞同这位浪漫艺术家。他哪知道山里生活有多苦？哪知道人活世上有多累？他就是父母盆景里的富贵竹，生下来就掉进幸福里，哪体会过劳苦大众的辛苦？她喜欢他浪漫主义的描述，在他深情的描述中，山里生活就像动听的歌谣，未来那个农场主，就是歌谣里的女英雄。她多想让光阴停下来，让她捕获更多的幸福，得到更多的甜蜜。她祈祷警察不要来抓她，她想活着，她从来没有像现在这样，把生命看得至高无上。

她想，只有等灾难降临时，等生命走到了尽头，才会真正明白活着的意义。

再见到戴思，她止在寺庙后面挖野菜，戴思站在不远处叫她，那身粉红色套裙很显眼，戴思的意外到来让她很高兴，她拉起戴思。阳光照着戴思那张白里透红的脸蛋，汗水挂在脸上，那张脸像熟透的苹果。戴思纤腰一把，愁眉紧锁，她隐隐感到灾难将要来临，没问戴思前来为何事。她拽着戴思爬过山头，走到树林深处，那张脸在阳光下分外好看……她说知道警察会来，没想到派戴思来抓她，她哀求戴思再宽限几日，让她和念恩泽再多待几日。

她蹲下来，眼泪落在土壤里。

不幸的命运，短暂的一生，她刚刚收获了短暂的爱情。她原以为，自己不配有爱情，爱情是城市女子的专利品，是城市女子独有的产物，是城市女子浪漫的配料。她和念恩泽的结合，只是为了怀孕生孩子，念恩泽让她懂得什么是爱情，她想享受这份感情，男女间最简单、最纯净的爱情。

她哭得那样伤心，为即将离开这个世界，为刚刚到手的爱情。

戴思说，爱情对四十岁的女人来说是泡沫，对三十岁的女人来说是梦幻，对二十岁的女人来说是果浆，你和念恩泽正在品尝果浆。

戴思说，她是来找念恩泽的。

她从戴思脸上看到了不祥阴云，小路异常安静，四周环山罩水。她擦干眼泪，领着戴思，离开树林，朝住处走去，一路上谁也没说话。她惊恐万分，陷入幻想，来到凌翔死亡现场。凌翔满脸鲜血，是她杀了凌翔，她是凶手。

她很快进入亢奋状态，凌翔死了。那个无赖，强奸幼女，放高利贷，十恶不赦，他死了，她解放了。

她继续漫游在幻想和现实中，饱受幻想症折磨，这是严重的心理疾病。她一直小心谨慎，掩盖疾病带来的困扰。陈警官说她该去医院检查，陈警官已发现她患病，也许戴思也发现她患病，也许所有人都知道她有病，只有自己蒙在鼓里。她不是蒙在鼓里，是不愿正视这疾病，她害怕探寻患病的根源，害怕那事儿抖出来。她竭力掩藏，竭力表现自己很正常，生怕别人发现她的无助和绝望，她要战胜病魔，让病魔走出身体，靠毅力，靠坚强意志，走出阴影，自我疗伤。

她一直说违心话，做违心事儿。死亡来临时，她首先想到的是，做一次真正的自己。放下所有包袱，公开那个隐藏多年的秘密，她不知道别人是否有秘密，是不是每个人都有秘密，瞒着丈夫、妻子、父母、孩子，就像奶奶将爷爷的背叛瞒下来，自己承受痛苦，将那件事儿作为秘密藏起来。是不是每张笑容的背后，都藏着难以启齿的秘密？她终于鼓足勇气，要把那事儿说出来，打开秘密的封盖，让秘密不再成为秘密，打开思想的禁锢，让自己活得更自由。没有思想照样活得快活，没有自由就像活在狱中，以前被秘密压得喘不过气，而今不再有世俗烦恼。她一心等死，将死之人不想继续隐瞒秘密，不想跟奶奶那样，将秘密带进坟墓，她要把秘密说出来，说给戴思，说给念恩泽。她的心理疾病，她活着的烦恼，她的杀人动机，反正要死了，再无顾虑了，甭管好的坏的，全说出来，将死之人啥都不怕，就怕上帝惩罚她。

她没有表露过心思，怕说错话被人笑话，不管到哪都很矜持。矜持是个好听词，她的表演功夫很到位，从不暴露那个真实的田伶儿。现实中，真实的她早死了，被埋葬在舅妈房后的树林里，树林里有活泼可爱的田伶儿，无忧无虑、爱说爱笑的田伶儿。那个田伶儿，在树林里长到十八岁，十八岁的田伶儿，因生活所迫，自我封杀了，从十八岁到现在，死在树林的田伶儿，一直等着复活重生，终于等到今天这光景。刚刚复活又要赴死，刚刚醒来又要睡去，刚刚找到做人权利，生命却要见上帝，生活就像自命题，自己选题自己答题，她要公布答案了。

她依旧是那般的胆小，声音小得像蜜蜂，声音软得像小猫，用幻想想出来的现场，想象出来的证据，跟戴思说出杀人过程。

她说她就是凶手，她用一把剑杀死了凌翔，凌翔满脸鲜血躺地上。

说到鲜血，她很高兴，连哭带笑大声说，那个男人终于死了，再没人敢欺负我了。

她哭着笑着，绝望地欢笑着，痛苦终于得到了解脱，戴思上前扶着她。

戴思说，生活压力会让人产生错觉，你没害凌翔，是长期压力过大，心理上产生了幻觉。凌翔吃安眠药自杀，此事牵扯不到你。

她听着，大脑混混沌沌。她知道自己有幻想症，从十四岁去镇上，她就患上了这怪病，医学上称之为"神经系统疾病"，是极度恐惧，极度担心，导致心理压力过大。这些年她竭力压抑控制着，生怕病情发作被人识破。由于病情不断加重，让她常常活在幻觉中，活在自己的想象里，如何治愈这个病？良药究竟在哪里？她没有找到医治的良药，只能靠毅力控制着。

戴思帮她洗清了罪过，叫她多么感动呀，她想起叔叔说的话，戴思要为婶婶赎罪。这些年，她一直在为那件事儿在赎罪，戴思为她在赎罪，戴思有罪吗？她是那件事儿的罪魁祸首，一位无罪的凶手，不值得同情的受害者，戴思又是谁的受害者？赎罪这么多年了，终于苦苦熬过灾难，迎来理想的婚姻，等来姗姗来迟的爱情，没想到，幸福才刚开始，又被命运给夺走。她和戴思幼年的理想，最后变成了想像，而今死亡丧钟已敲响，趁死神还在路上走，主动坦白罪行吧。是我杀死了凌翔，不是过失杀人，不是精神失常，是真想杀死那浑蛋，愿意承担一切法律责任。

她说自己很幸运，死前得到了爱情。

松软土地带着自然的气息，白云在空中飘逸。念恩泽从山上走下来，脸色苍白，神情忧郁，悲愁情绪感染了她，他脸上写满了绝望，是在为她伤心吧？他好像真的爱上了她，那双眼睛就是最好的证明，那张脸更是带着幸福和仁慈，懂爱的人最仁慈，有爱的人才幸福，怪只怪自己福分薄，不能陪伴他身边。她希望这位一流好夫君，找到更好的爱人，祈祷灾难远离他，祈祷他幸福平安，妻贤儿孝，儿孙成群。

她要把最好的祝福送给他，在爱情这棵大树上，她只是那根最细小的枝蔓，树上有成千上万根枝蔓，有念恩泽父母、朋友、同事，以及未来的妻儿，每根枝蔓都是爱他的人，大大小小的枝蔓，撑起爱的参天大树。这棵大树就是念恩泽，她最敬慕、最爱戴的爱人。

她为他的悲伤而高兴，他在为她伤心难过，她为他的难过感激不尽。即使明天就死去，即使死在二十五岁，她哪会畏惧死神呢？

生命长短只是一连串数字，时间丈量不到幸福的指数，有些人活到一百岁，充其量只为一张嘴，有些人英年早逝，却为人类带来宝贵财富。她不是哲人和雅士，活到生命的最后，才明白活着的含义，才尝到爱情的甜蜜。普通百姓活到这份上，也算活到了人生鼎盛期，就等死神前来收尸。她带着知足的笑容，爱神死神一块降临，是她想要的结局。

念恩泽走近她，情绪低落，脸色阴沉，让她看得很难过，两人就要分手了，她发现自己竟然如此留恋他，竟然和他难舍难分。他的运气和她一样差，韩心蕊去世了，这个妻子又要判刑入狱了，命运对待好人总是视而不见，一而再、再而三地折磨他。他情绪颓废地看着她，那张嘴欲说还休，想要跟她说什么，她焦急地期盼着，等他说出那仨字，等他说出更多的情话，死前想听他说句我爱你。短暂人生多浪漫呀，她早已不怕死神了，早已准备好心情，迎接死神大驾光临，死前最后的心愿，就是等他说三个字，她耐心地等着他，那张嘴蠕动着，说的却不是那三个字。

他说，我想跟凌翔和平相处，但有个念头驱使我，叫我把他推进死亡里。当时我和凌翔喝醉了，他一直说爱伶儿，只有死了才放弃。他痛哭流涕，说活着对他是一种折磨，只想一死了之。我对他是又恨又同情，很难说清那时的感受，可能就想叫他死。我劝他吃安眠药，看着他躺床上，没有对他进行施救，后来看了法律书籍，帮助自杀也是故意杀人。是我不懂法律，害死凌翔，我也把自己逼到死路上。我也想过投案自首，又抱着侥幸心理，想着没人知道，凌翔是自愿死的，没人逼迫他，一直用这个理由安慰自己。

他说，可能每个杀人犯都有这种心理，为自己找理由叫良心平安。其实从害人那刻起，良心就像一根棍子，时不时地戳你一下，叫你担惊害怕。

她听得惊呆了，原以为分手前，他会说声我爱你，没想到却是凌翔死亡的另一个版本，他怎么能胡扯呢？凌翔是她杀死的，他想为她顶罪吗？他咋就这么傻，谁会为杀人犯顶罪呀！她最大的心愿是在临走前，听他说句我爱你，哪能叫他顶罪呢？更不能因为此事儿连累他，让他无缘无故做罪人，她想死前在丈夫面前忏悔认罪，说出多年前的那件事儿，说出凌翔如何威胁她，约她在酒吧见面……她之所以杀死他，是怕念家知道那件事儿，怕他跟她说离婚，怕回到过去继续过苦日子。她天天诅咒那个人，他死了，自己就能解脱了，她抱着侥幸心理逃回山里，想跟他生活一辈子。

她坦诚说出尘封心底的那件事儿，说出自己为何害死那个人。

念恩泽一脸诧异地看着她，说她遭受周围人的群攻，又被凌翔吓糊涂，处在陌生、被排斥的环境中，产生杀人的幻觉，进入人为制造的圈套。那圈套是她自己设置的，思维颠倒、条理不清，才将自己视为真凶，她是清白无辜的，没有害过任何人。

她是清白无辜的！

她是清白无辜的?

念恩泽说,婚后因为那件事儿,她觉得欠丈夫太多了。凌翔死了,给她表现的机会,她想把罪责担下来,好叫自己良心平安。

念恩泽说,良心惩罚不代表法律惩处,要是所有人都用良心惩罚替代法律,世界会变成一个杀人场,她应学会用法律保护自己,代替良知上的惩戒处罚。

她懵懵懂懂,搞不清真假,究竟真的是罪人,还是念恩泽说的,为良心承担杀人罪责?所有人都怀疑她,她从眼神中看得到,从议论声里听得到,她怕那件事儿败露,怕念家人不要她,这个理由多充足呀,连她自己都相信,是念恩泽可怜她,念恩泽才是无辜的,哪能让丈夫顶罪呀,那不是罪加一等吗?

她抱着必死的决心,跟念恩泽起争执,坚称自己才是凶手。

念恩泽打断她说话,跟她说起那晚的情景,他说把她当成韩心蕊,才对凌翔下毒手,凌翔死了,没人骚扰心蕊了。

他说,心蕊走得太突然,对我打击太大了,我去山里找心蕊,没想到遇上你,我一直把你当心蕊,当即决定跟你结婚,生怕心蕊再跑了,那是心理错觉造成的,直到这次来镇上,那个心理暗示才被我扔掉。

你对凌翔又恨又害怕,得知凌翔死了,又听警察说死于非命,心理上很快给你暗示,是你杀死了凌翔。这是你多年的心结,你要亲手杀死他,来证实自己不怕他,叫自己摆脱多年的恐惧心理,变成一个正常人。

每个人,或多或少有心结,有些自己能打开,有些需要借助外力慢慢解。我俩可能太固执,不会借助外力打开心结,我成了名副其实的杀人犯,你被心结折磨着,至今仍没走出去。

他停止说话,仍用怜悯目光看着她,她似懂非懂低下头,不敢去看念恩泽,如果不是因为她,他哪会犯下这重罪?他将她从杀人错觉中拉出来,叫她重见天日,强调她是无辜的,她原来是无辜的。他说,是伦理观念害了她,流言蜚语能杀人。

她被流言蜚语杀死了很多次,遭受了严重的心理创伤,他为她打开了心结,让她明白自己有多么无辜,戴罪之身苦苦挣扎,艰难赎罪,就为还个清白身,原来自己清白无罪,根本没有犯过罪,没有败坏家族名誉,败坏父母的名声。是周围不良的环境,令她产生了错觉和幻觉,她把自己当成罪人。戴思坚称她无罪,念恩泽声明她清白,在此之前,没人为她鸣冤抱屈,她掉进幻想世界里,编织着本不存在的故事。

原来一切全是假的,一切都没发生,她不是凶手,是人为因素让她产生了杀人错觉,所有人骂她带着不可告人的目的跟念恩泽结婚,为贪慕虚荣杀人灭口。世俗偏见和谣言,能将一个人毁于一旦,她一向信奉舅妈说的好人有好报,一向尊奉佛祖的信条,行善积德的她,哪会祸害生命,残害生灵呢?

她刚松了一口气,又绷紧神经。

凌翔不是她杀的,凶手就是她丈夫,她怎么高兴得起来呢?她宁愿自己是凶手,被警察一枪崩了,用这种方式死,虽不光彩,也是摆脱苦难的一种方式,是灵魂上的救赎。念恩泽是她遇到的最好男子,这世上真有这么好的男子,为一个可怜的、被蹂躏的、不会生育的女子承担罪过,兴许还要送命。多善良的男子呀,抛开法律,抛开犯罪,谁不尊重这位绅士呢?谁不赞美他高尚的人品呢?刚刚得到他的爱情,又要将他赶进地狱,命运怎么如此刻薄呢?要是他死了,她的爱情就没了,生命如一潭死水,被淹没在无法预知的虚无中,后半生将要在青灯古佛、孤鸾寡凤中度过,还有目标可追寻吗?还有未来可探索吗?还有爱情……不,她的心窗已关闭,爱情，这美丽字眼，灵魂层面上的高贵，与她再无缘了，活着对她来说，就是睁眼望天，闭眼做梦。她宁愿陪他服刑，陪他死，也不想一个人面对苦难。爱人走了，生活勇气消失了，生活信念没有了，怎样活着，对她来说成了难题。

念恩泽拿起从省城带来的吉他，坐下来，弹起吉他。

一直答应给她弹几首曲子，以后不会有这机会了，弹首《以吻封缄》。

节奏响起，抑扬顿挫，弹得如泣如诉。她明白，俩人分别的时候到了。

念恩泽说过，男人是女人的伞，为女人撑天下，他做到了。

她哭得一塌糊涂。

念恩泽弹了《交换温柔》，又弹了《今晚你的魅影》、《当男女相爱时》、《永在我心中》、《夜色》、《卡萨布兰卡》、《雨的旋律》、《同桌的你》、《蜗牛与黄鹂鸟》、《校园的早晨》、《踏浪》……

音乐戛然而止，他放下吉他说，我会戴罪立功，争取早点回来，等幼苗长成大树，等伶儿成了山里的农场主。

戴思说，伶儿别担心，念恩泽是投案自首，会得到宽大处理。

她从戴思话里又看到了希望，丈夫不会判死刑，她和他还有见面那一天，那就在镇上等他吧，不管判多少年，都要等下去，等着丈夫刑满回来。

她相信丈夫的远见卓识，他帮她规划好了新目标，给她提出新要求，那就朝这目标努力吧，不知道将来会怎么样？人生有太多需要探索的领域，她想等他回来时，看到妻子成了山里的农场主。

她又开始思索明天的计划，开始规划怎样做，才能成为农场主？肯定要吃不少苦头，舅妈说勤俭吃苦定能过上好日子，她把舅妈这句话当圣旨，想着苦头吃多了，甜头就会送过来，反正从十四岁起，苦难不离她左右，经历太多的苦难，体力劳动不算苦，山里人生来从事体力劳动，没人叫苦喊累，更没听谁说活着没意思。要想成为农场主，就要承受体力劳动，她要守住那片树林，精心浇灌，精心培育，让幼苗变成参天大树。要规划好每一天，往后丈夫不在身边，凡事只能自己来做主，往后不想活的跟小红那样遭人鄙视，最好的办法就是挖掘自身的潜力，最大限度地发挥自身的优势，让自己变得有价值，依傍别人只能让自己活在别人的胯下。她要活出自我来，有丈夫在旁指点她，有戴思为她出主意，还有懂科学的大学生表弟，丈夫说的农场主，或许真能弄成。

那就在镇上等夫君吧，镇子是他灵感的发源地，他时常坐在山坡上，构思尚未成型的乐谱。绿树环绕着山林，群鸟在山里鸣唱，那是自然之神为他谱写的序曲，这位单纯的音乐人，终有一天会写出震撼人心的音乐，成为威尔第那样最富个性的音乐人。

无法抑制的眼泪，难以控制的情绪，快要崩溃的神经，让她有点儿失控了，她冲出屋子，眼泪跟着她一路狂奔，朝山头上跑过去，漫山遍野能听到她凄凉的哭声。

33

阳光伴着和风，轻抚着她红润的脸庞，她双手抱膝呆坐在山头，岁月磨砺为她增添了韵味，那张脸灿然生辉，不带一点儿装饰，那是大自然赐予她的真实品质。阳光照着她，让她倍感温暖，小姨从鱼塘过来，陪舅妈爬上山坡，走到她的跟前来。小姨说，伶儿，你看树苗长得多旺呀，山里景色好，人纯朴，镇上谁不喜欢咱伶儿？留下来帮舅妈种树，日子不会差到哪儿，你表哥大学毕业留南方，表弟将来也要去南方，我和你舅妈就你一个乖女儿，你就好好陪着我们吧。咱山里人常说，再累不能叫心累，心累了，人会累死，身体累点儿能长寿。念恩泽宅心仁厚，不是故意去害人，也是为你才这样，做人不能坏了良心，你就安心在这儿等他，佛祖会保佑念恩泽的。

她想起寺庙尼姑说的禅语，佛是心灵的寄托，是心灵的归宿地。从今往后，她要天天念经诵经，让佛光惠及念恩泽，让他早日得到救赎。

天性里的倔强不屈，蛰伏身上的无畏无惧，隐藏起来的坚韧不拔，没被释放出来的个人能量，一下子全从身体中爆发出来。苦吃多了，就有了藐视苦难的能力，能轻松走出困境和厄运，死神没能将她带进地狱里，希望将她塑造成无畏无惧的勇士。带着高傲和冷静，带着女人的天性的顽强，她要在镇上弄出一点儿小动静，往后会有更多的难处，心里一定要有数，不能遇到难事就六神无主。干农活儿对她来说已是轻车熟路，只要做好规划和预算，丈夫留的那笔钱，能帮她撑个三五年。

金钱上规划已开始，还要制定树木养植运输的成本，还要算计收入和支出，往下要办的事情还不少，舅妈在树木养植上经验丰富，小姨精通销售运作、利润回收。由两位长辈指点她，会有一个好开局。

舅妈说，树是有感情的，别想着树木不会说话，没有五官四肢就没感情，但凡有生命都有感情。你浇灌树苗，树苗会相信你、依恋你，把一切都交给你，树木也有感情、有爱心。

树木也有感情、有爱心？她怎么就没想到呢？

她十四岁到镇上，跟着舅妈种树，从来没悟到树木有感情。

可能她用一双冷漠的眼睛看世界，用麻木的双眼看待万事万物，对树木没有真情实感，只把树木当作赚钱的植物、当作倾诉的对象、当作不会说话的朋友、当作没有感情的植物，从来没有想到过，凡有生命的事物必有感情，只不过人类无法领悟到树木的感情。

树是有生命的，每个人诞生到世上，就像一棵树苗，带着生命的渴望，同自然界搏斗，同生命抗争，最终长成参天大树。

她从舅妈小姨身上看到了朴素的品质，以及同贫穷、同命运、同灾难抗争的勇气，即使困难重重，心灵上始终储存一缕曙光，即使过着贫穷生活，也不改善良本性，善良才是人类最宝贵、最值得称颂的闪光品质。她想用善心善举为自己赎罪，丈夫走到今天，罪过在她，她想重新打造自己，让过去那个懦弱的田伶儿，变成不畏强暴的勇士，要像戴思那样有胆识、有个性，决不做任人宰割的羔羊。她要陪着丈夫渡难关，她已爱上念恩泽，不懂爱情的她，真切地感受到爱情的美好，丈夫说爱情是心灵的碰撞和结合。在她看来爱情很简单，就是心里装着这个人，她不懂心灵的碰撞和结合，也弄不清丈夫给她的感情，究竟是爱情还是同情？只知道自己爱上了这个男人，这可能是单方面爱情吧，她不去想那么多，单方面爱情就够了，女人一旦爱上谁，就是这么傻里傻气。她沉浸在个人的爱情的王国里，独自享受这份优越感、满足感、荣耀感，生活从她身上夺走了太多的东西，也送给了她一位好丈夫。为丈夫好好干吧，争取做山里的农场主。

她听说，悲观的人，把人生当成苦难历程；乐观的人，从苦难中寻找重生途径。

面对生活，她既不乐观，也不带悲观情绪，总是用冷静头脑预见危险和苦难，为即将到来的灾难做足准备，她不会轻易放弃每个阶段的规划，只想做操持命运的高手。

舅妈在寺庙为念恩泽求了平安符，小姨将炸好的鱼块递给念恩泽，嘱咐她回省城照顾他，别让他再受一点儿委屈，她们对念恩泽格外关心，这也是长辈的慈母爱心。

告别舅妈小姨，三人离开镇子，四小时后到达省城。戴思领走念恩泽，她独自回到家，打开歌剧《命运之力》，细细欣赏，耐心品味。

以前对音乐一窍不通，把音乐当成迎合丈夫的工具，今天静下心来听歌剧，真正领略了音乐的魅力。音乐能让人安静，让人跟着乐感进入温情的世界，让人忘掉恩怨和仇恨，难怪丈夫心灵如此干净，从小伴随音乐长大，从没见过尔虞我诈，好生活给了他好环境，好环境给了他好品行，没有经历人间的疾苦，很容易进入社会圈套栽跟头，她就是那个给他带来不幸的惹祸精。以前她总沉浸在小诡计里，而今身边有了个好向导，她才终于意识到，算计他人的成本，跟自己遭受的损失，比例恰好相对应，她及时纠正这一不良的偏好。言归正题，打开电脑，对法律知之甚少的她，准备查阅法律条文和法规，想推算丈夫的刑期。她看了一条又一条，哪一条能对丈夫网开一面？

越是弱小的鸟儿，越有独到的生存秘籍。

她就是那只鸟儿，看似柔弱，却谋划着一个石破天惊的计划。她要为念恩泽找证据，让实凌翔自杀身亡，这只胆小的鸟儿，前一刻如惊弓之鸟，在网上翻看法律条文，这一刻却冷静镇定地想计谋。她决定用金钱收买小芬，让小芬成为最好的证人。

她从一场灾难里走出来，走进另一场灾难中。以前对金钱的认知，只停留在存钱攒钱、改善生活环境上，根本不知道金钱还能收买人心。要不是嫁给念恩泽,从他身上学来人情和礼节,要不是从凌翔嘴里得知小芬的赚钱门道,要不是从杨洋那里知道他和凌翔的金钱交易,她哪知道金钱的有诸多好处呢?金钱不只叫人过上好生活,金钱还能收买小芬帮丈夫。她要用金钱拿到有利的证据,让法律悲悯这位艺术家,她只想尽自己所能帮丈夫,她是丈夫的累赘,是奶奶说的丧门星。念恩泽若是没娶她,哪会惨遭这厄运,更不会身陷囹圄,走进监狱,尽管他一再声称为了韩心蕊,她还是坚称自己才是案件的真凶。她欠丈夫太多了,做农场主还不够,要冒着法律风险救丈夫。在网上她看过行贿罪、受贿罪,小芬不是政府官员,不是国家公务员,顶多是个贪图便宜的小市民,她给小芬送点儿钱,充其量就是熟人好办事,触及不到法律的界限。

小芬化了烟熏妆,穿紧身裙,乳房高耸,腰肢纤细,臀部宽阔,肩胛骨突出,身边坐着一男子,她一眼认出是杨洋。虽说与杨洋一面之交,对他印象却很深,表面看似温文尔雅,心里全是诡计奸计。长相和善的伪君子,比恶人更可恨,他幸灾乐祸看着她,没有跟她打招呼。

小芬说,杨洋是我男朋友。

她虽说有点儿小意外,却也没当一回事,开门见山问小芬,多少钱能买来小芬出庭做证?

小芬说,你堂姐找过我,问我凌翔是不是患绝症?我实话实说,凌翔谈过一个妞,听说染上了艾滋病,我问过凌翔,凌翔说那妞没染艾滋病,谁敢跟艾滋病人谈恋爱,那是跟死神谈恋爱,凌翔跟那妞谈俩月就吹了,凌翔条件好,身边女人多的是。

她没想到戴思也来找小芬,她不想再连累戴思,低声下气求小芬,说了不少求情话,小芬始终不说话。她见说话不顶用,就想干脆给点儿实惠吧,打开皮包拿出钱夹,这当口儿,小芬把杨洋支走了，小芬诡秘一笑，把她那只手按下，跟她说起悄悄话。

杨洋在场说话不方便，这话咱俩知道就行了。凌翔有个小秘密，我连杨洋都没说，凌翔那方面有问题，我一女友跟他做爱好几次，女友说他阳痿。人在哪方面受过刺激，保准哪方面有问题。凌翔为你进大牢，牢里出来就不行了。我跟凌翔只是朋友，他帮我介绍大客户，相互之间行方便，我俩没做过那事儿。

凌翔有钱有势，想玩女人招手就行，偏偏没有这运气，搞一次就进监狱，换作我，这辈子都躲着你。你是凌翔的扫把星，沾上你就倒霉，这次还没沾上你，小命就见了上帝，凌翔不是痴情男人，鬼附身了才这样。

那天他叫我陪着去见那位于阿姨，手里拿着光盘，说是韩心蕊喜欢的《命运之力》，凌翔跟那位于阿姨，说着说着抱头哭。于阿姨哭得很伤心，好像凌翔是她干儿子，俩人神神道道一阵子，说你跟韩心蕊长得像，念恩泽把你当成韩心蕊，俩人说了一大堆死人活人的话题，那些话听着怪吓人，我猜想，那会儿凌翔就叫鬼附身了。

凌翔不会自杀，是你丈夫害死凌翔，你休想用钱收买我。

说句不爱听的话，我一点儿都不喜欢你，在我面前装清高，好像你比我高贵，难道你就不想想，咱俩从县城出来混，都想混出个模样。你靠嫁人挣钱花，我靠卖艺挣钞票，论人脉、实力，你哪有我这本事？咱先不说别的吧，就说花钱这件事儿，你花钱问丈夫要，我腰包里钱不少，想咋花就咋花，吃喝玩乐自己报销。

杨洋跟我说，你丈夫是小白脸，表面看着斯斯文文，标准一个花粉男人，每天除了唱唱歌，跟小姑娘调调情，没有一点儿生存本领，全靠父母来养活，跟韩心蕊谈恋爱，肚子搞大也没结婚。那个姑娘真可怜，怀着孩子离开了人世，男人都是这熊样，为美女争风

297

吃醋打架干仗，凌翔这次可惨了，白白送掉了小命，这下你可高兴了，往后高枕无忧了。我跟杨洋想法一样，凌翔才是受害人，你丈夫是杀人犯，你是背后的教唆犯。

杨洋说，这世上有两类杀手最可怕，外表柔弱的女子和笑里藏刀的心机女。这两条，我看你都占全了，诱导丈夫跟你走，心甘情愿去害人。我知道你咋想的，想叫丈夫少判几年，免得人生太凄惨。你这算盘打得好，可我不吃这一套，我也是个仗义人，哪能为你那点儿钱，对不起在天之灵呢？我这人信鬼也信神，要是帮你忙，凌翔那个死鬼，肯定会找我算账。

再跟你说个小秘密，要是凌翔不死，你俩可能会结婚，凌翔死前见过你父母，说你不能生育，你婆婆肯定不会接受你，念恩泽肯定会跟你离婚。凌翔说，等你离婚，他就跟你拜堂成亲。你父母听了凌翔那番话，没点头，没拒绝，大概默许了这件事儿。凌翔年轻有钱长得英俊，又为你犯罪进监狱，两家门当户对，你俩结婚很般配，这年头儿，吃喝嫖赌算个啥，钱能通神也能买人，谁不跟着有钱人？

有人口口声声说钱脏，那是虚伪、假正经，一本书上说，人类语言就像一只破锅，我们敲敲打打，希望音响铿锵，感动星宿，实际只有狗熊闻声起舞而已。这句话我一直记在心里，金钱最大的好处就是叫你挥霍，叫你享乐，有钱你才能快乐，没有感情照样快活。我认识个大老板，跟我说了个小故事，有个女人很钟情，知道男人有外遇，一气之下杀了男人，割了男人的生殖器，睾丸在地上滚来滚去，把人吓了个半死，那个女人最后结局是被判了死刑。多情女人没有一个好下场，我劝你别吊死在一棵大树上。

今天看在老乡情面上，我才把实情透给你，凌翔死前给我和杨洋留了笔钱，那笔钱数目可观，那笔钱鼓励我说真话，凌翔要钱有钱，要貌有貌，成群女人想睡他，哪会为女人自杀呢？

小芬说得很坚决，围着金钱说来说去，她急忙掏出包里的银行卡，说卡里存款全给她，要是嫌少，还有白玉手镯、白金手链、白金项链，只要愿意帮忙，就是倾家荡产也会满足她。

小芬不屑一顾地看着她，讥笑她，挖苦她，说她白痴笨蛋大傻瓜。凌翔日进千斗，念恩泽日食万钱，本该为你一掷千金，就为你买这点儿破首饰？不是我说你太愚蠢，结婚时你就不看看《婚姻法》、《继承法》，这关乎你的切身利益，哪能马马虎虎不在意？难道你不知道，婚前财产不归你，婚后财产，也要经过法律许可，才有一半属于你？你现在住着婆家的房子，要是哪天撵你走，房产全是念家的。真离婚了，就这套首饰属于你，首饰能买房子能买车？顶多买个表面上的虚荣心。你这类人最可恨了，嘴里念着道德经，心里想着嫁富人，死要面子活受罪。难道你不知道，穷的时候，面子就是一张纸，谁想撕你就撕你；富的时候，面子是你身上穿的绫罗绸缎，只一眼，叫人立马对你另眼相看。

小芬说完，伸出胳膊叫她看，拉拉脖上那串翡翠叫她看。

小芬接着说，这些只是皮毛外表，不值多少钱，银行里面的款项，就是零头取出来，也够你田伶儿在咱县城盖座房，还有不能说出来的隐形资产，还有凌翔留下的那笔巨款。那笔钱，可是凌翔临走托付我们俩的，也算临终遗言了，为了那笔钱，我要帮凌翔完成遗愿。

小芬说，女人总在失恋后醒悟，在享乐中沉沦，这是我在酒吧这些年总结出来的经验之谈。女人便宜不值钱，哪个男人都能跟你玩。一套首饰就嫁人，你也太不把自己当人看了。

她看着小芬那条翡翠项链，想着小芬说的这些话。

原想着白玉手镯很贵重，当作国宝，藏在柜子最里边。

婆婆送的钻石戒指，多金贵呀，放进抽屉最里边。

脖子上的那条白金项链，哪敢戴，万一飞车党拽走了，如何跟婆婆交差？婆婆赠送的物品，是自己的私有品，丢失的话损失太大了。这些贵重的物品，是她结婚的凭证和依据，哪敢有一点儿闪失。没想到，山里出来小村姑，个个都比她富足，小芬身上的财富，竟然撵上了富家女。

小芬说，从贫穷家里走出来，谁不珍视金钱呢？女人发财很容易，就看你愿意不愿意。舍身为国，那是男人干的事儿，咱们只是小女人，舍身求财为自己，等你变成富人了，还怕没人崇拜你？

这句话虽说不中听，却也听着很顺耳。

34

小芬见她低头不语，继续讲述自己的经历和身世。

小芬说，十六岁那年背井离乡，在一家城乡接合部的饭店做服务员，十六岁正是花季年龄，花季年龄的少女最让花心男人惦记，自己很快被一个四十多岁男人惦记上。那一次，男人借着酒意亲自己，捏我的脸蛋，拧我的大腿，我哭着找女老板，女老板边哄我边开导，人家是商场总经理，美女都想跟他睡，看上你，往后你要发财了。

小芬说，我才十六岁，还不到叫人摸我的年纪。

女老板摸着我的头发说，山里闺女十三岁成亲，十四岁生娃。你这岁数，要在山里早嫁人了，你要是真的不愿意，我跟经理说说去，叫他再等两年。他是咱店老顾客，丢了他就是丢了财神，没了财神，谁来给你发工资？

喜欢金钱的小芬，哪会等到十八岁？经理再来时，带着项链、手链、金戒指，外加一摞人民币。小芬看得眼睛发直，心儿扑通扑通跳，一头栽进经理怀里，好像掉进钱堆里，经理事后承诺她，要在县城给她买套新房子。

小芬说，男人最懂得得寸进尺，跟经理上床后，经理再也不提买房的事儿，自己只好哭着找那女老板，骂经理言而无信。女老板看着我脖子上的金项链，语重心长地说，风月场里无君子，经理掏钱买你，还不是看上你的年轻貌美？想当年，我也是饭店服务员，年龄也是十六岁，一百块钱就把自己的第一次献了出去。我哪有你这般好运气，金子银子随便挑，还敢跟经理要性子？第一个睡我的，姓啥名谁都忘了，反正一百块钱还记着。当时做完那事儿后，我说肚子饿，想吃羊肉饺子。男人问，是不是没吃过羊肉饺子？我说我来自农村，在农村只许放羊，不许吃羊，羊要卖给城里人吃。男人听后大笑，而后带我吃羊肉饺子，我一口气吃了两大碗，男人说我蚂蚱肚子大象胃，别撑住了。我说，全堵在嗓子眼里了，撑不死。男人结完账，送我回到出租屋，临走时跟我说，以后争取开饭店，想吃啥都能吃上。我记住了男人那句话，等我睡到第八个男人，开了这家小饭店。我说八八，发发，好数字，吉利。

女老板说，女人要趁年轻多挣钱，挣到钱后要结婚，结婚生子才算是女人。我跟第九个男人结了婚，生了两个女儿。后来，男人叫我气死了，再后来，女老板就是现在自己这副样子了。

小芬说，那个经理其实蛮喜欢她，自从跟经理混上，自己没再去饭店当服务员，经理用钱供着自己吃喝玩乐。那段日子，自己学会跳舞、打麻将，学会了泡酒吧，每日里除了等经理，就是在娱乐场所玩耍。这样过去一年多，经理突然因为心肌梗死撒手人寰，经理这一死，自己的经济来源就断了。女老板说小芬越长越出人头地，干脆学跳钢管舞，去一流酒吧跳钢管舞，能够结识大老板。

小芬说，自己只学了半年钢管舞，跳得却很专业，那会儿我已经野了，开始在省城酒吧来回跑，哪家酒吧给钱多，就去哪家酒吧跳。自己身材好，长得美，男人喜欢风骚劲儿，不时有男人包养我。我不叫谁长期保养，那样时间长了，丢了跳舞基本功，就等于丢了饭碗。

你看，我这个人意志还是蛮强的。小芬说。

酒吧里有钱人真多，我要价越来越高，收入也越来越高，起先几千块钱在我眼里是大钱，这时候几万块钱在眼里都不起眼，起先真不知道女人很值钱，这时候才知道，女人越有钱越值钱。

你看，人就是这样往上攀的，人的肚子像货轮，装点儿货物也行，满载货物也行，这货物就是人民币。通俗一点儿跟你解释，人的身体是货物，货物能挣来钱，这个货物挣的钱越多，这个货物越值钱。好比这个货物先前是红薯，这会儿是珍珠，想想看，红薯和珍珠哪个更值钱？等你满载而归时，你的人生就大圆满了。

先前不懂货物与钱的关系，先前只看见钱，没看见货物，先前不知道，钱是用货物挣来的，先前把咱这个货物看得轻，把那个钱看得重，先前咱这个货物值一个钱，这会儿咱这个货物值一万元，想想看，咱这个货物是不是越来越金贵？

人生起点很重要，咱生来就是放羊娃，想做太子妃，那是痴人说梦。人生选择很重要，要是当初不离开村子，这会儿肯定是一群娃娃的妈，天天看着嗷嗷待哺的小娃娃。

算我命好，遇到女老板指点迷津，把我带到好路上。你那时候要是遇见我，我会带你去找凌翔敲笔钱，不是一笔钱，是四笔钱——一笔处女费，一笔怀孕费，一笔堕胎费，一笔青春损失费。算下来起码也有八九万元，那时候这些钱可是一笔大收入，凌翔不用进监狱，你拿钱去省城开家饭店，或者开家足疗店，或者开家按摩店，或者开家服装店，或者开家美容店。甭管开家什么店，赚到这时候，早已变成小富婆。男人谁不想找小富婆？挑个小白脸，挑个豆蔻年华的美少男，挑个风华正茂的英俊青年，哪样男人挑不上？哪会沦落到现在这个地步？身上那点儿钱，撑死只够吃上几年饭，往后日子还很长，青春已过，人老珠黄，哪个男人还能看上你？

跟着啥人学啥人，跟着山羊啃青草，跟着老虎吃肉包，我跟着开饭馆的女老板，知道女人要机灵，要把握青春好时光。男人睡你怕个啥，你睡男人算个啥，到底是睡出个泡泡糖，还是睡出个金銮殿，这得靠女人自己思量。

你看你，这方面就是欠思量，跟着镇上那个舅妈和小姨，只学会了女人初级生存方法——出嫁。我可不会草草出嫁，我跟杨洋商量了，等凌翔这事儿告一段落，我俩回县城开酒店，开最气派的酒店，要叫先前瞧不起我的下三烂，再见了我叫我一声大老板。

瞧我这张嘴，咋就撑不住秘密呢，我真把你当自己姐姐了。想啥说啥没顾虑，最后这个小秘密，知道的人除了杨洋就是你。女人要是想着钱，天天碰上大老板。今天还是穷光蛋，一觉醒来，腰包多出好几万。杨洋这个机灵鬼，每天翻我钱包看，他说别的我不管，就等着有 天，咱回县城开酒店。

也不是我埋怨你，当初真不该报警，凌翔不是强奸你，他是真心喜欢你，也是因为太爱你，当时没管住自己，在你身上放了一炮，结果坐了七年牢，叫我说你啥好呢？真是傻得不通情理，叫人如何同情你？我可没有你那样的傻气，男人给我人民币，我就给男人放炮权利，你情我愿，欢天喜地，一举两得，两全其美，大家谁也不欠谁。

凌翔说你出身高贵，出身高贵算个屁呀！丫头片子，父母照样不要你，我妈当初生下我，天天叫我丫头片子，就像家里的垃圾，扔来扔去没人在意。很小时候我就知道，丫头片子不值钱，小学毕业后我爹说，丫头片子，出去打工吧，爹没钱供你上学了，你弟还要上学呢。不打工就在家放羊割草，你是想出门打工，还是想在家放羊割草？

我想了想说，出门打工吧。

我从六岁开始，就在山里放羊割草，我胳膊腿太细、人太小，有时候羊拽着我在山里乱跑，要是有一天，羊把我拽到山涧里，摔成残废咋办呢？

我爹先是送我去县里远房亲戚家，给人家当保姆、哄孩子。三年后，孩子上了幼儿园。一天，我正好碰见村里一姐姐，姐姐说去省城打工挣钱多，我跟着姐姐就走了，在城乡接合部那家饭店做服务员。没干多少天，就碰见了那个经理，经理看上我，跟我动手动脚。后来，你都知道了，后来，我在这里跳钢管舞。

当年我跟经理混，饭店女老板跟我说，小小年纪就开窍，再长几岁不得了。

你听说过"华丽转身"四个字吗？等我回到县城里，就华丽转身了，谁敢说我混男人，我就跟谁坐下来讲道理。我一个农村出来的小女子，跳钢管舞养活自己，不偷不抢不害人，凭啥往我身上泼脏水？

等我回到县城，我的称呼便是"吴老板"。我姓吴，应该称呼我吴老板，杨洋就是"杨经理"。经理比老板级别低，经理让给杨洋最合适，我心里清楚得很。杨洋这辈子，只能做我的总经理，杨洋脑瓜太机灵，要是把酒店交给他，弄不好把我一脚蹬出去。金钱交给谁，都不如自己来打理。

识时务者为俊杰，这句话应该说给你。当年揭发凌翔，弄得身败名裂、背井离乡，弄得父母脸上无光。而今又为这件事儿，弄得丈夫锒铛入狱，弄得公公婆婆恨死你。我对你也是又同情又恨你，咱俩毕竟乡里乡亲，看你越混越混不下去，我这心里干着急。你就不想想，你也是变相卖了自己，用婚姻方式把自己给卖了出去，只是你不懂得怎么去应对男人。如果是我，才不这样死心眼，就拿凌翔做备胎，万一被丈夫抛弃，就跟备胎结婚成亲，要是俩男人都不要你，那就卷钱走人，有钱你就是姑奶奶，还怕找不到好男人？

自从认识杨洋，跟杨洋确立恋爱关系，我不再主动混男人，除非杨洋说，这个男人得睡他，睡一夜，给你十万八万呢。杨洋一发话，我当然听他的了，杨洋这点最好了，不吃醋，不动武，对我温柔体贴很照顾。干我这行，跟人睡觉是职业，杨洋理解这行当。工作好了有饭吃，没有工作都饿死，杨洋明白这道理，才不管得那样具体。杨洋说，新时代的年轻人，两口子谁都不能干涉谁，个人隐私很重要，婚前想睡谁就睡谁，婚后跟他一人睡，这是法律规定的。咱是合格的良民，任何时候，都要遵守法律法规。

你看，我骂凌翔贱，其实我也很贱。凡事只听杨洋的，要是钟情某一人，荡妇也能变淑女，我都二十五岁了，可能女人到这岁数，就想找个男人嫁过去，这样心里才踏实。

听人说，女人要是想结婚，心里就想一个男人。先前我跟男人睡，从来不会想他们，上床跟他们亲密，下床就把他们忘掉，而今只记挂杨洋，别的男人对我再好，我只想摸他们的钱包，看来我是真想结婚了。

你看，我是不是真该给你找个小情人，我是越看越喜欢你，你跟我一个命，都是丫头片子。你比我出身好，不该有这命，出身好的人应该有好命，我出身不好，自从认识了货币，知道货与币的关系，我用我的货物换来人民币，从此改变了命运。你不能把自己完全托付在他身上，要是他被判了死刑，你就成了小寡妇，趁现在没当小寡妇，赶紧跟他办离婚，你长得像花儿一样，哪能耽搁自己呀。

你别怪我太无情，得人钱财，为人消灾。你想想呀，凌翔那笔钱躺在我银行卡上，也就是说，凌翔躺在银行卡上。要是我帮你，叫我跟躺在银行卡上凌翔如何交差呢？我也是迫不得已呀！这笔生意只有人民币呀，也就是说，这笔生意不存在货币买卖，钱已到手了，我可不能食言呀。

小芬说得一脸委屈，叫她无法再求情，她怪自己嘴拙舌笨，要像小芬伶牙俐齿多好呀，女人长得美口才好，能笼络住不少男人，更能得到很多额外的赏金。这本事，不是谁都能学会，也不是谁都愿意学这手艺。女人一人一个性情，鹦鹉学舌不一定行，反而丢了自己的本性。她就想按照自己的活法去生活，就想为丈夫做点儿什么事儿，眼下看来这个想法泡汤了，那就努力做山里的农场主吧。

杨洋拿着饮料走过来，接过小芬话题说，你就别装好人了，念恩泽走到这地步，全都是你教唆的，跟你说句大实话，我跟踪念恩泽到镇上，后来你也回去了。我从镇上打探到，多年前你被父母送镇上，你有严重的心理疾病，你用漂亮脸蛋引诱念恩泽，叫他把你当成韩心蕊，跟你结婚成亲，要是没有遇上凌翔，也就没有下面的故事。凌翔对你构成威胁，你利用念恩泽，帮你实现杀人计划，随着两个男人怨恨加深，你的杀人计划也在步步推进，最终完成杀人计划。念恩泽成了杀人犯，你逍遥法外，成了旁观者。

我一直都在监视戴思，戴思跟我一样怀疑念恩泽，想找到确凿证据。戴思去镇子前，已经掌握足够证据，借工作之便，给念恩泽通风报信，叫念恩泽投案自首，想以此减轻念恩泽的罪行。我刑警队有朋友，听朋友说戴思为这事儿，可能要受纪律处分，本来就要提拔了，这下可好，听说很快就会调离刑警队，这辈子前程全毁了。

凌翔进过监狱，知道证据的重要性，死前已收集到念恩泽的所有证据。茶杯上、酒杯上、卧室光盘上都有念恩泽的指纹，客厅和卧室有念恩泽的脚印，警察从指纹到脚印，再到客厅食品残留物，以及凌翔手机录下的对话，很快还原了凌翔死亡现场，锁定念恩泽为本案嫌疑人。

凌翔死前找过韩心蕊母亲，小芬当时在场，警察会找韩心蕊母亲，从她嘴里会知道你和凌翔、念恩泽之间的感情瓜葛。这起案件因你而起，警察没找到你的任何证据，只好以受害者身份解除对你的怀疑，这也是你的高明之处。你是没有证据的杀人犯、证据确凿的教唆犯，你用最高明的犯罪手法，成功将自己脱离出去。

你放心，我不会举报你和戴思，那是给自己找麻烦，凌翔只想拆散你和念恩泽，没想叫你受牢狱之苦，凌翔目的达到了，你的目的也达到了，恭喜你。

杨洋的话刺激了她，她的思维继续游离在幻想世界。她是主谋，是真凶，是害死凌翔的幕后推手，是她用美人计蛊惑念恩泽，用假意柔情欺骗念恩泽，教唆念恩泽充当杀手，她一直想叫凌翔死，天天诅咒凌翔，叫凌翔永远在她面前消失。她的诅咒灵验了，凌翔死了，她从犯罪嫌疑人，成功逆袭为局外人，杨洋骂她阴险狠毒，小芬笑她自掘坟墓，她并不知道自己犯了哪条罪？杨洋告诉她，她犯下了教唆罪。

她一直觉得自己是罪人，却不知道触犯了哪条律法。要是以教

唆罪让她服刑，这对她来说是好事儿，她一心只想丈夫的安危，想
怎样让丈夫摆脱法律的责任，至于自己是否犯了罪，还是交给法律
去裁定吧。

35

念恩泽母亲坐在家里掩面痛哭，三十多年一路打拼，创下基
业，成了省城稍有名气的酒店经营者，原想把儿子培养成受人尊重
的艺术家，哪想到天降大难。这一切，皆因娶来的儿媳田伶儿。

念恩泽的音乐造诣、艺术天赋、孤独高冷、稚嫩善心，所有优
点缺点，都是她精心培养而收获的果实，她曾为儿子感到骄傲。音
乐学院高才生，大学教师，也许用不了多久，他就能荣登音乐家宝
座，这也是她对儿子的最高期待。

在挑选儿媳上，她非常看重家庭，看重婚姻带来的家族整合，
得知念恩泽和韩心蕊相爱，她彻底放了心。韩心蕊是她理想的儿
媳，长得漂亮，性格开朗，和儿子有共同爱好，能帮儿子实现理
想。她为儿子布置新房，得知韩心蕊怀孕，帮韩心蕊设计婴儿房，
甚至为未出生孙子制定成长规划，她后悔没有阻止韩心蕊的最后一
次旅行。韩心蕊说不是探险，跟驴友去山里玩，顶多四天。

真是造化弄人，命中注定。韩心蕊被滚石中砸头部，她就这样
失去了马上过门的儿媳，失去了至亲至爱的孙子，她是为起死回生
的儿子，才接受田伶儿做儿媳，她哪会接受那样没有品位的儿媳
呢？痛苦让儿子迷失了双眼，爱子心切，让她失去了一直以来的精

准判断，错误选择贻误了儿子的大好前程，毁掉了儿子的人生，她捶胸顿足，悔之晚矣。

后悔无济于事，如何救儿子，才是当务之急。

凭借多年的人脉关系，她四处通融，寻找外援，弄清了死者身份。通过关系找到凌翔母亲，想用钱私了，凌翔母亲态度坚决，要用法律解决此事儿。她从知情人那里得知，凌翔母亲在省城有不少关系人，手上有两位证人，证人坚称凌翔不会自杀，是念恩泽害死了凌翔。她频频约律师见面，询问还有哪种途径，能帮儿子摆脱刑罚？律师明确告诉她，念恩泽主动投案，主动承担罪过，身为律师，只能尽最大努力，争取为念恩泽减刑。

这不是她想要的结果，她想让儿子无罪释放。

律师将开庭准备的材料摆在她面前，将凌翔死亡的前后过程说给她，告诉她最坏结果是十年以上有期徒刑，最好结果也要接受刑事处罚，不可能缓刑，更不可能免除刑事处罚。

律师说，念恩泽目睹凌翔死亡，为凌翔整理遗容后离开。他当时想的是，帮助凌翔自杀是在做好事儿，根本没想过会触犯法律。第二天跟着学校课题小组进山，将凌翔自杀那件事儿忘得一干二净，直到第三天，静下心来想凌翔自杀，越想越怕。有天晚上，还梦见凌翔站在面前，跟他说见到心上人，醒来发现自己吓尿床了，赶忙上网查自杀案例、他杀案例，最后觉得是自己害死了凌翔。念恩泽会当庭陈述这件事的来龙去脉，辩护只是走形式，当前没有足够证据证明他无罪。

律师拿出念恩泽学校联名写的请求信，学校师生替念恩泽辩护，说念恩泽法制观念淡薄，不是故意害人，请求从轻处罚。

律师说，还有一份医院化验报告，凌翔几个月前患上了艾滋病。这份报告非常重要，通过这份报告可以推测，凌翔已知自己患上艾滋病，自导自演了一起自杀案。

凌翔十六岁跟警察打交道，知道证据的重要性，整个死亡过程是凌翔设计的圈套。

约念恩泽吃饭，是凌翔设计的第一个圈套。

凌翔设置的第二个圈套，就是俩人喝了一瓶茅台酒。

我做过调查，凌翔酒量在一斤左右，念恩泽顶多三两，当晚两人喝了一斤白酒，念恩泽明显醉了，凌翔非常清醒。凌翔故意说田伶儿，说韩心蕊，念恩泽当时思维混乱，失去准确判断，容易掉进别人的圈套。凌翔利用念恩泽，既达到自杀目的，又可以嫁祸念恩泽。

凌翔的第三个圈套，是在死前把念恩泽带进卧室，录了俩人对话，意在告诉警察，凌翔死的时候，房间里只有念恩泽，念恩泽自然成了重要嫌疑人。

凌翔了解念恩泽的秉性脾气，诱使念恩泽进入圈套。他安心死去，念恩泽成了凶手。凌翔制造了一起自我谋杀案，嫁祸念恩泽。

这只是我单方面推测，没有证据加以印证，医院诊断证明不能作为凌翔自杀的必然条件，已有三位证人出具证言，证明凌翔不会自杀，对方律师也会针对医院证明进行辩驳。即使死者患上了艾滋病，理应自然死亡，而不是吃安眠药自杀，死者母亲非常疼爱他，如果知道儿子患病，会守在身边照顾他，绝不会让儿子以这种方式死亡，何况凌翔身边有不少爱慕他的女子。凌翔本人外表英俊，生活富足，没有自杀征兆和理由。

对方律师会强调是念恩泽饮酒乱性，教唆凌翔自杀，并在凌翔吃药昏迷情况下，没有施以援手，导致凌翔死亡，其动机就是想置凌翔于死地，念恩泽的行为，已构成故意杀人。如果法庭认定念恩泽故意杀人，我只能用帮助自杀替念恩泽开脱罪责。

她问律师，什么是帮助自杀？

律师说，帮助自杀是指他人有自杀意图，行为人对其在精神上给予支持或鼓励，从而坚定其自杀念头和决心，或者在物质上加以帮助，如提供自杀工具，帮助实施自杀行为等，从而使他人得以实现其自杀意图。如果行为人的帮助行为，对社会危害性较大，情节较为严重，会被认定为故意杀人，要是自杀是自杀者本人意志决定的，可以对帮助者从轻或减轻处罚。

凌翔辩护律师不会承认念恩泽帮助自杀，念恩泽的行为在对方看来应是教唆自杀。教唆自杀是行为人故意用引诱、怂恿、欺骗等方法，使他人产生自杀意图。

凌翔辩护律师会强调念恩泽是教唆自杀，直接故意杀人。这样一来，双方律师会针对帮助自杀、直接故意杀人各出证据。

凌翔死前收集的证据链很完整，从念恩泽进屋，凌翔就布置好了陷阱，从对话录音中可以判断，当时念恩泽教唆凌翔自杀，念恩泽不作为，造成凌翔死亡。

当然，太完美的证据从另一方面看，反而对念恩泽有利。一个蓄意杀人的人，不可能留下如此多的证据，这恰好证明念恩泽不是蓄谋已久，也不是希望那种结果发生，只是放任那种结果发生。一个是希望，一个是放任，量罪上区别很大，判刑是必然结果，只是量刑长短。

律师将开庭后如何辩护做了详细阐述，念恩泽的良好修养，也是他的致命软肋，死者利用他的人品，完成了这桩谋杀计划。念恩泽坚称是自己害死凌翔，说自己没作为，造成凌翔死亡，辩护很难达到预期效果。

屋里有一阵安静，她知道靠律师无法翻案，回到酒店将自己锁屋里，思忖还有哪条路能帮儿子脱险。她很快想到田伶儿，要不是这妖孽，我儿子哪会这样？是她害了我儿子，这罪行本该由她承担。

她给田伶儿打电话，试探田伶儿态度，恳求田伶儿承担罪责，承诺把房子过户给田伶儿，认她做干女儿，从监狱出来就接她回念家。

她苦苦哀求，软硬兼施，田伶儿始终没开口。这时候，韩心蕊母亲于平找她，跟她说了救子计划。

于平说，心蕊走后，朋友为她推荐了一位催眠师，催眠师让她在睡眠状态下见到女儿，跟女儿说话聊天，就像人们说的通灵巫师，让阴间亲人附身到巫师身上，与亲人对话。

于平说，催眠状态，是处在一种清醒和睡眠的过渡状态，人在催眠作用下进入过渡状态，任何暗示都会对人产生影响。在这个过程中，人的意识很模糊，催眠后看到的景象，不是强迫看到的，是自身想像看到的。进入催眠状态的人，催眠后会跟着催眠师，进入角色中去。通过催眠，让田伶儿进入催眠状态，自会说出是她害死了凌翔。

念恩泽母亲的复仇，总是不计后果。

她接受了于平建议，约见催眠师，支付了一笔"治疗费"，准备对田伶儿进行一次不同凡响的治疗。她责怪命运太无情，把最满意的儿媳送给死神，带给她一个扫把星，她将念家遭受的不幸，全记在田伶儿头上，骂田伶儿是不祥物，害儿子进了监狱。她相信儿子是无辜的，要用田伶儿替换无辜的儿子，让田伶儿自证自己是真凶。

我儿子哪会害人呀，小时候连虫子都不忍踩死，哪会害死一条人命？都是那小妖精作孽，我只好拿她来抵罪了。她搬开压在心头的那块良知石头，谋算怎样让那个小丫头开口认罪。

36

田伶儿的危险来自两个方面，凌翔母亲将儿子的死，归结到田伶儿身上，念家更是因为念恩泽入狱，对她恨之入骨。她被迫在家不敢出门，生怕碰上凌翔家人，怕遭受众人的指责议论，她真想用自己的命，换取丈夫的平安无事，自愿以命偿命。戴思说人在绝望时，要么崩溃，要么自杀，她又生出自杀念头，上吊割腕是她十四岁时用过的自杀方法，那时候她没有杀死自己的能力。这些年看过太多自杀报道，跳楼、喝药、溺水身亡等，一心求死的人，自有寻死妙方，只是她还有一点儿小顾虑，自杀的人要下地狱，她怕到地狱碰上那个死鬼，活着受尽凌翔的欺辱，若是死后再受他的欺负，不如活在人间吃苦头。为了死后进天堂，要好好活着做善事，行善积德帮助人，死后荣升天堂里，不会再见那个死鬼。

长期处在高压的环境中，遭受非人的待遇，让她外表看上去很柔软，实则内心很刚毅。每次身处险境时，她总能冷静寻求安慰自己的良方，接着让自己走出来，挺过去，绝不轻易倒下。为了死后进天堂，要证明自己是个好女子，能给人带来福音的善人，不是奶奶说的丧门星、背时精。

她半躺在客厅靠椅上，琢磨着更好的出路，思忖着妥善的妙方。突然，她听见门锁扭动的声音，婆婆带着两个人，一脸怒气走进来，她吓得急忙站起来。这是从镇上回来后，第一次和婆婆见面，婆婆态度很恶劣，那是她应得的礼节。她低眉顺眼，等候婆婆的发落。

婆婆身后跟着于阿姨，另一位她不认识，陌生女人尖嘴尖脸，高挑个头儿，脸上长满了皱纹。她看着来势汹汹的三个人，知道今天凶多吉少。三个人此行的目的，是想将她赶出去，还是把她痛打一顿？皮肉之苦她能忍，就是把她赶出去，对她也不算委屈，她只想跟婆婆说声对不起。她是念家的丧门星，给念家带来了厄运。她规规矩矩地站在客厅，等婆婆惩罚她。

三个人在每个房间转一圈，停在亡灵新房前，婆婆推开那扇门，三个人嘀咕了一阵子，婆婆招手叫她进去，她不明白婆婆此番要干啥。她站在门口不想进去，那房间阴气森森，那样华丽的住所，是亡灵的安息地、亡灵曾经的故居，那里有亡灵所有的物品，亡灵气息在那屋里飘来又飘去。她的悲剧锁定在那间屋里，她干吗自投罗网，把自己送进死穴里？

她站在门口一动不动，跟婆婆说不进去，婆婆一把将她推进屋里，命她躺在亡灵的床上。她拒绝婆婆的指令，跟婆婆说，这是韩心蕊婚床，不能惊动死去的亡灵。她转过身想离去，婆婆和于阿姨拽住她，三个人合力将她按倒在床上。婆婆在她耳边说，这位阿姨是催眠师，你身上阴气太重，催眠师帮你除掉阴气，明儿我儿要开庭，免得带给他晦气。

于阿姨说，念恩泽中邪太深，催眠师叫心蕊还魂，替念恩泽斩妖孽。

她听得毛骨悚然，于阿姨说的妖孽就是她。

在镇上，她见过神婆装神驱鬼，舅妈说那是封建迷信。她从来没听说过催眠师，不知道催眠师是帮她斩妖驱邪，还是要将她催死。

她挣扎着想要离开那张床，却被催眠师死死按住，催眠师从头到脚、在她身上来回抚摸。她的身体在催眠师手下慢慢变软了，意识很快紊乱模糊，催眠师的声音越来越小，像从远方飘来的风声，紫罗兰的香气紧紧环绕她，香气渗到她的大脑、身体里，眼前景象不再清晰可辨，三张清晰的面孔变得若有若无，只感觉有影子在眼前来回晃动，分不清是人还是其他什么东西。她的意识在催眠师唱诗般低吟中，进入了混沌状态，韩心蕊的面孔，在她面前很清楚地呈现出来，她诧异地看着。是的，她没看错，浮现在眼前的那张脸，正是照片里的韩心蕊，韩心蕊的长相早已刻在她心里，韩心蕊的笑容、韩心蕊的举手投足，此时此刻那样逼真，不是死去的亡灵，是大活人。

活人韩心蕊比照片美丽上万倍，那妩媚之态、娇美之容，就像画中的美人。那张嘴发出软绵绵的声音，声音听上去柔软无力，却很清晰。

韩心蕊说，凌翔在阴间等着你，快去投案自首吧，警察一枪毙了你，到了阴间，你就能跟凌翔结婚。

你不可怜我，也可怜可怜我肚里的小孩儿，小生命是无辜的，小生命还在肚里长身体，等着回到人间去，回去做念恩泽的小孩儿。

我归心似箭，望穿双眼，等着夫妻团圆。你死了，我就可以借尸还魂，回到丈夫的身边，咱俩只能活一个，还是你死吧，你心比天高，命比纸薄，哪及我三分之一富贵、三分之一尊荣、三分之一才华，三分之一恩宠。

我是我爸妈的宝，是我念恩泽的宝，是我公公婆婆的宝，是我老师同学的宝，是我朋友同事的宝，我生下来自带贵气，哪像你，不过是你爸妈面前的一坨臭狗屎。

你不但是你爸妈面前的臭狗屎，你还是全县人民心里的一坨臭狗屎，要说你是块宝的话，你就是凌翔一个人的宝，可惜你害死了凌翔。这会儿，你成了人见人骂、鬼见鬼躲的一坨臭狗屎，只有死了，你才能从臭狗屎变成宝贝，因为那个把你当宝贝的凌翔，不在人间在阴间。人间没人把你当宝贝，你在人间就是一坨彻头彻尾的臭狗屎。

韩心蕊声音那般柔，那般软，那般清脆真切，起初她以为是幻想症在作怪，想坐起来，想证实韩心蕊是幻想中的一个人，刚要起身，催眠师那只手按在她头上，在她头上来回推拿，她整个人又软在床上不能动弹了。

她很快进入了催眠状态。起初，她听见催眠师叫凌翔，渐渐地，看见凌翔朝她走过来，凌翔跪在她跟前向她求婚。凌翔说，男儿膝下有黄金，我膝下黄金全给你，嫁给我吧，我为你成了死鬼，你也要陪我做死鬼，你不做死鬼也不行，韩心蕊叫你做死鬼，我叫你做死鬼，你公公婆婆叫你做死鬼，你爸妈叫你做死鬼，所有人期盼你做死鬼。你活着是念家丧门星，是你爸妈的一个累赘，你死了，鬼高兴，人高兴，活人死人都高兴。

你死了，我俩在阴间拜堂成亲，我给你盖别墅，我给你买大奔，我给你金山银山，我给你造一群小鬼孙。

你活着的时候活受罪，你死了我叫你享尽鬼间福，要爱情有爱情，要金钱有金钱，要子孙有子孙。

我在鬼世界称王称霸，在鬼世界我是大王，你是王后。念恩泽是十八层地狱里的王八蛋，他活着被我调侃戏弄，死了在鬼界里，我照旧调侃戏弄他。在鬼界我说了算，我叫他还搞那个鬼音乐，奏他的鬼乐曲。那些鬼音乐鬼乐曲，给他的大王我听，给我的王后你听，给我那群小鬼孙们听。

求求你做一次好事儿吧，你生前做最后一件好事儿就是死。你死了，才会成全我，成全韩心蕊，成全所有想叫你死的人。

你死得伟大，死得光荣。你的死，是一种荣耀之死；你的死，是两全其美的好事情。活着的人会永远缅怀你，给你评奖章，在你坟头送鲜花，放鞭炮，烧火纸，一群活人为你哭天喊地。你听着那些盼你死的人哭你，你成全了他们的心愿，也成全了你活着的悲哀。

伶儿，去找警察吧，警察会成全你。死一点儿都不痛苦，我死的时候，念恩泽陪着我，我听着音乐想着你，想着想着睡着了。等我醒来后，我发现到了一个新世界，我一进地府门，没等阎王爷把我打进十八层地狱，我先下手为强，绑了阎王爷，因为我知道"先下手为强，后下手遭殃"这一浅显的道理。

在人间做鬼已经游刃有余，到鬼的世界，自然会成为鬼的头领。

阎王爷让位于我，从此哪个鬼进来，都要对我三叩九拜，我拿阎王爷做挡箭牌。我怕碰上跟我一样机智聪明的机灵鬼，也真有这样的机灵鬼。好几次，都是阎王爷刚叫声不好，我马上先发制人，用鬼刀将刚进鬼门的死鬼，直接打入地狱里。

伶儿，我智力高超，本事过人，人不是我的对手，鬼也不是我的对手，活着我是人上人，死后我是鬼上鬼。赶快来吧，我在鬼界心急火燎地等着你，我在鬼门关挂满红玫瑰，成群小鬼等着迎接你，成群小鬼天天训练一句话，王后，您好！我要小鬼们发出标准鬼音，声调整齐划一，不能有丝毫的杂音。

伶儿，我知道你死过好多次，你是真想死，这一次你就下定决心去死吧。死不可怕，痛苦地活着，不如死了。

伶儿，伶儿，伶儿，伶儿……

她好像听见婆婆的声音，明明凌翔在说话，这会儿是婆婆在叫她。

伶儿，你嫁给念恩泽，是不是图我儿子是大学老师，图我家的财富？

婆婆，你是我肚里的蛔虫，一语道破了天机。男人想鲤鱼跳龙门，女人想嫁给阔少走捷径，镇上人说我长得美，嫁给念恩泽是郎才女貌，都不吃亏。

他们说念恩泽相貌一般，年龄比我大八岁，有钱人兴老夫少妻，我俩郎才女貌很般配。这也是天作缘分，叫我在半山坡遇上这位有钱人。

婆婆竖起大拇指，是的，是的，你说得很有道理。

念恩泽不光有钱，还是大学教师，有修养，品行好，是我多少辈修德积善，才遇上这位好夫君。起先我的的确确看上了念家的条件，这会儿我是真的喜欢念恩泽，不是为钱跟他在一起，是你们城市人说的，为爱情跟他在一起。

她听见一阵哈哈大笑，她说了实话，她们笑话她。她不想说实话，不知道怎么一回事儿，话到嘴边，秃噜一下出来了。她想控制，想改种说法，想说得中肯点、圆滑点、好听点，哪想到，秃噜出来的话，收不回去了，那张嘴似乎长在婆婆脸上，婆婆让说哪些话，嘴巴里就出来哪些话，好像婆婆手里拿着遥控器，控制着她这张嘴巴。她说的话，都是婆婆心心念念，想要她说出来的话。

婆婆说，我知道你受的委屈，凌翔强奸你、追求你，你心里害怕，是不是？

她想说话，嗓子被痛苦卡住了，一句话也出不来，只好一个劲儿点头。婆婆催她快说呀，她嗯了一声算回答。

婆婆问她，是不是怕事情败露，才想把凌翔害死了？

她使劲摇头，虽说大脑有点儿糊涂，关键时候却很镇静，赶紧启动自我保护的模式，说自己没有害过人，凌翔的死跟她没关系。

婆婆恼羞成怒，指责她自私自利、忘恩负义，为自保加害自己的丈夫。自古以来，夫贵妻荣，念恩泽前程远大，作为妻子，哪忍心看着丈夫进监狱？你要真爱念恩泽，就应该为他挺身而出，替他承担所有罪行。我已找律师打听过，要是你认罪态度好，顶多判几年，等你刑满回来，依然是念家好儿媳，这点儿我向你保证。

婆婆细数良家女子的好品质，细数她不仁不义、不孝不忠，她听得又自责又愧疚，差点儿把所有罪责担当应承下来，只是自我保护模式已打开，一直提醒她不能草率去应承，她没点头也没摇头，躺在床上没任何反应。婆婆一会儿斥责她，一会儿又好言好语，催她赶紧承担罪行。有个声音在她耳边说：承认吧，承认了，你的罪过就可免除了。那声音不断重复着，自我保护模式被那声音打乱了，她再次陷进催眠中，那声音在耳边重复说，凌翔是被她害死的。

她听得有点儿糊涂了，凌翔是她害死的，好像真是这样的。那个声音对她说，你叫凌翔吃了安眠药。

她又看到凌翔满脸鲜血站在面前，看见自己手里的那把剑，闪闪发亮，刺向凌翔。

在劫难逃，在劫难逃，原来凶手真是你，念恩泽替你顶罪，他真是个好人呀，好人要有好报，你哪能陷害丈夫呢？

她喃喃开口说话了，是自己用剑杀死了凌翔。

婆婆打断了她的话，婆婆说，不是用剑，是给凌翔吃安眠药。

原来不是用剑，是给他吃安眠药，看来是我记错了，是我太恨凌翔了，早就盼着凌翔死。他终于被我害死了，以后再也没人加害我了。

她听见有个声音安慰她，凌翔被你弄死了，往后你就可以高枕无忧了。

他终于死了，终于被我弄死了，是我害死了他，不是念恩泽。念恩泽是为了我，才说自己杀了人，那个恶魔是我杀的，我终于把他杀死了。

她说着咯咯笑起来，那笑声自己听着都快乐。那个男人一直威胁她，她当然要把他杀死了，她要一辈子跟着念恩泽，为了念恩泽，杀了恶魔很值得。

那个声音又问她，害死凌翔后准备去哪儿？是不是要去镇上？

她说，除了镇子，没有安身之地。

那个声音说，你婆婆送你一笔钱，放在餐桌上，明天就走，记住了吗？

她开心地笑了，多年来，她哪有这样笑过呀，多少年来，她总是嘿嘿嘿，从来没有哈哈哈，今天终于可以哈哈哈了。为今天这个哈哈哈，付出了多少代价呀，可惜就要枪毙了。她想继续活着哈哈笑，可惜今生只有这么一次了，也算活得值得了。

那个声音对她说，明儿一早拿钱回到镇上去。这笔钱，够在镇上花一辈子。

善人为名，商人为利，穷人只为那张嘴，要是回到镇上去，没有金钱哪行呢？念恩泽是有钱人，今生不用为钱操心。他讲究生活的品位，追求精神的完美，她不追求那些玩意儿，镇上没人追求那些玩意儿。镇上人肚子饿了，靠一个馒头一碗水，就能好好活下去，镇上人不看书，书不可能解饿充饥。写《红楼梦》的曹雪芹，贫困交加最后饿死，死后把书稿留给后人，后人看得津津乐道。那些看《红楼梦》的人，绝对不会是饿肚子的，饿肚子的人不看《红楼梦》，饿肚子的人只关心如何把肚子填饱，不知道《红楼梦》写的啥玩意儿。

她听见有人哈哈大笑，那个声音对她说，你说的是大实话，念恩泽是不会挨饿的读书人，你俩不在一个层面上，想法做法都不一样。有人生在富人家，有人生在山窝里，这是命中注定的，谁也改变不了命运。

您说得对极了，念恩泽吃大闸蟹长大，我哪吃过大闸蟹呀！我只在县城吃过小鱼虾，到镇上鱼虾也没了，偶尔吃上小姨做的炸鱼块，就是最好生活了。有人生来就富裕，有人生来是穷鬼，镇上最高贵的女人，不知道谁是李斯特，不知道瓦格纳、莫扎特、肖邦都是伟大的音乐家，更不知道念恩泽喜欢的《命运之力》，是音乐家威尔第谱写的。镇上喜欢唱歌的姑娘，常常钻进山里吼嗓子，运气好的，偶遇城市音乐家，带着姑娘离开了镇子。运气不好的，只有山里飞禽走兽作听众，吼到生命终结进坟墓。镇上女人谁看书呀，谁知道精神生活是啥东西。念恩泽有精神生活，家里开着大酒店，我要是想精神生活，不定哪天饿死了。

她听见笑声更响了，她说了太多的实话。那些话，憋在心里好多年，今天终于释放了，屋里笑声鼓舞了她，她想继续说下去。人要是思维活跃，在特定环境里，都能会成为演说家，她又开始演讲了。

念恩泽说要我做山里的农场主，我不知道啥是农场主，就相信他是为了我好，丈夫这样安排我，那就按丈夫安排去做吧。农场主是城市人的说法，镇上只听说过农民企业家，要真做了农民企业家，我就是镇上的大红人了。感谢婆婆资助我，我就回到镇上吧，回去做丈夫说的农场主，做山里的农民企业家。

婆婆夸她志向远大，婆婆笑得多舒坦呀！婆婆还像过去那样爱着她，为她未来生活着想，无偿援助她、资助她，多慷慨、多大方、多仁慈的婆婆呀！她高兴坏了，因为太高兴，也就滔滔不绝了，说了太多话有点儿累，身体慢慢沉下去，鼻子被人捂住了，感觉快要窒息了，婆婆声音飘了过来。

别这样，我可不想叫她死。

她渐渐恢复了知觉，听见屋里的脚步声，听见关门声。屋里很快寂静了，没有一点儿声响了，她在床上躺了很久，亡灵紧紧包围着她。屋里全是亡灵气息，亡灵飞在半空中，亡灵躲在柜子里，亡灵躺在她身边，偷窥她的一举一动，监视她的一切行动。亡灵冲她微笑着，多可爱的女子呀，多么年轻有魅力，作为家里独生女，父母该要多伤心，做人应该深明大义，哪能如此狭隘自私？舅妈说，人在做，天在看，为下辈子转世轮回，这世要做行善人，善待死者，善待诸位，才是做人的根本。

她跟亡灵和解了，与亡灵握手言和了。她双眼紧闭，双手合十，祈祷亡灵在天堂安息。她对天发誓，不管法庭如何宣判，要陪夫君到永远。

37

念恩泽获刑十年，法官带他离开了审判庭。她坐在后排角落里，看见前排的婆婆，正在人群寻找她。那张脸，曾经对她和颜悦色，而今除了仇恨没有其他，婆婆应该怨恨她，如果念恩泽不是娶了她，他哪会犯罪呢？祸起萧墙皆因她，念家岂能饶恕她？

婆婆正朝她走来，她虽然战战兢兢，感到很害怕，也明白这场灾难躲不过。不管婆婆如何发火，都要任由其发落。

婆婆矛头直指戴思而不是她，说戴思买通了律师，把田伶儿口供销毁了。昔日高贵的夫人，此刻完全失去理性了，满嘴脏话骂着戴思，骂她是个狐狸精。

她多想告诉婆婆一声，她是真想顶罪呀！凌翔死了，死无对证。她的口供，能帮丈夫摆脱罪名，要是有一点儿可能，她哪会拒绝去做证？更何况在她遭到暗算时，婆婆及时救了她，让她虎口脱险捡条命。婆婆不想让她死，只想让她进监狱，人财两空的结局，婆婆如何接受呢？婆婆如意小算盘，却被戴思给制止了，她哪能不恨戴思呢？爱子心切的婆婆，哪能接受这结局？凌翔母亲站门口，幸灾乐祸看着闹剧，田伶儿多想当着众人面，为戴思说句公道话。当沉默变成了习惯，嘴巴只剩下吃饭功能，一个人待久了，面对群体很害怕，生怕惹怒了众人，生怕被人攻击了，生怕遭人暗算了，自保都已很难了，哪敢多说一句话？戴思一直保护她，她却在这样的场面，不敢出来说句话，就当自己是哑巴，静观事态发展吧。婆婆说话很难听，戴思根本不理她，拽着她推开念家人，匆匆离开审判庭。她听着身后婆婆的哭声，想回头说声对不起。您老人就骂吧，如果能解气的话。婆婆对她多宽容呀，自始至终没打她，已经对她够好了。这事儿前因后果皆因她，如果不是那个男人骚扰她，哪有后来这悲剧？那个男人罪有应得死掉了，她还死皮赖脸地活着，活着求婆婆的谅解，求所有人饶恕她。挨千刀的罪人呀，用你一生赎罪吧，从五更到黄昏，每天劳动十小时，就当你是劳改犯，就当在监狱服州。丈夫十年，你十年，夫妻双双出监狱。

她想起曾经温馨的家，心里愈加难过了，愈加担心婆婆了。这位高贵的夫人、善良仁慈的母亲，曾经多么爱她呀，要不是丈夫进监狱，婆婆哪会记恨她？这事儿起因全在她，她早想对凌翔下手了，在她遭到威胁时，在她无计可施时，杀死凌翔的念头，在脑海中闪过无数次。若不是佛祖长在她心头，若不是舅妈常说"恶人恶报"这句话，若不是担心死后进地狱，若不是怕遭到上天的报应，下辈子托生成了猪和驴，她哪会给凌翔这机会，让他设计陷害念恩泽？

她后悔没赶在凌翔设下计谋前，早早结束他性命。是他毁了她一生，让她苟且偷生地活着，活得毫无尊严人格。丈夫为她除掉了恶魔，叫她更加悲痛欲绝，她多想恳求婆婆宽恕她，多想跟婆婆说，法律虽然没有追究她，良心惩戒今天已经开始了。

婆婆求她顶罪时，她从心里已经答应婆婆了，特别是婆婆说这是报答念恩泽。她多想报答念恩泽呀！可她看了法律条文和法规，知道犯罪顶替不可取，知道法庭不可能采纳她的证词，更知道丈夫不会被判死刑。婆婆当时那样做，也是被气糊涂了，儿子惨遭此大难，婆婆惊慌错乱，听信催眠师胡言，法律哪会轻信如此荒唐的证言？要是有一点儿可能，能帮丈夫摆脱罪行，哪怕用性命抵刑期，她也会义不容辞去帮丈夫。可法律没有这规定，她只能恳求婆婆别再去想这件事儿。

念家亲朋在她身后指桑骂槐，凌翔母亲看见她，朝她吐口水，嘴里骂骂咧咧的。她处在两面夹攻下，冷静地面对眼下情况，绝不说出一句话。她一向用沉默做良方，用冷静头脑做分析，对付四面八方的人身攻击，看似外表柔弱很听话，却有自己的主见和想法。现实总是给她致命的打击，让她陷入困境不能自拔，她将这归咎于命运带来的考验。是她的罪过太大了，命运才将灾难一个一个送给她。昔日那个小公主，被命运驯服得很听话，不管谁来侮辱她，都会平静接受不反驳。被驯服的小女子，面对罪恶的双手，依然默不作声，生怕触怒于阿姨，生怕得罪婆婆。婆婆也很无辜呀，不管婆婆对她做什么，她都理解婆婆心里的苦。人活着，谁心里能没有苦难呀？奶奶因为遭受太多的痛苦，才将怨气撒给她，婆婆这样对待她，是怨气积得太多，只能找她发泄了，婆婆心里该有多少痛苦？该有多少苦水？婆婆含辛茹苦养大念恩泽，本希望儿子成为音乐家，哪想到成了监狱里的囚犯，婆婆应该记恨她。她多想再叫一声婆婆呀，多想为老人家送句祝福话，那就把婆婆对你的好，丈夫对你的恩情，一并记在心里吧，去山里做农场主，将来找机会报答，把明天当成新起点。明天，她所期待的明天，会比今天更好吧。

戴思说，你婆婆是不会善罢甘休的，我陪你回去收拾行李，晚上住我那儿，明儿一早回镇上。

念家人跟在身后想找事儿，她和戴思赶紧上车，戴思加大油门甩掉了念家人，沿着宽阔马路一路驶去，婆婆从她眼前很快消失了。念家对她的怨恨，这辈子也不会消除，那就默默祝福吧，为念家人祈福吧，为念恩泽祈福吧，为死去的亡灵祈福吧。保持善念和善根，为来生不再苦难受累，今生好好立功赎罪吧。

再见到念恩泽，是为他送行，他表情温和，面带微笑，好像没有发生任何事儿，他是一位心地纯净艺术家，是她毁了他的一生。她想起他朗诵的爱情诗词，俩人共同翻看的名著，她本是只会挣钱的村姑，在他影响下，知道了什么是艺术，什么是社会文明，知道了美丽的爱情。她对他顶礼膜拜，将他视为最高贵的男主人，她当着他面哭起来。多年来，她只敢偷偷流眼泪，每逢伤心难过的时候，就躲在舅妈房后树林里，抱着大树默默流泪，跟大树诉说心里的委屈。除了奶奶去世让她流了几滴眼泪，她从没当众哭泣过，面对即将分别的爱人，再也忍不住流泪，十年刑期，他所钟情的音乐，他的理想和抱负，最美好的青春年华，将在暗无天日中度过。有才华的音乐家，就这样被她毁掉了，她所造的孽，由他一人来承担，多么大的罪过呀，比杀人放火更严重，是她毁掉了最有天赋的艺术家，她不能为他做什么，只能不停赎罪了。

从十四岁那年起，罪恶感、负罪感，如影随形跟着她，她一直拼命地劳作，想赎清身上的罪过。上天怜惜她，让她遇上了念恩泽，她曾得意地想着，这是她赎罪的结果，用身体劳作，换来上天的宽恕，让她嫁给品德高尚的音乐人。哪想到好日子竟这样短，从今往后，她将在思念中度过每一天，将在惴惴不安中度日如年，将继续接受良心的惩罚，这灾难比法律更可怕，精神重压会让她失眠、厌食、掉头发，会摧毁她坚强的意志，让她在赎罪中苟延残息，在自责中抑郁而死。

念恩泽说，我会在狱中学音乐，沮丧时听瓦格纳的《指环》、贝多芬的《英雄》、肖邦的《小夜曲》、莫扎特的《费加罗的婚礼》，音乐能让人灵魂安宁下来。爱音乐的人，不管身处逆境还是顺境，都有一股暖流在心中流淌，不至于让人悲观失望，这就是音乐的妙处。

不少人说我进了凌翔设计的圈套，这话只说对了一半，是凌翔利用我，完成自杀计划。很多时候，真相是掩盖起来的假象，就像看到的海市蜃楼，不过是一种天象，根本不存在的楼台亭阁。善于设局的高手，用制造出来的表象迷惑人，达到以假乱真的效果，凌翔在这方面手段确实是高明，我甘拜下风。

妻子有权跟服刑中的丈夫离婚。

念恩泽很平静，经历了爱人死亡、牢狱之灾，之前那位一脸稚气小暖男，此时带着历经沧桑的沉稳。苦难造就人才，他从一位浪漫的公子哥，变成思想深邃的艺术家，没有痛苦和怨言。他把苦难和不幸，当作生活本该有的一部分，当成必须经受的历程，藐视眼前的遭遇。她没有这种正视苦难的勇气，这些年一直逃避苦难，舅妈房后那片树林，就是她的避难所。要不是嫁给念恩泽，要不是戴思影响她，要不是城市女子启发她，她哪会知道女子应该怎样活？哪会想过用法律保护自己，用拳头对付欺辱自己的恶魔。

一个人，想过完整个人生多不易，面对法律、良心、道义、真相、陷阱、灾难，能顺利走到白发苍苍，要经受多少艰难困苦？不管多辛苦，也要坚持活下去，活到念恩泽出狱。她想陪着念恩泽，安安稳稳活到老。

想要平平安安活到老，不是一件容易事儿，会有不少灾难在等着她，战争带来的灾难，病毒带来的侵袭，天灾人祸，这些都无法预料，只要能和爱人一块死，天塌地陷都不在乎。

她多想和念恩泽朝夕相处，白头偕老不分离，可惜如此完整的生活，对她来说可望而不可及。今天就是分别的日子，从此天各一方难相见，她将面对比生存更可怕的流言蜚语——城市人的恶毒攻击，镇上人的轻视怠慢。也许凭借强大的心理素质，她能走出阴霾困境，可真要叫她和丈夫离婚，她宁可代替丈夫去服刑。他是她心中的活菩萨，是她最最爱慕、最最敬仰的丈夫。时至今日还在为她做打算，给她婚姻的自由，多无私的丈夫呀，是她毁掉了丈夫的前程，她哪会和他离婚，让他独自承担这厄运？

她说，等他回来一起面对生死。

她从未这样字正腔圆，语气坚定。

他说，高雅是奢侈品，不是人人玩得起。她属于镇子，应该学会爱土地，耕种土地，土地能长出庄稼，庄稼才是人类生存的必需品。

他为她指明前行的道路，镇子是她的再生地，高雅是城市人的专利品，是富家小姐的必修课，不是她该拥有的。念恩泽为她安排好去处，回镇上吧，做他希望的农场主。她相信，用虔诚之心守着某种事物，定会守出果实来，她要用赤诚之心守着念恩泽。

念恩泽喜欢镇子，寥廓山峦，河溪潺潺，没有城市的氤氲雾霾。念恩泽喜欢坐在山头上，瞭望自然，放声高歌，无拘无束，释放天性。她相信花儿开得旺盛，果实就会饱满，等花儿怒放，果实丰硕，念恩泽会回到镇上采摘果实。

他说，生活是一堆纠缠不清的线团，他要用十年时间把线团梳理好，让杂乱无章的线团，变成一根根纹路清晰的直线，每条直线都是通往幸福的家园。家园里的男主人公，不需要仰仗女人来帮忙，男人坚实的脚印，自踏上土地那天起，就是为了丈量这气吞山河的江山。女人一生都在寻找自己的爱情，其实她们不知道，爱情只是精神方面的感觉，无关肉体、语言、行为、思想，爱情仅仅是感觉，当两人在感觉上有共鸣，自会擦出爱的火花来。这时候，男女间才产生真正的爱情，爱情是心的感受、感知，是心的体验、体会。

他跟她说起了爱情，说起他的爱情观。

她和他产生共鸣了吗？她不知道，她一直追求单方面的爱情，不敢奢望他爱她，只想跟他过日子。她在他的影响下，认真思索爱情这个浪漫的话题。

她想，他是爱她的，他的眼神为她送去了答案，以前只想着自己是个替代品，现在却感到自己就是爱情的主人。

权且这样想、这样认为吧，他是爱你的。一位艺术家，摆脱世俗的羁绊，义无反顾爱着你，没人理解他异于常人的行为，他陷入个人情操里，活得那样与众不同，他说要为信仰而活着。以前她并不知道，有人会为信仰而活着。她从他身上汲取了学识和见解，从书本上找到了解世界的钥匙，他让她看到另一个天地，让她知道这世上，有数以万计追求信仰的青年，他们体恤民生，关注弱势群体，看重自身修养品行。以前她不相信这个群体的真实存在，还想着是电视传媒糊弄人，没想到丈夫就是这种人。她对他生出敬畏之心，生出感念和感悟，原来自己竟然是个自私鬼，欺骗心智纯净的艺术家，这罪行岂是法律所能裁定？

她曾在镇上用十年时间来赎罪，最终看到了新希望，那希望虽说转瞬即逝，对她却也收获颇丰，她得到令她感念的爱人，令人动心的爱情。多少青春女子渴盼得到爱情呀！为这得之不易的感情，她愿意置身山林、遁世离俗，用十年时间来修行，用匪夷所思的经历，过完别具一格的人生。

一个人能有几个十年来挥霍？她的人生，十年一个轮回。十年前，那个男人毁了自己，毁了她。下一个十年，她将继续承担生活带来的灾难。十年前，为家族荣誉苦度修行，未来十年，为良心天罪去忏悔，年轻女子的大好青春，消失在一次次赎罪中，十年以后，她将是怎样一个田伶儿？荣华褪尽，青春凋谢，她还有爱的能力吗？爱对她来说是难能可贵的体验，她原以为这一生，不会有如此美妙的感情，哪想到命运将这情感拱手送给她，她愿用生命维护这得之不易的感情，十年又算什么呢？女人的青春像生长的麦苗，割了这茬不会再发芽，女人爱情犹如盛开玫瑰花，娇艳美丽被人牵挂。

念恩泽眼神带着爱意和温情，那爱意照亮了她心灵上的阴暗面。他是上帝派来的圣童，把希望、信念、未来，寄托给音乐，音乐使他纯粹圣洁，他心灵深处有某种至高无上的品行，那是世人无法抵达的境地。他没有人格瑕疵，没有心灵阴暗，灵魂高尚干净，无人能及。

她将念恩泽看作不食人间烟火的圣人，被他的善意美德融化征服了。她的思想，跟随念恩泽的灵魂，得到提升和净化。苦难曾让她怨天尤人、避世离俗，她将自己抛进孤独世界里，独自舔舐创伤，冷漠对待人情，那颗心冻结成冰，没有喜怒哀乐，没有爱恨交织。她时常哀叹现实残酷，没人垂怜多灾多难的姑娘，常常埋怨世道对她不公。裙屐少年恋酒迷花，敦厚青年废书而叹，阔少寻花问柳、生活糜烂，品清貌正的女子道尽途穷。她拜倒在繁华世界中，不相信淳朴民风，是丈夫帮她打开了思想枷锁，让她成功打败了束缚自己的心魔，让她看到世界的多元化、多样性，让她发现参差不一的人性、有好有坏的人品。他是她心中的圣人，是她至高无上的统领，是她精神上的高贵王子，是她心灵上的最好归宿。她多想怀孕生子呀，要是能看着小生命孕育诞生，对他也是最好的回报。可惜她没有回神之力，只能继续用身体劳作，负屈衔冤去赎罪，消除身上的孽障罪行。

她暗自思忖，独自决断，回镇上收养遗弃女婴，让小孩儿从小接受音乐熏陶，接受爱的教育，她的孩儿定会心慈面善，柔情似水。那小孩儿被爱滋养，受自然呵护，定会成为这世上最美的天使，她要送给念恩泽这样一个孩儿，懂爱的人才配拥有爱情。

念恩泽问她，咋没佩戴白玉手镯？

她吞吞吐吐，无言以答。

不是她不想戴，只因那白玉手镯太贵重，又是婆婆送的礼物，也是结婚的一个明证，她担心碰坏磕碎，不敢佩戴。

她明白了丈夫心思，明白了这样问她用意何在，女人那仅存的虚荣心，叫她没法跟念恩泽说清道明。她含笑不语，将那小小想法细心保管。

念恩泽说，玉是纯洁高贵的象征，我知道玉石从采集到打磨，再到一件艺术品形成的全过程。制造玉佩的手艺人，不单要有艺术眼光，还要对玉投入真情实感，加工玉器的手艺人，对玉的感情就像对待爱人孩子。

玉是有生灵的，也是有神灵的。玉会哭，会笑，会说话，会领悟人的情感。玉在人身上佩戴久了，会忠诚于你，跟你休戚相关，患难与共。你拥有怎样的灵魂，玉就拥有怎样的灵魂，如果有一天，你不小心碰碎了身上的玉佩，那块玉，必是替你消灾挡祸的。

玉没有贵贱之分。有时候，一块钱就能买个小玉坠。一块小小玉佩，不光是一个装饰品、修饰物，还是你的伴侣、你的知己、你的爱人、你的家人、你的朋友，你可以跟她说话，跟她聊天，在你孤独无依时，她是你唯一的依靠。

玉是有灵魂的，玉的灵魂高洁、高贵、高雅、高尚，玉的灵魂独立尊贵，玉的灵魂是你灵魂的写照，玉体现了你灵魂中的冰清玉洁。

念恩泽用尽锦囊佳句，将玉的温婉、高贵、圣洁、圆润，夸赞得尽善尽美。她生在玉石故乡，竟不知道玉的高贵，她佩戴白玉，只为向人炫耀白玉价格，证明自己身价高贵。

镇上人从牙牙学语的孩子，到行动不便的老人，都佩戴廉价玉佩，镇上人佩戴玉佩多是粗糙的、没经过精雕细琢的玉石，价格便宜，碎就碎了。价格不菲的白玉，做成贵重首饰卖给城市人，不会出现在寻常百姓家里。镇上人不珍惜玉佩，没人去思索玉的高贵、玉的高洁、玉的高尚、玉的灵魂。

她没有想到，原来玉是有灵魂的，玉的灵魂高贵圣洁。

以前哪知道什么灵魂，什么高贵、高尚、高洁呀，她将满腔热忱投身到挣钱上，想着有天挣足钱，让县城父母脸上有光，让县城人对她刮目相看。这是她头次听说玉佩不光是装饰品，还是品质象征、灵魂象征。

知道了这点，她更加珍视白玉手镯，更加不敢佩戴，要将白玉手镯当作丈夫的影子，珍视他，爱惜他，视他为爱人、情人、伴侣、朋友，那只白玉手镯将伴她度过漫长十年，伴她迎接丈夫的归来。

公公婆婆走过来，她做好了心理准备，等公公婆婆惩罚她，她愿接受惩罚，愿在公公婆婆面前赎罪。

能赎罪的人，正是灵魂觉醒的时刻，通过赎罪，灵魂才能得到救赎。

婆婆拉着念恩泽，字字句句针对她。

婆婆说，她陪你吃喝是想败光你家底，陪你赏月唱歌，是想夺走你家业，这世上有几个姑娘为情嫁人？又有几个情愿嫁给穷汉？你从小生活富足，无法分辨她的险恶用心，磨难会送你洞察世道的眼睛，十年牢狱会叫你眼亮心明，朋友亲人都为你惋惜，怪那小妖精毁掉了你的前程，这妖女十四岁怀孕堕胎，谁娶了她谁自认倒霉。我儿呀，你可知外界怎样评说这段婚姻？说我儿鬼迷心窍，人妖不分，中了圈套，放走真凶。那妖女罪孽深重，滚回老家已是对她从轻了。昨儿我跟你爸通宵达旦，商量你的未来婚事。你要当机立决，即刻明断，千万不能数典忘祖，败坏家风呀。

婆婆言辞激烈，列数她的罪行，一句一个妖女，将她骂得狗血喷头。她心疼欲裂，低头认罪，哪会怪罪公公婆婆呢？奶奶说她是丧门星，只会给亲人带来厄运，奶奶所言极是，嫁到念家，带给念家的全是不幸。要在过去，她会想到死，她已死过太多次，而今不再想死了，她想活着赎罪，像过去那样，用身体劳作去赎罪。从现在开始，用十年时间赎罪。她已懂得爱的含义，爱是理解、尊重、包容、温暖，对她来说，爱是生命，她要让丈夫安心离去，让他看着这位好妻子、好儿媳，不去计较婆婆对她的恶言恶语。人身攻击算什么，谩骂侮辱她不在乎，这些年饱受了多少恶言恶语，忍受了多少奇耻大辱。忍者顽强，弱者可欺，强者逆风而上不惧险境，重生的她威严自持，绝不弯下腰侍奉苦难，体面的自尊、尊贵的人格、强者的光芒、人性的光辉，往后都要细数学会。

她从城市女子身上悟出了女人的高情逸态、女人的千娇百媚、女人的远见卓识，女人的自强自立，不再记恨城市姑娘，而是虚心向她们学习，将前行之路盘算得有板有眼，料理得面面俱圆。学来城市女子的精巧心思、成熟思想，不再如先前般唯唯诺诺，自卑自怜没主见，这样一位自信满满的田伶儿，会令丈夫另眼相看。

镇子是她的生存之地，是她未来生活的保障，她要在镇上开荒造林、养花种树，往远处想、往高处看，借镇上的好山好水，在那个人迹罕至的世外桃源，为念恩泽建造一座山间别墅。往更远处想、往更高处看，要借镇上的风水宝地，修建梯田，种风景树，种草药，种花草，种柚子，养蜜蜂。中草药能治病，花草树木装点城市风景，柚子做成蜂蜜柚子茶，这是城市女子喜欢的美容茶。

她将未来设计得非常好，盘算得很周全。人这一生，都有几年兴盛期，抓住了就能翻身。华屋山丘已不再，金马玉堂成了过往，她没能抓住人生这段兴盛期，那就听从丈夫建议，回镇上从头做起。

她的幻想世界很诱人，现实安排也是那样的用心，以前靠幻想消除内心的痛苦，如今爱情给了她力量，这位美丽多情的少妇，独自承担生活的重担，不管明天多曲折，要用笑脸给丈夫个定心丸。她丢掉羞涩和胆怯，鼓起勇气跟丈夫说，临别为他唱首歌，就是丈夫教的那首《送别》。

长亭外，古道边，芳草碧连天。晚风拂柳笛声残，夕阳山外山。天之涯，地之角，知交半零落。一壶浊酒尽余欢，今宵别梦寒……

她的脸上带着别样的光芒，用这首凄婉的歌曲，展示艺术家夫人的气质，她配得上这位青年艺术家，尽管她的身份只是镇上的小村姑。

38

送走念恩泽，她没在省城逗留，约上戴思回县城。

尽管盘点周全，算计精准，却还是担心有人知道丈夫的情况，担心父母再次面临恶语中伤，她不知如何跟父母说。经过大起大落、大喜大悲，已懂得知足不辱、寡廉鲜耻，明白锦囊福利皆身外物，鹑衣百结也好，桂殿兰宫也罢，她都能安然接受并享用。以前怕失去家人的呵护和关注，生怕听谁挖苦和冷眼，而今已能独自担当困难和艰辛，不再想着依靠任何人。泪流多了，就不会相信眼泪的分量，苦吃多了，就会明白心要坚强。爱哭的女人心智必定不强，意志坚定才能做成事情，人世间的苦她领略得不计其数，人世间的乐她才刚刚品尝，喜怒哀乐对她无关紧要，那颗心只为丈夫着想，为他哭为他笑为他坚强活着，不说活得多好多有质量，只求平安活着等丈夫回来，让丈夫看到十年后的田伶儿，依然如昔日般美丽健康。

女人的外表决定女人的幸福指数，不变容颜、苗条身材、农场主头衔、良好品行，这些看得见的条件优势，应该符合丈夫挑剔的眼光，符合他极高的择偶标准。

十年后，也许婆婆看在她努力份儿上，会重新考虑让她留在念家。十年磨一剑，用十年做准备，接受婆婆检验，她眼光看得真远，看到十年后，看到丈夫出狱后。为实现心中目标，什么是非恩怨，流言蜚语，她都视而不见、听而不闻，那颗心因为有了归属，有了目标希望，不再像以前那样装满计谋。她已从精神上摆脱了世俗之苦，已经修炼得道，不为世俗动容。每天为丈夫牵肠挂肚，牵挂爱人的处境，牢记爱人的嘱托，做山里的农场主。

远离人群的半山坡，好像与世隔绝了，多么安静呀，让她想起那个陶渊明，想起那篇语文课本标注的背诵文——《桃花源记》。上学背诵为了对付语文老师，而今却特别喜欢这篇文言文，她要在这里开垦一个新世界，一个她和丈夫独有的世界，令人神往的世外桃源。这是一个被爱簇拥的世界，在这个美好世界里，她可以无拘无束、自在洒脱，去爱，去狂奔，去欢歌，她要创造这样的世界。

山里人迹罕至，山里青年人大多走出深山，去更远城市找福音，她偏要逆势而行回山里，回到无人光顾、尚未开发、原生态的自然环境里，去创造，去改造，去开拓，去创新，让那块无人光顾的山林，经过她妙手回春，变成绿色的森林，让人与自然、人与动物组成一个共同体，让树木、草药、花卉、蜜蜂，构成最美的山林图。

想着十年以后山里的美景，她喜忧参半，悲喜交集，改造山林，做山里的拓荒者，这哪是她的规划图？她的规划图上写着城市少夫人，计划跟着变化走，没人预知明天会怎样。她却能知道明天想怎样，荒芜的大山正在寻找拓荒者，她就是那位改造山林的拓荒者。

拓荒者！这是她为自己找的新头衔。

她曾嘲笑丈夫浪漫过头不现实，没想到自己竟然和丈夫一样，带着理想主义光芒，若不是受丈夫引导和影响，她哪有胆量独居山里，想着开荒造林的壮举？爱情给了她勇气和胆量，给了她信心和希望，这就是爱情的力量。

回到县城，天空飘起了雪花，这是今年第一场大雪，她跟着舅

335

舅进了父母家。舅舅把念恩泽的事儿，一五一十说了出来，她接着舅舅话题往后说，说了今后的规划和生活方向，念恩泽给她存了不少钱，请父母不必担心她。

父亲愁眉不展，母亲循循善诱，劝她离婚再嫁人，母亲指名道姓，跟她说了男方的情况。某男，离异没孩子，俩人年龄相当，要是她愿意马上托人去说媒。母亲说清利弊，提醒她为今后打算。

母亲那些话句句有理，她找不到拒绝的理由，在镇上生活这些年，接受了镇上人理念，行善积德，死后才能进天堂，她相信转世轮回、因果报应这些话，前世造孽后世受苦，前世修行后世享福。她已开始为后世做准备，为进天堂做准备。

她表明心迹，求父母谅解，母亲问她是不是怀上了孩子？

母亲这一问，问得她忧心如捣、苦不堪言，看来小芬说母亲答应了凌翔求婚，全是无稽之谈，她只好实话实说讲明实情，母亲得知她不能生育沉默良久，说那就依着她的意思行事。

她知道母亲话里有话，她就是镇上不会生育的花斑狗，主人不待见它，狗也远离它，没有朋友的花斑狗，每天在地上嗅来嗅去找食物，自食其力维持生命，直到癞子把它打死。花斑狗早已转世轮回了，兴许不再是一条狗，即便真是一条狗，也会是一条高贵的名犬，它的主人很爱它，帮它找最好的伴侣，让它配种生孩子。花斑狗活着没伴侣，她比花斑狗幸运，丈夫没有嫌弃她，为她犯罪进监狱。母亲明白她的处境，不再说离婚的事儿。

她说完离开了屋子，亲人之间没说道别话，只用表情相互关心着，看着院里那棵桂花树，白雪压得树枝弯腰低头，好像跟她鞠躬送行。她看见奶奶迎面走过来，叫她伶儿小宝贝，奶奶伸手要拉她，不是冲着二十五岁的田伶儿，而是十三岁时那个她。那女孩儿和她不相识，女孩儿站在开满牡丹花的花盆旁，瞪着一双天真大眼睛，嘴里唱着她最喜欢的儿歌，她站在挂满雪花的树下。看那祖孙二人手拉手，女孩儿连蹦带跳进了屋，奶奶和十三岁田伶儿，一块从她面前消失了。她多想拽住那记忆，拽住活泼可爱的田伶儿，多想在奶奶脸上亲一下，告诉奶奶，我是您最疼爱的孙女。

飘落的雪花打在睫毛上，那双眼睛湿润了，她知道是幻觉产生的画面，是大脑始终存着那画面，是思维一直停在十三岁，停在田家院子里，停在奶奶对她无微不至的关爱中。她留恋那段好时光，那是她最幸福的好时光，她一直活在那段时光里，至今没有走出来。她要从那段时光里走出来，从幻觉里走出来，从悲剧里挣脱出来。让幼年那个田伶儿，变成影子和灰尘，将她一棍子打死，将她送进坟墓里。她是重生后的田伶儿，一个鲜活、明亮、阳光的生命，摆脱县城人强加给她的灾难，摆脱束缚自己的阴影，带着崭新名片走向新人生。

父亲的叹息，母亲的啜泣，迎风而至，顺风而过。返本还源，盘根问底，她依然是父母的累赘，那就赶快离开吧，避免引起轩然大波，她要为父母多考虑，为年幼妹妹多想想，她想要妹妹快乐无忧地成长，过着公主一样的好生活，学跳舞唱歌、琴棋书画，没有任何心理阴影，像戴思那样人格健全，独立自信。

她站在门外犹豫着，不知该往哪里去？哪里才是她的家？那一刻，她万念俱灰，真的无家可归了。

舅舅声音低声安慰她，伶儿别灰心，回镇上等念恩泽，刚才你叔打电话，戴思缠着你婶婶，要回了念恩泽给的一万块钱见面礼，说要帮伶儿渡难关。

她的那颗心很快温暖了，眼泪止不住流下来，当年和戴思分手的情景，浮现在脑海。那时她埋怨戴思薄情寡义，不念旧情弃她而去。戴思没有抛弃她，叔叔为了她，让戴思报考警官大学，这份亲情多深厚。叔叔说要弥补她，要戴思今生今世保护她，父母为了这事儿对婶婶心存梗梗，叔叔用戴思弥合亲情的隔阂，为了她，两个家庭付出多大代价呀，她哪能不领情不感恩呀？

她和戴思围着炭炉取暖烤火，叔叔做了糊汤面、黄焖鸡、清炒萝卜丝、小炒羊肉，这是小时候母亲常做的菜肴，婶婶借吃饭，说起戴思的婚事。

县城姑娘大都二十出头订婚，二十三岁结婚，过了新年戴思已经二十八岁。县城姑娘到这岁数不嫁人，谁见了都要问三问四，岁月在不知不觉中流失，人也在不知不觉中老去，这是轮回，谁也阻挡不住。

婶婶为戴思选好结婚日子，按县里风俗，阴历六月、腊月不能结婚，二月二龙抬头，定在二月初六好日子，算来还有两个月，时间充足。

叔叔为她回镇上心有顾虑，跟戴思交代，陪她去镇上。

叔叔担心这次回去，镇上人会对她泼冷水。

淳朴民风受人口流动和社会风气的影响，人情往来变得更加复杂。镇上人将戴思视为高贵人才，叔叔交代戴思在镇上住两天，她自然明白叔叔的意思。

雪花铺天盖地，静下来只听到风的呼呼声，屋外偶尔有狗叫了几声。天明时雪停了，叔叔联系出租车，说这样节省不少时间。道路上全是厚厚积雪，出租车顺着一条车辘辘压痕开得很慢，山峦影影绰绰看不太清，松树、白桦树静卧山中，细小枝条经不起积雪打压，一些悬在树上，一些掉在地上，地上树枝很快被大雪盖住。大自然遵循"弱者淘汰强者胜"的自然法则，片片雪花刚才还在枝头睡觉，一阵风过去纷纷落到地上，两三只鸟儿从窝里探出脑袋朝外望。镇子沉睡在雪雾中，静谧安详、与世无争，远处寺庙被白雪完全覆盖，河面结上厚厚的冰，房屋隐匿在积雪当中，一垄一垄似发酵面包，被白雪包裹，让人看不清原貌。

由于天气恶劣，司机在路上不停地抱怨。司机穿了一件劣质仿真皮夹克，头发蓬乱，一脸胡须，大概四十多岁，和舅舅找话说话、谈见闻。这鬼天气让山路不好走，旅游季节行，这季节没人来。听说寺庙刚死了个人，是出家和尚，河里淹死了。

舅舅说，不知道是真是假。

司机说，县里传得有鼻子有眼，说和尚家在县城，过去有工作，后来下岗，老婆跟着下岗，孩子辍学，好不容易东凑西借开了家快餐店。没想到，五花八门单位，收五花八门费用，经营半年亏损很多，孩子离家出走不知去向，老婆受刺激精神错乱，掉河里淹死了。男人万念俱灰，来寺庙当和尚，和尚没当半年，得知孩子在工地上摔死，又是万念俱灰，随河水去了，说是陪老婆孩子去了。有人听说此事儿，要把这一家疾苦写成文章投到报社，引起有关部门关注，为和尚捐款，拿善款修建寺庙。这也是好主意，有钱人喜欢通过这渠道出名，写文章的是个能人，算着有钱人那点儿心思，做点儿自己买卖，我估摸写文章的是想发死人财。

司机摇头叹息，骂写文章的浑蛋，拿穷人的苦帮自己成名。

司机一路上喋喋不休，等他骂完那句"混账东西"，车停在镇上，司机说车费二百块，这鬼天气，要不是为上高中儿子，叫声大爷也不来，回去空车，白白浪费汽油。戴思掏二百元递给司机，司机连说谢谢，出租车很快跟着纷纷扰扰的雪花，隐匿在大山深处。

她和戴思跟在舅舅身后，小径被雪花覆盖，留下脚印。三人在小径上艰难行走，步行了大约一小时，终于到了半山坡，顺坡下去有条河，小河不远处就是寺庙。她想着河里淹死的和尚，这家人真可怜，比她可怜上百倍，这世上比她可怜的人不在少数，比起在冰

339

天雪地中干活儿的清洁工，比起没钱治病等死的病人，活着就是上天最好的恩赐。人要是只想自己可怜，那会越想越灰心，想想累死病死的人。想舅妈说，过去人吃树皮，人吃饿死的人，还吃山里被遗弃的女婴。旧年月里很多女婴被母亲扔山里，饿死冻死，然后被动物叼走吃掉。

她想象动物吃女婴的情景：撕心，撕肺，撕肉，撕得血肉模糊，最后留下一摊血，很快被风沙盖住，这应该是人类犯下的滔天罪行，人类最惨无人道的见证。大山深处的罪恶，被大自然掩盖过去，不留一点儿犯罪证据，法律惩治已知的罪行，没有证据的犯罪，法律如何惩治呢？

比起那些女婴，她又是多么幸运，遇上一位好丈夫，在丈夫爱情感召下，在佛光的照耀下，在舅妈转世轮回观念的影响下，不再怨恨任何人。城市不适合居住，那就回到镇上住，那里适合生存，就在那里安家落户。镇子是丈夫安排的归宿，不管环境多恶劣，也要忍着活下去。她最怕心里没有人，怕再来个意外灾难无法去应对，一个年轻女子独居山里，会不会有男人侵犯她？这是必须考虑的头等大事儿，虽说丈夫给她灌输了新想法、新希望，叫她活得有激情、有劲头儿，可现实给她带来的顾虑太多了，她从书上看到"居安思危，思则有备"，赶紧记在脑子里，每天心里诵几遍，提醒自己时刻防备危险的来临。

这一路，她和戴思说起农场主，戴思不可思议地直摇头，说那是西方的产物，咱这里哪有农场主？只有念恩泽这个怪脑子，才会想到这名词，也是怕你回镇上种树太难受，变个说法叫你听着能接受，说白了就是土地承包者，借用土地改善生活环境。

她恍然明白了过来，原来念恩泽怕她太难过，才用这个说法安慰她，她哪会因为这事儿难过呀！眼下处境这般糟，有个落脚地，对她来说就很不错了，若不是舅舅、舅妈收留她，此刻她该去哪里？原来念恩泽说的农场主，就是土地承包者，也就是说，往后把半山坡土地经营好，就是念恩泽说的农场主了。

种树是她的拿手活儿，靠种树只能维持生活，她继续规划那盘棋，将那块土地利用好，将来肯定能盈利。

舅妈在门口打招呼，拉着戴思进屋里，舅妈说知道戴思来，早早把暖气打开了。伶儿为省钱，从没开过电暖气，电暖气是念恩泽的专用品，伶儿心里只有念恩泽，从来不为自己算计。

戴思说屋里装得很漂亮。舅妈说，是伶儿找人设计装修的，别看这里距镇上不算近，镇上女人有空就往这里跑，说就想在伶儿屋里坐一会儿，看看伶儿家里的布置，咱镇上谁家都没伶儿阔气。伶儿嫁到省城，见过大世面，眼光就是不一般。

舅妈说着去厨房做糊汤面，她和戴思跟着舅妈进厨房。舅妈卷起袖子，裹上围裙，洗菜切菜擀面条。她和戴思坐在灶前，陪着舅妈说话聊天，戴思跟舅妈说起过年下油锅的趣事来。

小时候，年三十吃过午饭，长辈们开始忙碌起来，将厨房门关起来，不准孩子进厨房。当地有种说法，下油锅时不能有孩子在场，会惊动神仙的灵气。这时学校已放假，她和戴思早早守在厨房外，等着奶奶婶婶下油锅，那时孩子们最盼过年了，因为能吃上油炸食物，穿上新衣裳。

下完油锅，长辈们将油炸食物放在灶台上，趁长辈出去歇息的工夫，戴思拽着她，进厨房偷吃炸好的年货，那感觉真是妙不可言。迷信说法，要祭了各路神仙才能动口吃年货，戴思说她俩就是神仙。正吃着被婶婶抓住，婶婶不分青红皂白在戴思头上猛打，说戴思这个馋猫，把伶儿给带坏了。戴思大叫冤枉，婶婶骂戴思嘴硬继续打，直到婶婶精疲力竭。她和戴思经过这番折腾，戴思会拿她出气，数落她，诅咒她，她自知理亏不吭声，来年俩人故技重演。

舅妈说，伶儿从小善良，人善人欺天不欺，伶儿会有好命运。

她没插嘴，听舅妈和戴思你一句我一句，翻着陈年旧历。

舅妈把切好的萝卜放锅里翻炒，萝卜炒熟后加水，水开后将面条放进去，盖上锅盖焖一小会儿。每人盛碗面，浇上辣椒油，吃得身上热乎乎。

舅舅说，明儿约镇领导跟村长吃顿饭，镇上人见识不多、心眼稠，戴思这一趟，是给伶儿撑面子。先前种树种草药，是想给孩子挣学费，伶儿长期住下来，要拿出个长远计划来，伶儿肯吃苦，要不了几年，手里就会有积蓄。

舅妈算了一笔账，树苗不出三年能变现，往后土地越来越值钱，这块地承包二十年。二十年过去，咱伶儿不定多有钱呢。

她将念恩泽说的话，一字不漏说给舅舅和舅妈，再加上自己的计划——养蜂、种花、种柚子。舅妈说，弄不好伶儿真会成咱镇上的富翁。

舅舅说，伶儿早成富翁了，念恩泽那张银行卡，够伶儿花半辈子，伶儿闲不住，就按念恩泽说的办，等他回来，咱伶儿就是山里的农场主，就等念恩泽回来享清福了。

舅妈问，啥是农场主？

舅舅说他也不知道。

她赶紧接话说，就是农民企业家。

舅妈瞪大眼睛想了一会儿，高兴地说，等念恩泽回来，咱伶儿就是农民企业家。

她不管什么农场主，什么土地承包者，只想如何盘活手头的经济，如何获取经济和利润。她总能从现实出发，构思出最有利方案，并能在最短时间完成最好规划图，这独到才能，让她轻而易举就能很快脱离困境，她并不缺钱，缺的是一直存在的危机感。

舅舅吃完面去门外扫雪，她和戴思把雪拢成堆，捏鼻子、画眼睛……俩人看着活灵活现的雪人，不约而同笑起来，这不是小时候堆的雪人吗？一样的鼻子，一样的眼睛，不同的是，堆雪人的小姑娘而今已是窈窕淑女。她又想起十四岁前的快乐，所有美好的回忆，想起家人为了她，承受太多的痛苦，想起戴思为了她，抛弃自己的理想，成了她的牺牲品，她一直被亲情关注着，被亲人的爱包围着，她咋就没感觉、没发现？她哪是一个人同厄运搏斗呀，还有亲人在身边，还有戴思帮助她，还有为了她身陷囹圄的念恩泽。她哪是孤军奋战呀，曾经孤独的王国，是她勾画的场景，自己设置的屏障、自己修建的篱笆，她要清除人为设置的篱笆，剔除心中的心魔，扫除心理上障碍，朝丈夫说的目标冲过去，也许未来不美好，只要有爱陪伴她，再大阻力她也能够克服。

她拉着戴思往山里去，翻过一座山，面前是一片树林，俩人穿过那树林，来到舅妈承包的土地上。雪花覆盖着土地，地面泥泞难走，积雪上留下了她俩的脚印。

戴思说，有些女人是男人眼中的猎物，有些女人是男人眼中的女神，这取决于女人的自身。女人要有养活自己的能力，这能力在紧要关头能帮你，你不要把世界想得太好了，只要犯罪不终止，危险会随时来临，也不要把它想得太差了，那会让你的心被阴霾笼罩住，看不到更多好东西。

她牢记戴思的叮嘱，这块地，是她最值得珍惜的财富，是她赖以生存的保障。她要在这块地上深耕细作，锻造出养活自己的能力。

雪花零零碎碎，漫天飘洒，她和戴思爬过山头，山里氤氲笼罩，零星树木挺立山中。她说，念恩泽喜欢坐这里，她要在这里种上紫罗兰，等念恩泽回来，让他在花海里写歌谱曲。

山顶上风很大，戴思打了个哆嗦，她拉起戴思往下走，她想起叔叔教她和戴思背的诗词：离离原上草，一岁一枯荣，野火烧不尽，春风吹又生……

先前一心想离开这里，想去大城市发展，经过挫败和打击，她的虚荣心大不如从前。她只想远离喧嚣和纷争，远离痛苦和不幸，抛弃虚幻的追求、挂在嘴上的理想，丢掉痴妄和幻想，做最真实的田伶儿。日子过得苦一点儿，不用提心吊胆看别人脸色，不用每天只想诡计和盘算，有吃有喝填饱肚子，这样活着也很好。

此后，她要一直过着安贫乐道的生活，比以前不知好过多少倍，念恩泽为她创造好条件，为她提供保障，享受世外桃源的清净，享受田园风光的美景，让她保留念家儿媳的身份，让她回镇上免遭议论和冷眼。她多么感激慷慨无私的丈夫呀，丈夫是她的定海神针，是她无助时的安神药，她相信只要心里装着仁慈和爱心，定会在镇上赢得掌声和人气。

命运将这对堂姐妹带到不同道路上，戴思早已融入大城市，她只想远离城市守在镇子上，这变化连她自己都吃惊，以前只想游荡在城市，哪怕住在地下室，感觉也算是身居城市里的小人物。现实这个无情小儿，让她身心俱伤，让她选择了逃离。这也给了她深刻的教训，与其待在光鲜亮丽的地方被耻笑，不如找个开心住所自得其乐，这住所不仅能为她遮风挡雨，也是一个适合生存、用来避难的驻地。

城市人的熏陶，再加上丈夫的调教，让她在思想认识上大有提高，长辈靠副业挣钱过上小康，她要用科学带动生产，这也是这些年学来的致富经验。

在任何时候，她都为自己制定目标，一个目标实现了，再定下一个。她一直很有主见，对人生的规划也切合实际，往后更不能有半点儿闪失，她已想好下一步，尽管实施起来并不容易。

生活送来一个又一个难题，她总能找到解决问题的办法，努力破解一个又一个难题，解开一个又一个疙瘩，做山里的农场主是她当前的目标，这也是对丈夫的最好报答。

她像是跟丈夫许愿，也像诉说心声，拉着戴思离开那块土地。

舅舅宴请镇领导、村长和镇上有头有脸的人，戴思陪着她走村串户，镇上女人对戴思恭恭敬敬，对她也是十分尊敬。镇上男人在戴思跟前问三问四，孩子去省城上大学能不能贷款？孩子去省城做保安能不能帮忙？孩子去省城做服务员，能不能找家好酒店？他们说有伶儿的面子在，戴思哪会不帮忙？镇领导半开玩笑半调侃，伶儿回到镇上，谁敢欺负伶儿，叫戴思拿枪毙了谁。

戴思离开时正下小雪，戴思的身影从她的视线中消失，带走她对城市的最后留恋，她来到舅妈承包的那块土地上，看着被雪花遮住的幼苗。土地给她带来安全感，她继续设计心中的方案，要发挥农村土地资源的优势，在这块土地上种植粮食和蔬菜，让城市人吃上没有污染的食品。没有粮食人类会灭亡，没有精美服饰、贵重首饰，人类照样活得健康。

她为这规划开心了好一阵子，以前从没想到土地的重要性，甚至鄙视自己生活在镇上。现在才发现土地是块宝，有了土地还愁不能生存、不能延年益寿？比较过去那个精于算计的田伶儿，她更喜欢眼下脚踏实地的小村姑，十年对忙碌的人来说眨眼就会过去，十年后，这片土地会成为山里最美的风景区，她也将成为丈夫期望的农场主。

39

　　年轻姑娘总在理想和现实间游离不定，这也是女人善变的个性决定的，她们既想独立自主有个性，又想嫁给簪缨门第安享人生。爱情和婚姻给姑娘带来不少困扰，她们这边享受着爱情的甜蜜，那边思索婚姻带来的利害关系。那对看重物质的情侣，总在算计着今后的生活成本，盘算由爱情到婚姻，要付出多少代价和精力？相爱容易相守难，不少情侣在恋爱和婚姻间徘徊，考虑最多的是，当属婚后生活窘迫时，能否相守相爱走到底？爱情和婚姻是相辅相成，还是相悖相克？因为想得太多，让这对情侣在婚姻门前踌躇不前，若不是感情上达到非她不娶、非他不嫁的程度，绝对不会草率结婚，免得落个劳燕分飞的结局。

　　田伶儿当初不是为爱而结婚，是为念恩泽的家庭条件，贫穷带来的掂斤播两，磨难带来的深思熟虑，体力上、精神上遭受的打击，让她很难有准确的判断，让她只看到眼前的既得利益，只想到俩人结合是各有所需。没想到如今她竟有了非凡爱情，她的精神世界因爱情变得无私，看人看事更加客观公正，不再像以前那样，时时盘算和算计。不管遇到多少艰难险情，也能处之泰然，绝不怨天尤人，她继续发挥吃苦耐劳的个性，山间梯田常能看到她孤独的身影。

　　她对人谦虚，和蔼可亲，为人忠厚，想事周到。镇上男人对她刮目相看，镇上女人对她赞不绝口。但凡和她接触、与她交往的人，无不对她交口称赞。年轻姑娘找她，向她讨教如何化妆？如何打扮？毛头小子找她商量田耕技术，邻居长辈向她讨教科技种田的本事，她成了镇上无所不知的百事通、镇上突起的耀眼明星。

无论是雪花飞舞，还是烈日炎炎，她每周都要抽时间，跑到丈夫常坐的山头，腾空烦恼走来走去，背靠大树怡然自乐，默默思念着远方的丈夫。大自然滋养了她，培养了她豁达性格，她将自然视为爱人和亲人，把全部烦恼说给这位母亲，把它视为衣食父母，敬畏它，保护它。每天亲近大自然，遵守大自然规律，大自然既是杀人武器，又是人类朋友，只有善待大自然，才能得到馈赠。她决定在大山深处营造最美风景，创造和谐家园，她的全部目标和想法，要在这大山里完成。

她在树林里碰见小红，小红面部浮肿，脸上红一块紫一块，邋里邋遢，不修边幅。

小红说，专程找她取经。

小红哈哈大笑，笑容狰狞，她看着小红大惊失色，差点儿没认出小红。

小红一脸诡异地说，伶儿，你的前身肯定是狐狸精，你用妖术叫俩男人死心塌地跟你，一个死了，一个被判刑。

你是女妖、女鬼，听说那个死去的男人，每天跟着你走南闯北，听说你丈夫服刑回来，要在咱镇上扎根？这真是开天辟地，咱山窝里要住上城市人。

伶儿，我咋就没你这福气呢？一前一后，遇上俩好男人，把你当成小宝贝。看我这张脸，是被浑蛋电工一拳下去打肿的，看我脸上红一块紫一块，是浑蛋电工连掐带掐留下的，混账电工喝醉回家就会打我。

先前，我看他前妻的笑话，而今轮到他前妻看我笑话；先前，他前妻穿着内衣满街跑。这会儿，我吓得晚上睡觉不敢脱衣服，怕镇上人笑我在大街上裸奔。

女人的命咋就不如一根葱呢？

电工那会儿追求我，对我那叫一个好呀，天天领我下馆子，天天陪我看电影。我俩恋爱时，电工给我买了十套夏装，十套冬装，十套春秋装；我俩结婚时，电工买了全套家具和家电，谁去我家都交口称赞。镇上人说，电工心胸宽广，不在意我二婚，不在意我前嫌，婚礼行头一应俱全，还不说送我娘家三万彩礼钱。镇上人夸我这次是福如东海，没有瞎眼，谁听说二婚还收到了彩礼钱？

那会儿，我陶醉在爱的海洋里。镇上女人提醒我，婚姻就是一物降一物，谁弱谁就受欺负，电工是个酒疯子，趁着新婚，管束电工，叫他怕你、尊重你，不敢对你动拳头。

我这人最大缺点就是记吃不记打，被幸福一时冲昏了头脑，把镇上女人的好心提醒，全部当作耳旁风，心想电工就这一个臭毛病，平日里不嫖娼、不赌博，算个顾家好男人。金无足赤，人无完人，谁能没个缺点呢？

哪想到，新婚蜜月刚过去，电工原形毕露。

电工说，我这张脸是迷魂药，男人看见都想泡着喝。

电工每次喝醉酒，专朝我这张脸上下毒手，从结婚到现在，这张脸不知叫电工捶打多少回，我这张脸不是脸，就是电工的活靶子。

我去过镇政府找妇联，人家说家务事儿没法管。我去派出所找警察，人家说不是案子没法管。我去电工的变电站，电工的领导对我说，你看你，哪能状告丈夫？他没有工作，你哪来的饭碗？我想叫娘家帮着出口气，娘家收了电工的彩礼，电工隔三岔五往我娘家送东西，娘家要是得罪了电工，等于少了个送礼人。

　　我真是叫天天不应，叫地地不灵。这不，就想跟伶儿你讨教讨教，你是用了魔法，还是用了技巧，让俩男人爱你宠你喜欢你。一个为你死，一个为你坐牢，全都心甘情愿为你好。

　　你说我是不是智商有问题？是不是人老珠黄遭人嫌弃？镇上人骂我神经兮兮，打扮得像缩头乌龟。还不是县城男人拳脚相加，让我受到了惊吓，对我残忍施暴，打得我避之不及、缩头缩脑，久而久之变成缩头乌龟。

　　这会儿我每天精神紧张，神经兮兮，担心电工嫌我灰头土脸跟我离婚。要是离婚，我这张脸面往哪儿放呢？我娘家面子又叫我给毁得精光了。我宁可电工打死我，也绝不跟电工闹离婚，只要我俩不离婚，上刀山下火海，我都不带眨眼。

　　电工说我好吃懒做，说我贪图虚荣，骂我贱。

　　伶儿你说说，当初电工追求我，是他领我下馆子，是他不叫我干农活儿。他说我生得白白嫩嫩的，嫁给他就是享福的，他每月的工资就能养活我。

　　这些年，我没下过地，没干过活儿，我这养尊处优、遍体鳞伤的身子，哪有力气干活儿呢？我扛着锄头走二里，呼哧呼哧直喘气，哪像伶儿你，天天守在田地里，练就了一身好力气。

　　伶儿，你心眼好，人俊俏，爱学习，懂礼貌。你就帮帮我，用你那些计谋良策给我出个招，如何叫电工不打我，不骂我，跟我好好过日子呀！

　　我真想跟电工生个娃，要是生个娃，他兴许就不再动手打我了。

　　医生说，电工天天喝醉，精子成活率低。

　　我这命咋就这般贱、这般不值钱？伶儿你说说，我活着还有啥意思呀。

伶儿，你帮我拿个好主意，该采取怎样的活法，才能叫我活得不挨打。我叫电工打怕了，这会儿只想着，要是电工不打我，我这一生就没白活了。

小红见她不作声，呜呜哭着转身离去。

得知小红的死讯，是她回镇上买树苗，镇上女人围着她，七嘴八舌说小红喝老鼠药死了。

镇上女人说，小红算计好的，死前头晚住在娘家。第二天早晨，小红嫂子见小红房门开着，进去一看，小红已经不行了，小红娘家嫌丢人，偷偷在山里挖个坑把小红埋了。

她为小红伤心难过了好一阵，再舔一舔心底深处的伤疤，小红对未来失去了希望，一心一意投奔死神，她还有活着的计划，她要结实地活着，要有一个好活法，自己挣钱自己花，绝不像小红那样，把命运交给男人掌握，打你骂你只能忍着，忍受不了就自杀，不懂法律的小红，哪里知道维权呀！

她跟小红不一样，小红只想在家闲着有钱花，她正在实现自己的计划，吃苦受累算个啥，活着谁不吃苦呀？大人物操心为国家，小百姓只为有钱花，好好干活别偷懒，树苗就是生活本钱，只要挣到回头钱，回笼资金慢慢发展，不愁口袋没有钱。

她找到小红的坟墓，远看一点儿也不明显，坟前没有花圈、鞭炮和纸钱，不知道的还以为，这只是一个小土堆。她在小红的坟前栽了棵树，心想，山里风大，过了明年，这里根本找不到小红尸骨了，种棵树也算个见证，见证这世上曾有个叫小红的姑娘死后在这里埋葬。

她想起小红活着时的情形。大雪封山，路上没有一个人，小红缩着脖子，将头包得严严实实，只露出两只眼睛在镇上来回转，镇上人说小红是疯子。那时候她跟镇上人一样，用凡夫俗眼认定小红真疯了，这会儿才意识到，那是小红在寻找最后的希望，小红希望落空了，只好绝命而去了。

小红跟她说过，谁知道谁心里那些苦呢？

她想，谁心里都有苦，撑下去，活过来，也算能耐。

从那往后，只要有苦闷烦恼，她便会对着镜子，跟镜里那个田伶儿说，不能走小红那条路，要好好活着。

从那往后，她不再感到烦闷苦恼，一心只想做山里的农场主。

磨难没有击垮她，反倒让她适应了各种新环境，餐风饮露，披星戴月，缩衣节食，忍饥挨饿，凡是人类所能承受的苦难、所能承载的痛苦，她都承受了下来。在困境里挣扎，在苦难中求生，努力再努力。

这年冬天格外冷，雪花很少间断过，山间小径被雪花层层盖住，枝蔓上、屋檐上挂着长长的冰凌条子，河面结上了厚厚的冰，年幼孩子在冰上行走玩耍，长辈们瞪大眼睛，守护冰上的孩子。

冬天的镇子，景色很迷人，低矮房屋埋在积雪，偶而能听见枝丫断裂的声音，山峦披上雪花当衣服，参天大树变成了雪松。农家小院的烟囱冒着烟，很快被冷空气吸走，形成雾气在空中飞舞，镇子很像越滚越大的雪球，躺在山崖中静止不动，形成了一幅很美的农庄图。人站在画里变成一个个小点，无数小点在画里移动，偶尔听见孩子的嬉闹声，像铜铃一样在山中传得很远。住在半山坡的她，有一种远离尘世的感觉，漫长冬季很少有人来，一个人的世界安逸静谧，她已习惯这种安静的生活，心是静的，没有任何打扰，每天有干不完的活儿、做不完的事儿。晚上闲下来，就是思念丈夫念恩泽，想到累了困了，倒头就睡，睡前总要自言自语来一句：又是一天过去，还有三千多天，才能和丈夫团聚。

40

又一年过去了，表弟放寒假回到镇上，跟她聊起网络销售、网络银行。表弟说树苗种在山里是树苗，移到城市是风景，松柏树、桑树、云杉，都是城市人眼里的风景树，等春天来了，再种上草药和花卉。草药通过网络卖到药铺，花卉联系花店卖出去，慢慢形成产业链，要是生意好，扩大种植规模，做成一项事业，别小瞧咱山窝子，土地资源很丰富。

她虚心听着，认真记着，有文化有见识多好呀，种树也能种出好前景。她一直都有自己的想法和主见，表弟一席话，又为她描画好了蓝图。没有文凭，没有技能，勤奋好学就能掌握好本领，生活是本教科书，有取之不尽的财富。她还年轻，路长着呢，一切皆有可能，虽说眼前困难真不少，未来前景看得见、摸得着，就等努力实现了，反正无路可退、无路可走，依赖镇上资源开荒种田，或许真能成为小富翁。小惠跟她说，千万别学有些女人，婚前晒游记，婚后晒厨艺，咱要为自己做点儿事。眼下种树就是在为自己做事儿，等赚到第一桶金，再按计划慢慢推进。山里人抱着希望去城市，山里土地荒芜，人口骤减，这片山林是福星，她要把山林弄出花样来，让孤寂的日子更充实。往后就是这里掌门人、主人公、独一无二农场主，在这个没有困扰、无人打扰的半山坡，诵经念佛，自我修行，经历大风和大浪，终于看清了生活这张蓝图如何画。那张蓝图攥手上，远景越来越清楚，正等她去画风景，等待土地好收成。

　　新年过去，快到种花的时候，她决定种上紫罗兰，念恩泽喜欢紫罗兰，韩心蕊懂栽培技术，这类技术门槛低，一时半会儿就能学会。她要栽种紫罗兰，等念恩泽回来时，漫山遍野全是紫罗兰，念恩泽倘佯在花海里，蜜蜂采花，蝴蝶飞舞，多么美丽的画风呀，这画风等她变现实。她规划种花需要多少钱，再查看自己的存款，卡里还有不少钱，想着明年这时候，满山遍野的紫罗兰，不由得喜上眉梢。

　　一个身影走过来，她差点儿忘记了这个人，是不想记起这个人，没想到，这人不合时宜又出现。

　　他说在县城开了家大酒店，要跟小芬结婚了。凌翔走了，凌翔妈妈成了小芬的干妈，他是干妈女婿了。

　　田伶儿你还是回城吧，凌翔死前交代过，要照顾好你的衣食住行，你要是跟我回县城，我和小芬保准一日三餐侍奉你，出门轿车接送，身边男人相拥，荣华富贵一生。

　　田伶儿你真是傻得一窍不通，就不权衡利弊得失，思量前途美景，守在山窝等念恩泽，就为送你那点儿生活费？你应当学学经济学，学学价值杠杆，你不懂物有所值这句话，不懂价值体系，你的身价在县城一掷千金，在山窝里就是插着凤凰羽毛的鸡。

　　凌翔案子已结了，我来就想跟你透实底儿，凌翔计划万无一失，我跟小芬是受益人，念恩泽按照凌翔计划，自己整死自己了。凌翔到死都知道，法律最讲究证据，在这件事儿上，田伶儿你是因，凌翔是推手，念恩泽这个倒霉蛋，自食其果进了监狱。

　　我忽略了凌翔看似豪爽的性格，实则隐藏着不为人知的阴险，我和小芬开庭那天才知道，原来凌翔患上了艾滋病，凌翔把这个秘密带进坟墓里，用自杀完成了所剩无几的人生。

艾滋病死亡，是所有死亡里最不被尊重的死亡，凌翔设局欺骗了所有人，连死也笼罩了一层悲壮，避免遭到世人的凌辱，没有一个艾滋病患者，用这种方式结束生命，凌翔做到了。

凌翔追你，是想让你染上艾滋病，带你一块进坟墓，你没有进入凌翔设计的圈套，这可能是他生前最大的遗憾。我尊重你的好人品，也敬佩你堂姐的仗义执言，要是没有戴思罩着你，你婆婆、我的干妈，绝对不会轻饶你。戴思业务水平高，可惜法律亲情难两全，为这事儿丢了提拔机会，往后怕是很难再被重用。

杨洋将红色请柬递给她。

小芬让我给你捎句话，哪天想开了去县里找她，小芬会帮你找个好男人。人的青春有几年，等你老了，就是美若天仙，不过是花果山练就的仙丹，哪个男人肯要你。

杨洋笑着离开了半山坡。

那个浑身是血的男人，即刻呈现在眼前，鲜血把衣服湿透了，鲜血流在地板上，凌翔淫荡地笑着，那双邪恶的眼神，闪着凌厉的光芒，气焰嚣张地冲她大嚷，你是我的，永远是我的。

她一阵眩晕差点儿摔倒，不停地跟自己说，凌翔早已进坟墓，死人不可能复活，大山是她的天然屏障，连绵不绝的大山，崎岖不平的山路，想来这里，要费一番苦工夫。杨洋说，步行走了一个多小时，走得两腿发软、身子虚。杨洋绝不会再来，屹立不倒的大山，阻止了杨洋的脚步，除了杨洋还有谁，会来这里找她麻烦？

春风吹走了严寒，冰雪正在融化中，房檐下传来滴滴答答的声音，她走进半山坡的树林里。树苗正在慢慢长，娇嫩叶子和她一样很瘦弱，孤独的身影从树林里穿过去，不知不觉走到小红坟墓前。坟前那棵小树苗，跟着朔风来回摇，风吹脸上感到刺骨的疼，她坐在那棵小树下，泪水顺着双颊流下来，再次想到了自杀，想到会不会下地狱？活到绝望痛苦时，死是一种解脱，还是不负责任地送死？她已死过好多次，尝试过不少自杀方式，总在最后那一刻，放弃自杀的念头。她不舍得丢下舅舅和舅妈，不舍得丢弃短暂的人生，而今更是不能死，她要在这里等着丈夫回来，要完成丈夫交给她的重任。她不像小红那样可以无牵无挂去寻死，她有太多值得牵挂、难以割舍的亲人，活着最简单的方式是吃饱穿暖，寿终正寝才是最轻松的死。倘若没有温暖和关爱，没有爱情和真情，即使拥有雕梁画栋、锦衣玉带，心灵孤寂也会让人抑郁而去。

死神引导她掉进死亡的陷阱，她要走出来，摆脱出去，摆脱死神的追杀，不能让杨洋打乱生活的秩序，更不能被凌翔魂灵打败。赶走那个懦弱无能田伶儿，拿出勇气和胆量，去跟杨洋抗衡到底，杨洋不是凶神和猛兽，你也不是弱小的动物，弱者是强者的猎物，一次让步换来的是阵地失守。

她又听见小红的哭声，看见小红一脸伤痕。

小红说，快铲除凌翔留给你的心理阴影，杨洋并不是凌翔，是你心里投下的阴影，让你始终没有走出去，赶走心魔摆脱过去，才能好好活下去。

一个人赶走心魔太难了，有时候心理阴影，会陪伴人一生。

她绝望地看着那棵小树苗，小红坟墓早已夷为了平地，只有这棵树苗随风摇摆，这棵树苗就是小红的墓碑，除了她，谁也找不到小红的墓地，小红家人早把小红给忘记了，镇上没人记挂小红这个人，更没人为小红流下一滴泪，小红就是电工身上的一根汗毛，是娘家房顶一片瓦，瓦掉了，换块新的就是了。

树苗的枝蔓在风中摇摆，变成十八岁时的小红。小红抚摸她、安慰她，小红笑得很开心，小红跟她说，自己找了个县城生意人。小红说，活着多好呀，只要活着，没有过不去的坎儿。她摸着晃动的枝蔓，就像在摸小红的脸，枝条在严寒中挣扎着，每根枝条都有小红生命的细胞，生命细胞记录了小红短暂苦难的一生，小红十八岁的身影，顺着枝蔓进了坟墓。

她顺着枝蔓继续看，又看到幼年时年轻漂亮的母亲，母亲拥抱她、亲吻她，用仁慈母爱护卫她，她进入幻想的世界，是她渴望的世界，是她最想看到的场景。她穿着白色的婚纱，父亲牵着她，将那只纤纤玉手递给念恩泽，头顶上是受难的耶稣，她挽着丈夫念恩泽，站在神圣教堂里，接受众人的祝福。多美好的想象呀，多温馨的幸福场景，这是父母为她主持的婚礼……

突然，她看见大火烧起来，熊熊火光照亮了天空，慌乱的人纷纷逃离，戴思拉着她，从火光里找出路，她找不到丈夫在哪里，只听见他绝望嘶哑的声音。戴思拽着她，朝生命之光飞奔去，她渐渐感到体力不支，倒在一片火海里。她想站起来，想凭自己的毅力，从火堆里站直身体，身上力气已耗尽，无法从火海里冲出去，坚强的躯体倒卜去了，犹如钢筋混凝土，在地震面前无能为力，她倒在熊熊燃烧的烈焰中，昏倒在这片树林里……

天空晴朗，暖意融融，她从噩梦里惊醒，见舅舅在屋里走动，舅妈一脸笑容坐在床边，舅妈说她得了流感，肺部严重感染，这会儿已脱离危险。

舅妈声音像从空中飘过来，她听得有些混混沌沌。

舅舅说，再过几天，戴思就从省城回来，你要把身体养好，去县城参加戴思的婚礼。

戴思要结婚了？她不确定地问。

你叔打来电话，戴思先在省城举行婚礼，下月在县里摆酒席，你叔说，他还有两年就退休，到时候来镇上帮你。

她双眼湿润了。

丫头……伶儿……

河堤前的那块玉米地，叔叔院子里的那棵石榴树，她和戴思摘树上的石榴。胡同里的那棵老枣树，戴思爬树上，摇晃大树，她在树下捡青枣……

戴思结婚了，她甜蜜地想，戴思在省城的婚礼，会是什么样子呢？

她想象着戴思穿着白色的婚纱，韩剑身穿西装白衬衣，俩人在教堂举行婚礼，叔叔把戴思那只手递给韩剑。叔叔说，戴思以后交给你了。韩剑说，一定照顾戴思一辈子。

她想得眼泪出来了，女人这一生，不知要流下多少眼泪，才能让女人从柔弱里走出来。女人是水，眼泪像潺潺小溪流淌不尽。

舅妈将煎好的中药倒在碗里，加上白糖，一勺一勺喂她喝，中药带着淡淡香草味，舅妈说，咱山里人头疼发烧都吃中草药，中草药解内热、排毒素，伶儿别担心，你很快会好起来。

中草药滋养了她的身体，体力恢复后，她又来到半山坡的树林里，这片树林就是她的新寄托，每棵树，都是她的丈夫念恩泽，树苗艰难地生长着，生命像树苗一样，不会轻易地死去。她要在最美时光里，保持最好的状态，让生命像音乐般弹奏快乐的音符，要让自己乐观起来，迎头撞击可以预见、可以想象的困难。不屈不挠的女子，因得到丈夫的爱情，变得越发的善良，错彩镂金的文字，卷帙浩繁的篇幅，无法描述田伶儿难能可贵的品质，十年岁月很漫长，她要不停地劳作，积累资金和财富。舅妈常说，勤俭吃苦才能过上好日子，舅妈不懂经济学、杠杆学、股票证券、价值规律，只信奉积累财富要靠勤俭吃苦。她要把身体养得结结实实，去应对生活带来的麻烦，为身体花掉每分钱，对她来说都心疼，贫穷让她早早学会了理财，她又开始盘算金钱的用途，盘算还要置办多少树苗种子？麦冬、党参是否还要再添置？明年是否要购买麦种、玉米种？每笔花销她都记在账本上，让自己明白花了多少钱，还有多少项目要支出，手头上还有多少余额。

每个人都有自己的账本，富豪账本是企业集团、上市公司，有钱人账本是公司生意、收入支出，穷人账本是一日三餐、蔬菜面粉，她要认真记录所有支出的款项，不浪费念恩泽留下的一分钱。

在支配利用金钱上，她很有一套管理模式，没学过金融知识的她，觉得自己就是一位标准银行家。

41

去县城参加戴思婚礼，这对她来说又是一次新考验，她安魂定魄、独自闯关，带着衣锦还乡的自我调侃，带着决胜千里的英雄气概，从头到脚细心打扮，穿上崭新的紫色羊毛风衣，拿出久违的梳妆盒，戴上视如珍宝的白玉手镯，手镯在阳光下熠熠闪光，手镯里有丈夫的音容笑脸。

玉是有生灵的，有神灵的，玉会哭会笑会说话，白玉手镯代表她璞玉浑金的品质，洁白无瑕的灵魂。

念恩泽用美玉比喻她出淤泥而不染，夸她是位好女人、好妻子、好儿媳，说她天使一般的纯洁，这对她是多大的褒奖、多高的评价呀！她将丈夫的话视如珍宝，时常想着，时常念叨，时常将自己言行做对照，看一看是否符合这评价。她将丈夫的话当圣旨、当语录、当成对照日常言行的坐标，琢磨还有哪点儿没做好，是不是给丈夫脸上抹了黑。就这样琢磨来琢磨去，又想起结婚那天，丈夫的一个同事说，念恩泽有贵族气质，贵族品质，贵族精神。原来丈夫是个贵族呢，为跟上丈夫贵族的身份，还要不断完善自己，让自己温文尔雅、有礼貌，不说粗话不骂人，做人们说的小贵族，才不管城市人白眼嘲笑她，才不管小芬和杨洋骂她神经病、骂她装高贵、装清高，更不管来自县城的冷嘲讥讽。

只要有点儿闲工夫，她会对着镜子打扮自己，在田间地头里的灰头土脸，一旦回到镜子前，又恢复艺术家夫人的角色，穿上精致的衣服，泡上丈夫留下的咖啡，学念恩泽边品咖啡边听音乐。音乐是丈夫走前下载在她手机里，那些乐曲她听了几百遍，每段旋律都能熟记在心里。山里生活太单调，她却用最好的心态，将单调生活过出情调来，一场大病让她悟出太多的道理，让她变得更平和、更安静、更理性、更冷静，让她看透了不少人和事儿。有些人生来是贵族，有些人生来是山民，谁也无法改变自己的出身，却能改变与生俱来的习惯，别像镇上女人不修边幅不打扮。不管干活儿有多累，只要放下农具走出半山坡，都要描眉画眼精心打扮。今天又要回县城，她当然要在镜前画个淡妆，穿上丈夫买给她的漂亮衣裳。戴思说，爱美的女人不易老，要把自己武装好。她从头到脚把自己弄得很俊俏，配得上念家儿媳的名号。

以前说起回县城，她总是又担心又恐惧，而今虽说有点儿怕，就想着此次回去为戴思，为了戴思豁出去，管他闲言和碎语。

婶婶带着她来酒店，婶婶说，酒店刚开业，七折优惠。

戴思袅袅娜娜，美艳动人。韩剑身穿西服很绅士，多幸福的一对情侣，相亲相爱今天结婚。婚礼宾客全是戴思娘家人，她想起自己的婚礼，那场婚礼有她没她无所谓，宾客跟她不认识。婚礼上，她脸上装着笑嘻嘻，心里全是鬼主意，想着终于拿到结婚证，成了名副其实的城市人。

命运给了她不少甜头，也送她不少遭遇，时至今日她才明白，算计出来的人生，充满太多的变数，你为生活设埋伏，生活让你栽跟头。见过世面的少妇，牢记"聪明反被聪明误"，从此不再算计人，踏踏实实做事情。

戴思为了爱情而结婚，她虽说不是为爱而结婚，往后却要因为爱，在山里等念恩泽。她和戴思一样，有自己相濡以沫的夫君，爱让女人变得更多情，变得越发的精致，有爱的女人不会对人恶语相加、大发雷霆，更不会阴险狠毒地去算计别人。有爱的女人将生活调剂得有声有色，将家人后代照顾得无微不至，贤良妻子身边必有优秀的丈夫，能干的妻子总能得到丈夫体恤，她的爱心归于善良的丈夫，鸾凤和鸣才能永结同心。她多希望此刻丈夫亲临现场，可惜人生有太多遗憾，有太多悲欢聚散，她要给丈夫写信描述婚礼现场，让丈夫从字里行间感受戴思的婚礼。

父母在走廊里离她不远，父亲穿棕色大衣，配上蓝色围巾。母亲穿灰大衣，系红色丝巾。母亲仪态端庄，雍容华贵，父亲磊落不凡，德高望重。几个男人围着父亲，将父亲簇拥到屋里，母亲叫声伶儿，朝她走去。

母亲问她病情，她说已经痊愈。

母亲说起念恩泽，问能否减刑？

她如实回答，如果表现好可以减刑。

母亲问她，金钱是否够用？

她说在镇上花钱不多，除购置农具种子，其他开销很少，念恩泽留的那笔钱足够开支。

母亲还想问下去，婶婶过来说屋里客人等着，母亲只好跟着婶婶走进屋里。

　　她站在走廊上不知该去哪儿，戴思过来拉她到一楼大厅。戴思说，没为她安排座位，她的任务就是跟着新娘敬酒。

　　她心里清楚明白，县城酒席安排规矩不少。虽说她是田家长女，毕竟这些年远离县城，县城很少有人记得她现在何处，戴思这样安排，也为顾忌父母面子。

　　趁戴思和韩剑为客人敬酒，她进厨房吃了两个馒头，出来时戴思已喝得满脸通红，戴思说带她给父母敬酒，她跟着戴思先给母亲敬酒。

　　母亲脱掉大衣，露着红色毛衫，鲜艳衣服让母亲年轻了不少。戴思跟宾客介绍，她是田伶儿。女宾客们看着她，一脸吃惊样子，稍稍停顿后夸她长得好，和母亲一样端庄秀丽，母亲身边那位女宾客，问母亲省城姑爷咋没回来呢？

　　她心里一阵紧张，没了主张，不知道该怎样回答这个问题，想一走了之又怕得罪贵宾，不走，接下来局面令她感到惶恐，她的面子工程一向修得不牢固，不懂得如何处理应急事件，那张嘴欲说不能，欲罢不能，左右为难，不知该如何开口。

　　母亲打破僵局，始终未提姑爷，只说伶儿在镇上帮舅妈种树苗，偏巧赶上戴思结婚。伶儿，快跟阿姨们敬酒。

　　母亲说话不快不慢，不缓不急，带着翠玉落地的清脆音、落石击水的溅泼声，回避了客人的问话，催她赶快敬酒。

　　戴思斟酒她端杯，很快转了个轮回。

　　轮到母亲的时候，她犹豫了一下，戴思斟完酒，把杯子递给她，说伶儿给大妈敬酒，感谢大妈生育之恩。

　　她见母亲脸色通红不说话，急忙把酒杯递给母亲，母亲一口气喝完，露出一脸笑容。

　　宾客纷纷夸母亲，教育后代有一套，伶儿不光长得好，性格也好，有礼貌。

母亲一边听着一边笑，朝她摆手示意，让她赶快出去。她急忙走出房间，在走廊上长出了一口气，然后跟戴思走进父亲那间屋子。戴思斟酒她端杯，客人喝得恍恍惚惚，听戴思说伶儿，愣头愣脑，弄不明白，父亲虽说饮酒过量，却能把持场面气氛，见她站在面前端着酒，接过酒杯一饮而尽。她看到父亲很开心，心中荡起波澜，父亲一句话没说，脸上始终笑着。那微笑，出于礼节，不是针对她，场面上的应酬，都是这种笑容。

她很快平静下来，感情静若止水，眼泪、痛苦、唱歌跳舞、表达感情、发泄情感的方式，在她身上消失殆尽，她好像丧失了语言能力，丧失了情感情绪，所有悲喜寄存在佛祖那里，寄存在舅妈房后的树林里。她的那颗心已经留在深山，留在佛祖寺庙，所有感情和情绪，只表现给佛祖看，只倾诉给大树，只和神灵交流，和大自然结为亲戚。她的那颗心四平八稳，不再为世俗之苦、为亲情之爱掉泪，只记着当下身份，只想着自己是家人的累赘。

父亲欲言又止，她没等父亲开口，端起酒杯离去。她没有欢乐和痛苦，没有人类感情，她已经开始释然，超凡脱俗，在不断的宽恕中，放下积怨痛苦，放下埋怨仇恨，那颗心如此安静，像换了个新头脑、新思想、新灵魂，一个新人就此诞生，精神领域从来没有如此清新活跃，好像一下子看清、看懂、看透了什么。天地万物，都有它生死存亡的规律，发生的一切，也有必然的因果，自己不过是宇宙中的一粒微尘，随风吹着，被雨淋着，被雪覆盖，被自然肆虐、迫害、击垮、粉碎，最终回归自然，与天地合而为一。

她正在跟着自然走，山花、小溪、树林、鱼儿、山鸟、野鸡等，构成新天地、新世界，那是大自然赐予她的宝贵财富，她要爱护它、保护它，与它生死共存。她要在山林里，在自然怀抱里终老死去。她要与大自然融为一体，结为亲邻。大自然为她打开方便之门，大自然是她的再生父母，她要守着大山，守着土地，守着远方的丈夫，直到有一天与丈夫相聚。

等待总能带给人希望，那片树林是她的新天地、新世界，回到树林去吧，去耕耘、去栽种、去收割粮食，在那片宽广无垠的山林，发挥聪明才智吧。

找对自己的归宿，才能活出最好的人生。

42

婚宴结束，客人酒足饭饱，醉倒的客人由叔叔安排送回家。她挽着戴思在大厅坐着，母亲拉着妹妹穿过大厅，母亲并未看见她，妹妹边跳边唱，客人夸妹妹长得好看，能歌善舞，将来肯定是大明星。她原想过去跟母亲打声招呼，见众人簇拥着母亲，只好作罢。远房亲戚从她身边走过去，瞥她一眼，目光很快移到父母那里，她因拥有新世界、新领域，那颗心早变得平和安静，不再像过去那样充满怨气。

见识浅薄的人类啊，谁不是宇宙中的一粒微尘，死后葬身在自然怀抱中？她要做自然的女儿、自然的邻居和友人，与自然同呼吸共命运，将青春和生命留在大自然的怀抱里。

热闹的大厅很快鸦雀无声，一对男女从门外进来，走到她跟前，是小芬和杨洋。小芬穿着白色毛衣，乌黑头发垂肩上，脸上抹着淡淡脂粉，一改过去的浓妆艳服，杨洋的打扮也很绅士。杨洋见她满脸疑惑，直截了当说明了情况。

这是小芬开的酒店，聘请省城设计师设计装修，大厅吊灯别具一格，凌翔死前做好了灯光设计，在这方面他是高手。县里人讲排场，酒店生意天天爆满，凌翔留下遗言，要我俩照顾你，我们不会食言。

杨洋满面风光，兴奋异常。

小芬接过话，凌翔死了，答应凌翔的事儿一定要兑现，干妈以后我们养，凌翔在天之灵看着，不能愧对凌翔。

你看，我是不是比我那个女老板阔气？她开小饭馆，我开大酒店。你哪天想开了来找我，人往高处走，水往低处流，女人哪能跟着水走，那会流到天尽头。

戴思喝醉了，她扶着戴思走出酒店。韩剑送完客人，把戴思拉进车里，她坐在后排，车辆缓慢行驶在街道上，路上行人不多。

天空灰暗，朔风刮起，风掀起灰尘，灰尘弥漫在空中，路边树上的树枝被狂风吹断掉在地上，张牙舞爪的枝蔓，在狂风中像发怒的少妇。她进入自己的幻想世界，心儿渐渐温暖，那理想的世界，在山里的半山坡。那里花儿盛开，绿树成荫，村民们躺在绿荫下乘凉聊天，舅舅、舅妈的身影在阳光下拉长，波斯猫躺在花丛享受阳光，忠诚的狼狗在田埂上奔跑……

其实她一直过着这样的生活，安逸的镇子像一幅油画，生活在画里的她，在贫瘠的山里，与舅舅、舅妈相依为命，过着平安祥和的日子，过着温馨的田园生活。那会儿她没戴过白金手链、白金项链、白玉手镯，没进过星巴克，不知道戴眼镜看 3D 电影，那会儿没有裙子，也没有蕾丝衣服、宽腿裤、高跟鞋，不知道什么是香奈儿、爱马仕、古龙香水，没坐过轿车，没见过手提电脑、液晶电视。那会儿，她多想跟城市姑娘一样，穿上漂亮衣服，戴上贵重首饰，在大街上显摆，引人注目，做气质高贵的淑女。

现实让她清楚地知道，她只能做山里自恃清高的田伶儿，只能靠种树种花来谋生，只要不像小红变成灰土，就能在山里好好活下去。她自始至终都有自己的计划，有符合常理的安排、顺应潮流的行动，她最理想的生活，就是完成丈夫为她安排的任务。她最大的心愿，是看着漫山遍野的紫罗兰。因为心中藏着如此美好的远景，她无所畏惧地向前走，对生活产生的激情，让她横扫一切，对未来的想象，激发青春的热情，令她那颗心在佛光里倍觉温暖。遍体鳞伤的肉体，在丈夫关爱下逐渐恢复，这些年一直在茫茫人海中漂浮，被唾弃、被遗弃、被领养、被歧视，而今终于找到心灵的寄托、肉体的去处，生命不再以苟延残喘的方式活着，即使殚精竭力，剖肝沥胆，即使历经挫折、饱受苦难。低成本生活很容易达到收支平衡，过度开支会加重生活成本，五脏六腑消化不掉高级营养，穿件棉衣就能度过严寒，山里的新鲜空气就是最好护肤品，心安了，气顺了，就能做长命百岁的老人。

戴思县里的一个同学送了她一条狼狗、一只波斯猫，波斯猫乖巧好静，狼狗壮实威猛，一猫一狗就是她的生活伙伴。她遁世离群窝在山里，大部分时间都在田间地头，岁月磨砺她的青春年华，却让她思想饱满、想法丰富。人这一生不能只有一种命运，起起伏伏，五彩纷呈，这样活着才有意思。她的人生波澜起伏，经历多了眼界自会开阔，和气生财、开源节流是她的经营方针，务实肯干让她每天忙碌，多年幻想症就这样得到不治而愈。

日复一日，斗转星移。她在山里度过了三十周岁，青春正朝着下坡走去，或许是心里还有太多的期盼，她一脸红光，就像青春少女。她时常带着狼狗黄黄登山临水，仰望天空望穿秋水，不测之罪将丈夫推入深渊，如今远隔千里思念成冰，活着经受有家难归的无奈。恶气迎人的冷遇，断根绝种的孤独，遗世孤立的清净，负俗之累让她有心无力、食不甘味，让她把素持斋、半路修行。

曾经衣香鬓影，席丰履厚，而今箪瓢屡空，衣冠扫地。好则她兰心蕙性，轻财好施，镇上人见有利可图，待她也算客气。她并不在乎流风余俗、时风人情，既然走到绝望境地，只能拔山扛鼎、自谋生路，将精力投在大山中去，再不是过去朱唇粉面的田伶儿，那张脸在风雨交替中颐养精神，楚楚有致的身体，在劳动改造中变得健康有力。

看似离开现代科技，回到农耕时代，实则科学种地大有学问。

她思路开阔，与时俱进，将念恩泽留给她的生活费，购买了除草机、收割机，资金投入让她更加省吃俭用，她并不觉着这样很辛苦，为实现那个目标就要吃苦。等财富自由的那天，就不会如此啃苦，等银行有了积蓄，要留下专门费用，让丈夫安心搞音乐，去实现理想抱负。为这个远大的想法，吃苦值得，苦日子过久了，危机感突出，怕阮囊羞涩、朝不保夕，无法渡过困难危机，她常用宏业伟图安慰自己，免得消沉泄气。

深山穷谷，人烟稀少。十室九空，土地荒废。山村萧条，土地闲置。西风残照，人迹罕至。偶有山民进进出出，老弱病残难立门户，镇上不像村里萧条无人，镇上人来车往、人丁兴旺。她利用镇上的地理优势，找到养蜂老艺人，商讨如何做蜂蜜柚子茶，城市女子喜欢蜂蜜柚子茶，她想学习这门技术，这是长远规划。

她从念恩泽身上看到高贵的人品，想跟丈夫那样做一名教师。镇小学师资力量薄弱，她主动请缨，每周义务去学校为孩子上三节绘画课。小时候母亲让她学过绘画，在这方面她有一定基础，她想培养孩子的艺术细胞，让镇上孩子不能如野草般自生自长。

她扔掉从省城女子身上学来的风情雅致，每日草间求活，含辛茹苦，在半山坡锄地拔草，完全成为了一个田夫野叟，形销骨立，布衣蔬食，似一道独特风景，在山坳里晃动。

寺庙是她净化心灵的必去之地，每周不管多累，她都要去寺庙诵经拜佛，为心爱的丈夫祈祷祈福。遇上晴空万里日子，她带着狼狗黄黄去小姨鱼塘，待到太阳落山。小姨将炸好的鱼块装好，再为波斯猫咪咪捉几条小鱼，让咪咪吃顿丰盛晚餐。

鱼塘四周是小姨开垦的土地，种着蔬菜和四季瓜果，她带着黄黄在鱼塘边散步，欣赏大自然的秋月春花。这时她会触景生怀，长歌当哭，为眼前的生活伤心流泪。现实哪容她多愁善感？她很快走出悲情，为不可预知的未来苦心经营，开始旷日持久的艰难旅程。

秉承舅妈和小姨的勤俭吃苦，通过自己的双手开荒造林，她的精耕细作已初见成效，那块土地在她劳作中变化显著，秋菊春兰，成片树林环绕着山峦，交叉种植的柚子枝繁叶茂，花儿将山峦装扮得别有洞天，柚子收入不错，她拿到了第一笔回头钱，加上风景树、中草药这些盈利，她开始思索怎样钱生钱。

表弟大学毕业后去了南方，她又开始制订攒钱计划，要为表弟在南方购置房产，她的眼光不再是打工时的几千上万，而是算着流动资金、固定资产、银行卡里的金额，能不能扩大再生产？万一碰上天灾人祸、产品滞销、资金回收慢，手里资金可否帮她渡过难关？

冬季昼短夜长，烛影摇晃下，她会拿出念恩泽寄给她的信件，来回翻看，不禁潸然流泪，现代人都是用手机传递感情，念恩泽遭受牢狱之灾，只能用写信这种方式。她时常拿着丈夫的来信，疾首蹙眉，情到深处浅唱低吟：我多想为你捎去情话，只可惜深情的话儿藏在心底，不知道如何用语言描绘，每天我只等夜幕降临，让我在梦里向你问好，向你表达爱意。念恩泽这封信写得真好，读起来朗朗上口、感人肺腑，连她这位没文化的小村姑，也能感受到字里行间的深厚感情，爱情绳索将这两个人紧紧捆绑在一起，纵使天涯海角、隔山隔水，也无法割断一世爱情、一生情人。她从字里行间找到了力量和信心，想着从明天起要加倍努力，不为别的，只为远方的情郎、她忠心的爱人。

有时她沉陷其中，反复念诵，舅妈隔窗问她，在跟谁说话？她赶紧熄灯，跟舅妈谎称学唱歌呢。

有时她会抽出书柜里的爱情小说，看到半夜，看到落泪。莎士比亚笔下的爱情，巴尔扎克笔下的爱情，雨果笔下的爱情，司汤达笔下的爱情，小仲马笔下的爱情，曹雪芹笔下的爱情……所有爱情都是那样感人，她演绎出来的爱情，会是哪种版本？

有时她打开抽屉，拿出红布包着的白玉手镯，将白玉手镯放在桌上，睹物思人，那只白玉手镯带着神灵之光，与她产生共鸣，与她耳鬓厮磨，那一刻她相信玉是圣洁之物，情感之灵。

有时她对着白玉手镯恨得痛彻骨髓，白玉手镯跟着她拭泪哭泣，有时她对着白玉手镯语笑喧哗，白玉手镯陪伴她乐在其中。白玉手镯真如念恩泽所说，有人的灵性、人的情感，喜怒哀乐尽在其中。

她假借白玉手镯寄托哀思，那不过是幻想出来的梦呓，她用这种方式驱除孤单，度过一个又一个寂寞的夜晚。

小芬说一个人在哪方面受刺激，必在哪方面有问题。这话好像也是说她的。那件事儿后，她害怕跟男人接触，念恩泽告诉她，这世上有另一种爱情，没有肉体的精神之恋，这正是她需要的、找寻的、符合她要求的爱情。念恩泽走后，她不再想男女之事，只想念恩泽说的"柏拉图爱情"。

她喜欢这样没有烦恼的爱情，那就守着这份爱情吧！这份不同寻常的爱情，与众不同的爱情，感人至深的爱情，这份独属于自己的爱情。

心理暗示对一个人多重要呀！身体上的劳累，精神上的苦闷，让她将爱情上升为圣洁的、高尚的、没有肉体的精神之恋。上天又为她传递了信仰的力量，这个陷入精神幻想的女子，想象着不同凡俗的精神爱情，在幻想里完成女人的渴求和希望。

年轻女子独来独往，会有不良男子心怀不轨，多亏舅妈日夜陪伴，加上戴思这张响当当的名片，即使有几个心怀叵测的酒鬼，也不敢明目张胆纠缠她。个别色胆包天的浑蛋，抱着试探心理，在她跟前戏谑、调戏，一探虚实，她要么装作糊涂、不予理睬，要么疾声厉色给以抨击。

她待人和善、为人谦卑，忍气吞声、含冤负屈，畏天知命、躬耕乐道，她已从苦难这所大学顺利毕业，成为绝无仅有的优等学生。

43

窗台前的杜鹃花开得正浓，桂花的果子挂在了枝头。戴思打来电话，说明天休年假，带韩剑和女儿韩依依回县城，后天去镇上看她。

掐指算来，六年已经过去，她已三十二岁，念恩泽在三十二岁时遇上她，她三十二岁在山里等念恩泽。再有四年，就是重逢的日子，那时候的她，已经三十六岁。女人到这年龄思维已经成熟，知道想要什么，该做何事儿，她每天忙着花卉、树苗、农作物，想着山庄经济如何与城市挂钩？这位稚嫩的商人，早学会把手头货物变货币，树苗、花卉、中草药、蜂蜜、柚子、农作物，在她精心营销下，正发挥市场的作用。

戴思电话里问她，那对儿猫狗怎么样？

她说，按动物年龄推算，即将进入老年期。

戴思说，县城准备扩建改造，老房子再有俩月要拆掉了，那棵石榴树难逃厄运。这次回去，要在老宅前留几张影，这也是休年假回来的原因。

戴思说，到家第一顿饭，是叔叔做的羊肉糊汤面，这是她和戴思小时候最爱吃的面，叔叔听戴思说要去镇上看她，在家发面提面为她炸油条。

县城的油条油而不腻，加上花椒叶、黑芝麻，劲道爽口。那一刻，她想起幼年时，俩人偷吃年货的情景，贫穷而又快乐的童年，记忆如袅袅升空的烟雾，飘然而去。

舅舅说，要想扩大种植规模，必须跟镇领导处好关系。戴思的面子，加上韩剑是检察官，那张脸面更显得高不可攀，趁戴思来镇上，请镇领导吃顿饭。舅舅、舅妈回镇上联系饭店，她赶早在寺庙后的那条小径上翘首等待。

这季节烧香拜佛的人络绎不绝，烟雾袅袅，不少城里人在溪水边游玩，清澈河水照着人们的笑脸，静态山峦如铺就的绿色地毯，庄稼散发出果实的清香，身着轻装便服的城里人，在寺庙周围游览观光，欣赏山间的春色美景。

田埂上有人向她挥动着双臂，她瞩目远眺，有个身影影影绰绰，渐行渐近，边走边叫她的名字。

是戴思，戴思正朝这边走来。

　　她和戴思在河堤边奔跑，两只小手紧拉在一起，河堤边是婶婶种的玉米地，玉米棒子挂在压弯的枝干上，她和戴思穿行在玉米地里，嬉笑玩耍，高唱入云，叔叔叫着：丫头……伶儿……

　　那身影不是儿时的她们，那是她心中最美好的记忆。

　　戴思从农用三轮车上跳下来，展眼舒眉，绿鬓朱颜，穿衣戴帽光鲜好看。身旁韩剑英气逼人，他是个十足的汉子，学识渊博，温和敦厚。在他怀里，一个小孩儿在那儿躺着，粉嘟嘟小脸，眼睛滚圆，冲她露出天真的笑容。

　　她即刻被眼前的温情融化了，心里涌出慈母的天性，忍不住伸手去摸这个小孩儿。

　　她夸道，真是个可爱的小天使。

　　小孩儿躲闪过去，头枕在韩剑肩上。

　　韩剑说，一会儿和你玩熟了，会给你唱儿歌。

　　戴思从农用三轮车上拿下旅行包，她前行带路。他们从桥下走过，顺河堤小径朝西走，不远处那片树林是她和舅妈种的树，柚子树苗穿插种植在里面，另一块地上种满了花卉，这季节刚刚吐出蓓蕾。

　　她说已见到回头钱，慢慢滚动，慢慢发展，利润可观。

　　戴思不相信地看着她。

　　戴思说，荒山野岭缺衣少食，一条石子路，来去不方便，山里人进城找出路，你到山村找出路，没个十年八年，根本形不成气候。

　　她一脸信心地对戴思说，镇领导说了，今年一定修柏油路，交通便利，就能减少运输成本，柚子和风景树已开始盈利，我正在学做蜂蜜柚子茶，要是做成了，收入肯定翻倍。去年小规模种植的小麦和红薯，跟县里农业技术推广中心联系过，怎样进行粮食深加工。农民光靠种地不行，在土地上玩出花样，让粮食变成营养高、讨人喜欢的食物，这需要科学技术来支撑。

她故弄虚玄，说得头头是道，装得轻松愉快，还有哪条路能让她峰回路转？她不想叫戴思知晓她眼下的现状，让戴思看见她吃苦受罪。她的心是苦的，泪往肚里流，没人知道。

舅妈说，苦难总会过去，人不会寒酸一辈子，会有翻身的时刻。

她等着翻身，用最好想象成全心中的愿望，努力朝那个愿望走去。她要等丈夫回来，让丈夫看到她努力的结果，看到她把荒山变成了绿洲。她要完成对丈夫的承诺，那是对爱情的承诺，对未来的承诺。

顺小路走二百米，是她居住的房屋，门前有椭圆形空地，摆着石头桌子和凳子，空地左边种花卉，右边种青菜，几只母鸡晃着身子在菜地觅食，红色铁门上贴着福字，铁锨等农具靠在墙上，院墙有三米多高，顶部全是玻璃碴子，像无数把刀插在墙顶，露着锋芒。

狼狗黄黄站院子中间，身材肥硕，目光犀利，盯着三位不速之客。波斯猫咪咪跑到她脚边，喵喵叫着向主人示好，戴思弯腰摸它，它受到惊吓，飞跑进屋。

戴思说，这院子抵上一个看守所，院墙上刀光剑影，院子里站着狼狗，像警察手里那把枪，防范意识真强呀！

她已懂得保护自己，为自己设置层层保护圈，出门拉着狼狗黄黄，晚上狼狗黄黄守在院里。她宁可自己少吃点儿，也要把狼狗黄黄喂得肥硕强壮，人们看见黄黄会远远躲开，热情地叫她，伶儿，带黄黄出来了。她说，黄黄想出来晒太阳，其实是她想晒太阳。

有时候，她带着狼狗黄黄去寺庙，认识她的人跟她打招呼，伶儿，来拜佛呀！她说，黄黄没见过小轿车，带它看看小轿车。那会儿，准是她心情不佳，想在寺庙周围转一转，舒缓糟糕的情绪。

癞子只要见她拉着狼狗黄黄，会远远冲黄黄吐口水。癞子说，他妈的，硬茬儿，不敢惹。

她常想，狼狗黄黄像顶天立地的男子汉，保护她免遭欺凌，谁看见狼狗黄黄都要退避三舍。

戴思女儿韩依依向她问好，她在孩子脸蛋上亲了又亲，跟韩剑说山里风大，带孩子进屋玩。她和戴思去树林砍柴，回来拢火做饭。

韩剑带孩子进屋后，她拿起门前的斧头，斧柄很粗，她轻松地扛在肩上，另一只手拉着戴思朝小径走去。

她和戴思穿过平坦的土地，走到小山坡上。山坡上长满了青草，青草吐出嫩芽，那里有棵大树，她走到树前黯然伤神，跟戴思讲述那个悲惨故事。

这里埋着一个可怜女人，这棵树是女人生命的延续。

那棵小树已长成大树，树叶在风中自由摆动，树下不再有隆起的坟墓。土地平整，地上长满了杂草。

戴思问她，那女人是谁？

她说，同学小红，喝老鼠药死了，山里女人会用这种方式结束生命。

她站了片刻，拉着戴思顺山坡往另一座山头走去。两个人站在山头望去，山下景色尽收眼底，远方白桦树翠绿旺盛，起伏的山峦静止不动，低矮的平房零零散散，被浓密山林完全覆盖，太阳从云朵中钻出来，她那张脸在阳光下如一抹红霞。

她说，念恩泽喜欢在这里看风景，我每天都要来一趟，这棵大树是他走的那年种上的，掐指算来，已有六个年头。她摸着大树的身体，像摸着丈夫，眼里带着希望的光影。她又拉起戴思朝山下走去，行走麻利，走过沟壑，跨过田埂，眼前呈现出一片树林，这是她和舅妈种的树林，青翠欲滴，百鸟齐唱，汇成旋律在耳边回响。

她和戴思朝深处走去，身影很快被树林隐匿，她把斧头从肩上拿在手里，又说起那个未来构想，她并不知道这美景能否实现，只是一想到它，想到是丈夫为她描绘的美景，那颗心就会感动激荡。

那件事儿后，她常痴人说梦，总是用幻想赶走痛苦，用想象勾勒生活，用想象脱离苦海、重塑人生。

戴思一直帮她摆脱困境，帮她走出贫穷。她对戴思怀着感恩之心、感念之情。戴思的品行带着一股清流，延续了叔叔的书香作风，戴思对她抱着怜悯之情。这份恩情让她无以回报，她不想戴思为她操心，只好表里不一，让戴思感受快乐的一面，用瞒天大谎掩饰拮据的生活。她要省下每分钱，扩大种植规模，她相信靠现代技术，再用两年时间，定会迎来丰收年。

俩人朝树林深处走去，浓密的树木将阳光遮住，树林留下了斑驳光影，成群鸟儿在林里鸣叫，她和戴思融于自然结伴而行，跟着光影继续往深处走。

她站在一棵大树前，将垂落的枝条从树上拽下，戴思环视四周，满脸疑惑，她明白戴思的疑惑所在，指了指刚刚走过的树林。

那片树林是她和舅妈六年前种的，幼苗长大后与这片老树林衔接，站在高处看这片树林，左高右低非常明显，满山遍野甚是壮观。

这片老树林经过几十年风雨，树肢粗壮，枝干茂盛，令人生出敬畏之心。老树林里到处是朽木，念恩泽在镇上时，常来这里"收尸"，把朽木堆起来焚烧，像人那样火化成灰葬土里。这是念恩泽的创举，谁能想到为老树"收尸"呢？它们生在这里，很少有人见过它们，默默地生，无息地死。舅妈说树也有感情，只是没有传情达意的嘴巴，无法表达感情而已。

她自信地朝一棵树的枝丫砍去，枝桠很快掉落在地上，她捡起来将树皮层层掰开。

你看，没有水分，犹如人失去心脏，只剩下躯体，挂在树上自行脱落，自然死亡。

她又指着挂在树上的分枝。那一枝属于苟延残喘，生命已经垂危，得借助其他树枝，吸收阳光，延缓生命。

树也有自杀和谋杀，听起来不可思议吧？

树也有自杀和谋杀？戴思望着她，露出一脸疑惑。

有些树枝拼命垂直身躯，挤兑小树枝，小树枝被它压在身下，没有阳光滋润，在挤压中窒息死亡，这就是变相谋杀。

还有一类是自杀。你看，林里成排的树木，有的成双成对，有的三木并林，那些枝蔓有三口之家，有夫妻二人，一旦一个枝蔓生命垂危，会很快将身体缩在同伴身后，让同伴照射阳光，吸收光线。

若是三木并林，你会看到枯萎的绝不是最细那根，肯定是最粗的枝条，它们用生命挽救家人孩子，树跟人一样呵护着自己的家人。

我俩就像一棵大树上的两根枝蔓，你左我右吸取阳光，你迎着光线，我背着光线，你轻松成长，我活得艰难，一棵大树上的两根枝蔓，生存法则各有不同。

戴思说，还真是这么回事儿，树林好比一个家族，家族成员在长辈护卫下成长壮大，或两棵并立，或三棵拥抱，其中枯萎的如她所说。

真没料到，树是有感情的，大自然跟人类一样多情，人类无法弄懂它们的语言感情，愚蠢地认为只有人才懂得感情。

她将枯萎的树枝砍掉，拢合成堆，继续往深处走，戴思小心翼翼地帮她捆扎好。她一边走一边寻找挂在老树上的"尸体"，砍掉枯枝，不让它折断掉落，有些枝蔓成为她们路上的"拦路虎"，她小心挪开生怕弄断。

戴思跟她说起念恩泽减刑的事儿，她说还是顺其自然吧，顺其自然也就顺乎良心，婆婆坚持要念恩泽跟她离婚。不管未来如何，她都要在山里等念恩泽，跟念恩泽商量，等他回来一同收养山里的弃婴，让孩子从婴儿起，就享受到父母的关爱。

山里重男轻女的产妇，生下女婴要么送人，要么偷偷扔掉。不是所有母爱如人们描述的那样无私伟大，山里的女人不认为那是犯罪。自己生的孩子，自己有权处理，那些被遗弃的女婴就像树苗，给它阳光，给它浇灌，就能健康顺利地长大成人。

人有了爱，进而会爱生活，爱社会，为社会做奉献。这是念恩泽临走时说的，她要为念恩泽好好活着，在镇上等念恩泽回来。

她一向对生活有清晰的规划，下一步就等坐收利润了。

只要说起丈夫，她总是一脸深情，总觉得对不住他。曾经过着提心吊胆、知来藏往的寂寥生活，那颗心麻木冰冷，不为情动。念恩泽的舍生取义、高风亮节感化了她，让她心软、心热，不再记恨别人，让她变得柔情似水、重情重义，让她跟着丈夫学会了爱。她常常为花儿盛开、鸟儿鸣叫、树枝发芽、潺潺水流、一花一草等动情落泪，久居山林让她悟出了生命的本意，学会了热爱自然，学会了珍惜生命。

舅妈说，所有生灵跟人一样有情感，有感知，有生有死。

接近自然，亲吻自然，感知植物情感、动物情感，躺在自然怀抱，吸允自然乳汁，享受自然母亲带来的温暖。与植物谈情说爱，与动物玩耍嬉戏，守着自然馈赠，守着劳动果实，以寡淡之心面对生活，乐天知命，返璞归真，这样与世无争的生活，无拘无束的自由，只有久居山林的她才能享有。

她擦掉汗珠，将树枝拢起，正午阳光透过树林洒在她的身上。她拿起斧头，砍掉挂在树上的最后一根残骸，将树枝抱在怀里，枝条上灰尘飞到她的脸上，那张脸朝气蓬勃、光彩照人。

她说，快十二点了，这些柴够用，回去做午饭吧。

丫头……伶儿……叔叔的声音环绕在空中。此时，叔叔为她和戴思做好了午饭——她和戴思最喜欢的羊肉糊汤面。

她和戴思匆匆走出树林，惊扰了在草地上歇息的鸟儿，鸟儿成串飞起，在空中盘旋低鸣。

丫头……伶儿……叔叔的声音穿过山崖，跟随着她和戴思急促的步伐。

离离原上草，一岁一枯荣，野火烧不尽，春风吹又生……她和戴思跟着叔叔大声朗诵，稚嫩的声音在空中回荡着。

她仰起头，哼着念恩泽喜欢的《命运之力》……

一点点食物，我用来维持生命，延长我痛苦的生命！谁来这里？谁敢来玷污我神圣的土地……

优美的旋律从喉咙发出，带着悠扬的曲调，带着颤音。那旋律变成语言，变成华丽文字，变成妙龄少女，变成婀娜多姿仙女，回忆着幼年的快乐时光。

她和戴思穿过枝叶繁茂的老树林，进入舅妈种的那片林子里。她停止歌唱，停下脚步，看着一根根饱满碧绿的树苗，她跟戴思说如何做好市场运作，让种植业发挥最大价值，让粮食转化成餐桌上的营养美食，如何让资金流通更快，让自己成为山里的农场主。

人总要活下去，哪怕只活到明天，也要让今天的生活对得起自己。

她深情描述着土地的前景，眼神穿过树苗，凝视远方。从她嘴里描述出来的美景，听上去那样动人心弦，她固执地要实现那美景，固执地认为那一天终会来到。

她的想法总是如此完美，思想也是如此丰盈饱满。她自给自足，知足长乐，她是山林之母、花鸟之母、自然之母、万物之母，对自然怜惜关爱，呵护敬畏。大自然挽救了她的生命，让她变得强大，她发自肺腑地爱自然。她的身体与自然融为一体，谁也无法将其剥离。

丫头……伶儿……叔叔的声音带着颤音，充满期待的声音在空中回旋。

她领着戴思疾速走出树林，走过山头，她居住的房屋展现在眼前。韩剑与孩子在屋前玩耍，波斯猫咪咪慵懒地躺在菜园，狼狗黄黄竖起灵敏的耳朵，寻听她回归的脚步，叔叔的声音飘浮空中。她和戴思已经成家，戴思有了女儿，她拥有一片树林，她收养的孩子，将在树林里自由玩耍。

丫头，快点！

她像小时候那样叫戴思，将木柴轻松扛在肩上，腾出一只手拉住戴思。

微风拂面，水声潺潺，俩人又回到了儿时的快乐时光中。

年幼的她们亲密无间，被分开、被隔离、被抛入不同的世界，戴思成了警察，她成了山村拓荒者。

伶儿，那时候你叫我，我没理你，是想讨好长辈。戴思说。

她捂住戴思的嘴巴，不让戴思说下去。

我俩已成年，你有了孩子，我也有了家，过去的永远过去了。

过去的永远过去了。舅舅时常这样说。

舅妈说，山里人没文化，淳朴善良。

她早已原谅了戴思，年少无知，谁不犯错？

叔叔剥夺了戴思的理想，强迫戴思考警校做警察，叔叔说戴思要替婶婶赎罪。她是某种偏见的牺牲品，戴思是家族的牺牲品，戴思因她放弃理想，又因她受株连，离开刑警队，失去了提拔机会，戴思为她做出的牺牲太大了，她无以回报这恩情，这就是浓浓亲情吧。

两位情深意重的小姐妹，眼含泪花，手拉着手，用爱温暖着对方。

女人是水做的，女人的眼泪像清泉，在不经意间潺潺流淌。女人的眼泪总是饱满的、流不尽的，女人的眼泪是女人的心声。

丫头……伶儿……

叔叔的叫声在山里回荡着，她和戴思的笑声回荡在山里。

她和戴思走出树林，那张脸在阳光下光芒四射，健美身躯带着坚韧力量，大自然很怜惜她，不会让她的容颜和躯体很快衰老，那不是大自然的力量，是她顺应自然、亲近自然收获的必然果实。

天空飞翔的鸟儿，簌簌浮动的树林，错落有致的山峦，广渺无垠的宇宙，全都摊开宽广的胸怀拥抱她，为她抹去心灵创伤，将爱的雨露洒在大树的枝丫上，洒在她千疮百孔的心田里，洒进半山坡的土壤里。那里，千万朵紫罗兰伸展着美丽的花枝，正等待男主人的大驾光临。

她忙碌于做自己产品的代言人，忙碌于策划买卖和销售，她的推销能力堪称一绝。美丽女子永远是香饽饽，总能吸引好奇的眼神，这位幻想过度的艺术家夫人，在远离闹市的山区编织出一则美丽神话。这神话一传十，十传百，流传很远，引得无数青年男女慕名前来，男士们想一睹年轻少妇的芳容，女士们想目睹为爱情深耕田间的女子。青年人的想法总是多种多样，一方面想得到绝妙的爱情，另一方面想着金钱的好处，在顾此失彼中生产着烦恼。

不知又过去多少日月星辰，传说山里有一位不老女神，女神身边的丈夫是著名音乐人，他们有个女孩儿已经八岁，那位气度不凡的父亲，常常带着女孩儿在花丛中嬉戏。半山坡原有的三间房屋，已被一栋别墅代替，那群可爱的小猫咪，是波斯猫咪咪的第三代后裔，狼狗黄黄早已不见了踪影，只有那条帅气十足的萨摩耶犬，每天在门前跑来跑去。那幼小的女孩儿非常喜欢音乐，山里人常听见她稚嫩的童声。也许再过十年，在这片风景优美的深山老林，又将诞生一位才华横溢的音乐家，她将取代那位受人尊重的父亲，出现在维也纳的金色大厅。

后 记

　　有人说喜欢山的人豁达，喜欢水的人灵秀。我的家乡有太多的山水，可以增添人的灵感和想象，可以荡涤浮躁的心绪，可以让人的心灵在空中自由飞翔。喜欢在山里游荡的我，就这样在寻寻觅觅中找到许多震撼灵魂、引人思索、超然于世俗之上的感动，那些感动来自最质朴的百姓，他们用人性的真善美，为我打开心灵那扇尘封许久的窗口，让我感受到自然、人类是何等的美妙，人类的原始力量是何等强大，更强大的是他们顽强意志下毫不屈服的性格，这是千百年流传下来的、无与伦比的品行。

　　在我幼年的记忆里，我的养母跟我讲过许多中国民间故事，那些故事从她没有华丽语言的嘴里说出，却有着震撼灵魂的效果。我从故事里受到启发，逐渐理解这个文明古国的先人们用智慧谱写出的绚丽灿烂的文化。

　　六岁时我回归自己的家庭，变得叛逆倔强。幼年的我，被送到舅舅家接受"改造"，这段经历为这部作品提供了丰富的素材。

　　这部作品的故事，源于同事为我讲述的一桩案子。

她说，燕子，你应该把它写出来。

同事说，刑警队找受害人家属取证时，被害女孩儿的父亲竟然觉得丢人，不愿回答刑警的提问，他不愿让人知道这段家丑，更让人难以理解的是，他也不愿惩罚同村居住的犯罪嫌疑人。

我当时理解这位父亲是用这样的方式保护年幼女儿。

这件事过去了多年，一直在我的大脑里萦绕不去，我想把这段故事写出来，探寻受害人痛苦而纠结的内心世界。这个女孩儿后来的生活状态会怎样？她如何走出内心的阴霾？警察在办案时，怎样才能最大限度保护受害者？这部作品是我对这些问题的思索。

在我修改这部小说时，新冠肺炎疫情正在到处肆虐。我每天从手机上看到不断攀升的感染数字，有一种上不来气的感觉，心都被攥住了。我不是奋战在"抗疫"一线的战士，居家隔离的我，在完成这部作品的同时，只能不断祈愿这场灾难尽快过去。愿逝者安息，愿生者保持善良本性，愿人与自然和谐相处，愿国泰民安、山河无恙！